O COLECIONADOR DE MENTIRAS

O COLECIONADOR DE MENTIRAS

Gilberto Schwartsmann

2ª edição

SULINA

Capa: Humberto Nunes (Sobre imagem Thomas Aquinas, 1520)
Foto de capa de livros (acervo de Gilberto Schwartsmann): Nilton Santolin
Editoração: Niura Fernanda e Cristiano Marques
Revisão: Simone Ceré
Impressão: Gráfica Edelbra
Editor: Luis Antonio Paim Gomes

Dados Internacionais de Catalogação na Publicação (CIP)
Bibliotecária Responsável: Denise Mari de Andrade Souza – CRB 10/960

S399c Schwartsmann, Gilberto
O colecionador de mentiras / Gilberto Schwartsmann. – Porto Alegre : Sulina, 2025.
424 p.:il.; 14x21cm

ISBN: 978-65-5759-245-8

1. Literatura Brasileira – Contos. 2. Contos Brasileiros. I Título.

CDU: 821.134.3(81)-34
CDD: B869.3

EDITORA MERIDIONAL LTDA.

Rua Leopoldo Bier, 644, 4º andar – Santana
Cep: 90620-100 – Porto Alegre/RS
Fone: (0xx51) 3110.9801
www.editorasulina.com.br
e-mail: sulina@editorasulina.com.br

Janeiro/2026
IMPRESSO NO BRASIL/PRINTED IN BRAZIL

"Deixe que os outros se orgulhem do número de páginas que escreveram. Eu prefiro vangloriar-me das obras que eu li."

Jorge Luis Borges

"Para mim, uma cigana cantou uma frase de uma música do povo. Logo, eu encontrei a mesma canção, por dez vezes, em outras obras distintas e no que escreveram outros autores nos últimos quatrocentos anos. É indiscutível que as coisas não começam. Ou não começam quando são inventadas, pois o mundo deve ter sido inventado já muito antigo."

Macedônio Fernandez

Dedico esta obra a Serguei Iessienin, poeta russo proibido de ser lido por Stálin, que se suicidou num quarto de hotel em Leningrado – hoje São Petersburgo – no dia 28 de dezembro de 1925, deixando antes de morrer o poema intitulado *Adeus, meu amigo, adeus*, escrito com o seu próprio sangue, para tristeza dos demais poetas do mundo e do amigo Vladimir Maiakóvski, que admirava tanto a sua obra.

SUMÁRIO

PRÓLOGO

Que os livros nos unem, não há dúvida. E por razões e de maneiras distintas. Alguns meses depois de eu encerrar a mostra dedicada à obra de Marcel Proust, na Biblioteca Pública do Estado do Rio Grande do Sul, em Porto Alegre, uma das secretárias da minha clínica médica me telefonou. Informou-me da chegada pelo correio de uma pesada caixa de papelão, que havia sido enviada para mim por uma pessoa do sexo feminino, cujo nome não constava da lista de pacientes. Orientei a secretária para que fizesse a gentileza de enviar a caixa ao meu endereço residencial. Tratava-se de uma pessoa cujo endereço de remetente se situava numa das avenidas mais conhecidas da cidade. Na verdade, era um dos nossos mais nobres endereços até a segunda metade do século passado.

A caixa de papelão dava sinais de que havia sido preparada com muito carinho e elegância. O que mais me chamou a atenção foi a caligrafia da remetente. Lembrei-me imediatamente da letra da minha mãe, elegante, delicada e bem trabalhada. O sobrenome era de origem germânica, algo comum em nosso Estado. Imaginei que se tratasse de uma senhora com pelo menos oitenta anos, o que pude confirmar ao abrir a caixa. Para minha surpresa, havia uma bela coleção das obras de Schiller, em cinco volumes, em alemão, editada em Stuttgart, no ano de 1867. Tanto a capa como o interior dos livros estavam relativamente bem conservados.

Fiquei surpreso, contudo, com o cartão que acompanhava a coleção. A senhora escrevia que havia visitado a minha mostra sobre o centenário de falecimento de Proust, na Biblioteca Pública, e ficara muito impressionada com a riqueza do meu acervo e com a qualidade dos textos curatoriais. Ela compartilhou comigo a sua frustração por não encontrar ninguém na sua família que tivesse demonstrado interesse em ficar com os seus livros. Ela pensou que, talvez, eu pudesse ficar contente em abrigá-los no meu acervo. Afinal, uma coletânea de poemas e textos de Schiller tinha o seu valor. Eu fiquei muito emocionado com o presente, de alguém que eu não conhecia pessoalmente e sabia apenas o nome e o endereço.

Pensei em fazer-lhe uma visita de agradecimento, mas depois recuei. Quem sabe, algo mais formal ficasse melhor, em se tratando – segundo a minha dedução – de uma senhora de idade mais avançada. Minha esposa, Leonor, sugeriu que eu fosse até uma floricultura muito charmosa, próxima da nossa casa, escolhesse um lindo buquê de flores e o enviasse para o seu endereço, com um cartão de agradecimento. Foi o que fiz e acabei deixando a história de lado. Alguns meses depois, recebi na minha casa outra caixa de papelão, muito bem decorada e com uma fita colorida. Olhei na sua lateral e lá estava o nome do remetente: era ela novamente.

Abri a caixa, feliz da vida e que bela surpresa! Era uma edição em alemão das obras completas de Goethe, em dez volumes, editada em Leipzig, no ano de 1889. Eu fiquei eufórico e sugeri a Leonor que fizéssemos contato com ela, convidando-a para um chá ou sugerindo que fôssemos à sua residência, para agradecer por sua delicadeza. Depois mudei de ideia e ponderei que, muitas vezes, as pessoas preferem que respeitemos a sua privacidade. Decidi que o envio de uma fina caixa de chocolates da Kopenhagen seria uma inequívoca demonstração da minha gratidão pelo seu gesto tão carinhoso e de reconhecimento pelo meu empenho como colecionador de livros raros e de primeiras edições.

Escolhi um cartão bem bonito, escrevi uma mensagem de agradecimento e solicitei à moça da loja que o enviasse junto com a caixa de chocolates. Eram as famosas "línguas de gato", uns chocolatinhos de formato delicado, sempre bem-vindos como acompanhamento do café ou do chá. Eu confesso que fiquei tentado a procurá-la, para agradecer pessoalmente pelo seu gesto. Soube depois por uma pessoa que ela vivia sozinha, auxiliada por uma cuidadora que a visitava diariamente. Raramente, ela saía do seu apartamento. A história termina por aqui. Eu continuo a colecionar livros e à espera de um novo contato da misteriosa senhora, a quem eu me sinto extremamente grato, mas que não tive a honra de conhecer pessoalmente.

Já se passaram mais de dois anos. De tempos em tempos, eu lembro dela, tenho curiosidade sobre o seu estado de saúde e imagino a sua solidão. Acho que ela passou a fazer parte da minha vida. Devo confessar que é difícil para um escritor limitar-se somente aos fatos, quando é bem mais interessante e divertido deixar que a imaginação permeie a realidade. Há um imenso repertório de situações que a mente humana é capaz de produzir e que, na certa, adornariam a realidade. Oscar Wilde defendia a mentira na arte. Borges dizia que a autoria de uma obra era irrelevante. Elliot defendia que o autor era o produto de todos os autores que o antecederam.

O mesmo Borges foi mais adiante: disse que certos autores, como Kafka, ajudaram-no a entender melhor as relações existentes entre autores que ele havia lido e outros que vieram muito depois. Portanto, as histórias que contamos, vistas com mais profundidade, são em grande parte repetições do que ouvimos, vimos ou lemos. Em cada história contida neste livro, eu tive a prudência de mencionar o título, o autor, a editora e o ano de publicação da obra do meu acervo que me serviu de inspiração. Porém, ao escrever, eu confesso ser mais um imitador dos escritores que admiro do que um criador de novas histórias. É exatamente assim, eu sou um copiador, muito mais do que um inventor.

O leitor saberá a que eu me refiro, ao identificar as homenagens que faço à boa literatura, nas circunstâncias aqui narradas. Foi proposital. Nas histórias que incluí neste livro, eu parti de algum conto ou obra de algum autor que eu gosto de ler. Eu tentei fazer uso de histórias que me marcaram, utilizando-as como um substrato sobre o qual eu sobreporia as minhas narrativas. Portanto, eu sou um réu confesso. A realidade de um indivíduo é uma mescla imprecisa das suas percepções objetivas e das suas fantasias. Quando escrevo, as minhas leituras sempre invadem o meu pensamento.

Não raro, ao ver uma cena de amor, lembro-me dos Montecchios e dos Capuletos, do *Romeu e Julieta*, de Shakespeare. As traições sempre me remetem à Capitolina, de *Dom Casmurro*, de Machado. Os assassinatos que leio nos jornais me fazem recordar de Raskólnikov, de *Crime e castigo*, de Dostoiévski. Os horrores mais gerais me lembram os contos de Wells e de Poe. As minhas viagens me fazem pensar em Marco Polo, a narrar suas aventuras ao grande imperador Kublai Khan, de *Cidades invisíveis*, de Calvino. Por fim, as minhas histórias se ligam umas nas outras, numa trama sem final, como nas artimanhas criadas pela princesa Sherazade, para não ser decapitada pelo sultão Shariar, nas *Mil e uma noites*.

G.S.

THE DAY'S WORK

BY

RUDYARD KIPLING

London
MACMILLAN AND CO., LIMITED
1898

I

NICOLAU GORGOLA
(*The Day's Work*, de Kipling, edição de 1898)

Eu narrarei ao leitor a circunstância da aquisição desta raríssima primeira edição de uma coletânea de contos intitulada *The Day's Work*, de Rudyard Kipling, publicada em 1898 pela Macmillan and Co. Kipling foi um dos autores mais populares da Inglaterra entre o final do século XIX e o início do XX. Autor britânico nascido em Bombaim, atual Mumbai, na Índia, Kipling escreveu também belas poesias. O seu poema intitulado "If" merece ser lido por todos. É uma preciosidade sempre lembrada pelos leitores e citada pelos escritores e intelectuais em geral. "Se", na tradução em português, foi escrito em 1895 e publicado em 1910, numa coletânea de contos e poemas de nome *Rewards and Fairies*.

É sabido que Kipling escreveu o poema em homenagem ao amigo Leander Starr Jameson (1853-1917), que em 1895, sem a permissão do então primeiro-ministro da colônia do Cabo, na África do Sul, Cecil Rhodes, liderou um pequeno exército de quinhentos homens contra os "bôeres", os descendentes de holandeses que colonizavam a região do Transvaal. Mesmo derrotado e preso na Inglaterra, Jameson tornou-se um herói popular. Ele era amigo de Rhodes e depois da sua morte, em 1902, assumiu a liderança do Partido Progressista na África do Sul. Jameson se tornaria Sir alguns anos depois. Guilherme de Almeida traduziu "If", que começa assim: "Se és capaz de manter a tua calma quando todo mundo ao teu redor já a perdeu... quando estão todos duvidando, e para esses, no entanto, achares uma desculpa... se és capaz de esperar sem te desesperares ou, enganado, não mentir ao mentiroso, ou sendo odiado, sempre ao ódio te esquivares e não parecer bom demais nem pretensioso...".

O poema termina com: "...e, entre reis, não perder a naturalidade; e de amigos, quer bons, quer maus, te defenderes... se és capaz de dar, segundo por segundo, ao minuto fatal todo o valor e brilho, tua é a terra, com tudo o que existe no mundo, e – o que é mais – serás um Homem, meu filho!". Ezra Pound profetiza que o bom poema sobrevive às paródias que se fazem dele. "If" foi um dos poemas mais parodiados ao longo do século XX e considerado o melhor de todos numa enquete popular na Inglaterra. Kipling foi acusado de chauvinismo, racismo e imperialismo em seu tempo, mas hoje alguns o veem como alguém que desejava cultivar os ideais de uma única humanidade. De qualquer modo, o poema é belíssimo.

Um dos contos do livro *The Day's Work*, intitulado "The bridge-builders" ("Os construtores de pontes", em português), narra a construção de uma ponte sobre o rio Ganges durante o período colonial britânico na Índia. Impressionam os detalhes de engenharia civil na primeira parte da história. Na segunda parte, o engenheiro-chefe, Findlayson, na tentativa de salvar a ponte, afetada por uma grande enchente, se defronta com os deuses hindus. Essa história foi incluída na seleção de Italo Calvino *Contos fantásticos do século XIX*. Kipling foi o autor de "Kim", "O homem que queria ser rei" e "Mogli", história de um menino-lobo, adaptada para um filme de animação de enorme sucesso. E foi o escritor mais jovem a ganhar o Prêmio Nobel de Literatura.

Luis Saavedra Gomes, o todo-poderoso editor da Sulina e amigo do Juremir de Assis e Silva, professor de jornalismo e escritor de primeira grandeza, foi quem jurou que Nicolau Gorgola – dono de um sebo em Montevideo – teria uma primeira edição de Kipling para vender. Eu estava por lá, passando uns dias de verão em Punta del Este, e não tive dúvidas: tomei o primeiro ônibus na Estação Rodoviária e fui encontrá-lo na sua livraria na capital uruguaia. O homem era realmente simpático, como Luis havia antecipado. Não parou de falar por um minuto sequer. Disse que havia ficado muito feliz por ter sido lembrado como um livreiro uruguaio que possuía uma primeira edição de Kipling.

Nicolau e eu – posso dizer – ficamos amigos quase instantaneamente. Tivemos uma empatia imediata. Bastaram dois minutos de conversa e ele já me tratava como um velho amigo. "Si tu eres amigo de Luisito e de Juremir, és mi amigo!", disse ele. Enquanto ele empacotava a primeira edição do *The Day's Work*, de Rudyard Kipling, publicada em 1898 pela Macmillan and Co., o carismático e verborreico Nicolau passou a me contar sobre uma velha judia que havia emigrado para o Uruguai e sabia "ler a sorte" na borra do café. Ela aprendera a técnica com uma amiga libanesa, que ela conhecera em Marrakech, no Marrocos, durante a Segunda Guerra.

Numa das sessões quase psiquiátricas com a velha, quando ela leu a borra do seu café, Nicolau se viu em meio a uma história com um tal Akaki Akakievitch, que era funcionário público em São Petersburgo, na segunda metade do século

XIX. A senhora Rubinstein, era este o nome da velha, tinha o poder de levar o cliente a qualquer lugar e qualquer tempo. Diga-se de passagem, ela tinha uma tendência a submeter também o cliente a situações em que o pano de fundo tinha sempre um pouco de crítica à burocracia e à desigualdade social na Rússia. E com o Nicolau não foi diferente. Ela lhe serviu o café e mandou que ele tomasse tudo num gole só.

Depois de alguns minutos, a senhora Rubinstein fez a leitura da borra do café e o processo regressivo – às vezes, progressivo – teve o seu início. Ao som do seu relato, entendi que o cliente entraria num estado de imersão psicológica. No caso dele, Nicolau Gorgola, dono do sebo que ficava perto do Teatro Solís, em Montevideo, ele se viu tomando uma dose de vodca num lugar qualquer de uma cidade russa, com o tal sujeito de nome Akaki. O tal Akaki era um homem simples e solitário. Tinha um emprego de copista num departamento estatal russo. Ele passou, então, a contar a Nicolau sobre as humilhações diárias que sofria da parte de seus colegas de trabalho.

Akaki era um homem de poucas posses, vivia muito modestamente e nem lembrava da última vez que tinha comprado uma roupa nova. O capote que vestia diariamente, por cima das roupas remendadas e antigas, escondia um pouco da sua realidade financeira, mas era ele próprio o retrato de sua pobreza. Um dia, ele visita um alfaiate de nome Petrovitch, na esperança de conseguir que ele reforme pela décima vez o seu velho capote, e o homem lhe diz que seria impossível. A única solução seria comprar um capote novo. O pobre funcionário público se vê então forçado a economizar o seu minguado dinheiro para adquirir o produto.

E então se dá a metamorfose. Com o novo capote, tudo muda na vida de Akaki. Ele passa a ser tratado como um lorde pelos colegas de trabalho, inclusive por aqueles que faziam piada dele. Akaki é convidado até para uma festa, coisa que seria impossível de se imaginar. Contudo, a sua felicidade dura pouco. Depois da festa, no caminho de volta para a sua casa, chega um bando de ladrões e o capote do coitado é roubado. Sem o capote, Akaki volta à vida de antes, desprezado por todos. Ele tenta recuperá-lo, mas não consegue. Aos poucos, ele fica doente e termina morto na sua cama, pois o capote representava bem mais do que uma peça de roupa. Ele era a sua nova identidade, a dignidade que ele adquirira entre os seus pares.

Nicolau ouvia com atenção a narrativa do russo. Querendo consolá-lo, ele comenta que os seus colegas davam demasiada importância para as aparências e que havia muita desigualdade na Rússia do seu tempo. Diz a Akaki que o que havia lhe passado era um retrato da fragilidade da condição humana, da busca que todos temos por reconhecimento social e que o seu caso era mais uma prova da crueldade do mundo. Dono de um sebo e leitor voraz, o uruguaio tentou consolar Akaki, dizendo que Gógol, Dostoiévski, Tchecov e Tolstói já denunciavam a burocracia russa em suas obras. O russo agradeceu as suas palavras e falou que Nicolau era o único homem bom que ele conhecera na vida.

Ao ouvir o elogio, Nicolau acorda. Paga a consulta da senhora Rubinstein e faz menção de se despedir da velha. Ela pede que ele espere e vai até o seu quarto. Retorna com um livro nas mãos, que recebera de um excelente escritor argentino, que era cego e adorava a obra de Kipling. Fala que o escritor declamava poesias como poucos homens que ela havia conhecido na vida. E que ela e o cego passavam as tardes conversando e tomando café. Ela chora. Seca as lágrimas e continua a falar do cego. Diz que o escritor argentino achava maravilhoso o fato de ela conseguir falar sobre o destino das pessoas e com tanta convicção. Para o escritor, o destino era rodeado por mistérios e impossível de ser antecipado.

Num final de tarde, ele apareceu em sua casa e pediu que ela lesse a borra do seu café. O cego então perguntou o que ela via nas paredes da xícara. A Senhora Rubinstein respondeu que havia coisas que poderiam ser reveladas e outras não. Ele pediu que ela contasse a ele somente o que não poderia ser revelado. Ela então falou sobre o amor, que ele amaria muitas mulheres, mas não seria feliz com nenhuma delas. Depois, ela mencionou os livros que ele escreveria. Eles teriam enorme sucesso, mas não o suficiente para atenuar a sua solidão. Ela falou sobre a sua mãe. Disse que ela viveria ao seu lado durante a sua progressiva cegueira e até o dia em que morreria, como todos nós morreremos.

A velha falou de um tigre, que alimentaria a sua imaginação e que o faria escrever coisas lindas. Comentou algo doce sobre um labirinto, do qual ele jamais sairia, mas que o faria imaginar tantas coisas maravilhosas e que o ajudaria e aos outros a pensar sobre o sentido da existência. O cego então a interrompeu e perguntou se o fato de ele não ter filhos interromperia a marca da cegueira na sua família. Ela disse que sim. Ele então chorou um pouco, aliviado, secou as lágrimas e agradeceu. Nicolau se emocionou ao ouvir o que a velha narrava. Ele então pediu desculpas e disse que teria de interromper a conversa. O seu sebo em Montevideo tinha hora para abrir. A senhora Rubinstein beijou o seu rosto, mas, antes de lhe dizer adeus, entregou-lhe o livro que queria lhe dar de presente. Disse que era uma das leituras preferidas do escritor argentino cego, que se chamava Borges. Era a minha primeira edição de *The Day's Work*, de Kipling.

DIE
VERWANDLUNG

VON

FRANZ KAFKA

KWV

KURT WOLFF VERLAG
LEIPZIG

II

OS HÍBRIDOS DO SENHOR HANS KNOBEL
(*Die Verwandlung*, de Kafka, edição de 1915)

Passo a descrever a circunstância da aquisição da primeira edição de *Die Verwandlung* (A metamorfose), de Franz Kafka, um dos poucos livros que ele publicou em vida. A obra foi lançada em Leipzig pela Kurt Wolff Verlag em 1915, nove anos antes da morte do escritor. Comprei a raríssima edição há uns quinze anos, de um senhor chamado Hans Knobel, que vivia na periferia de Berlim. Eu estava na cidade para coletar obras de artistas alemães que se apresentariam na Bienal do Mercosul. Nesta obra curta, ocorre algo muito curioso: Kafka entrega o clímax logo de saída. Ficamos sabendo do mais importante já nas primeiras linhas: a transformação de um homem em um inseto horrível.

O caixeiro-viajante Gregor Samsa, num certo dia, acorda e se vê transformado em um inseto repulsivo, o que vai provocar grande reação na família, até então sustentada por ele. Aos poucos vão se rompendo as relações de afeto, mesmo por parte da irmã, Grete, de quem ele gostava muito. Desde a sua publicação, a história originou muitas interpretações, inclusive psicanalíticas. Alguns associam o elemento opressivo que aparece em muitas obras de Kafka à conturbada relação que ele tinha com o pai, uma figura forte e dominadora, como ele revela em *Carta ao pai*.

Kafka nasceu em Praga, numa família de judeus da Europa Central. Na época, a cidade pertencia ao Império Austro-Húngaro e hoje é a capital da República Tcheca. Ele escrevia em alemão, embora fosse fluente no idioma tcheco, que ele prezava igualmente. Sua obra marcou muitos escritores, como Borges, Cortázar, García Márquez e outros. *A metamorfose* e *O processo* são as suas obras mais conhecidas. Porém, a que mais me marcou foi *O castelo* (*Das Schloss*, no original), lançada postumamente. É a história de K., o mesmo sobrenome do personagem de *O processo*. Ele é contratado para trabalhar com um conde, mas não consegue ter acesso ao seu castelo, por mais que ele tente.

A obra pode representar uma crítica à burocracia do seu país, a expressão da sua visão sobre o judaísmo, o seu próprio inconsciente ou as incertezas de um tempo de grande urbanização pós-guerra. K. não tem respostas para as suas perguntas – o seu mundo é o do silêncio. Na semana em que eu estava em Berlim, eu adquiri este original raríssimo de *A metamorfose*. As circunstâncias eu compartilhei com poucas pessoas. Quando narrei a Leonor o que me aconteceu, ela não acreditou. Minha irmã Margareth e meu irmão Carlos tampouco acreditaram no meu relato.

O senhor Martin Schwank era o dono de uma livraria na região central de Berlim. Eu o havia contatado por telefone sobre o meu desejo de adquirir a primeira edição de *A metamorfose*. Ele me explicou que seria somente o intermediário do negócio, pois a obra pertencia a um senhor de nome Hans Knobel. E que eu me preparasse para conhecê-lo, pois era um tipo incomum. O seu comentário só fez aumentar a minha curiosidade. Ao chegar a Berlim, eu telefonei para a livraria do senhor Martin e ele combinou comigo que, na manhã seguinte, nós iríamos até o local onde vivia o senhor Hans Knobel.

Eu estranhei quando ele me antecipou que seria mais conveniente irmos encontrá-lo à luz do dia. Disse que eu entenderia depois o sentido da sua afirmação. No dia seguinte, Leonor foi dar um passeio pelo jardim zoológico de Berlim; e, quanto a mim, eu nunca imaginaria o zoológico que visitaria. O senhor Hans Knobel nos recebeu sorridente, no portão da sua propriedade. Ele era um senhorzinho muito agradável, inteligente e cultíssimo. Desde o início da nossa conversa, eu tive a certeza de que ele tinha muita leitura.

Eu sempre soube reconhecer as pessoas pelo seu modo de falar. Ele citava passagens de obras literárias menos comuns. Foi um dos poucos amigos que fiz na minha vida e que conhecia profundamente a obra de Kipling, um autor que eu sempre considerei excepcional. Elliot o elogiava muito e Borges, também. De saída, ele fez uma piada comigo, chamando-me de Mogli – o personagem de *O livro da selva*, de Kipling, criado pelos lobos. Segundo o senhor Hans Knobel, a razão do apelido que ele criara para mim era que, ao contrário da vasta maioria das pessoas, eu não parecia me assustar com o lugar onde ele vivia. Como Mogli, eu parecia familiarizado com a selva.

Ele disse que eu não me preocupasse, pois havia aceitado o valor da minha oferta pela primeira edição de *A metamorfose*, e que ele iria se desfazer da obra porque "metamorfoses" não lhe faltavam. O dinheiro da venda do livro ajudaria na alimentação dos seus amiguinhos. Eu sorri sem entender bem o sentido do seu comentário. Entretanto, a minha falta de entendimento durou somente alguns minutos. O velhinho me pegou pelo braço e me levou para a parte de trás da sua enorme casa. O senhor Martin nos seguiu em silêncio. Ele parou debaixo do marco da porta que dava para o jardim e me informou que a sua principal ocupação desde a sua aposentadoria, como responsável pelo setor de animais pré-históricos do British Museum, em Londres, era cuidar de famílias de seres híbridos. E que eu logo entenderia o sentido daquela palavra.

"Híbridos?", eu pensei. E não entendi absolutamente nada. O leitor não acreditará, mas o senhor Hans Knobel cuidava de mais de cem criaturas vivas, alimentadas e tratadas carinhosamente por ele. Eram todas vindas, imagino eu, da literatura, das lendas, dos mitos e das mais diversas religiões. Para padrões humanos, eram seres estranhos, produzidos pela nossa imaginação, cada um deles vivendo num amplo espaço, que não se parecia nem de longe com uma jaula. Era um ambiente agradável, como se fosse o quarto de um dos nossos filhos. Eu não fiquei assustado com o inusitado do que via, pois tive a imediata certeza de que os híbridos recebiam um imenso amor da parte do senhor Hans Knobel.

Pela expressão no olhar, eu tive a certeza de que eles eram muito felizes. Todos, sem exceção, foram muito gentis comigo. O velhinho chamava cada um deles pelo nome, à medida que percorríamos o imenso espaço aberto que ele mantinha no fundo da sua propriedade. As fantásticas criaturas me pareciam familiares, por pertencerem aos textos literários de autores como C.S. Lewis, Kafka e Poe; outras eram oriundas das fábulas de Esopo, das obras de Homero, Ovídio, Virgílio,

Shakespeare e outros. Até monstros das histórias de Confúcio e de Plínio faziam parte daquele impossível zoológico. Não se tratava de simples híbridos, aleatoriamente retirados dos livros. Eram famílias de seres oriundos da mitologia, criados por grandes autores ou provenientes das histórias que ouvimos desde a infância.

De saída, eu me afeiçoei por um búfalo negro e cabisbaixo, com a cabeça de porco. O senhor Hans Knobel o chamava pelo nome de Catóblepa, cujo sentido pude entender pelos meus modestos conhecimentos do grego. A tradução daquela fusão de palavras poderia significar "aquele que fica o tempo todo olhando para baixo", o que era exatamente o que o híbrido fazia. Outro ele chamou carinhosamente de Anfibesna, um serzinho muito gentil, que lembrava uma serpente de duas cabeças. Da mesma forma, o meu grego me ajudou a decifrar a origem do seu nome: o termo poderia significar "o que anda em direções opostas".

Eu fiquei por vários minutos a coçar a cabeça de Odradek, um belo serzinho, cuja origem do nome eu não consegui descobrir. Ele era uma graça de híbrido, com o aspecto de uma criatura mágica, com o formato de um carretel de linha, mas que lembrava ao mesmo tempo uma estrela. A sua pele era feita de pedaços de linha, enredados e de diferentes formas e cores. Odradek era muito falante e conversamos longamente sobre os destinos do planeta. Ele adorava comunicar-se em húngaro, armênio e num dialeto falado há dois mil e quinhentos anos no norte do Egito. Eu pensei que se tratasse do núbio ou do copta, mas era algo bem anterior e quase indecifrável. O híbrido era de uma vivacidade e de um raciocínio de dar gosto.

Entendi que tinha fugido do *Livro dos seres imaginários*, de Borges. Eu fiquei triste, contudo, quando ele se mostrou desapontado com a humanidade, sussurrando ao meu ouvido que, à exceção do senhor Hans, os seres humanos que ele havia conhecido não valiam nada. Contudo, Odradek antecipou-se – para não me deixar triste – dizendo que eu parecia ser também uma exceção à regra. Nós passamos horas no mundo particular do senhor Hans Knobel, que para mim foi uma das amizades mais maravilhosas que eu fiz na minha vida. Tanto ele quanto os seus híbridos sabiam de antemão da vida dos meus familiares e amigos, com detalhes de causar surpresa em qualquer pessoa. Davam-me a nítida impressão de que, para eles, não era preciso conhecer as pessoas para amá-las ou para ter por elas os melhores sentimentos.

Eu amei também os gnomos e os centauros que conheci. Os centauros tinham migrado das regiões montanhosas e das florestas da Tessália e da Arcádia, diretamente da mitologia grega, para o jardim da casa do senhor Hans Knobel. Um deles me disse ser descendente de Ixíon e de uma nuvem feita por Zeus. Reconheci também Quíron, um centauro que eu já havia citado num dos meus livros de poesias. Ele era filho de Cronos e de Filira. Folo vivia com eles e eu o saudei, meio de longe. Era um grande amigo de Hércules, morrera acidentalmente num conflito, mas o nosso bondoso velhinho conseguira ressuscitá-lo. Felizes, eles me confidenciaram que sobreviveram inicialmente, alimentando-se apenas com o calor humano do senhor Hans Knobel. E já tinham descendentes, todos nascidos nos jardins da propriedade.

Conversei profundamente com a Esfinge e fiquei encantado com o seu corpo de leão e a cabeça de aparência humana. Foi curioso ela ter me dito que era de origem grega, pois a sua cabeça parecia egípcia: lembrava a de um faraó e o seu corpo o de um leão. A sua cunhada, que a Esfinge me apresentou com muitos rapapés e formalidades, ela, sim, parecia ser mesmo grega, com o corpo de leão e as asas e o rosto com ares femininos. Mas insistia em me dizer que era egípcia. Isto não importava, pois as duas foram delicadíssimas no contato comigo. Disseram que a sua avó, a Esfinge de Gizé, era famosa no mundo dos seres humanos e possuía o corpo de um leão e a cabeça do faraó Quéfren.

Fumando um charuto cubano e dormitando à sombra de um belo plátano, encontrei o Golem, a criatura lendária – eu diria até assombrosa – do folclore judaico. Ele era feito de barro. Ao apresentar-se para mim, disse que vinha da cidade de Praga e que fora criado por um rabino de nome Bezalel, com o objetivo de proteger os judeus das perseguições. Por razões que o Golem não quis comentar, ele teria se voltado contra o seu criador, perdendo o controle e passando a fazer maldades. Mas depois de ter sido transformado pelo senhor Hans Knobel, tudo havia mudado. Ele se sentia muito bem, não mais assustava ninguém e tinha muita vontade de ajudar as pessoas que precisassem dele. Disse que, se eu necessitasse um dia do seu auxílio, eu poderia telefonar para o senhor Hans Knobel e pedir para falar com ele. O bom velhinho o avisaria.

Discutimos sobre os mistérios da vida, sobre filosofia e sobre os medos da humanidade. Depois, eu recitei alguns poemas de Walt Whitman e reli para ele o conto "Uma alma simples", de Flaubert, que eu adoro, com a ajuda de duas fadas encantadoras que me faziam coro. Ele retribuiu, com a leitura de *Noites Brancas*, de Dostoiévski. O senhor Hans

Knobel me levou depois para um lindo campo, onde havia uma plantação quase interminável de lavandas, com um perfume simplesmente inesquecível e maravilhoso. Lá, eu pude conversar com vários personagens das fábulas de Esopo, os quais nos ensinavam sobre muitas das virtudes humanas.

Encontrei a formiga e a cigarra, a primeira representava o trabalho e a prudência, enquanto a outra a preguiça e a falta de planejamento. Contudo, a cigarra explicou-me que o seu jeito de ser não era o correto, pois dizia que o mais importante era dar valor ao trabalho e planejar um futuro melhor e mais seguro. Já nos primeiros dias de convivência com o senhor Hans Knobel, ela fez a sua autocrítica. Falei também com a lebre e com a tartaruga, a primeira confiante na sua velocidade, enquanto a segunda – a tartaruga – era perseverante, dizia que deveria seguir de modo determinado o seu caminho, mesmo que lentamente, pois o mais importante era persistir e não subestimar os demais. Revi logo após as fábulas do leão e do rato, do corvo e do jarro, do lobo e do cordeiro e até da raposa e das uvas. A raposa me disse que aprendera a não mais desprezar as uvas, somente porque não conseguia alcançá-las e comê-las.

Como foram boas as lições de moral que aprendi nas nossas conversas. Todos os habitantes daquela inacreditável área no fundo da sua casa foram unânimes em me dizer que o simpático velhinho havia perguntado a cada um deles o que os deixaria mais feliz. As demandas eram tão simples e facilmente executáveis, que não haveria a menor dificuldade em atendê-las. Uns falaram que adorariam viver próximos de um jardim com flores bem perfumadas e o velhinho plantou lindos roseirais, e filas e mais filas de lavandas com os perfumes mais maravilhosos. Outros queriam ouvir o canto dos pássaros e ele pôs latinhas com sementes, frutinhas e tudo que os pássaros sonhariam comer. Assim, vieram pássaros de todos os lugares para as redondezas. E eles passaram a cantar belas canções ao amanhecer.

Houve até híbridos que disseram ao senhor Hans Knobel que queriam viver bem próximos a um pomar, com uma grande variedade de frutas. Ele plantou árvores frutíferas das mais variadas. Em resumo, ele atendeu a todos, com a sua forma simples de viver em comunidade. Como foi prazerosa a minha visita ao mundo do senhor Hans Knobel! Eu saí de lá feliz por ter conhecido os seus híbridos, os monstros por ele pacificados, os personagens das ficções, da mitologia, enfim, todos os seres que povoam o mundo fantástico da cultura. Segundo o senhor Martin, que nos acompanhava na visita, conhecer o senhor Hans Knobel era um privilégio para poucos.

Nós nos abraçamos e nos despedimos. Catóblepa chorou, secou depois as lágrimas e disse que jamais esqueceria de mim. Anfibesna implorou que ficasse e morasse com eles. Odradek pediu que eu coçasse uma última vez a sua cabeça. A Esfinge me deu vários conselhos, que eu usaria para sempre. O Golem entregou-me uma sacola com frutas, para que eu comesse durante a minha viagem de volta. A lebre da fábula de Esopo deu-me a sua patinha e me acompanhou até a porta. Os demais não poderiam ter sido mais carinhosos comigo. Eles se dividiram, como se fossem um coro, em quatro pequenos grupos: baixos, tenores, contraltos e sopranos, todos dispostos em torno da porta dos fundos da casa.

Enquanto eu me despedia, eles cantaram o Salmo 34, do Antigo Testamento, cuja autoria é atribuída ao rei David e que revelava a sua gratidão pela bondade de Deus e pela proteção divina. O senhor Hans Knobel não conteve suas lágrimas. Disse que ele adorava conhecer seres humanos que se comportavam como pessoas. Ele abraçou-me, emocionado, e passou às minhas mãos a primeira edição de *A metamorfose*, de Kafka. Fiquei feliz pelo livro, mas ficaria igualmente contente se saísse de lá com as mãos vazias, pois o senhor Hans Knobel, os seus híbridos e os demais integrantes do seu mundo mágico encheram o meu coração de alegria.

GOETHE'S FAUST.
From the German by John Anster, LL.D. . .

WITH AN INTRODUCTION
BY BURDETT MASON. . . .
ILLUSTRATED . . . .
BY FRANK M. GREGORY

NEW YORK: DODD, MEAD
& COMPANY. MDCCCXCV

III

O MISTERIOSO NARIZ

(*Faust*, de Goethe, edição de 1894)

Johann Wolfgang von Goethe levou quase sessenta anos escrevendo o seu *Fausto*. Há registros de que começou a criar a obra quando era ainda bem jovem. Ele concluiu a primeira parte em 1806 e a segunda em 1831, sendo que a obra só foi publicada no ano seguinte, depois de sua morte. Comprei há cerca de dez anos esta edição em inglês, pela Dodd, Mead & Company, de Nova York, com tradução de John Anster. Foi de um barbeiro russo, de São Petersburgo, e a negociação deu-se numa circunstância muito estranha.

Eu fiquei contentíssimo com a aquisição desta obra, considerada uma das mais, senão a mais importante da literatura alemã de todos os tempos. As ilustrações de Frank Gregory são belíssimas e a obra está muito bem conservada, apenas duas figuras estão coladas. Quase inteiramente escrita em versos rimados, esta tragédia parte de uma história popular sobre o doutor Fausto, um homem sábio que faz um pacto com Mefistófeles, o demônio, vendendo a sua alma, em troca da realização de seus desejos.

O livro começa com uma aposta entre deus e o diabo pela alma de Fausto, que não aceita as limitações humanas e quer chegar ao conhecimento infinito. Sempre o homem a buscar novas descobertas, como o Fogo de Prometeu, roubado dos deuses do Olimpo. O embate entre as forças do bem e as do mal acompanha Fausto em sua jornada, o qual, mesmo atormentado pelos erros cometidos, busca a salvação. As tentações do demônio acabam não sendo suficientes e até os anjos intervêm em sua defesa.

Arrependido, após a sua morte, os anjos o conduzem ao céu, frustrando o desejo de Mefistófeles de capturar definitivamente a sua alma. Fica da obra a questão sobre a sede de conhecimento dos seres humanos e os limites da razão. Além disto, fica clara a nossa fragilidade ante as tentações e o preço que é pago pelo pecado. Contudo, há sempre a possibilidade de salvação para as almas arrependidas. *Fausto*, de Goethe, aborda questões existenciais e filosóficas sobre a natureza humana, a relação entre o homem e Deus e a busca pelo sentido na vida.

A luta entre o bem e o mal, presente desde Adão e Eva, no Paraíso, tema central do *Fausto*, de Goethe, aparece em muitas obras subsequentes, sendo um dos pontos altos da literatura ocidental. *Fausto*, de Goethe, tornou-se também uma referência que simboliza o dilema do homem na modernidade. Desde o começo, o que motiva Fausto é a busca incessante do conhecimento, procurando compreender totalmente o mundo no qual se encontra. Ao conhecer Mefistófeles, Fausto encontra uma maneira de superar as suas limitações como ser humano e vê a chance de ter acesso a saberes e experiências.

Entretanto, esta decisão implica ter de vender a sua alma para o demônio. Os dois selam o pacto com uma gota de sangue e passam a andar juntos. Na tentativa de entender a existência e os mistérios do universo, Fausto desafia as leis divinas. Deus havia apostado que ele não venderia a alma, por acreditar na pureza da humanidade, mas Fausto cede aos encantos da sua própria sede de conhecimento – a maçã proibida da serpente no Paraíso. Para sua sorte, depois de saborear os encantos proporcionados pelo demônio, ele se arrepende. E a salvação vem do perdão divino, que só é dado aos que realmente o procuram.

A propósito, o purgatório que Dante descreve na *Divina comédia* é uma invenção da Igreja Católica, que oferece o perdão aos arrependidos em vida, obviamente em troca de um sofrimento proporcional e – no dia a dia da prática religiosa – o pagamento de algum tipo de indulgência. Com referências clássicas à História, à política e à filosofia, Mefistófeles e Fausto se aproximam de um imperador, que faz uso do demônio para vencer uma crise no seu reino. Eles também assistem a uma parada de carnaval em Florença, onde Dante também é citado.

Fausto se apaixona até mesmo pela imagem de Helena de Troia, a mais bela mulher que havia na Terra, personagem maior do imaginário grego. Mas ele tem de enfrentar os monstros da mitologia em seu caminho, indo até Hades, o mundo dos mortos. Ele vencerá também o exército de Menelau, marido de Helena, para tê-la em seus braços. Contudo, quem quer ter todos os seus desejos atendidos, não se contenta somente em possuir a mulher mais bela do mundo. Fausto quer conquistar terras e a própria natureza. O imperador lhe oferece até um castelo.

Dono de uma ganância infinita, ele é castigado pelos deuses, que causam a sua cegueira. É quando Fausto, dominado pela culpa, tem consciência dos seus atos e quebra o seu acordo com o demônio e paga com a vida. Mefistófeles tenta levá-lo para o Inferno, mas um coro de anjos o conduz ao Paraíso. Da primeira obra dedicada à lenda, escrita por Johann Spiess em 1587, ao *Fausto*, de Goethe, ao início do século XIX, o mito permeia a cultura ocidental e serve de arquétipo para várias criações de literatura, cinema, teatro, música e outras formas de expressão artística que surgem depois. Fernando Pessoa escreve a peça teatral intitulada *Fausto: uma tragédia subjectiva*. Em 1947, Thomas Mann publica o seu romance clássico, de nome *Doutor Fausto*, com o personagem do compositor Adrian Leverkühn. Outra grande obra – brasileira – também se dedica ao tema: *Grande sertão: veredas*, de João Guimarães Rosa.

A história da aquisição da minha preciosa edição do *Fausto*, de Goethe, tem, contudo, outro desdobramento. Eu saía de um concerto no Teatro Mariinsky, em São Petersburgo, com Leonor, quando um jovem com um sotaque árabe muito carregado me tocou no braço. Eu me assustei, mas logo percebi que ele tinha um sorriso nos lábios e um ar amigável. Perguntou se eu me recordava dele: era Mohamed, filho do Senhor Abdul, meu amigo da livraria de Esmirna. Eu o abracei e o beijei na bochecha esquerda! Eu amava o meu amigo Abdul e a bela Esmirna, a linda cidade turca, na costa do Mar Egeu, que fora fundada pelos gregos, ocupada depois pelos romanos e reconstruída por Alexandre, o Grande, e que depois fez parte do Império Otomano.

Certa vez, quando fui visitar uns sítios arqueológicos da cidade e o Castelo de Kadifekale, que ficava bem no alto de um penhasco, conheci Abdul e nos tornamos amigos para sempre. Mohamed, seu filho, era uma criança. E agora, que surpresa! Mohamed tornara-se um homem. Era estudante de

Letras em São Petersburgo. Fiquei emocionado em revê-lo. Foi com Abdul, pai de Mohamed, que eu vivi uma das situações mais estranhas e até hoje inexplicáveis da minha vida de colecionador de livros raros.

Estávamos Abdul e eu numa barbearia na periferia de Moscou. Eu iria adquirir esta maravilhosa edição do *Fausto*, de Goethe, datada de 1895, que tenho no meu acervo, do dono da barbearia, que era seu amigo, de nome Ivan Iákovlevitch. Ele atendia um cliente, quando deu uma pausa para fazer o seu lanche e depois retornar ao trabalho. Foi quando Ivan encontrou um nariz – que não era o seu – no interior do pão. O nariz pertencia ao seu conhecido, o major Kovaliov. Assustado com a possibilidade de que algum policial ou autoridade irrompesse em sua barbearia, Ivan Iákovlevitch escondeu o nariz numa gaveta. Porém, a sua esposa desconfiou e abriu a gaveta para ver do que se tratava.

Ela ficou indignada com a presença daquele nariz e gritou para que Ivan Iákovlevitch desaparecesse imediatamente com aquela coisa da barbearia. Enquanto isso, assustado e em sua casa, o major Kovaliov já havia feito de tudo para saber do paradeiro do seu nariz, mas se deparava sempre com algum conhecido e sentia-se constrangido pelo seu nariz. Ele ficara perplexo quando notou, numa manhã, ao acordar, que no lugar do seu nariz havia apenas uma superfície plana. Decidiu recorrer a vários meios para recuperar o que lhe era de direito. Andou pela cidade meio disfarçado e terminou por identificar o seu nariz no rosto de um conselheiro do governo.

Antes que o major Kovaliov tomasse qualquer atitude no sentido de recuperar o seu nariz, o conselheiro saiu às pressas do local. O major foi até um posto policial e não encontrou o comandante. Ele dirigiu-se ao jornal, para solicitar que fosse publicado um anúncio com a descrição detalhada do seu nariz, mas o rapaz que o atendeu estranhou o pedido. Ele não quis perder tempo e foi diretamente à residência do chefe da polícia, que ficou confuso com a história e com a ausência do nariz do major, negando-se a despachar qualquer requerimento oficial sobre o caso. Kovaliov mal se aguentava de tanto ir para lá e para cá à procura do seu nariz e retornou à sua casa.

Depois de refletir sobre o que se passara, concluiu que a culpa era da esposa do seu superior, senhora Podtótchina, que queria que ele se casasse com a sua filha. Foi quando um policial bateu à sua porta. Kovaliov respirou, aliviado, pois pensou que haviam localizado o seu nariz. E era o caso. Ivan Iákovlevitch o havia levado, escondido num embrulho de papel, até a delegacia. Porém, haveria de se identificar um médico que fosse habilitado a colocar o seu nariz de volta no devido lugar.

Kovaliov procurou vários profissionais, sem sucesso. Na manhã seguinte, misteriosamente, o nariz reapareceu no seu lugar de origem: o rosto do major Kovaliov e sem um motivo detectável. Surgiram então vários boatos entre a população, sem que ninguém pudesse entender o que realmente havia sucedido com o nariz. Eu mesmo fiquei desnorteado com a história, ao ponto de me esquecer da razão de minha visita à barbearia de Ivan Iákovlevitch – que era relacionada com a aquisição da preciosa edição de *Fausto*, de Goethe.

Abdul ficou também atordoado com o fato de que o nariz de Kovaliov desaparecera sem causa aparente, depois fora visto sozinho na barbearia, estivesse no rosto do conselheiro do governo e após simplesmente retornasse ao rosto de Kovaliov.

Quando eu me recompus, Ivan Iákovlevitch estava falando com o dono de uma livraria próxima da barbearia, que ouvia atentamente a história sobre o desaparecimento do nariz do major Kovaliov e o seu reaparecimento na barbearia e depois nos demais destinos.

Foi quando eu os interrompi, manifestando também a minha surpresa com o caso, recordando-me do propósito da minha visita à barbearia acompanhado por Abdul. Falei ao barbeiro do meu interesse na compra da sua edição de 1895 de *Fausto*, de Goethe. Ele falou-me do preço, que, embora elevado, justificava-se pela raridade da obra e por seu estado de conservação. Eu concordei com ele, abri a minha carteira, retirei os rublos e fiz o pagamento.

Abdul e eu saímos da barbearia com a rara edição do *Fausto*, de Goethe, um clássico da literatura ocidental, provavelmente a obra literária de maior importância na literatura germânica, felizes, especialmente por estarmos também com os nossos narizes no rosto e funcionando perfeitamente. Recordei-me da ópera de Dmitri Shostakovich, *O nariz*, que foi inspirada num conto de Gógol, sobre um oficial de São Petersburgo cujo nariz sai de seu rosto e busca viver de modo independente – mas não por muito tempo.

A história do nariz apareceu nas primeiras décadas do século XIX na *Sovreménnik*, uma revista dirigida pelo poeta russo Aleksandr Puchkin. Mohamed – agora um homem das letras – revelou-me a sua preocupação com o fato de que eu insistia em utilizar as histórias que lia nos livros de autores consagrados, mas para consumo próprio. E mais grave, eu roubava o enredo de contos ou romances conhecidos e os punha nos meus livros.

Na opinião do jovem Mohamed, não seria uma atitude correta da minha parte com o leitor e tampouco com os autores das obras. Tratava-se de um caso típico de apropriação indevida da literatura alheia. Eu ponderei que muitos críticos e mesmo autores pensavam ser impossível a originalidade. E que de escutar, ver ou ler aqui e ali, nós acabávamos por absorver as criações alheias. E isso não seria necessariamente negativo.

Abdul complementou a minha defesa, afirmando que os romanos utilizavam pedras para rabiscar as notícias do dia. Depois, eles raspavam a pedra até fazerem desaparecer as notícias e colocavam sobre a mesma superfície as notícias seguintes. Eram os chamados "palimpsestos". Mohamed gostou da história, mas não da argumentação. Ele disse preferir as novas ideias. Com a minha edição raríssima do *Fausto*, de Goethe, de 1895, debaixo do braço, eu me defendi, aludindo às tantas vezes em que Deus e o demônio mediram forças na literatura.

Mohamed entendeu a minha comparação, mas se despediu movendo a cabeça, como se tivesse concordado comigo apenas parcialmente e para me agradar. Afinal, eu o conhecia desde criança. Eu fiquei muito contente com a sua atitude e disse a Abdul que ele educara muito bem o seu filho. Mohamed tornara-se um pensador independente. É importante questionar e não aceitar a realidade simplesmente como um fato consumado.

Sempre gentil, Abdul sugeriu que eu talvez devesse parar, ao menos por um tempo, de roubar a literatura dos outros. Era constrangedor o leitor ler os meus textos e reconhecer neles outros autores. Seria melhor que eu – Gilberto – tivesse um pouco mais de originalidade. Eu entendi a sua preocupação, mas resignei-me a ser o que sempre fui: um roubador de textos alheios. Nós nos despedimos e saímos um para cada lado, pensando no absurdo sem precedentes que deve ser o indivíduo acordar sem o próprio nariz. Pior foi o caso do major Kovaliov, que considerou o fato como consumado e saiu pelas ruas a procurá-lo.

JORGE LUIS BORGES
FICCIONES
(1935 - 1944)
SUR
BUENOS AIRES

IV

O LIVRO DO SENHOR LIPMANN

(*Ficciones*, de Borges, edição de 1944)

Borges é um dos maiores autores do século XX e, provavelmente, de todos os tempos. *Ficciones*, publicado em 1944, reúne vários dos seus melhores contos. O escritor argentino foi várias vezes cotado para ganhar o Nobel de Literatura, mas, infelizmente, não ganhou o prêmio. Borges dizia, em entrevistas, que não gostava do seu título, *Ficciones*, escolhido não por ele, mas pela sua editora. Achava que "ficciones" não era uma palavra bonita, tampouco tinha uma boa sonoridade. Eu possuo a primeira edição de *Ficciones*, originalmente publicada pela lendária revista *Sur*, fundada por Victoria Ocampo, em 1933. A circunstância da sua aquisição é curiosa. Eu estava na nossa casa, em Punta del Este, no Uruguai, quando Leonor me disse que havia um senhor pedindo para falar comigo sobre livros.

Eu interrompi a minha leitura diária da edição do *Clarín*, um jornal argentino que eu recebia diariamente em minha residência, e fui atendê-lo. Na porta, eu vi que se tratava de um homem de uns sessenta anos, magro, alto e vestido num terno de lã. O clima quente de verão em nada condizia com a sua roupa. A gravata parecia um pouco amassada e a camisa devia ter sido branca no passado, mas era amarelada. Em resumo, ele pareceu-me um homem de vida modesta e que provavelmente vivia sozinho. Eu o cumprimentei e pedi que entrasse. Apontei para um dos cantos do sofá da sala e pedi que ele se sentasse. Como de costume, eu sentei-me na minha poltrona. Ele se apresentou para mim como o "Senhor Lipmann, Victor Lipmann", e dizia ser de origem tcheca – judia tcheca. Eu sorri e disse a ele que eu era também de origem judia e que o meu pai era oriundo da Bessarábia e a minha mãe vinha da Lituânia.

Ele foi diretamente ao assunto: ele era um vendedor de livros, especializado em edições antigas de autores russos, como Tolstói, Dostoiévski, Tchecov, Gógol, Turguêniev e outros. Eu respondi que este era o meu assunto predileto e que eu colecionava primeiras edições e obras raras. O senhor Lipmann disse que quem lhe dera o meu endereço fora um rapaz que tomava conta da livraria El Virrey, no centro de Punta del Este. Eu perguntei a ele quais os títulos de que dispunha no momento. Ele abriu a sua enorme bolsa de couro e retirou alguns volumes de autores russos, fáceis de ser adquiridos e quase sem valor para colecionadores. Eu disse a ele que eu tinha edições bem mais antigas daqueles mesmos autores e que já havia gastado quase todo o dinheiro em espécie que eu trouxera comigo do Brasil para as despesas.

O senhor Lipmann sorriu e respondeu que já imaginava que seria essa a minha resposta. Falou que possuía um livro bem mais valioso para alguém como eu. "É, sem dúvida, um livro feito para o senhor", ele completou. Disse que o havia comprado por quase nada, de um homem de aspecto muito pobre, que passara a persegui-lo por onde ele andava, durante uma viagem que fizera a Marrakech havia muitos anos. O estranho dizia que lhe venderia "um livro infinito". Ao ouvir a frase do pobre homem, o senhor Lipmann ficou curioso e parou. Conversaram sobre os poderes do tal "livro infinito" e ele então o comprou. Desde então, "o livro andou pelo mundo e já voltou às minhas mãos incontáveis vezes. As pessoas sem alma não o toleram por muito tempo", ele disse, querendo fazer piada. Eu fiquei muito curioso e perguntei se eu poderia ver o livro mais de perto.

O senhor Lipmann mostrou-me então o tal livro, encadernado em tela, bem antigo, com aspecto de ter sido já muito manuseado. Chamou-me de imediato a atenção a forma desordenada da sua numeração. O livro não seguia a menor lógica. Ele se antecipou e pediu que eu memorizasse bem a página que eu folhava, pois ele duvidava que eu conseguisse retornar a ela. Noutras palavras, seria impossível ler novamente a mesma página. "O livro tem lá as suas manias", o senhor Lipmann comentou. Eu não entendi bem o que ele queria me dizer, mas fiquei mais surpreso ainda ao observar que, ao folhear as páginas do livro, elas simplesmente não me obedeciam. É exatamente o que o leitor acabou de ler. As páginas tinham vida própria! Retornavam como queriam à página imediatamente anterior ou interpunham-se montes delas entre a que eu havia marcado e a que o próprio livro desejava me mostrar.

O senhor Lipmann me perguntou se eu havia entendido que se tratava de um livro infinito. Exatamente isto: ele desejava deixar claro que o seu número de páginas era de fato infinito. E mais estranho ainda: o livro não possuía uma página inicial e tampouco uma página final. "Como as areias do deserto", disse ele. Eu fiquei assustado, mas ao mesmo tempo muito tentado a possuí-lo e por qualquer preço que ele propusesse. Disse a ele que eu ficaria com o livro e que ele fizesse a sua proposta. O senhor Lipmann perguntou-me de quanto dinheiro eu dispunha naquele momento. Eu fui bem franco e respondi que eu estava preparado para lhe dar todo o dinheiro que trouxera comigo do Brasil. E a diferença que faltasse do valor, eu sacaria no banco na mesma tarde.

Revelando enorme fidalguia, ele respondeu que jamais me causaria qualquer constrangimento financeiro. Ele não apenas aceitaria como pagamento o que eu dispunha naquele momento em espécie, como ele me presentearia com a primeira edição de *Ficciones*, de Borges, datada de 1944 – "uma preciosidade", segundo ele. O senhor Lipmann disse que tinha a certeza de que a raridade do grande autor argentino iria enriquecer o meu acervo. O rapaz simpático da livraria El Virrey havia dito a ele que eu apreciaria o seu presente. Quanto ao estranho livro que ele acabara de me vender, ele confessou ter muita curiosidade em saber por quanto tempo eu toleraria a sua presença. Ele antecipou-me que, com o passar do tempo, a presença daquele "livro infinito" entre os demais, nas estantes de uma biblioteca, costumava causar certo transtorno ao seu dono.

Pelo menos, era o que havia sucedido com os donos anteriores, depois de tolerarem a presença do livro por cerca de alguns meses. Foi o tempo que a obra havia ficado nas mãos daquele homem que o perseguira em Marrakech. O senhor Lipmann disse que me deixaria um número de telefone, caso eu desejasse, no futuro, revender o livro a ele. Ele entenderia, pois "é muito difícil conviver com um livro que não tem começo e nem fim", ele falou. Mas eu me sentia como se estivesse vivendo um sonho. “Um livro infinito! Parece-me um conto de Borges!”, eu completei. Os sonhos, os tigres, os espelhos e os labirintos borgianos me transportavam sempre aos grandes temas que interessam aos seres humanos, como a morte, o tempo, a eternidade ou o infinito. “E o livro é infinito – pelo menos é o que o senhor me disse”, eu o desafiei, com bom humor. Ele soltou uma boa gargalhada, elogiando a brincadeira.

Antes de se despedir de mim, o senhor Lipmann comentou que as pessoas ficavam muito curiosas pelo fato de o livro ser tão estranho. E pagavam por ele até bem mais do que dispunham. Contudo, com o passar do tempo, o livro tornava-se desconfortável, simplesmente por ser infinito. E assim, “dava uma sensação nas pessoas de ser incontrolável”, ele disse. De minha parte, eu fiquei enlouquecido com a possibilidade de tê-lo no meu acervo. Para mim, era como se o senhor Lipmann acabasse de me vender “O livro de areia”, de Borges. Tomamos juntos um chá, comemos uns biscoitos e depois ele me disse que já era hora de se despedir de mim. “Na certa, nós nos veremos novamente”, ele disse. “O senhor se refere ao dia em que eu tiver de me ver livre do livro infinito?”, eu respondi em tom de brincadeira. Ele riu da piada.

Eu acompanhei o senhor Lipmann até a porta e nós nos despedimos com um respeitoso aperto de mão. Ele desejou-me boa sorte com a minha coleção de livros raros e pediu que eu tivesse paciência com o livro que eu acabara de adquirir. “Eu sei. Ele parece ter vida própria”, eu completei. E disse ao senhor Lipmann que ele e eu éramos muito parecidos. “Os meus livros conversam!”, eu brinquei. Disse a ele que eu havia aprendido a ter muita paciência com as obras que possuía no meu acervo. Ele concordou com o meu comentário, dizendo que "de fato, os livros podem ser muito temperamentais". Fez então um gesto de adeus, virou as costas e foi embora.

Eu fiquei parado na porta, contente por ter conhecido o senhor Lipmann, e permaneci ali a observá-lo partir em passos rápidos, na direção da esquina da minha rua. Eu aproveitei que estava sozinho e, ali mesmo, abri o livro. Foi incrível! O livro folheou-se – sozinho – até a página que começava com a palavra "poesia". Imediatamente, a página impregnou-se de uma tinta azul da cor do céu e nela surgiu, numa letra tipo gótica, um fragmento do livro de poemas *Folhas de Relva*, de Whitman. Folhei o livro novamente e retornei à palavra "poesia" e o que apareceu já não foi o livro de Whitman. Era o *Se*, que eu adoro, de Kipling, numa letra em tom verde, como as folhas da glicínia do nosso jardim.

Tentei provocar o livro sem início e sem fim com a palavra "Neruda" e em menos de um segundo surgiram na mesma folha dois passarinhos – um amarelo e outro vermelho – e começaram a cantar um poema que eu adoro de Neruda. Era o "*Esta noite posso escrever os versos mais tristes*". Meu Deus! O livro havia me levado a um fragmento do *Poema 20*, de Neruda! Eu recitei: "De outro. Será de outro. Como antes dos meus beijos". Fiquei emocionado. Tentei o nome "Bandeira" e o livro me fez ler, num tipo de letra como o de uma máquina de escrever Remington antiga, o poema *Estrela da Manhã*.

Eu fiquei emocionado e recitei em silêncio os versos "Eu quero a estrela da manhã, onde está a estrela da manhã? Meus amigos, meus inimigos, procurem a estrela da manhã", do poema de Bandeira. Foi quando eu percebi que ele não tinha ido embora. O senhor Lipmann estava parado na esquina da minha rua a me observar. Deu-me a sensação de que ele estava a esperar pela minha reação ao abrir, sozinho, o livro que há pouco ele havia me vendido. Ele fez um sinal para mim, como se perguntasse como havia sido o meu primeiro encontro com o livro infinito. Da porta de casa, eu lhe fiz também um aceno, dando a entender que eu já abrira o livro e ficara maravilhado com o que eu havia lido. Ele ficou radiante! E retribuiu o meu gesto com um sorriso. O leitor irá pensar que eu fiquei louco, mas eu continuei olhando por mais alguns segundos para o seu rosto, de tão feliz que eu estava.

Eu então percebi que as suas feições começaram a se transformar. Ele já não era mais o senhor Lipmann! Era Borges! Eu juro! Os meus olhos se encheram de lágrimas. Os olhos dele também. Sim, era Borges, ele sempre teve esse jeito de me surpreender com a sua maravilhosa literatura. Eu pude ler o movimento dos seus lábios e eles diziam: "Adeus, meu amigo! Espero que goste do meu livro infinito!". Eu acenei novamente e me despedi dele, chorando com se eu fosse uma criança. Ele então partiu. A sua silhueta foi ficando cada vez menor, até perder-se na paisagem. Esta é a história de como a minha primeira edição de *Ficciones,* de Borges, veio parar no meu acervo. Já o livro infinito, quando eu o abro numa página, ele insiste em me levar a outra, quase sempre onde há um verso de perdão. "Para que eu não esqueça que possuo um coração", imagino que diria o seu antigo dono.

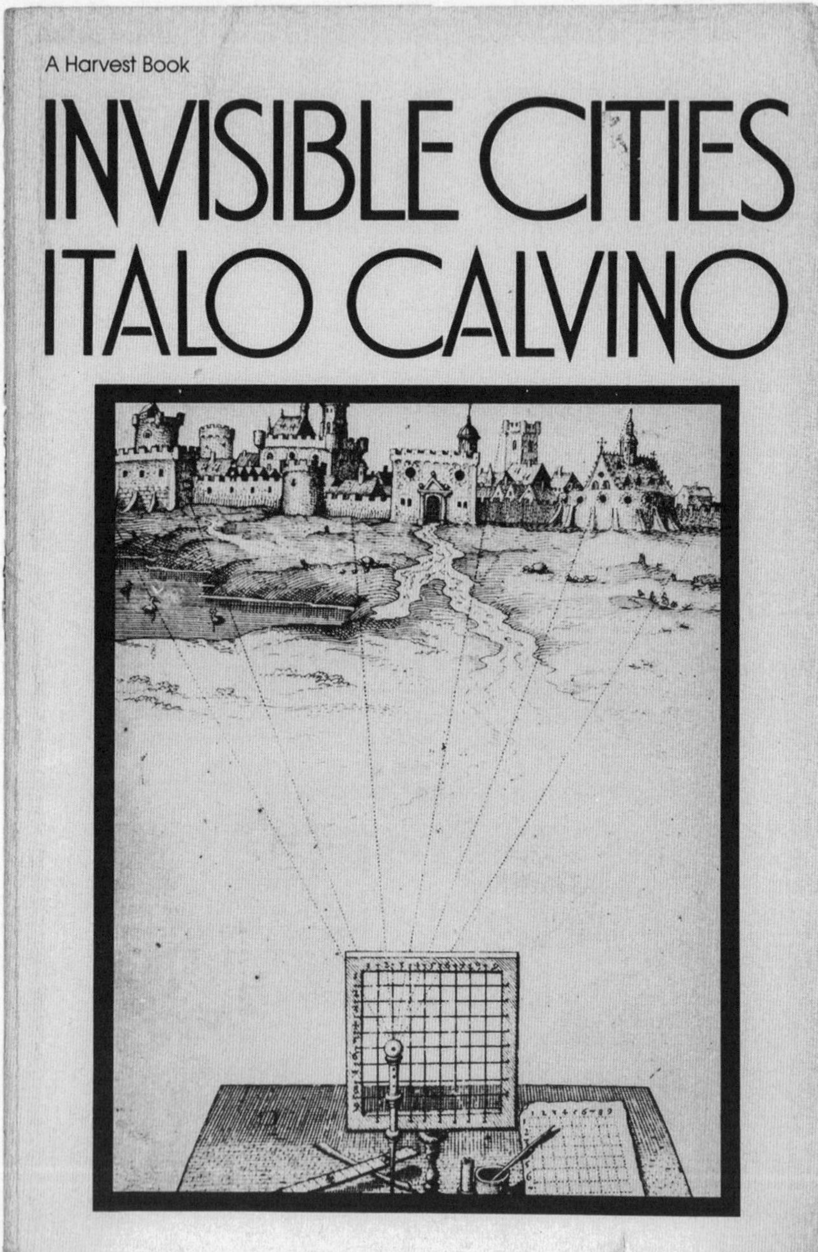
A Harvest Book
INVISIBLE CITIES
ITALO CALVINO

V

NOITES COM KUBLAI KHAN

(*Invisible Cities*, de Calvino, edição de 1974)

Falarei de um pequeno livro, de fácil leitura, que integra a minha coleção. É uma obra que me marcou muito. Italo Calvino imagina, em *As cidades invisíveis*, o diálogo entre o viajante Marco Polo e Kublai Khan, o imperador dos tártaros, que busca conhecer, pela narrativa do jovem veneziano, as cidades sob seus domínios. A abertura do romance já é magnífica: "Kublai Khan não acredita necessariamente em tudo o que diz Marco Polo, quando descreve as cidades visitadas em suas expedições, mas o imperador dos tártaros continua a ouvir o jovem veneziano com maior atenção e curiosidade do que demonstra a qualquer outro de seus mensageiros ou exploradores".

No verão do ano de 1985, Leonor e eu fomos para Siena, na Itália, onde eu participaria de um seminário importante. Na época, eu iniciava as pesquisas que levariam ao meu doutoramento pela Universidade Livre de Amsterdam. Naquele mesmo período e na mesma Siena, o escritor Italo Calvino se ocupava com a preparação dos textos literários para a Cátedra de Poesia Charles Eliot Norton, que ele ministraria três meses depois, na Universidade de Harvard. Anos mais tarde, no ano de 1993, bem depois do seu falecimento, estes textos viriam a ser publicados com o título em inglês *Six Memos for the Next Millennium*.

Meu professor-orientador, nos Países Baixos, Herbert Weissmuller, era amigo de Calvino. Numa manhã, nos primeiros dias do mês de setembro, ele me telefonou de Amsterdam, pedindo que eu fosse com urgência até o hospital de Santa Maria della Scala, pois o seu amigo Calvino tivera um acidente vascular cerebral e a sua situação era muito grave. Ele tinha na época sessenta e um anos de idade. Eu me apresentei na entrada do hospital e uma enfermeira me acompanhou até o seu quarto.

Fiquei muito comovido quando me deparei com aquele indivíduo, que era para mim um dos grandes da literatura, meio encolhido e deitado de lado na cama, com a boca um pouco desviada para o lado, quando tentava se expressar, e com uma evidente falta de movimentos no lado esquerdo do seu corpo. Calvino foi um dos mais importantes escritores italianos do século XX. Ele ficou feliz ao saber que eu era aluno de Weissmuller, e mais ainda quando eu falei que eu era um leitor fervoroso das suas obras.

Quando começamos a conversar e eu lhe contei que era brasileiro, ele ficou contente. Disse que ele havia nascido em Cuba, em 1923, num subúrbio de Havana, quando os seus pais estavam numa viagem de estudos naquele país – os pais eram cientistas. A família retornaria à Itália meses depois do seu nascimento. Sem que eu perguntasse, Calvino começou a falar do pai e da mãe. Havia muito orgulho e sentimento nas suas palavras. Ele sorriu, com a boca torta pela doença, dizendo que, caso ele morresse, queria garantir que a sua versão da biografia da família ficasse bem documentada.

O seu pai era italiano e lecionava a disciplina de botânica, especializando-se na flora tropical. Ele havia se transferido para o México, onde assumiu um cargo no Ministério da Agricultura. Havia testemunhado a Revolução Mexicana. De lá, o seu pai transferiu-se para Cuba. Só tempos depois, a família retornaria à Itália. Calvino pediu que eu registrasse na minha memória que o seu pai fora um anarquista convicto e seguidor de Kropotkin, o grande pensador do movimento.

Eu o interrompi, com surpresa e curiosidade, perguntando se ele se referia ao grande Piotr Kropotkin. Ele ficou feliz com a minha interrupção e perguntou de onde eu havia tirado aquela informação, que "era cem por cento verdadeira". Eu respondi que a minha avó Clara era lituana e emigrou para o sul do Brasil em 1920. Ela lia muito sobre os desdobramentos da história política da Rússia, melhor dizendo, da então União Soviética. Foi através dela que eu soube do pensamento de Kropotkin.

Calvino não disfarçou o seu contentamento. Era como se ele tivesse encontrado uma alma gêmea, também perdida naquele pequeno hospital, a qual entenderia bem do que ele falava. Contou-me que a sua mãe era também especialista em botânica e professora universitária. Contudo, ela era menos "agitada politicamente" do que o seu pai. Ela era o que se poderia definir como uma pacifista, forjada na "consciência do valor do dever e da ciência".

Os seus pais eram, portanto, bem diferentes um do outro, com óbvias tensões entre os dois. Calvino me falou que lembrava bem dos trabalhadores que iam ao escritório do seu pai, nos sábados, para receberem os seus salários. Seu irmão nasceria alguns anos depois e seguiria mais ou menos a tradição da família, dedicando-se à geologia. Na Itália, o seu pai seria um dos pioneiros no cultivo de frutas então desconhecidas dos italianos, como era o caso do abacate.

Eu lembro que o interrompi, durante o nosso primeiro encontro, dizendo que deveriam vir daí as ricas descrições sobre a flora e a fauna, contidas nas suas primeiras obras, como *The Baron in the Trees*, do qual eu lera a tradução em inglês. Calvino ficou radiante ao saber que conversava com um leitor da sua "primeira fase". Respondeu que essas memórias ficam para sempre e reaparecem de tempos em tempos na sua literatura. Eu mencionei – à propósito dos seus pais – que eu também lera *The Road to San Giovanni*, em que Calvino narra muito da convivência com os seus pais, o diálogo difícil dos dois, por serem prolixos e "possuidores de um oceano de palavras".

Ele se emocionou novamente e disse que ele e o irmão ficavam mudos, caminhando com os pais, resignados à condição de meros ouvintes dos intermináveis diálogos dos seus pais, pelas estradas de San Giovanni. Eu mal consegui dormir naquela noite, narrando para Leonor o que fora o meu encontro com o grande escritor Italo Calvino. Na manhã seguinte, ele me contou – entre tantas coisas – que era apaixonado pelo *The Jungle Book*, de Kipling. Eu respondi que esta obra fora também uma das minhas leituras preferidas quando adolescente. Quem me sugeriu a leitura e até leu algumas partes para mim foi a minha irmã Margareth, que anos depois se tornaria professora de literatura.

Calvino adorou saber que eu tinha na família uma professora de letras. Ele ficou até um pouco emotivo ao me confessar que na sua família a literatura era menos valorizada do que as ciências. Eu não lembro a razão, mas comentei com ele sobre o meu envolvimento com a política estudantil, durante a ditadura militar no Brasil.

Ele completou num tom triste que havia testemunhado um episódio, em que um professor marxista fora agredido violentamente pelos "Camisas Negras" de Mussolini. Ele me disse que recordaria até a morte a imagem do velho professor, entrando na sua casa, com o rosto ensanguentado e a gravata rasgada, pedindo ajuda ao seu pai. Calvino falou que os seus pais odiavam os fascistas e que eles afastaram os filhos da prática da religião. Os dois desconfiavam muito da moral da Igreja Católica. Talvez por isso, ele – Calvino – tornara-se mais tolerante com as opiniões dos outros.

Durante nosso segundo encontro no hospital, falamos sobre o início da sua carreira literária. Ele perguntou se a minha curiosidade tinha algo de pessoal. Eu sorri e concordei com ele. Eu me graduara em Medicina, mas desejava ser escritor. Calvino me contou que estudou na faculdade de Agronomia, em Turim, muito mais para atender às expectativas da família. Ainda que tivesse lido muito sobre Max Planck, Albert Einstein e outros nomes da ciência, o que ele, no fundo, desejava era ser dramaturgo. Desde jovem, ele já havia lido Luigi Pirandello, Eugene O'Neill, Thornton Wilder e outros. "Somos tão parecidos!", eu confessei, sem esconder a minha alegria. Calvino me confidenciou que foi por influência da sua mãe que ele entrou para a Resistência Italiana. O seu nome de guerra era "Santiago" e se uniu aos comunistas das "Brigadas Garibaldi".

Contou-me, emocionado, que a sua mãe resistiu heroicamente aos fascistas e aos alemães da SS, quando foi presa. Os Camisas Negras a torturaram também psicologicamente

– ele lembrou –, fingindo matar o seu pai a tiros na sua frente. Depois da guerra, Calvino foi viver em Turim, abandonando a ciência e mergulhando na literatura. Sua matéria-prima literária neste período foi a guerra, a qual só fez aumentar as suas convicções políticas. Ele então aderiu ao Partido Comunista. Leu os escritos de Lênin e se uniu ao movimento operário.

Na terceira manhã em que estive com ele, Calvino me pediu que eu lhe contasse sobre as cidades onde os seus livros haviam chegado às livrarias. Ele havia conquistado tantos mundos através da sua literatura, mas sabia pouco sobre a sua real dimensão na vida das pessoas. Ele me pediu que eu descrevesse ao menos as cidades que eu havia visitado – e ele não – por onde as suas obras circulavam ou faziam parte das bibliotecas e da intimidade dos leitores. Eu passei então a narrar o que eu havia visto de cada uma, ou melhor, o que eu pensava ter visto sobre cada uma delas.

Lembrei a ele que o que eu mais gostava na sua literatura era a poesia que saltava – tão bela e pura – da sua prosa. Calvino agradeceu, emocionado. Contei-lhe sobre as anotações que fiz sobre as cidades nas quais a sua literatura havia penetrado. Falei dos poemas que rascunhei no papel, estimulado por seus escritos, como se tudo fosse parte de um diário de alguém que de fato amava aquelas cidades que ele agora desejava conhecer. Contei-lhe tudo, qualquer coisa que me vinha à memória e que pudesse se transformar nas imagens imaginárias em cada uma das cidades incluídas no seu universo de leitores.

Calvino mostrava uma grande curiosidade em escutar os meus comentários e ouvir na minha própria voz os textos que eu havia escrito não apenas sobre as cidades, mas também sobre outras coisas que eu fazia naqueles lugares imaginários: as mostras de arte que eu havia visitado, as minhas incursões nas livrarias menos conhecidas, as obras que eu adquiri nos sebos situados em ruelas mais distantes. Enfim, até sobre as minhas conversas com as pessoas – quase todas desconhecidas – que viviam em cada parte do seu imenso império literário ele quis saber.

Indagou se eu teria criado as descrições das minhas viagens, utilizando como modelo o *Decameron*, de Boccaccio, ou *Il Milione*, o livro das maravilhas, com o relato das viagens de Marco Polo. Aquele livro mais antigo, de Rustichello, escrito no fim do século XIII. Eu ouvia tudo que ele dizia, encabulado, como se qualquer frase saída de sua boca fosse para mim um elogio. E eu respondia que sim, com um sorriso quase infantil. Calvino me pediu que simplesmente falássemos sobre as minhas viagens por aquelas cidades dos seus leitores, como se ele fosse Kublai Khan, o imperador dos tártaros, e eu o jovem Marco Polo.

E que eu narrasse as minhas visões sobre as cidades, mesmo que as minhas descrições fossem incompletas, incoerentes ou que eu tivesse de preencher os meus vazios com os frutos da minha própria imaginação. Em nossas conversas nos dias que se sucederam, Calvino disse que amava ouvir sobre os cenários que eu criava, como fez Marco Polo ao contar ao Kublai Khan sobre as cidades invisíveis do seu reino, falando das fábulas do Oriente, dos desertos, das caravanas cheias de gente, dos camelos e das especiarias.

Eu não pude me conter e soltei uma gargalhada! "E das belas mulheres e das suas aventuras amorosas com os homens!", eu gritei. Depois me arrependi, pela minha exagerada intimidade com ele, e me contive. Mais sério, ponderei que não esqueceria dos comentários sobre os temas da natureza e sobre o modo como viviam as pessoas do reino imaginário das "letras calvínicas". Ele riu, satisfeito com a minha seriedade em relação à sua obra literária. E pediu que eu não a levasse tanto a sério.

Calvino me pediu que eu falasse com ele como quem escreve um livro. Ele seria o meu leitor atento, alguém que teria uma postura de quem apenas escutava as minhas frases, sem muitos questionamentos. Assim, ele poderia construir a sua própria versão das histórias, a partir dos meus relatos. Como era ele quem me ouvia, Calvino disse que eu não me preocupasse, pois era dele a responsabilidade de dar algum sentido às palavras que eu pronunciava. E que ter ou não sentido o que ele ouvia era um risco presente na comunicação entre as pessoas. Nada era definitivo.

Mais sério, ele falou que não desejava morrer sem saber das surpresas e das ideias contidas nas entrelinhas do que eu lhe narrava. Perguntou se era verdade ou mentira o fato de que as cidades do seu reino, e que eu lhe descrevia, tinham nomes de mulheres. Eu respondi que sim, que eu havia me inspirado nele, o grande Italo Calvino, e nas suas *Cidades invisíveis*, uma obra que eu amava tanto! E que os nomes que ele havia escolhido para as suas cidades invisíveis eram tão belos! Portanto, não haveria razão para que escolhesse outros nomes.

Ele ficou feliz da vida! E então perguntou sobre Diomira, Isidora, Zaira, Zora e Maurília! Eram os nomes das cidades que eu descrevia? E Doroteia, Despina, Anastácia, Fedora e Zobeide? Por que seriam elas a representação dos desejos? Por que Eudóxia, Bersabeia, Tecla, Perínzia e Ânzia seriam para mim as cidades que representavam os céus? E eu respondi que fora ele próprio quem havia escolhido estes nomes nas suas cidades invisíveis e não eu! E Calvino ria, feliz da vida! "E Olinda, Raíssa, Marózia, Teodora e Berenice seriam as outras cidades ocultas?", ele me perguntou. "Sim! Foram todas ideias suas, contidas no seu próprio livro", eu respondi.

"Na certa, o meu relato levaria o seu pensamento a outros aspectos, quem sabe mais profundos da existência humana", ponderou Calvino com uma enorme emoção nos seus olhos. Depois, ele quis que eu falasse da intimidade de todas as cinquenta e cinco cidades com nomes de mulheres da sua obra. Eu disse a ele que adoraria fazê-lo, mas não sabia se conseguiria. Ele perguntou se a minha resposta era porque os seus dias estavam contados e ele morreria antes do final, naquela cama de hospital. Eu respondi que ninguém era dono do destino das outras pessoas. O meu desejo era que ele ficasse bem e retornasse à sua família, à sua casa e à sua cidade.

Calvino respondeu que sabia que os seus dias estavam contados e que era por esta razão que ele merecia sonhar com as suas cidades invisíveis. Ele disse que havia gostado da forma como eu havia classificado as cidades que ele ainda não conhecia no seu mundo literário. Eu argumentei que nada seria mais justo, pois tratava-se de um império de leitores, com gente dos quatro cantos do mundo, que a sua literatura havia conquistado. Ele relembrou-me dos onze distintos temas que havia escolhido no seu *Cidades invisíveis*.

Eu concordei com ele e mencionei as cidades e os seus nomes, com o seu sentido de identidade e de lugar; as cidades e a memória, com as influências do passado; as cidades e os desejos, dando voz ao inconsciente; e os símbolos que cada uma das cidades representava, como uma linguagem de um subconsciente coletivo. E parei por ali, para não o deixar fatigado. Calvino lembrou-me das cidades delgadas, com o seu desprender da terra; dos olhos e das visões individuais de cada cidade; das mortes nas cidades, que representavam os finais dos ciclos; das cidades ocultas, que falavam do dualismo dos seres humanos.

Eu decidi não falar das cidades contínuas e da sua antropofagia; das cidades e da sua relação com o céu, com o ideal de perfeição e com o universo. Ponderei que não há cidades perfeitas em nenhum reino da Terra, pois somos reféns dos nossos desejos, da nossa irracionalidade e das nossas fantasias. Ao mesmo tempo, Calvino lembrou-me de que é sempre bom falar sobre uma cidade, pois ela é um símbolo que concentra dentro dos seus espaços uma infinidade de coisas e reflexões sobre a vida e sobre os homens que nela vivem.

Eu lembrei que as cidades eram como o "Aleph", do conto de Borges. Ele sorriu e completou que Borges dizia que "o Aleph era uma pedrinha, furta-cor, que representava o cosmo". Depois, ele me agradeceu por eu aceitar o desafio de ser o seu Marco Polo por várias manhãs e por ter mostrado a ele os encantos das cidades invisíveis do seu próprio reino. Por fim, ele confessou-me o seu cansaço. Pegou na minha mão e fez um sinal para que eu me aproximasse do seu rosto e o beijasse. Disse então que o meu Kublai Khan precisava descansar.

Calvino faleceu naquela mesma noite, no dia 19 de setembro de 1985. Eu fiquei com ele todas as manhãs, desde o dia em que eu o conheci até o dia da sua morte. Antes de morrer, ele disse ao meu ouvido que suspeitava que eu seguiria escrevendo. Disse que ele não tinha a pretensão de ensinar ninguém a ser escritor, muito menos uma pessoa – como eu – tão carinhosa com ele. Contudo, ele achava uma boa ideia eu começar por escrever o que parecesse mais natural para mim, seguindo a memória das coisas que mais amei.

Disse que eu deveria simplesmente escrever um livro que eu mesmo quisesse ler ou que eu gostasse de descobrir no sótão da casa de um amigo. Segundo Calvino, eu deveria também criar textos como se eu fosse um leitor desconhecido, vindo de outro tempo e de outro lugar. Textos que eu pudesse compartilhar e falassem do sofrer, das dúvidas, dos desejos e da felicidade dos demais. Que as minhas palavras falassem aos outros seres humanos sobre os nossos sentimentos, mas de forma simples, fácil de entender. E que eu tentasse escrever sobre as minhas dúvidas e sobre as minhas verdades interiores, pois só assim eu poderia preencher os vazios das outras pessoas. Dessa forma, os meus leitores iriam compreender que nós somos muito parecidos uns com os outros.

Eu saí do hospital muito triste, no dia em que Calvino faleceu, com um vazio enorme no peito. Telefonei para o meu professor, dando-lhe a notícia. Porém, eu me sentia diferente, profundamente modificado por ter convivido com ele por vários dias e de uma forma tão intensa. Quando eu cruzava a porta principal, a enfermeira do andar em que ele estava hospitalizado veio correndo ao meu encontro. Disse que Calvino havia deixado com ela a missão de, quando ele morresse, me entregar um exemplar assinado da primeira edição, que ele guardava na gaveta do seu quarto do hospital, do seu *Invisible Cities*, lançado no ano de 1974. E que eu tanto apreciava. Na dedicatória, ele dizia que o Kublai Khan agradecia a Marco Polo pela boa companhia.

THE

COMPLETE WORKS

OF

SHAKESPEARE

EDITED BY

WM. CULLEN BRYANT

ASSISTED BY

EVERT A. DUYCKINCK

CONTAINING

ONE HUNDRED PHOTOGRAVURE ILLUSTRATIONS

FROM ORIGINAL DESIGNS BY

FELIX O. C. DARLEY

AND

ALONZO CHAPPEL

WITH AN EXPLANATORY PAGE TO EACH

VOLUME III.

TRAGEDIES AND POEMS

NEW YORK

THE AMIES PUBLISHING COMPANY

17 MURRAY STREET

1889

VI

A MEMÓRIA DE BORGES
(*The Complete Works of Shakespeare*, edição de 1889)

Eu possuo várias edições da obra de William Shakespeare, o maior dramaturgo de todos os tempos. A edição em questão é uma das joias da minha coleção. A sua encadernação é linda, a capa com letras douradas sobre um fundo lilás, contendo cem ilustrações de Felix O. C. Darley e Alonzo Chappel. A edição é da Cullen Bryant, em três volumes, que reúne todas as peças de Shakespeare. Foi publicada em Nova York, pela The Amies Publishing Company, em 1889. Se tivéssemos que reunir em um só nome toda a literatura ocidental, é provável que este nome fosse o de Shakespeare. Ninguém melhor do que ele para criar tipos humanos tão ricos como Lady Macbeth, com sua sede de poder; Hamlet, com sua ambivalência; ou Iago, com o seu ar dissimulado e a sua argúcia em usar o mal para a satisfação de seus desejos.

Nascido na Inglaterra, no século XVI, uma figura emblemática do Renascimento, Shakespeare colocou o homem como centro do universo. O crítico norte-americano Harold Bloom o posiciona – merecidamente – no centro do cânone da literatura ocidental. "Sem Shakespeare, não há cânone, porque sem Shakespeare não há os 'eus' reconhecíveis em nós, quem quer que sejamos", escreveu Bloom. No ano de 1983, tomei coragem – o que não havia tido até então – e inscrevi-me num curso de literatura, em Stratford-upon-Avon, a cidade onde Shakespeare teria nascido e vivido com a sua família. Digo "teria nascido" porque há especialistas que questionam a sua existência, falando da possibilidade de que um grupo de autores tenha escrito as suas obras e que elas tenham sido depois reunidas numa só autoria.

Quem circula pela pequena cidade de Stratford-upon-Avon, contudo, encontra fortes evidências de que o dramaturgo não só existiu na forma de um único indivíduo, como viveu naquela cidade, com a sua esposa – de nome Anne Hathaway – e com os seus filhos. Shakespeare não foi o esposo que uma mulher ligada à casa e à família gostaria de ter, pois passou um longo tempo longe, às voltas com a criação de suas obras teatrais e com a sua produção artística, em Londres e outras cidades. Ele vinha visitar a família de tempos em tempos. Sabe-se, também, que o autor teria deixado uma respeitável herança. Há alguns meses, estive em Nova York a passeio e não deixei de visitar a National Library, onde consegui adquirir uma das edições do fac-símile lá produzido do *Folio*, a primeira reunião das suas obras.

Mas o motivo de toda esta explicação é que, durante a minha ida a Stratford-upon-Avon, no ano de 1983, tratei de me inscrever também numa oficina literária coordenada por um grupo de especialistas na obra de Shakespeare. Numa das noites, fui convidado a me juntar a eles para uns goles de cerveja, num *pub* com o nome sugestivo de William Drake, o oficial da Marinha Real Britânica do século XVIII, que era adorado pela Rainha Elizabeth I e deu nome ao espaço de mar que liga o sul da América do Sul à Antártica. Eu achei o encontro incrível, pois se tratava de uma simples extensão do seminário a que eu assistira durante o dia. Eles só falavam sobre Shakespeare, as suas obras e as circunstâncias da sua criação.

Sentei-me, na primeira noite no *pub*, ao lado de um senhor muito simpático de nome Hermann Soergel, que era um dos especialistas em Shakespeare que se apresentava no encontro. Nas noites seguintes, cada vez que eu me aproximava da mesa dos professores, ele me fazia um sinal com a mão, convidando-me para me acomodar numa cadeira ao seu lado. Logo, ele pedia ao garçom que trouxesse duas cervejas – a minha e a dele. Eu fiquei impressionado com o seu conhecimento sobre a obra dramática de Shakespeare, a qual, ele me confessou, era a razão do seu viver. Ele não era casado e não tinha filhos, dedicando o seu tempo ao seu trabalho, a disciplina de dramaturgia de Shakespeare, da qual era docente na Universidade de York.

Numa das noites, depois de pagar a conta, Hermann me convidou para caminharmos juntos na direção do hotel. Estávamos todos hospedados no mesmo local. No caminho, eu percebi que ele começou uma conversa num tom mais pessoal, quase como quem prepara o ambiente para uma confidência. Eu fiquei surpreso em ser escolhido para ouvir a sua história, o que despertou mais ainda a minha curiosidade sobre Hermann e sobre a origem do seu conhecimento profundo sobre o grande dramaturgo inglês. Ele falou sobre as suas discussões num congresso em Londres, onde ele conhecera pessoalmente o nosso amigo comum Daniel Thorpe, professor de literatura inglesa em Manchester, que participava do curso e das bebedeiras no *pub*.

Daniel e ele se aproximaram durante aquele evento e passaram a jantar juntos num restaurante próximo à universidade. Numa das noites, Daniel disse a ele que precisava fazer uma confissão; ele havia recebido de uma pessoa, durante uma viagem de estudos, a memória de Shakespeare. "A memória de Shakespeare?", eu perguntei, surpreso. "Que eu saiba é este o nome de um conto de Borges", eu completei. Hermann continuou a sua confissão, dizendo para mim que Daniel desejava transferir a memória de Shakespeare para ele. Ele teria comentado com Daniel, durante uma das bebedeiras no *pub*, que faria tudo para ter a memória do bardo inglês.

Eu o interrompi e perguntei: "como assim, a memória de Shakespeare?". Hermann respondeu: "exatamente o que você ouviu, a memória de Shakespeare, inteirinha, dentro do meu cérebro". Ele passou então a me contar exatamente o que havia se passado. Feliz da vida, Hermann concordou com Daniel e o amigo lhe fez a transferência. A pessoa que havia passado a memória de Shakespeare a Daniel era um professor de literatura inglesa, que a teria recebido de outro indivíduo. O que acontecia era que, no início, tudo parecia fantástico. Possuir a memória de Shakespeare produzia no indivíduo uma sensação maravilhosa, mas com o tempo a situação se tornava intolerável.

A memória era sobretudo auditiva, manifestando-se em palavras e melodias do passado. Hermann adorava Shakespeare e não resistiu à tentação de ter a sua memória, inteirinha dentro do seu cérebro, e aceitou prontamente recebê-la de Daniel Thorpe. Ficou com ela por alguns meses e agora decidira passá-la adiante. E eu era o seu eleito. Meio assustado e incrédulo, pedi a ele um tempo para refletir sobre a sua generosa oferta. Na manhã seguinte, quando passei por sua sala de aula do nosso curso, fiz-lhe um sinal positivo com a mão e ele veio até a porta. Ele se aproximou de mim e eu disse que aceitaria receber a memória de Shakespeare.

Perguntei como seria o processo de transferência. Hermann me tranquilizou e disse que, sem qualquer sacrifício ou sintoma, eu a teria dentro de duas ou três horas. Fiquei tão ansioso que mal pude assistir às aulas e as discussões daquela manhã. Fiquei no salão do hotel, mais ao fundo, sozinho, sentado e com os olhos fechados, como a fazer uma meditação. Às onze horas e seis minutos, passei a ouvir uns ruídos estranhos. Na verdade, não eram estranhos. Prestando melhor a atenção, eram fragmentos reconhecíveis de textos da dramaturgia de Shakespeare. Eu fiquei radiante, pois concluí que eu passara a ter dentro do meu cérebro a memória de tudo o que o grande William Shakespeare havia vivido e produzido na sua vida.

Mantive o assunto em segredo durante o resto do curso e notei que Hermann havia partido, sem se despedir de mim. Daniel também havia ido embora sem falar comigo. Não me preocupei com o assunto, pois eu estava maravilhado com a minha nova memória. Depois das despedidas dos colegas e docentes do seminário, eu retornei para casa. Leonor e eu vivíamos em Londres naquela época, pois fazíamos pós-graduação na Universidade de Londres. Eu não tive coragem de revelar a ela o meu segredo, tampouco aos meus amigos e familiares. Porém, percebi com o passar do tempo que a minha memória – adicionada da memória de Shakespeare – havia se tornado mais do que um depósito de lembranças. Era um labirinto de possibilidades e de incertezas.

Concluí que de nada me adiantava possuir a memória do bardo inglês, pois o fundamental era fazer bom uso das informações. A nossa inteligência não depende do acúmulo indiscriminado de memórias, e sim da seleção que fazemos das informações, das associações e das prioridades que definimos dentro do nosso cérebro. Entre atos inteiros das suas peças teatrais, que ecoavam na minha cabeça, e diálogos sobre contratos de produção, brigas sem sentido com atores e funcionários do Globe Theatre, dei-me conta de que possuir a memória de Shakespeare tornara-se para mim um fardo incômodo.

Com o passar dos meses, a memória do maior dramaturgo de todos os tempos, idolatrado por Bloom e por todos os estudiosos do cânone literário ocidental, passou a ser um fardo intolerável. Até mesmo as minhas análises sobre a obra de Shakespeare se tornaram deficientes. A situação piorou tanto, que eu decidi, respeitosamente, passar adiante a sua memória. E foi o que fiz, depois de identificar um jovem muito inteligente e interessado em literatura. Eu conheci Andrew Loyd num sebo londrino. Quando ele soube que eu estava interessado em adquirir a edição linda, do ano de 1889, intitulada *The Complete Works of Shakespeare*, Andrew puxou assunto comigo e passou a me falar de seu conhecimento sobre a obra do "maior dramaturgo de todos os tempos".

Eu já havia aprendido com a vida e com a minha própria experiência que a vaidade humana é sempre uma fragilidade a ser explorada. Sendo assim, não foi difícil convencer o rapaz a receber de mim a memória de Shakespeare. O bom é que ele não quis nem mesmo pensar, aceitou a transferência de imediato. Convidou-me para irmos a um *pub* que ficava bem próximo da livraria, para celebrarmos "o momento mais importante da sua vida", segundo ele. Entre uma cerveja e outra, Andrew recitou de memória vários trechos de *Hamlet*, *The Tempest* e outras obras de Shakespeare. Eu fiquei maravilhado com a sua erudição sobre o tema. Combinamos o horário e ele saiu, feliz da vida, dizendo que compraria uns biscoitos e mais cerveja, para aguardar o momento da transferência. Eu sugeri que fosse às onze horas e doze minutos, para dar pelo menos seis minutos a mais do que o horário da anterior. De minha parte, eu saí contente e aliviado da livraria, com a nova e preciosa aquisição para o meu acervo do *The Complete Works of Shakespeare*, datada de 1889. E mais leve, sem o peso de possuir a memória do maior dramaturgo de todos os tempos.

ULYSSES

by

JAMES JOYCE

SHAKESPEARE AND COMPANY
12, Rue de l'Odéon, 12
PARIS
1922

VII

O DESCONHECIDO

(*Ulysses*, de Joyce, edição de 1922)

A obra *Ulysses*, edição de 1922, e *Finnegans Wake*, edição de 1939 – que eu possuo – são duas primeiras edições dos aclamados livros de James Joyce. O escritor irlandês escreveu *Ulysses* entre 1914 e 1921, e chegou a publicar alguns capítulos, antes da edição em livro, na *Little Review*, revista de Nova York. A primeira edição de *Ulysses* foi publicada em Paris, em 1922, graças à livreira americana Sylvia Beach, dona da lendária livraria parisiense Shakespeare and Company, na Rue de la Bûcherie, próxima à Catedral de Notre-Dame, que apostou no talento de Joyce. Considerada obscena, a obra só foi publicada nos Estados Unidos em 1933 e no Reino Unido em 1936.

Joyce narra a odisseia de Leopold Bloom, inspirada na *Odisseia*, de Homero, acompanhando a vida do personagem, um judeu irlandês, em um único dia de 1904. O romance se passa em 16 de junho, data comemorada anualmente pelos leitores apaixonados de Joyce no mundo inteiro. Nas dezoito horas da vida de Bloom, Joyce concentra os mais amplos aspectos da existência humana, do banal cotidiano aos ciúmes e à traição da mulher, Molly Bloom; do luto pelo filho morto poucos dias depois de nascido, ao contexto histórico do seu tempo. A obra é escrita numa narrativa inovadora, em que cada capítulo tem um tema e uma técnica diferentes. Joyce também inovou no uso do fluxo de consciência, reproduzindo o jorro de pensamentos, impressões e sensações que se atropelam na mente de Bloom.

Se *Ulysses* já era um marco na literatura experimental, Joyce foi além em *Finnegans Wake*, que levou dezessete anos para concluir. A obra radical, com uma linguagem inventada a partir de outras línguas, ainda hoje é controversa. *Finnegans Wake* foi publicado simultaneamente, em 1939, pela Faber & Faber, em Londres, e pela Viking Press, em Nova York, sendo esta a edição que eu possuo. Eu arrematei as duas edições de Joyce num leilão. Eu estava hospedado num pequeno hotel em Boston. Era o mês de fevereiro de 1980. Levei um tempo para comentar sobre este assunto com Leonor ou com algum amigo mais próximo. O que posso dizer é que passei muitas noites de vigília, sem poder dormir.

Eram cerca de dez da manhã. Eu estava descansando um pouco, no intervalo do congresso de que participava na região de Cambridge. Sentei-me num banco e fiquei a observar o movimento das águas do rio Charles. Bem próximo, havia um edifício alto e tinha muito gelo boiando sobre as águas. O rio me lembrou Heráclito e as suas considerações sobre o sentido do tempo. A conferência a que assistira no dia anterior havia sido muito interessante, mas eu precisava relaxar. Foi quando observei que um senhor de uns setenta e poucos anos se aproximou e sentou-se ao meu lado no banco próximo ao rio. Não me levantei imediatamente, para não parecer descortês, mas minha vontade era sair logo dali – eu necessitava de privacidade.

O fato é que, sei lá a razão, decidi ficar sentado por mais alguns minutos. Foi quando eu ouvi o senhor assobiar uma melodia que me fez lembrar de *O trenzinho do caipira*, de Villa-Lobos. Perguntei se ele era brasileiro. O homem respondeu que sim. E se ele morava no Brasil. Ele disse que viveu no exterior por longo tempo, mas depois retornou ao nosso país. Morava em Porto Alegre. "Porto Alegre?", eu disse, surpreso. "Sim", ele respondeu. Eu disse que também vivia em Porto Alegre. Ele falou que faltaria apenas eu dizer que me chamava Gilberto, como ele. "Por gostar da música de Villa-Lobos?", eu perguntei. Ele sorriu.

Depois, ele comentou com uma voz quase como a minha, mas um pouco mais pausada, que nós nos parecíamos muito. Eu aceitei a brincadeira e disse que provaria a nossa semelhança – em todos os sentidos. Falei do meu irmão Carlos. Ele falou da minha irmã Margareth. Eu não entendi direito. Mencionei os meus livros preferidos. Ele fez um sinal positivo com a cabeça e perguntou como andava a minha coleção de obras raras. Ao perceber o meu sorriso, ele enumerou uma a uma as edições que eu tinha da *Divina comédia*. Falei também da primeira delas, que adquiri aos doze anos, na antiga Livraria do Globo. Ele completou, com um ar de doçura, dizendo que ele podia lembrar da moça bonita, de pele morena e de olhos verdes, que me atendeu naquela tarde, na livraria.

Fiquei meio nervoso com o seu comentário. Ele parecia saber tudo sobre mim. Mencionei então outras edições ilustradas da obra de Dante, que eu possuía no meu acervo, e em especial uma que tinha as ilustrações de Salvador Dalí. Ele acrescentou que a mais linda, para ele, era a de Botticelli. Eu concordei, dizendo que ele tinha razão, somente um grande artista como Botticelli faria o Paraíso com aquele delicado pontilhado quase invisível sobre o papel branco. Ele completou: "No paraíso, não há matéria, só energia". Eu adorei o seu comentário: era exatamente a minha visão sobre o assunto. Eu sei lá por que razão, eu falei sobre um fim de semana muito especial que vivi com Leonor numa praia. O senhor completou: "no apartamento da praia".

Eu perguntei a ele se a nossa conversa não era o suficiente para atestar a nossa proximidade. "O senhor é um vidente?", eu perguntei. Ele apenas sorriu. "E se eu estiver sonhando?", continuei. Ele respondeu que, se fosse o caso, cada um de nós merecia imaginar-se o sonhador. Veio à minha mente a ideia de que a solução seria aceitar o sonho, do mesmo modo como aceitamos o cosmo e a vida. Ele então me perguntou se eu gostaria de saber algo sobre o meu futuro. Eu fiquei sem saber o que lhe dizer. Eu criei coragem e perguntei se eu amaria de verdade uma mulher, como imaginava amar Leonor naquele momento. Ele riu e disse que sim. "Por toda a vida?", eu perguntei, meio sem jeito. Ele falou que sim. "Leonor?", perguntei com receio da resposta que ele daria. "Sim, Leonor", ele respondeu.

Fiquei mais tranquilo. O senhor contou-me que eu seria uma pessoa dedicada à cultura. "E a medicina?", eu perguntei. "Vais gostar da medicina também", ele respondeu. Depois, ele baixou a cabeça e falou das tristezas que viriam, da morte do meu pai e, anos depois, da morte da minha mãe. Disse que o pai de Leonor faleceria também. Eu perguntei a ele se seriam mortes sofridas. Ele respondeu que a do pai de Leonor sim. Eu quis me emocionar, mas me controlei. Ele falou que as pessoas que nós amamos ficam velhas e morrem. "E então as perdemos", ele completou. Eu concordei com ele.

Para mudar de assunto, eu arrisquei perguntar-lhe se eu um dia produziria algum livro decente. "Continue a escrever. Valerá a pena", ele falou. "E a minha coleção de primeiras edições e de livros raros: irá adiante?". Ele abriu um sorriso e disse que sim. Sem que eu lhe perguntasse, ele ficou com a expressão mais triste e me contou que eu veria também guerras, sim, muito sofrimento e morte. E epidemias seríssimas. "Epidemias?", eu perguntei, surpreso. "Sim", ele respondeu. E disse que até enchentes terríveis eu veria.

Observei que ele trazia uns livros, que descansavam sobre os seus joelhos. Indaguei qual era o título daquela coleção. Ele respondeu que eram as Obras Completas de Borges. Eu comentei sobre o nosso bom gosto literário: eu também adorava Borges. Ele lembrou o memorável conto de Borges, intitulado "El outro". Eu completei, dizendo que, na mesma temática, havia "Dois Reflexos em um Lago", de Giovanni Papini. Ele acrescentou a obra *O duplo: um poema de Petersburgo*, de Dostoiévski. "Ah! Eu amo Dostoiévski!", eu exclamei. Ele concordou, sorrindo. Eu comentei que pensava muito sobre a dualidade que há em nós, seres humanos, como se houvesse uma luta entre o eu consciente e o inconsciente. Ele concordou e disse que os nossos desejos costumavam duelar com a realidade.

Eu falei a ele que a nossa conversa estava ótima, ainda que eu suspeitasse que tudo o que acontecia naquela manhã não passasse de um sonho. Nós dois, em meio àquela conversa estranha, num banco de praça, com uma linda vista do rio Charles. Ele sorriu e concordou com a cabeça. Falei que eu teria de me despedir, pois uma moça estaria à minha espera num restaurante de Little Italy. "Leonor?", ele arriscou perguntar. Eu respondi "sim". Com a voz insegura, meio sem graça, eu perguntei: "Nós teremos filhos?". Ele pareceu feliz e respondeu que sim. "Dois", ele completou.

Com o meu coração quase saindo pela boca, eu continuei: "E os nossos filhos serão sadios?". Ele respondeu que sim. "E os netos? Os filhos dos filhos?", eu perguntei. Ele riu e disse que sim com a cabeça. Senti o meu corpo relaxar com a resposta que ele me deu. Eu disse a ele que o nosso encontro havia sido estranho, mas muito bom para mim. Ele quis derramar uma lágrima. Eu também. Nós nos abraçamos e nos despedimos, emocionados. Eu lhe desejei boa sorte e muita saúde. Ele desejou-me o mesmo.

Ao dar-lhe as costas e começar a minha caminhada, ouvi que ele falou para que eu não esquecesse do leilão de primeiras edições. "O da livraria na rua da universidade, em Georgetown?", eu perguntei. Ele respondeu que sim. E disse que as duas joias de Joyce – *Ulisses* e *Finnegans Wake* – iriam a leilão. Ele falou que eu não deixasse de arrematá-las, pois – um dia – eu poderia incluí-las nas minhas exposições. Eu parei, ainda de costas para ele, e perguntei, nervoso: "Nas minhas exposições? Então eu farei, um dia, uma exposição de livros raros?". "Sim, nas tuas exposições de obras raras", ele respondeu, com um sorriso.

Sem saber bem a razão, algo me dizia que eu deveria ficar um pouco mais na companhia daquele senhor, não me despedir assim, simplesmente. Eu resolvi então dar meia-volta e me sentar ao lado dele, ficar, quem sabe, um pouco mais. Talvez eu encontrasse coragem para lhe perguntar se eu seria mesmo uma pessoa feliz. Eu então decidi retornar e me sentar ao seu lado naquele banco junto ao rio Charles. Eu ainda tinha tempo, especialmente para falar sobre nós dois. Sabe lá quando eu veria aquele senhor novamente. Eu estava ali, próximo a ele, eu poderia perguntar tudo. Então, eu me virei, mas ele já não estava mais lá. O banco estava vazio.

DEL

CONTRATTO SOCIALE;

O

PRINCIPJ

DEL DIRITTO POLITICO.

DI J. J. ROUSSEAU, Cittadino di Ginevra,

Tradotto dal Francese

DA G. MENNINI, Romano.

Fœderis æquas
Dicamus Leges.
ÆNEID. XI.

A PARIGI,

Nella Stamperia di F. HONNERT, strada Colombier, N°. 1160.

M. DCC. XCVI.

VIII

AS DUAS METADES

(*Del Contratto Sociale*, de Rousseau, edição de 1796)

Quando Leonor e eu vivemos em Londres, e eu me refiro aos primeiros anos da década de 1980, se houvesse sol, nas manhãs de sábado, bem cedinho, depois de tomar o café, eu costumava descer do nosso apartamento, que ficava num dos edifícios do alojamento da universidade, na Charlotte Street, para me encostar na mureta em frente ao prédio e simplesmente pensar na vida. Como eu adorava aqueles momentos de total privacidade e liberdade de pensamento! A minha imaginação voava tão solta, que eu me via a conversar até mesmo com os grandes filósofos da Antiga Grécia.

Numa dessas ocasiões, Fedro, personagem da obra de Platão, surgiu na minha mente e eu lembrei das suas conversas com Sócrates sobre a retórica e o amor. Pensei logo na imagem criada por Platão, de uma biga alada puxada por dois cavalos, um representando a parte moral da nossa alma, e o outro os nossos desejos da carne. O cocheiro que a conduzia representava a razão e tinha a tarefa quase impossível de controlar as nossas paixões e buscar a verdade e o bem. Platão usava esta metáfora para descrever a natureza das nossas almas, na sua luta em busca do autoconhecimento e da virtude.

A obra *Fedro* foi escrita provavelmente nas décadas finais do século IV a.C., logo depois que Platão escreveu *A república* e *O banquete*. Embora sobre o amor, a discussão de Fedro – um jovem ateniense belo e rico – com Sócrates referia-se à arte da retórica, mas tangenciava outros temas, como a tradição grega da reencarnação, o amor erótico – *Eros* – e a amizade. Falava sobre o amor, a alma, a escrita e a retórica, citando discursos, mitos e orações. O diálogo sugeria a investigação filosófica como meio para buscar não a simples retórica, mas a verdade das almas.

Somente a título de curiosidade, havia um vistoso plátano à direita do prédio onde morávamos. Ele não era tão belo, imagino eu, como teria sido aquele que, dizem os especialistas, teria produzido a sombra sob a qual se deram alguns dos diálogos de Fedro com Sócrates. A referência, penso eu, é uma homenagem de Platão à própria Academia e ao mito da beleza resgatada de Helena, motivo ao menos metafórico da eclosão da tão lembrada Guerra de Troia. "Eu sou a árvore de Helena: adora-me!", diz o texto.

Nas tradições gregas, o plátano remetia o pensamento e a imaginação às ninfas da mitologia. No dialeto de Esparta, o termo "platanê" significa "ninfa" e há um poema dedicado a Helena, da autoria de Teócrito, em que a ela se dedicam oferendas, à sombra de um plátano. Por minha parte, posso contribuir modestamente com a informação de que na ilha de Lesbos havia uma inscrição com o nome de uma ninfa chamada "Plataneis". A Academia de Platão, em Atenas, ocupava um espaço físico dedicado a Academo, herói grego que teria participado do resgate de Helena. Daí o termo "Academia". Houve até quem chamasse de "a árvore de Academo" o tal plátano da Academia de Platão.

Naquela manhã fria, as pessoas que passavam por mim, viam-me apenas como uma pessoa comum, repousando junto à mureta do prédio do alojamento, sem imaginar que eu vivia internamente um embate íntimo e profundo. Platão e eu cobrávamos do mundo ao nosso redor uma retórica filosófica dirigida pelo conhecimento verdadeiro e não com o uso praticado pelos sofistas, que aplicavam a força da palavra para manipular os demais. O amor teria de ser apresentado como uma força a nos guiar na direção do bem e da verdade.

Se a alma precede a matéria, a beleza da vida seria somente um estímulo para que a alma pudesse lembrar de uma beleza maior e plena, existente antes do corpo. Em *Fedro*, havia o diálogo do jovem aprendiz do sofista Lísias com Sócrates, o grande pensador. Fedro pede a opinião do mestre sobre um discurso que teria como tema o amor. Contudo, Sócrates percebe que as palavras não eram suas, mas algo antes escrito por seu mentor, Lísias. Ele ensina, então, a Fedro que o amor é outra coisa, e adverte-o quanto aos perigos da retórica que ignore a verdade.

Apoiado na mureta do prédio, eu ia além e defendia o sentido da alma como imortal, uma substância cósmica que dá sentido à eternidade – uma manifestação do mundo infinito no nosso mundo material. Meus pensamentos não me impediram de saudar um colega indiano, professor de medicina em Calcutá, com um rápido movimento com a minha mão. Ele retornava do supermercado com as suas compras do final de semana. Lembrei-me de que para os hindus só Deus é infinito e que "Deus é aquele que não é". Portanto, definir Deus seria limitá-lo.

Não sei se foi um raio de sol ou o próprio Deus quem me fez crer, naquele momento, que a alma é exatamente isso, uma força natural, uma parelha de dois cavalos alados, um belo e nobre e outro o contrário, mas os dois guiados pela força moderadora da razão. Concluí que a nossa matéria percebe o mundo sensível, mas é a mente que possui o instrumental necessário para captar a grandeza do mundo inteligível das ideias. A mente reconhece a coerência, a contradição, as inconsistências ou a lógica – é horizontal. O espírito sabe lidar com o mundo das leis eternas – é vertical, aproxima-nos da luz.

É como no Empíreo, onde a energia substitui a matéria. Quando Sandro Botticelli criou as suas ilustrações para a *Divina comédia*, de Dante, ele representou o Paraíso apenas com um delicado pontilhado sobre o branco do papel. "As almas são energia e não matéria!", imagino que ele teria exclamado, para conter a indignação dos que não entendiam o verdadeiro sentido da Trindade. Pensei em Einstein e na sua famosa equação, que permite ver a massa transformar-se em energia, e em como Platão soube antecipar-se no tempo.

A mente humana, a inteligência ou, se o leitor desejar, o chamado *Fogo de Prometeu*, é dado ao raciocínio. Contudo, a curiosidade humana não possui, sozinha, os elementos necessários para perceber a verdade – essa propriedade reside no campo de atuação do espírito. Ao ver passar a vizinha do terceiro andar, uma pesquisadora chilena, que recentemente passou a residir no nosso prédio, com o seu bebezinho recém-nascido no carrinho, dei-me conta de que os deuses possuem também a sua carruagem com uma dupla de cavalos.

No politeísmo do Olimpo, ou mesmo no céu monoteísta judaico-cristão, há, de tempos em tempos, conflitos. Imagino que foi o que se deu com os tais "anjos caídos", depois da derrota de Lúcifer, ao serem expulsos do céu pelo Arcanjo Miguel e pelos anjos leais a Deus. Eu não resisti e sorri para o bebezinho da vizinha chilena, como se aquele serzinho inocente me lembrasse da possibilidade da beleza pura, personificada num corpo humano. Pessoalmente, eu gosto quando o bem se sobrepõe ao mal, quando vence a virtude, o belo infinito e o sentido mais elevado do amor.

No *Fedro*, de Platão, Sócrates é humilde e revela a sua grandeza ao aceitar que não será ele quem terá o monopólio da verdade. Platão trata de homenageá-lo, ao descrever a sua conversa com o jovem, falando sobre um mundo sensível, material e de reproduções imperfeitas das essências ideais. O certo é que a metáfora dos dois cavalos de natureza oposta permeia toda a mitologia grega e está na essência do Cristianismo. Não obstante, este dualismo não resistirá à chegada de Descartes, no século XVII, o qual proporá remover a alma desta equação, deixando-nos reféns apenas do corpo e da mente.

Eu filosofava, solitário e feliz, apoiado na mureta do prédio, sobre um dos problemas centrais da vida humana, que é dominar os desejos menores, o "quebrar de queixo" do cavalo ruim, mas salvo pela possibilidade de montar no cavalo bom, com esperança na poesia, nos filósofos, nos amantes da beleza, nos artistas e nos poetas! Veio à minha mente que os poetas não têm este nome por acaso, pois "philokalos", a origem da palavra "poeta" no grego antigo, significa "amante da beleza".

Uma das minhas inquietações mundanas daquela manhã era o convite feito por Rob Stuart, um dos meus professores da Universidade, para que Leonor e eu fôssemos a um sarau que ele oferecia naquela noite. Eu estava em dúvida se conseguiríamos chegar a tempo, pois naquela mesma tarde haveria um importante leilão de obras raras e de primeiras edições, a ser conduzido por um leiloeiro italiano, numa livraria próxima à Oxford Street. Eu sempre ficava nervoso em dias de leilão, sobretudo pela antecipação de que haveria sempre obras que eu não conseguiria arrematar.

Contudo, daquela vez eu teria sorte e levaria comigo uma edição raríssima, de 1796, do *Del Contratto Sociale*, uma obra fundamental de Jean-Jacques Rousseau. Depois do leilão, Leonor e eu fomos atender ao generoso convite de Rob, quando ele surpreendeu-me com a informação de que Francesco Rizzo, o leiloeiro daquela tarde, era o seu genro. Eu estava eufórico com o fato de ter arrematado no leilão a primeira edição italiana daquela obra, surgida pouco tempo depois da publicação original, em 1762, na França.

Rousseau foi um dos maiores intelectuais do século XVIII. Ele acreditava que o homem seria naturalmente bom e a sociedade a culpada pela sua degeneração. Nascido livre, a cultura o acorrenta, como o faz a manobra do cocheiro, na metáfora da biga com os dois cavalos opostos de Platão. *Do Contrato Social*, na tradução para o português, deriva de um livro anterior de Rousseau, intitulado *Instituições políticas*, em que o autor examina as questões da vida em sociedade.

Foi quando veio a surpresa. Durante o jantar, Rob bebeu um pouco além da conta e deixou escapar para mim certo folclore entre os familiares de Francesco, o genro leiloeiro, sobre um dos seus antepassados mais longínquos, de nome Ricardo, que teria vivido no final do século XV. Ele era um jovem tenente e fervoroso cristão, que num rompante teria declarado pessoalmente guerra aos turcos. Rob comentou sobre a semelhança, ao menos quanto às sequelas produzidas, com o que aconteceria algumas décadas depois, na segunda metade do século XVI, com o nosso grande Miguel de Cervantes.

O autor do clássico *Dom Quixote* se juntou às tropas cristãs na Batalha de Lepanto, contra os otomanos, e teria saído dela com um dos braços mutilados. Foi um enfrentamento naval decisivo, no qual os estados católicos derrotaram os inimigos. Meio irônico, e claramente alcoolizado, Rob comentou comigo que, no duvidoso combate do antepassado do seu genro, o tal Ricardo teve a ideia de postar-se bem na frente de um canhão turco, o qual, sabidamente, era um instrumento bélico cuja técnica construtiva era a especialidade do inimigo.

Foi nesta parte da história que Rob acenou para que Francesco se juntasse a nós. Fizemos um brinde, na verdade era o décimo de Rob e o primeiro meu. O italiano reconheceu-me imediatamente e eu sorri e o abracei, feliz da vida por ter sido eu o arrematador da obra de Rousseau no seu leilão. Rob fez ironia com o genro, dizendo que eu teria sido, então, o responsável pela segunda vez que um membro da família era "cortado ao meio". Eu só entenderia depois o sentido da metáfora. Rob retomou o episódio da luta dos cristãos contra os turcos e da situação inusitada do antepassado de Francesco, cujo corpo foi dividido em duas partes pelo tiro de canhão.

"Em duas partes?", eu perguntei. "Sim", ele respondeu. E seguiu explicando-me que o jovem Ricardo foi atingido pelo potente disparo, que o parte ao meio. Imediatamente, lembrei-me do *Fedro*, de Platão, e da oposição das forças dos cavalos, na biga conduzida pelo "cocheiro da razão", na tentativa de dar um rumo certo aos destinos antagônicos da beleza infinita e dos prazeres da carne. No caso de Ricardo, uma das metades do corpo teria sido então resgatada por alguns cirurgiões que integravam as forças armadas cristãs, recuperando a sua saúde e retornando sozinha a Terralba, a sua terra natal.

Eu esclareço ao leitor que o fato é exatamente como aqui narrado: o tenente Ricardo, antepassado de Francesco Rizzo, o leiloeiro, foi dividido longitudinalmente em duas partes, no sentido do seu comprimento: no lado esquerdo e no direito. Este último, o direito, era na realidade o correspondente afetivo da sua parte generosa, a qual reassumiu uma vida normal e, já no trajeto de volta a Terralba, iniciou a sua cruzada de bondades, compartilhando toda a comida e dinheiro de que dispunha com os mais necessitados. Depois, a metade direita ofereceu os bens que possuía em sua terra, para serem divididos entre os que a ela pedissem ajuda.

O jovem tenente – melhor dizendo, a sua metade direita e generosa – empenhou-se na tarefa hercúlea de realizar uma reforma agrária de deixar Karl Marx com rubor nas faces, garantindo por escrito aos seus antigos colegas de guarnição, e a quem a ele viesse pedir auxílio, uma parte nas terras da sua família. Num tempo em que ainda predominava naquela minúscula parte da Europa – a pequena Terralba – o conceito de suserania e de vassalagem, a metade boa do tenente Ricardo tornou-se pioneira na promoção da reorganização da posse da terra.

A metade boa do tenente democratizou o acesso à terra, no caso, a da sua família. Digo isso pela simples observação de que este fenômeno de ordem social, política e econômica não se estendeu às propriedades de nenhum dos seus vizinhos. Lembro ao leitor a enorme generosidade do seu ato, considerando que naquele período a fidelidade dos nobres mais poderosos em relação aos de menor relevância mantinha relações hierárquicas muito claras: os mais poderosos emprestavam feudos aos de menor poder e em troca recebiam deles uma grande parte do lucro dos serviços de cultivo da terra e a sua incondicional fidelidade militar.

A metade generosa de Ricardo simplesmente inovou, trazendo mais justiça e igualdade de oportunidades entre as pessoas de diferentes classes sociais, pelo menos nos limites da sua propriedade. Numa visão que eu chamaria de futurística, o tenente – melhor dizendo, a sua metade direita – instituiu um "soviete", mas com uma antecipação de quatro séculos dos tais conselhos de operários, camponeses e soldados, que funcionavam como órgãos deliberativos e executivos na União Soviética das primeiras décadas do século XX. É curioso que nem mesmo Lênin, Trotsky e tampouco Stálin jamais citaram o tenente ou deram-lhe qualquer crédito, por sua histórica contribuição ao mundo que hoje denominamos "Cortina de Ferro" – a fronteira ideológica, econômica e política que dividiria a Europa após o término da Segunda Grande Guerra, em 1945.

Na intimidade, a parte generosa do tenente era igualmente boa e tolerante com as pessoas, no que se refere às suas relações amorosas e sociais. Logo na sua chegada de volta a Terralba, a metade boa foi agredida fisicamente por uma donzela que disse ter sido desprezada por ele. No dia anterior à partida do tenente para combater os turcos, ela teria confessado a ele que o amava profundamente e que o esperaria pelo tempo que fosse necessário. Contudo, ele teria dito a ela que não a amava e que era contrário aos casamentos por interesse.

Ao chegar a Terralba, montado num cavalo branco, a sua parte generosa reconheceu a donzela e sorriu com a metade que lhe sobrara da boca. Entretanto, ela o esbofeteou violentamente no rosto – melhor dizendo, na metade direita do rosto. A metade atingida do tenente tonteou um pouco, recuperou-se logo depois e disse que entendia perfeitamente os sentimentos de revolta da donzela. Como ela ainda não tinha contraído matrimônio, a metade boa propôs que ela a sustentaria pelo tempo que fosse necessário, até que a donzela encontrasse um amor verdadeiro. Do contrário, ela – a metade direita do tenente – a desposaria em nome da honra da sua família.

Houve também um rapaz de uns trinta anos que o interpelou, antes mesmo de que a metade boa do tenente descesse do cavalo, lembrando-lhe que cerca de vinte e cinco anos antes, quando menino, o tenente havia sido escolhido pelo padre que regia o coro infantil da igreja de Terralba, para ser o futuro "castrati". Contudo, o tenente maldosamente sugeriu ao padre que a voz mais bonita de todas as crianças não era a sua, mas a de outro menino, que era o referido rapaz. O padre caiu na conversa e escolheu o outro. Assim, o tenente se livrou do terrível destino que teriam os seus testículos. E quem teve os testículos decepados foi o infeliz rapaz, que agora – adulto – trabalhava como eunuco no harém do Sultão Selin II, filho do Sultão Solimão, o Magnífico.

Se o leitor não sabe, na música barroca, o "castrati" era um cantor ainda criança, do sexo masculino, que era submetido à castração, para manter as suas características vocais anteriores à puberdade. Como eram muito bem pagos para cantar no coro, as famílias mais modestas faziam questão de que um dos seus filhos fosse escolhido para este ofício. Era tamanha a generosidade da parte boa do tenente, que imediatamente ela se compadeceu do "castrati" e propôs que a sua própria metade fosse submetida à castração ali mesmo, como forma de compensação.

Contudo, sendo no caso possível somente a remoção de um dos testículos do tenente, pois o outro havia ficado no campo de batalha contra os turcos, o rapaz desistiu da ideia, agradeceu a gentileza da sua proposta e partiu, após receber uma vultosa soma em dinheiro da metade boa do tenente, pela perda dos seus testículos e como compensação pelos chamados "lucros cessantes". E a metade boa seguiu a sua vida cheia de realizações e de bondades. Não obstante, havia a outra parte – a parte malvada do tenente.

Lembro ao leitor que a parte má de Ricardo havia sido deixada nos campos de batalha, a sangrar e abandonada, entre os corpos dos soldados cristãos e turcos mortos em combate. Para surpresa de todos, sobretudo dos seguidores do místico sufi Celaleddin Rumi, fundador da ordem dos Dervixes Rodopiantes, na Turquia do século XIII, o espírito de Yunus Emre, o poeta sufi venerado pelos amantes da literatura e da espiritualidade turca, incorporou-se na parte malvada do tenente já sem vida. Ocorreu que os gemidos do espírito de Yunus Emre foram ouvidos pela alma de Yaziji-Oglu, outro grande poeta da corte otomana e um dos autores de um poema épico sobre a vida de Maomé.

Ante esta conjunção de espíritos protetores, atuando em uníssono, a parte má do tenente ressuscitou e, sem perda de tempo, surpreendeu a todos com as suas maldades. Ela não agradeceu às almas dos poetas turcos e ainda dissipou as suas emanações de bondades com o uso de um antídoto, que consistia numa administração única, por via oral, de vinte e seis gotas de sangue de falcão e de treze asas picadas de morcego. Livre, a metade esquerda do tenente saiu faceira a distribuir maldades mundo afora.

A primeira delas foi produzir agonia na alma do sultão Osmã I, falando desaforos horríveis sobre os seus antepassados ao seu ouvido. A segunda foi bulir com a alma dos sultões Orcano I e Murade I. O primeiro havia governado os turcos até a morte e era muito amado por sua gente. Orcano I tinha menor significância. Contudo, Murade I havia sido morto na Batalha do Kosovo e a parte má do tenente decidiu remover os seus ossos da sepultura, esfarelando-os até ficarem finos como as areias do deserto. Depois, a parte má do tenente simplesmente soprou o pó resultante, maldosamente, para que ele se dispersasse em infinitas direções. Assim, nenhum anjo habilidoso poderia remontá-lo. E a sua alma ficou para sempre a vagar pelo Nada.

No caminho de volta até Terralba, a parte malvada do tenente fez também verdadeiros horrores. Assustou crianças e velhos; roubou comida de gente pobre, inclusive as esmolas que estavam nos pratinhos dos cegos que ficavam nas portas das igrejas. A metade ruim traiu igualmente homens e mulheres, fazendo-se passar por seus amantes, mas sem amar nenhum deles. No sexo, quando eles estavam quase a atingir o gozo, a metade má debochava dos seus gemidos de prazer, deixando os amantes muito envergonhados.

Contavam os mendigos pelas ruas que a tal parte ruim do tenente pedia emprestado dinheiro e objetos, mentindo as histórias mais tristes do mundo, sem jamais devolver nada a ninguém. Falavam que ela teve até a coragem de oferecer falsos tratamentos, que ela dizia serem milagrosos, cobrando dinheiro das pobres e desesperadas mães, que choravam em desespero pelas doenças dos seus filhos. A metade malvada do tenente Ricardo, que lutara contra os turcos em nome da fé cristã, nada tinha das virtudes teologais da fé, da esperança e da misericórdia. Ao contrário, ela desdenhava o milagre da ressurreição de Cristo, fazia deboche da possibilidade do perdão e da vida eterna ao lado da Santíssima Trindade e jamais deu uma migalha de pão, que fosse, a um pobre ou a um necessitado.

Diziam que ela havia inventado que a pomba, que simbolizava a presença do Espírito Santo e o Jesus que descia durante o batismo, era somente um "periquito-monge", vindo por acaso, nas viagens de volta da América, nos porões dos navios que transportavam os escravizados da África. Ela também inventou que a pomba não havia trazido nenhum ramo de oliveira para abençoar a arca de Noé, como dizia o Antigo Testamento, para simbolizar a paz. Teria sido o contrário: a pomba trouxera somente pestes, maus cheiros, baratas, cobras, lagartos e aranhas, simplesmente para atazanar a vida de quem estivesse tentando sobreviver dentro da arca.

E a coisa foi dali para pior. Por fim, soube-se que ela aportou nos limites da pequena comuna de Terralba, que eu agora informo ao leitor que se situava na província de Oristano, na região da Sardenha. O problema é que, como eu havia narrado, a parte boa do tenente havia chegado antes e reinava a bondade naquelas terras. Mas sejamos justos: o tenente – refiro-me ao seu corpo inteiro – havia nascido e crescido lá. Era, portanto, natural que a sua parte malvada quisesse também retornar às suas origens, para atazanar a vida das pessoas que lá viviam, cujas famílias ela conhecia. Isto eu até entendo como humano, pois é muito mais saboroso perturbar a paz de quem nós conhecemos, do que fazer maldades a esmo.

Embora as partes do tenente não tivessem ainda se encontrado, pairava no ar, em Terralba, a expectativa de que em algum momento o confronto ocorreria. Havia nas pessoas uma sensação de que, quem sabe, o equivalente de uma pororoca, a figura metafórica de uma enorme onda de muitos metros de altura, com dimensões que nem mesmo Poseidon – o deus dos mares – poderia imaginar, aconteceria naquelas terras, no dia em que elas se encontrassem. As metades do tenente tinham valores morais e comportamentos antagônicos, era essa a verdade temida por todos.

A presença de cada uma das partes do tenente, soltas e a atuar ao seu bel-prazer, causava enorme estranhamento nos habitantes da região. Uma era generosa e buscava a perfeição humana, enquanto a outra era cruel e egoísta. Eu não desejaria ao pior inimigo ser ele o condutor de uma biga com dois cavalos tão distintos e poderosos! Num mundo difícil como o nosso, e em qualquer tempo, é fundamental que haja uma profunda reflexão sobre a dicotomia entre o bem e o mal, e foi isso que na verdade passou a acontecer em Terralba – a luta entre Deus e o diabo.

E este último – o capeta – que viesse disfarçado do jeito que o leitor desejar: Lúcifer, Mefistófeles, Satanás, Belzebu, Iblis, Dibbuk, o que for. Até Capiroto, Sanguanel ou Maligno, mas que se traduza na figura do demônio. Esqueci-me da serpente, no Paraíso, que serve também como sinônimo de um corpo invadido pelo demônio, no Éden, e que se aproxima de Eva e a faz conhecer a maldade e o que é – deliciosamente, eu confesso – proibido. E se alguém quiser trazer à discussão a figura mítica do dragão, eu – como narrador – o aceitaria como um membro do mesmo grupo, o réptil gigante com escamas, asas e que cospe fogo. Aqui, faço a exceção ao dragão dos chineses, que tem outra conotação, representando a sabedoria, a força, a boa sorte e a fertilidade das colheitas.

Se Rousseau fosse perguntado sobre o tema, eu imagino que ele diria que o melhor seria aceitar a complexidade da natureza humana – a convivência do bem e do mal num único corpo. E que o condutor da carruagem fosse alguma entidade que represente a razão. Eu confesso que até hoje eu desconfio de que o meu querido professor Rob Stuart tenha feito uma brincadeira comigo, imaginando que eu fosse acreditar numa história em que as duas partes de um personagem pudessem assumir vida própria. Mais do que isso: que eu desconhecesse os grandes nomes da literatura italiana do século XX.

Italo Calvino, por exemplo, tratou da dualidade da natureza humana, a partir da nossa divisão física e moral, em sua obra *O visconde partido ao meio*, a qual repousa tranquila numa das prateleiras que abrigam o meu acervo e me inspira neste texto. Recordei-me também de um pesadelo que tive, numa noite fria e chuvosa, na cidade de Bucareste, na Romênia, há uns dez anos, no qual eu juro ter visto, a gemer pelas ruas, a metade esquerda da velha agiota Aliena Ivánovna, personagem que o jovem estudante Rodion Raskólnikov assassina a machadadas na obra *Crime e castigo*, de Dostoiévski.

Apoiado na mureta do meu prédio, eu pensei também nas profundezas da psicologia humana, nas vezes em que pensei em fazer justiça com as minhas próprias mãos. Por sorte, rapidamente, sempre surgem na minha mente dois canarinhos-belgas a me lembrar da metade boa que recebi da minha mãe – no caso, a direita – e que aparece sempre nos meus sonhos, para me salvar das desgraças e dos descaminhos. É quase sempre no início de agosto, na época da abertura dos concertos de verão em Salzburg, na Áustria – o Salzburger Festspiele.

Minha mãe me ensinou a amar a obra de Mozart – Wolfgang Amadeus Mozart –, que mesmo falecendo muito jovem, aos trinta e cinco anos de idade, legou-nos concertos temáticos maravilhosos, para o nosso deleite. Lembro que, no Palácio de Mirabel, nós nos encantávamos com a beleza das execuções de obras como *A flauta mágica* ou *Dom Giovanni*, ao ponto de eu não me importar com a horrenda anatomia da outra metade de nenhum corpo – nem mesmo a minha – mesmo que ainda sangre um pouco, mutilada nos meus raros pesadelos e maus pensamentos.

Quando eu morrer, espero ser recebido no céu com o *Réquiem* em ré menor, de Mozart, o qual tem a vantagem de ter sido criado por ele, mas concluído por seus amigos e discípulos após a sua morte. Devo reconhecer que a frase a que aludi – "quando eu morrer" – não é da minha autoria, mas do poeta Fernando Pessoa. Aparece no poema intitulado *Poema do Menino Jesus*: "Quando eu morrer, filhinho, seja eu a criança, o mais pequeno, pega-me tu ao colo e leva-me para dentro da tua casa". O "filhinho", na poesia de Pessoa, pode ser um anjo, o próprio menino Jesus ou um símbolo da pureza e da inocência perdida por nós na vida adulta.

Nós, humanos, como o pobre tenente Ricardo, antepassado do leiloeiro Francesco Rizzo – de quem arrematei o meu belo exemplar do *Del Contratto Sociale*, de Rousseau – e cuja ingenuidade o fez declarar pessoalmente guerra aos turcos, somos vítimas da chamada "dualidade humana", para a qual Freud adaptou um modelo psíquico composto pelo *Id*, a parte primitiva da mente, onde vivem os nossos instintos e desejos inconscientes; o *Ego*, a parte que lida com as exigências do mundo real; e o *Superego*, onde repousa a nossa consciência e as restrições impostas pela moral, pela educação e pela vida em sociedade. São as forças que atuam sobre as chamadas "pulsões de vida" – *Eros* – e as "pulsões de morte" – *Thanatos*.

O que eu poderia adiantar ao leitor, no que diz respeito às duas partes do tenente, é que – dizem os seus descendentes – milagrosamente elas retornaram a Terralba, cada uma com sua vida independente. Mary Shelley buscou solucionar esta questão, tentando refazer metaforicamente um ser humano, a partir das suas partes, na sua obra clássica intitulada *Frankenstein*, ainda que no seu caso não tenha dado certo. Mas Rob precisava contar-me o final da história do tenente Ricardo, antepassado de Francesco Rizzo.

Nós havíamos parado na parte em que a metade malvada do tenente também aportou em Terralba, onde a parte boa do tenente já havia chegado antes e reinava livre, distribuindo as suas infinitas bondades, as quais, com o tempo, em doses exageradas, acabavam por se tornar um pouco indigestas. Contudo, seria contra o cavalo mau da biga de Platão que o cavalo do bem teria de lutar. Se Rousseau fosse perguntado sobre o tema, eu imagino que ele diria que o melhor seria aceitar a complexidade da natureza humana – a convivência do bem e do mal num único corpo. Camus e Sartre provavelmente diriam que se trata do absurdo da vida.

Rob tentou me explicar que ele achava um tanto estranho saber que temos dentro de nós alguns monstros que, se estivessem livres, poderiam fazer coisas assustadoras – como a metade má do tenente Ricardo, o antepassado de Francesco. "A sorte é que estas partes ruins são atenuadas por outras partes, que também possuímos e que são boas", eu acrescentei. Ele sorriu para mim e disse que o bonito da vida é quando percebemos que temos monstros que dormem dentro de nós, mas optamos por deixá-los escondidos, bem controlados e quietinhos, lá no fundo de nós mesmos.

"Assim, damos espaço para que as coisas bonitas se sobreponham. Como uma bela edição de uma obra de Rousseau, de 1796, não é mesmo?", ele completou.

Completamente alcoolizado, depois de chorar como uma criança abandonada pela mãe, Rob contou-me sobre o encontro das duas metades do tenente. A cidade inteira saiu às ruas, pois os habitantes de Terralba souberam que o tal encontro das duas partes do tenente era questão de minutos. O silêncio era assustador. Todos sabiam que a metade boa viria da parte mais baixa da cidade, onde havia um orfanato em que ela dava banho, vestia e alimentava duzentas e cinquenta crianças abandonadas. Ele seguiria o seu trajeto de sempre, regando as plantas e recolhendo qualquer sujeira que encontrasse pelas ruas.

A parte malvada, por sua vez, seguiria o caminho que vinha do cemitério, onde ela passava as tardes desenterrando caixões e desrespeitando os mortos. Depois, ela botava fogo nas plantações, apenas pelo prazer de ver o trabalho alheio ser posto fora. Quanto às águas que eram represadas pelos agricultores, para garantir que ninguém tivesse sede nos meses quentes, ou que o trigo e a cevada não sofressem durante a seca, a parte má do tenente deixava propositalmente todas as torneiras abertas, pelo simples prazer de ver a água ser desperdiçada e tragada pela terra.

Depois, a metade malvada chegava na igreja, atrapalhava a missa, interrompia os casamentos, inventando coisas feias sobre a intimidade dos noivos. Quando o padre perguntava se alguém sabia de algo que pudesse impedir a realização do matrimônio, a metade má do tenente sempre se pronunciava, criando dúvidas sobre o amor entre as pessoas. Nas vendas e nos pequenos negócios, ela tratava de derrubar tudo, espantando a freguesia. Enquanto a parte má do tenente não via as frutas e as verduras apodrecendo pelo chão, ela não sossegava.

Até que, finalmente, vindas de direções opostas, as duas partes do tenente se encontraram. Não se ouvia sequer o barulho do vento. Nada. O silêncio era absoluto. Atônitas, as pessoas acompanhavam sem mexer os lábios o iminente enfrentamento. O que dizer do vencedor? Venceria a maldade? Venceria o bem? Como antecipar o resultado daquele duelo imprevisível. As duas partes ficaram paradas frente a frente e imóveis, talvez esperando que uma delas tomasse a iniciativa do ataque, para depois desferir o seu golpe fatal

Então, subitamente, o céu ficou cinza e logo começou a trovejar. Depois, vieram alguns relâmpagos. E caiu uma chuva grossa. Depois, um chuvisco mais fino, que molhou todas as pessoas de Terralba, que estavam ali para observar o duelo entre o bem e o mal. A chuva então parou e o sol voltou a brilhar. Ele brilhou por algumas horas e depois foi dando lugar ao anoitecer. Ninguém se mexeu ou quis sair de lá. Então, apareceu uma lua cheia, linda como há tempos não se via naquele lugar. Mas as duas partes opostas do tenente continuavam sem fazer qualquer movimento.

Passou um tempo, não muito, e se notou certa agitação no céu. E uma luz indescritível começou a brilhar. Se alguém me pedisse que a descrevesse, eu arriscaria dizer que era igual ao pontilhado que Boticelli escolheu para pintar a energia do "Paraíso" de Dante. Parecia o pontilhado, sim. E de lá desceram, escorregando num raio de luz, em direção a Terralba, o arcanjo São Miguel e um grupo de anjos. Eles se dividiram em dois grupos e cochicharam qualquer coisa ao ouvido de cada uma das partes do tenente.

"Hoje eu posso entender melhor o que se passou", disse Rob, olhando para mim, com lágrimas nos olhos. Foi quando um menininho meio envergonhado, filho de um carpinteiro humilde da vizinhança, que se chamava José, soltou-se da mão da sua mãe e, na sua inocência e curiosidade natural de uma criança, resolveu se aproximar mais das metades, para entender melhor a situação. Ele chegou bem pertinho do rosto do tenente e com admiração gritou para a multidão: "O arcanjo e os anjos estão costurando bem direitinho a parte boa na parte má! E a boca do tenente está sorrindo para mim!".

Foi quando a sua mãe, uma mulher simples, que se chamava Maria, cujo rosto lembrava a doçura da *Pietà*, de Michelangelo, deu uma ordem para o seu filho, meio envergonhada: "Já para casa, Jesus! Isto não é hora de criança andar perambulando pelas ruas!". Neste momento, vinda do céu, desceu uma biga dourada, puxada por dois lindos cavalos alados e imensos. O cocheiro era um velhinho de barba, parecido com a imagem de Deus, na *Criação de Adão*, do mesmo Michelangelo, que se vê numa das abóbodas da Capela Sistina.

Ele tomou o menino Jesus em seus braços, sentou-o ao seu lado na biga, deu duas voltas com ele pelo céu, retornando depois à praça central de Terralba. Ele o batizou com água benta na testa e o abençoou. A mãe chorou de emoção e abraçou Jesus, enquanto todos também choraram de alegria, chamando o menino de "nosso rei". "E foi assim que eu aprendi que Deus existe e que o bem vence o mal", disse-me Rob, com um hálito forte de champanhe, na noite em que eu me senti tão feliz com a chegada da raríssima edição de 1798, do *Del Contratto Sociale*, de Rousseau, em meu acervo de obras raras e de primeiras edições.

ARISTOTELIS STAGIRITÆ DE REPVBLICA LIB. VIII,

Interprete & Enarratore.

IO. GENESIO SEPVLVEDA CORDVBENSI.

Quibus iam adiecti sunt.

KYRIACI STROZAE DE REPVB. lib. duo: videlicet,

NONVS ET DECIMVS,

Græcè conſcripti, nunc ab eodem Stroza latinitate donati.

COLONIAE AGRIPPINAE,

In Officina Birckmannica ſumptibus Arnoldi Mylij.

ANNO CIↃ. IↃCI.

Cum gratia & priuilegio Sac. Cæſ. Maieſtatis

IX

ASTÉRION
(*Stagiritae De Republica (lib VIII)*,
de Aristóteles, edição de 1601)

Conto ao leitor a história da chegada desta obra raríssima ao meu acervo: a *Stagiritae De Republica (lib VIII)*, de Aristóteles, edição de 1601. Poucas bibliotecas no mundo abrigam este livro. Na minha viagem recente a Nova York, encontrei no setor de obras raras da New York Public Library várias edições escritas, relacionadas ao grande filósofo grego, nascido em Estagira em 384 a.C. Contudo, todas posteriores a da minha coleção. Quando eu partir deste mundo, deixarei o meu exemplar para uma biblioteca que tenha condições de preservá-la. A edição é um primor e está em excelente estado, exceto talvez a capa, coberta com um papel especial, imagino que dois ou três séculos depois. Aristóteles foi um polímata, um homem que brilhou em várias áreas do conhecimento: física, metafísica, biologia, ética, lógica, retórica, política. O filósofo buscava as relações de causa e efeito, razões possíveis e improváveis, desenvolvendo um pensamento próximo do que hoje consideramos científico.

Esta edição de 1601, em latim, foi impressa pela Officina Birckmannica in Coloniae Agrippinae, Colônia, Alemanha. Neste livro, o oitavo da obra *Política*, Aristóteles reflete sobre a cidade ideal. A circunstância da inclusão dessa obra no meu acervo é memorável. Foi em 1988, quando recebia o meu diploma de PhD pela Free University, de Amsterdam, um dos momentos mais maravilhosos da minha vida acadêmica. Nos Países Baixos, a cerimônia de defesa da tese é repleta de simbolismos e muito bonita. Os professores se vestem a caráter, com togas e gorros. Um funcionário da universidade bate no chão com um bastão anunciando a abertura da cerimônia e marca o final com a expressão "*hora est*!".

O candidato, antes do exame, fica em um espaço chamado, numa tradução aproximada, não por acaso, de "A sala dos suores". Dois padrinhos o acompanham e o conduzem ao salão. Ele é então chamado pelo professor que coordena a cerimônia e apresenta a sua tese doutoral ou de Phylosophy Doctor (Ph.D.). Na sequência, cada um dos membros da banca examinadora discute os objetivos, os métodos utilizados, os resultados e as conclusões do trabalho. Os meus padrinhos foram dois grandes amigos e notáveis cientistas: o holandês Jan Verdum, hoje professor da Universidade da Georgia, e o grego Nicholas Niarchos, hoje professor na Universidade de Yale, ambas nos Estados Unidos.

Cultíssimo, sabedor de que eu colecionava livros raros e primeiras edições, Nicholas me presenteou, na ocasião, com essa preciosidade, a *Stagiritae De Republica (lib VIII)*, de Aristóteles, edição de 1601. A obra me foi entregue por ele acondicionada numa bela caixa de papelão. Foi para mim um momento inesquecível. Felizes, depois da unânime aprovação pela banca examinadora, Leonor e eu oferecemos aos convidados uma recepção num elegante restaurante situado no Bosque de Amsterdam. Comemos e bebemos muito. Já sob efeito do álcool, Nicholas surpreendeu a todos com um monólogo – eu diria – antológico.

No sentido de homenagear-me, ele passou a discursar sobre Borges, o grande escritor e nosso vizinho da Argentina. Foi o mais próximo que lhe veio à mente, para fazer uso de uma ligação geográfica com o Brasil e com o meu gosto pelos livros. Ele afirmou que somente o escritor argentino, com a sua imensa cultura e a sua liberdade de pensamento, poderia escrever um conto como "A casa de Asterión". Como é do conhecimento do leitor, o conto, publicado na coletânea intitulada O Aleph, descreve a história de Teseu e do Minotauro, da mitologia grega, mas pela perspectiva do segundo, e não do primeiro. Dessa forma, Borges inverte a sua lógica, analisando a solidão e o sofrimento do Minotauro, em vez de focar na sua ferocidade.

O conto é apresentado como se fosse de fato um "quebra-cabeça literário", cuja solução não é revelada por completo pelo autor até o final. Como se trata de um labirinto, o leitor deve compreender quem é o prisioneiro. Na epígrafe, Borges cita um texto da Bibliotheca de Apolodoro, falando de Astérion, que nem todos sabem que é o nome do Minotauro na mitologia grega. O autor fornece outras pistas sobre o labirinto onde o monstro vive, sem nenhuma mobília, o mar ao seu redor, e diz ser Astérion o filho de uma rainha – no caso, Pasifae. Com a leitura do conto, o leitor fica também preso no labirinto de Creta, com os dois: o Minotauro e Teseu.

O discurso apaixonado de Nicholas foi, então, interrompido por um velho professor de dermatologia, membro da banca examinadora, igualmente alcoolizado, que acrescentou ser também leitor de Borges e que a técnica de redação por ele utilizada no conto se chamava "desfamiliarização". Ao ouvir essa expressão, a sua esposa – uma mulher elegante e já nos seus setenta anos de idade – teria interpretado mal o comentário do marido, pensando ser algo pessoal e que colocasse em xeque a moralidade da sua família. Ela se assustou com os termos do discurso do marido e o beliscou na perna, ostensivamente, no sentido de que parasse de discursar e se sentasse novamente ao seu lado.

Porém, o velho professor seguiu, dizendo que Borges inicialmente prepara o leitor para que desenvolva empatia pelo narrador e depois revela a sua identidade, como numa reviravolta à lógica da história, pois ele é o próprio Minotauro. Desse modo, o leitor sente ao final pena de Astérion. A sua intervenção foi aplaudida com entusiasmo por Nicholas. Ignorando novamente os beliscões da esposa, o velho continuou o seu discurso, afirmando que o Minotauro descreve a sua casa como infinita – o universo, sugerindo que possa ter sido ele quem criou o mundo e depois dele se esqueceu. Foi quando numa das outras mesas a esposa de outro membro da banca examinadora, um professor sueco, pediu a palavra.

Antes de começar o seu comentário, ela virou-se para o lado e, numa golfada, vomitou os aperitivos, o jantar, a sobremesa. O vinho branco da entrada e o tinto do prato principal permaneceram. Dois garçons foram imediatamente ao seu auxílio, com um pano molhado e um copo de água. Ela se recompôs e falou que Astérion distribuía os corpos dos seres humanos que prendia no seu labirinto ao longo dos cômodos vazios. Era a forma de saber com segurança quem era cada um deles. Mesmo sem entender o sentido da metáfora, todos aplaudiram de pé o seu comentário. Ela arrotou por duas vezes e retornou ao seu assento na mesa dos professores da banca examinadora.

Jan levantou-se e completou que Astérion falava sobre a morte, que viria no dia em que aparecesse o seu "redentor". Ele então partiria, deixando vazia a sua infinita caverna. Todos se emocionaram com esta parte do seu discurso. Vertendo lágrimas dos seus olhos, Jan lembrou a todos que o escutavam que o conto de Borges terminava com um belo verso de Teseu, em que ele descreve Astérion à sua espera no labirinto. E passou a recitar uma parte do poema em que Teseu diz a Ariadne: "Você acreditaria, Ariadne? O Minotauro mal se defendeu". Depois de recitar aquela parte do poema, Jan começou a chorar, ao ponto de ter de ser retirado do salão por alguns minutos, para que se recompusesse. Enquanto eu viver, jamais esquecerei este momento tão sublime do jantar que oferecemos aos convidados, na celebração da defesa da minha tese doutoral.

Embriagado, Nicholas afirmou para os convidados que não sabia de nenhum caso de um autor reconhecido que tenha invertido tão claramente a relação herói-monstro como Borges fez no conto "A casa de Astérion". Ele repetia em voz alta que Borges havia produzido um verdadeiro "quebra-cabeça literário", pois o leitor só saberá quem é de fato o narrador ao final da história. Num dado momento, Nicholas subiu numa cadeira e passou a discursar sobre o que teria levado Borges a escrever o conto. Afirmou que num sonho ele, Nicholas, havia consultado o Oráculo de Dodona sobre o tema e a resposta que recebeu foi que o escritor argentino havia se inspirado numa pintura do inglês George Watts, do final do século XIX, intitulada *O Minotauro*. A pintura retratava o Minotauro dos gregos como uma figura triste e solitária, que olhava para o mar, com um pássaro esmagado na mão. A esta altura dos discursos, as lágrimas da audiência rolavam dos seus rostos.

Sem que eu pudesse imaginar, Jan – o meu outro padrinho – retornou ao salão e subiu na mesa dos docinhos. Ele passou a contestar o discurso de Nicholas, argumentando que o conto tinha sua origem na tristeza do escritor argentino, depois de ter sido abandonado por uma mulher de nome Estela. Completou que "A casa de Astérion" era o reflexo da extrema solidão de Borges e do seu desejo de buscar a libertação de sua existência sem sentido. Daí, a figura solitária e resignada com a própria morte do Minotauro. Dito isso, Jan desequilibrou-se e caiu da cadeira, bateu com a nuca na mesa ao lado e foi imediatamente socorrido pelos professores.

Resolvido o incidente, e para surpresa de todos, o presidente da banca examinadora, um professor inglês cujo *curriculum vitae* tinha mais de duzentos metros de comprimento, subiu na mesa antes ocupada por Jan e afirmou peremptoriamente que Borges e Estela – cujo sobrenome era Canto – teriam rompido devido às constantes intervenções deveras edipianas na vida privada dos dois, por parte da mãe do escritor, cujo nome era Leonor. Ele olhou na direção da minha Leonor e sorriu. E para dar solidez às suas afirmações, ele puxou do seu bolso uma fotografia de Borges e Estela, juntos e felizes, no ano de 1945. E disse mais: que o conto intitulado "A casa de Astérion" tinha sido escrito em não mais do que dois dias – ou duas noites –, dois anos depois da tal fotografia.

O insigne docente vindo de Oxford insistiu que foram somente dois dias – ou duas noites – pelo fato de que Borges havia se comprometido a escrever algo literário no jornal *Los Anales de Buenos Aires*, num espaço equivalente a duas páginas, e a única forma de o escritor cumprir o seu compromisso com o editor foi contar a história de "Teseu e o Minotauro", mas com os seus papéis na mitologia grega invertidos. De imediato, o professor italiano, membro da banca, que criticara os resultados da minha tese por mais de uma hora, gritou da sua mesa, que se localizava bem no meio do salão, que ele discordava completamente do inglês. Acrescentou que os ingleses, em especial a turma de Oxford, falavam sobre qualquer assunto, sem ter conhecimento de causa. O inglês tentou agredi-lo com uma garrafa de champanhe, mas foi contido pelos garçons. Ouviram-se várias manifestações de indignação de vários docentes que ocupavam as doze mesas do fundo.

Feita a declaração desastrosa do italiano, o professor inglês sentiu-se mal e foi levado para o setor de emergência do hospital da Free University, de Amsterdam, que se situava não muito longe dali, na Avenida De Boelelaan, número 1105. A suspeita era de um infarto fulminante. A hipótese diagnóstica foi confirmada e o professor foi imediatamente transferido para o centro de tratamento intensivo, onde faleceu. Mas não sem antes espernear pelos corredores do hospital, contido por dois enormes enfermeiros holandeses, gritando que Borges era o maior escritor do século XX e que os ingleses teriam de ceder neste ponto, sob pena de um dia perderem novamente as Ilhas Malvinas – na realidade, ele fez referência às Falklands.

Um padre que nós tínhamos conhecido num jantar na Embaixada do Brasil, na elegante Wassenaar, e que havia sido convidado para assistir à defesa da minha tese, pediu então a palavra, recebendo alguns apupos das mesas mais ao fundo, onde havia um grupo de estudantes de medicina que eu havia convidado para a cerimônia. O padre comentou que

Borges teria dito que Astérion sabia que havia algo horrível dentro de seu coração e que o monstro deveria se sentir grato ao herói que o matou. As vaias vindas do fundo da sala se intensificaram. O religioso seguiu, dizendo que a proposta de Astérion, de livrar as suas vítimas do mal, sugeria a crença de que o mundo é mau e que, ao matar os homens, ele estava na verdade levando-os à salvação. Aí, a vaia foi geral e começou uma enorme pancadaria. Depois de receber alguns bofetões e ter a sua batina rasgada, o padre voltou ao seu lugar na mesa, um tanto constrangido.

Quando a festa estava quase por terminar, restando somente alguns convidados, o tal professor inglês, que havia sido dado como morto pelos cardiologistas do hospital, ressurgiu das cinzas, como a Phenix, no restaurante onde acontecia a celebração, vestido com o avental azul dos pacientes internados e com um soro fisiológico ligado a uma das veias do seu antebraço. Ao ver que o membro escolhido para o soro era o esquerdo, a esposa do professor de dermatologia chamou-o, agressivamente, de "velho vagabundo e comunista". Todos fingiram não ter escutado a sua ofensa dirigida ao ilustre professor inglês. Ele pediu a palavra e visivelmente drogado pela morfina que recebera minutos antes no centro de cuidados intensivos do hospital, falou que as análises mais recentes do manuscrito original do conto "A casa de Astérion", de Borges, cujos originais são mantidos sob a tutela da Biblioteca da Universidade da Virgínia, nos Estados Unidos, revelavam que as modificações feitas pelo autor tinham como objetivo disfarçar a identidade do narrador da história.

Leonor, até então calada e assistindo aos debates, confirmou o que o inglês havia dito para a plateia atenta. Para ela,

Borges substituiu "los griegos" por "los hombres" na terceira frase, deletando a possível insinuação de que estivesse mencionando algo sobre a mitologia grega. E completou que Borges havia testado várias formas de mascarar a evidência de que o Minotauro era Astérion e de que as descrições sobre a sua casa se referiam ao labirinto. Para mostrar que de fato dominava o assunto, ela completou o seu comentário, afirmando categoricamente que ela lera três ou quatro vezes a versão original em espanhol de "A casa de Astérion", publicada numa edição, entre maio e junho de 1947, no *Los Anales de Buenos Aires*, e que ela possuía quase todas as edições da revista em seu acervo bibliográfico.

Todos que ouviram as palavras de Leonor fizeram sons de aprovação. Ela seguiu com o seu depoimento, para mim definitivo, falando que possuía também uma ilustração da artista austríaca Marie Elisabeth Wrede, na qual Astérion aparece caído no chão, com a cabeça coberta por uma mortalha, enquanto Teseu está sobre ele, com a espada na mão. Falou também que a história foi incluída na coletânea de contos *El Aleph*, publicada pela Editorial Losada, situada na Avenida Corrientes, em Buenos Aires, no mês de junho de 1949 – local frequentado por nós quase mensalmente no passado.

De repente, ouvimos um trovão. Imediatamente depois, dois relâmpagos produziram um clarão no céu. As nuvens separaram-se umas das outras. O leitor acredite se quiser, iniciou-se uma chuva de estrelas. Algo de uma beleza indescritível. E Borges surgiu no céu, sustentado por uma bola de fogo. Com a sua mão direita, ele sustentava o seu corpo, apoiado numa bengala com o cabo prateado e a haste feita de madeira de lei. Na palma da mão esquerda, ele carregava uma pedra furta-cor, que me pareceu o "Aleph", com a qual ele dizia em seu conto homônimo poder enxergar o cosmo. Ele olhava para nós, com um sorriso nos lábios. Todos choraram de emoção.

Até mesmo os que antes divergiam deram-se as mãos. A esposa do professor de dermatologia enviou a Borges um beijo, com a mão. Lá do céu, ele abanou para ela, agradecendo. A sua imagem foi aos poucos perdendo a nitidez, até dissipar-se entre as nuvens. Emocionado com a cena, e talvez mais vulnerável pelo excesso de vinho, eu era só felicidade, pela aprovação da tese, pela excelência acadêmica dos membros da banca examinadora, pelos padrinhos Nicholas e Jan, pela festa no bosque, pela presença inesperada de Borges e pela sorte de ter me casado com uma mulher como aquela. Na manhã seguinte, Leonor despertou-me com um sorriso e disse que estava grávida. "É uma menina. Laura será o seu nome", ela disse. Eu concordei, emocionado. Pensei na aparição de Borges na noite anterior. Ele adorava o *Rime in vita di Laura*, do *Canzoniere*, de Petrarca, edição de 1883, em italiano, raríssima, com a capa de cor verde, que possuo no meu acervo.

Leaves of GRASS.

Boston.

Thayer and Eldridge,

Year 85 of The States.

(1860-61)

X

O IMPECÁVEL CHESTERFIELD

(*Leaves of Grass*, de Walt Whitman, edição de 1860)

Walt Whitman publicou a sua famosa coletânea de poemas *Leaves of Grass* (no Brasil traduzida como *Folhas de relva*) em 1855. Como o poeta só autorizou uma edição posterior, a que integra a minha coleção, datada de 1860, pode ser considerada uma segunda. Ele sempre revisava os seus poemas e expandia a obra, tendo publicado em torno de sete edições entre 1855 e 1892.

Whitman é um dos maiores poetas de todos os tempos. Jorge Luis Borges o adorava e dizia que um poema dele era uma representação de toda a literatura. O autor criou um tipo de poesia inovadora, introduzindo o chamado "verso livre". No início, o grande poeta nova-iorquino foi muito atacado. Era tido como obsceno, dada a sensualidade dos seus versos. Criticado em seu tempo, hoje é um nome fundamental do cânone literário ocidental, tendo exercido uma grande influência na obra de outros autores. Até mesmo Bram Stoker, autor de *Drácula*, revelou que era muito interessado na obra de Whitman.

Minha amiga Maria Conceição Meyer, como eu, uma amante das letras, informou-me que há nas chamadas redes sociais certas alusões quanto à autoria de Whitman – que eu antecipo como infundadas – de um poema intitulado "Carpe diem". Do que me consta, a informação não procede. Whitman jamais escreveu um poema com o título "Carpe diem". Há, sim, um poema famoso do poeta romano Horácio, no qual ele escreve "colhe o dia, minimamente crédula no porvir", no original, em latim: "*carpe diem quam minimum credula postero*". Contudo, a frase aparece no corpo do texto, e não no título.

A expressão "*carpe diem*" pode ser lida em outras poesias, do que eu me sirvo de um primoroso texto publicado na imprensa, não me recordo bem onde e quando, pelo recém-falecido e saudoso poeta Antonio Cicero. Lembra o grande poeta brasileiro que o sentido do termo "*carpe diem*" – desfrute o dia ou o presente – aparece não na escrita original, mas como tema poético e não título, no sentido do gozo do tempo presente, num poema de Gregório de Matos, quando ele alude a outro poema, de Góngora, dedicado a uma formosíssima Maria: "goza, goza da flor da mocidade". O soneto de Góngora diz: "*goza cuello, cabello, labio y frente*".

Da mesma forma, há a expressão "*carpe diem*" como título, mas não como parte do texto, num soneto de Mário Faustino, este sim intitulado "Carpe Diem", no qual ele descreve a efemeridade do tempo e a razão de aproveitarmos o presente. A primeira frase é: "Que faço deste dia, que me adora?". Deixo aqui o meu registro, em defesa da "inocência" de Whitman quanto à "culpabilidade" pela autoria de algum poema com o referido título. O grande poeta norte-americano jamais escreveu um poema com o título "Carpe Diem".

Quanto ao meu *Leaves of Grass*, datado de 1860, confesso que o roubei da biblioteca do grande jurista português José Roberto Pomposo de Alcântara Goldim, num maravilhoso jantar oferecido por ele e por Dona Marcília Pedroso de Pedrosa Goldim, também eminente jurista e sua esposa, ao embaixador espanhol na Sbórnia, Austregésilo Henriquez y Gomez. O delito por mim cometido se deu quando nós fomos convidados a tomar um conhaque Henri IV Dudognon Heritage e fumar uns charutos Cohiba Talismán, na biblioteca de cento e quarenta e nove mil setecentos e oitenta e três livros dos anfitriões.

Eu pus os olhos na primeira edição de *Leaves of Grass* antes mesmo de completar a minha primeira baforada. Daí à concretização do meu intento, foram dois ou três goles do conhaque. Observei com a minha visão periférica que a Condessa Jussara de Zara Isara – que também fumava, mas não bebia – havia também identificado um atraente butim: uma segunda edição das *Oeuvres de M. de Voltaire*, datada de 1757, uma obra raríssima. No lado oposto do impecável sofá de couro Chesterfield, em que Bram Stoker e eu estávamos bem acomodados, num ângulo obtuso de 179 graus, o famoso crítico de teatro holandês Anton van Rolemfeldt já dominava com os olhos a sua presa: uma primeira edição de *Les Mains Sales*, de Sartre, datada de 1948, cem por cento original, inclusive com as correções do autor em letra manuscrita, sobretudo nos parágrafos em que afirma a inexorabilidade do mau comportamento dos políticos.

De modo que, pelos meus cálculos, após as despedidas, o acervo do casal de juristas sofreu três baixas de grande monta, ficando reduzido a somente cento e quarenta e nove mil setecentos e oitenta obras, salvo outros ataques ao tesouro literário que fujam ao meu conhecimento. Quanto ao surrupio por mim efetivado, sendo ele motivo da curiosidade do leitor, o esbulho sucedeu com a aplicação de uma técnica aludida na obra clássica de Dickens intitulada *Oliver Twist*, editada pela Richard Bentley, no ano de 1838. O personagem Fagin, um velho judeu, receptador de bens roubados, trocava o produto da rapina feita pelas crianças nas ruas de Londres por abrigo e alimentação. A sua técnica consistia simplesmente no uso de duas mãos humanas hábeis e de um amplo bolsão no interior da casaca do ladrão, para poder ocultar a sua rapina. No caso, foi o suficiente para que a famosa coletânea de poemas de Whitman seguisse viagem na minha carruagem, com total discrição e segurança.

ROLAND FURIEUX.

POÈME HÉROÏQUE DE L'ARIOSTE.

NOUVELLE TRADUCTION,
Par M. le Comte DE TRESSAN.

TOME SECOND.

A PARIS,
Chez PISSOT, Libraire, Quai des Augustins.

M. DCC. LXXX.
AVEC APPROBATION, ET PRIVILÈGE DU ROI.

XI

GEREMIAS M. SYLVIUS

(*Roland Furieux*, de Ariosto, edição de 1780)

R*oland Furieux* (*Orlando Furioso*, na tradução para o português) é a obra mais famosa do italiano Ludovico Ariosto (1474-1533). É um exemplo dos chamados "romances de cavalaria", um poema escrito em oitavas – estrofes de oito linhas –, forma inaugurada por Boccaccio e depois Petrarca. A forma foi também utilizada na poesia anglo-saxônica, por vezes dividida em duas partes de quatro linhas. Shakespeare a utilizava. Yeats também fazia uso desta métrica. Ela se distingue da *terza rima*, na qual as estrofes são de três linhas, utilizadas por Dante, na *Comédia*; e dos hexâmetros dactílicos da *Ilíada* e da *Odisseia*, de Homero; ou da *Eneida*, de Virgílio.

As idealizações em relação à amada do *Roland Furieux* são típicas dos romances de cavalaria e o amor por Angélica leva o personagem à loucura. A sua primeira edição foi publicada em 1516. A minha edição de *Roland Furieux* é francesa e de 1780, com a tradução de Tressan. A obra é em dois tomos. Eu a adquiri na época em que Leonor e eu vivemos em Amsterdam, nos Países Baixos. Nós passamos lá sete anos. Caminhando por uma região central e mais antiga da cidade, de nome Leidseplain, chamou-me a atenção uma pequena livraria, que ficava situada numa ruela chamada Kameraobscuralaan (na tradução, "rua da câmera escura").

Fiquei pensando que, no passado, ela deve ter sido uma rua em que alguém utilizava esse instrumento – a "câmara escura" – ou o comercializava. A câmera escura foi muito utilizada pelos pintores. A luz invertida por ela produzida foi descrita por Aristóteles e outros do seu tempo, mas a técnica ganhou maior atenção durante o Renascimento. O pintor Vermeer explorava o seu uso, que consistia na passagem da luz por um orifício, formando uma imagem invertida do objeto que se queria pintar da tela. Em Amsterdam, além da Kameraobscuralaan, há outras com nomes curiosos. Há uma rua de nome Huidenstraat, na tradução para o português "rua dos couros". Lembro também da Wolvenstraat, a "rua dos lobos"; da Berenstraat, a "rua dos ursos"; e uma de nome mais poético, a Hartenstraat, a "rua dos corações".

Eu lembro que entrei naquela pequena livraria, que me pareceu muito interessante. Os seus livros eram muito bem acomodados. Havia uma vitrine para a rua, onde observei a presença de muitas obras de difícil aquisição. No lado direito, estavam expostas as obras mais raras, ali reunidas para chamar a atenção dos colecionadores. Eu perguntei o preço da edição francesa do *Roland Furieux*, de 1780. A senhora que atendia respondeu que me venderia a obra por um preço ainda mais baixo do que o anunciado, pois ela decidira encerrar o negócio. Eu comentei que seria uma pena uma livraria tão rica em títulos interessantes fechar as suas portas. Ela me respondeu que o seu irmão mais velho havia falecido. Os dois cuidaram da livraria por anos e o negócio estava na família há mais de três séculos.

Infelizmente, o seu irmão falecera em circunstâncias muito difíceis e ela perdera o interesse pelo negócio e pela vida. Eu falei que era médico e perguntei se ela sabia o nome da doença que levou ao falecimento do seu irmão. Ela começou a chorar e me disse que o irmão tinha sido enterrado vivo. Durante o velório, ele começou a bater com os pés e com as mãos, fazendo um ruído assustador que vinha de dentro do caixão. Quando o abriram, o irmão já estava roxo e morto. Segundo os médicos, ele sofrera uma parada prolongada da respiração, a qual foi interpretada erroneamente como morte.

"Ele ressuscitou dentro do caixão, para morrer depois de pedir por socorro, sufocado dentro daquela caixa horrível, no dia do próprio velório", a senhora falou, quase aos prantos. Eu expliquei a ela que havia várias formas de apneia – a parada da respiração – que podem, nos casos mais graves, simular a morte ou levar à morte súbita. Ela perguntou se eu sabia do caso de uma atriz de nome Carrie Fisher e de um ator chamado James Gandolfini, que morreram em circunstâncias parecidas. Eu respondi que não. Ela passou então a me relatar outros casos semelhantes ao do seu irmão, de pessoas que haviam sido enterradas vivas.

Confessou-me o medo de a doença ser genética e ela ser – um dia – também enterrada viva. A senhora mencionou um livro que encontrou na livraria sobre uma doença de nome "catalepsia". Eu comentei que se tratava de um distúrbio em que, mesmo sem sintomas de alerta, a pessoa podia perder temporariamente a consciência, os sentidos e os movimentos. Em alguns casos, a vítima era dada como morta e enterrada. Com a nossa conversa, ela esqueceu completamente o motivo da minha visita à livraria, a edição de 1780, do *Roland Furieux*, de Ariosto. Passou a narrar as suas agonias em relação à morte. Às vezes, ela acordava à noite e não conseguia dormir novamente, só de pensar no seu destino assustador.

Fez até uma combinação com uma amiga que, se ela morresse, a outra colocaria um sino próximo da sua mão, no caixão, para que ela pudesse dar sinal de que estava viva, caso despertasse dentro do caixão. "É o lado sombrio da natureza humana", disse a senhora. Ela perguntou se eu havia assistido um filme de Roger Corman, que nos anos 1960 fez uma adaptação de um conto de Poe para o cinema, sobre um caso semelhante. Disse também que Charles Beaumont fez uma série para televisão intitulada *Além da Imaginação*. Esta série eu disse a ela que lembrava muito bem, porque me fazia tremer quando eu era criança.

Eu fiquei tão nervoso com a conversa que quase desisti da compra da tradução valiosa do *Roland Furieux*. Meio sarcástica, a senhora da livraria me propôs um preço ainda mais baixo pela obra "para compensar o estado de pavor em que eu me encontrava", disse ela. Sem titubear, eu abri a minha carteira e paguei o valor sugerido. Pus a obra numa sacola que carregava, despedi-me dela e saí da livraria rapidamente, sem sequer olhar para trás. Por dias, a ideia de ser enterrado vivo me deixou sem dormir. Numa noite, tive um pesadelo em que eu estava vivo dentro de um caixão. Eu gritava e ninguém me escutava. Então, surgia a imagem da senhora da livraria, vestida de preto, fazendo um sinal com o dedo indicador da mão direita, para que eu ficasse em silêncio. Eu gritava cada vez mais forte e ninguém me ouvia. Ela então exibia um sorriso sarcástico, sem a parte esquerda da sua dentadura superior.

Tempos depois, eu soube, através de um amigo que também colecionava livros raros, que a senhora da livraria da Kameraobscuralaan havia sido internada num hospital em estado grave. A suspeita era de intoxicação por uma planta venenosa. A imprensa havia divulgado que o sobrinho, que herdaria a livraria, estava sendo implicado na morte do tio e no envenenamento da tia. Numa matéria de jornal, um dos policiais, de nome Geremias M. Sylvius, o qual conhecia profundamente a dramaturgia de Shakespeare, lembrou do trágico fim da obra *Romeu e Julieta*. Recordou-se também da *cicuta*, a planta venenosa utilizada por Sócrates para suicidar-se.

Sylvius não teve dúvida e mandou vasculhar o apartamento do sobrinho, na busca de algum indício de culpabilidade do suspeito. Para sua surpresa, o rapaz possuía uma biblioteca completa sobre a obra do bardo inglês. Das edições das peças teatrais, ele tinha várias em duplicata. Durante o seu interrogatório, ele minimizou o fato, afirmando que a sua devoção pela dramaturgia de Shakespeare era semelhante à de muitos indivíduos, inclusive o policial Geremias M. Sylvius. "E quem não amaria Shakespeare?", perguntava o rapaz aos policiais. Acrescentou que a sua família era de livreiros, o que sugeria um carinho especial pelos clássicos da literatura. O delegado do caso era outro e engoliu a sua explicação, retirando-o da lista de suspeitos.

Contudo, Sylvius não comprou facilmente a história. Ele ficou intrigado com certas partes do interrogatório do sobrinho, especialmente quando um dos policiais mencionou o fato de ele ser o herdeiro da livraria. Afinal, o seu sobrenome era igual ao do seu tio morto e ao da sua tia quase morta. O rapaz teria então citado – em pleno interrogatório – a peça teatral *Romeu e Julieta*, de Shakespeare, na parte em que Julieta pergunta: "O que há num nome? Aquilo a que chamamos rosa, mesmo com outro nome, exalaria o mesmo perfume!" E como se isso não fosse o suficiente para incriminá-lo, ele lembrou também aos policiais a parte em que Julieta diz que "o nome Romeu nada importava e que a essência do amor transcendia aos nomes". Ante as citações shakespearianas, Sylvius não teve dúvida: pediu ao seu superior que o deixasse assumir o caso e mandou vasculhar novamente o apartamento do sobrinho em busca de mais evidências.

Durante noites inteiras, em sua cama, o policial shakespeariano não conseguia pegar no sono, pensando sobre outra parte do interrogatório do rapaz, quando surgiu a questão da inconsistência das provas e o jovem não vacilou e recitou outro trecho de *Romeu e Julieta*, em que a jovem apaixonada fala sobre a inconstância do amor: "Oh, não jures pela lua, a lua inconstante, que mensalmente muda em seu círculo, para que teu amor não se mostre igualmente variável". Para o policial, o sobrinho era "literariamente" o culpado pelos envenenamentos. Além disso, ele estava desempregado e nos últimos tempos, passara a visitar a livraria dos tios numa frequência altamente suspeita.

Num dos últimos interrogatórios, o próprio Sylvius não resistiu e recitou outras partes de *Romeu e Julieta*, como a que diz que o "O amor é cego, não acerta o alvo", na qual Shakespeare propõe uma reflexão sobre a natureza do amor e a possibilidade dos enganos e dos erros. Foi nesta parte que o sobrinho desabou emocionalmente, dizendo que Shakespeare mergulhara em todos os mistérios da alma humana. Ele então confessou ser o autor dos envenenamentos que levaram à morte do seu tio e ao quase assassinato da sua tia, dona da livraria.

Silvius e a sua rápida – e literária – interpretação do caso ocupou todos os jornais dos Países Baixos. A capacidade do policial não se restringia a apenas este caso em especial. Ao rever a pilha de crimes não resolvidos das demais delegacias do país, Sylvius encontrou o estranho caso de um roubo ocorrido meses antes, na residência de um milionário que vivia na cidade de Utrecht. A vítima era um importante colecionador de livros raros e de primeiras edições, o que despertou a curiosidade do policial. O ladrão sequer tocou nos objetos de valor ou no dinheiro da vítima. Não obstante, as suas impressões digitais foram encontradas nas capas e nas páginas de praticamente todos os clássicos da dramaturgia de Shakespeare. Edições preciosas de Homero, Ovídio, Dante, Joyce, Kafka, Mann, Stevenson, Balzac e Proust não haviam sido sequer folheadas.

O único item subtraído da residência do milionário foi uma obra intitulada *The Tragicall Historye of Romeus and Juliet*, um poema narrativo, publicado em 1562, por Arthur Brooke. Era uma tradução feita por Brooke de um antigo poema italiano assinado por um dramaturgo de nome Bandello. A obra servira de inspiração para o *Romeu e Julieta* de Shakespeare. Letrado como era, Sylvius logo percebeu que havia "algo de podre no reino da Dinamarca". O policial não teve dúvida. Iniciou escavações no jardim que havia nos fundos do prédio onde o sobrinho da dona da livraria morava e encontrou o original de Brooke, enrolado num saco plástico.

Na obra, havia uma detalhada descrição do método de envenenamento pela *Atropa belladonna*, utilizado por Julieta para simular a sua própria morte. No *Romeu e Julieta*, de Shakespeare, quando Romeu pensa que a sua amada havia se suicidado, ele toma o mesmo veneno e morre. Julieta momentos depois se recupera do estado cataléptico e vê o seu amado morto: o seu plano fracassara. Julieta então também se suicida. Pressionado pelas fortes evidências, o sobrinho confessou também este roubo, não sem antes cumprimentar Sylvius pela solução do caso e presenteá-lo com uma rara edição de *The Tempest*, de Shakespeare, e com duas páginas originais raríssimas da sua famosa primeira edição das obras completas – o *Fólio*.

O rapaz ficou fascinado com o comentário do policial sobre outra planta, de nome "mandrágora", que é também mencionada na obra, por produzir o sono profundo que Julieta buscava, mas que no contexto da peça não fora escolhida pelo autor, pela possibilidade de trazer consequências terríveis, caso a poção não funcionasse corretamente. Ao ser levado para a prisão, o sobrinho disse a Sylvius que fora uma honra conhecer um homem como ele, dotado de tantos conhecimentos sobre a dramaturgia do bardo inglês. Em resumo, a aquisição da minha rara edição de *Roland Furieux*, de Ariosto, edição de 1780, foi cercada de mortes e de mistérios, explicados pelo envenenamento causado pela *Atropa belladonna*.

Mas o assunto não termina aí. O sobrinho foi preso e a senhora, dona da livraria, seguiu a sua vida, imaginei eu, com boa saúde e sem nenhum falso alarme de morte, do que se saiba. Passados alguns meses, enquanto eu me ocupava com os preparativos para uma expedição no Vale dos Reis, no Egito, para realizar novas buscas na tumba de Tutancâmon, fui ao centro antigo de Amsterdam comprar um binóculo mais potente do que o que eu possuía. Aproveitei a oportunidade e fui fazer uma visita à senhora da livraria. Entretanto, eu soube por um vizinho que ela havia vendido o negócio para um cidadão francês, de nome Paul Jules Maigret, cujo sócio era um belga de nome Simenon.

Para a minha surpresa, a livraria tinha mudado de nome. Chamava-se "Le Letton". A porta estava fechada e havia uma mensagem aos clientes, informando do luto pelo falecimento de um dos seus proprietários. No mesmo dia, depois de ler a coluna policial do jornal *De Volkskrant*, chamou-me a atenção um longo texto intitulado "Outra vez a inteligência de Sylvius". O artigo descrevia o estranho caso da morte de Maigret, um dos novos donos da livraria, que estava sendo investigado pela polícia de Amsterdam, até então sem sucesso. Contudo, o jornal mencionava que o policial Geremias M. Silvius, que havia desvendado o famoso caso de "envenenamento da Kameraobscuralaan", havia assumido recentemente as investigações. E o rumo das coisas havia mudado.

Eu fiquei curioso ao ler o nome de Sylvius. As manchetes noticiavam que o policial desconfiava de que o caso da morte do senhor Maigret tinha relação com o do seu sócio, de nome Simenon, que estava internado num outro hospital em estado grave. A sua hipótese era a de envenenamento pela *Atropa belladonna*. O quadro clínico de Simenon não deixava dúvidas de que teria sido causado por envenenamento pela famosa planta de *Romeu e Julieta*. A vítima apresentava dilatação das pupilas, boca seca, taquicardia e insuficiência respiratória. Simenon, o pobre sócio de Maigret, havia sobrevivido a duas paradas cardíacas, revertidas com sucesso pelos médicos do setor de emergência. Segundo Sylvius, os dois casos se assemelhavam ao dos donos anteriores da livraria, um deles morto e o outro que teria sobrevivido ao envenenamento.

Segundo o artigo do jornal, Simenon fora dado como morto pela equipe médica e a família havia sido informada do seu falecimento. Eles chegaram a encomendar o caixão. Porém, o morto simplesmente ressuscitou. Com a mão esquerda envolta num pano cheio de sangue, ele se levantou da maca em que seu corpo jazia no necrotério, pediu um café com leite sem açúcar e começou a conversar com os funcionários. Pelo susto, um deles teve uma síncope e foi levado para a emergência. Felizmente, o funcionário se recuperou e passava muito bem. Silvius observou as óbvias semelhanças dos quatro casos de envenenamento.

Contudo, o detalhe que perturbava o policial era que o corpo de Maigret apresentava uma amputação na perna direita e num dos dedos da mão esquerda, enquanto Simenon teve os cinco dedos da mão esquerda cortados. Estas mutilações não haviam sido observadas no caso do envenenamento dos antigos donos da livraria da Kameraobscuralaan. No dia seguinte, li, novamente no *De Volkskrant*, que o policial Geremias M. Sylvius estava convencido de que o sobrinho era o culpado pelo envenenamento dos tios, mas também cúmplice no caso de Maigret e de Simenon.

Segundo Sylvius havia declarado ao jornal, as evidências eram óbvias de um "envenenamento shakespeariano", como ele chamou a circunstância. Entretanto, as amputações sofridas pelos novos donos da livraria sugeriam uma hipótese alternativa. Por noites, o policial pensou, refletiu e reconsiderou o conjunto das evidências, até que numa madrugada ele despertou subitamente. Pulou da cama, acordou a esposa e gritou: "*Tito Andrônico*! *Tito Andrônico*!". "Só pode ser *Tito Andrônico*!", ele repetiu. A sua esposa não entendeu nada, mas lembrou vagamente de uma obra que Sylvius possuía na sua biblioteca – era uma peça teatral do início da carreira de Shakespeare.

Sem dar qualquer publicidade à sua hipótese, Sylvius colocou três policiais à paisana, em regime de revezamento, durante vários dias, para identificar quem eram as visitas que o sobrinho da ex-dona da livraria recebia na prisão. Os policiais nada viram de suspeito ou atípico. Ninguém o visitava, exceto a própria tia, que havia sido vítima de envenenamento, sobrevivera e perdoara o sobrinho. Na realidade, ela havia comentado com um dos carcereiros que estava fascinada com os seus conhecimentos sobre a dramaturgia de Shakespeare. "Ele era o orgulho da família!", dizia ela. Sylvius não deixou por menos: obteve do juiz uma autorização para interrogá-la.

Qual não foi a surpresa do policial, quando a tia – a senhora da livraria – declarou que a sua vida havia mudado completamente, após conviver mais de perto com o sobrinho preso. Sylvius achou estranha a repentina devoção por alguém que havia envenenado mortalmente o seu tio e quase matado a sua tia. Na verdade, ela estava de fato encantada com a profundidade dos conhecimentos do sobrinho sobre a obra do bardo inglês. Ela comentou que visitara Stratford-Upon-Avon num final de semana, apenas para excursionar pelos locais onde a família de Shakespeare – dizem – teria vivido. Numa de suas primeiras conversas com Sylvius, a senhora da livraria comentou sobre a sua surpresa pelo fato de Shakespeare não ter vivido muito na companhia da família. Ele passava quase o tempo inteiro em Londres com a sua trupe de atores.

Sylvius pensou que se tratava de um comentário fortuito da velha senhora, mas ela insistiu muito no assunto, dizendo também que Shakespeare dominava muito bem a técnica de envenenamento pela *Atropa belladonna*. "Se quisesse, o bardo poderia ter envenenado a sua esposa, Anne Hathaway, e os filhos. E resolveria a sua dificuldade conjugal", a velha teria dito no interrogatório, entre gargalhadas. Esta frase deixou o policial intrigado. Ao ouvir o comentário, Sylvius ficou impressionado com a frieza da antiga proprietária da livraria. Ele obteve então uma autorização judicial para realizar buscas na sua residência, encontrando algo muito suspeito: uma rara edição da peça teatral *Tito Andrônico*, de Shakespeare.

Revisando também as obras literárias que eram lidas pelo rapaz na prisão, todas pareciam ter sido adquiridas depois da sua condenação e do seu aprisionamento. Na verdade, eram presenteadas pela tia, maravilhada com os conhecimentos shakespearianos do sobrinho. O astuto policial concluiu que o sobrinho e a tia passavam as horas da visita lendo as obras de Shakespeare. Para Sylvius, o rapaz havia despertado o lado sombrio da tia, antes despercebido pelas pessoas e, quem sabe, por ela própria.

A causa da morte do senhor Maigret e do quadro gravíssimo do senhor Simonen era – sem sombra de dúvida – o envenenamento pelas bagas da *Atropa belladonna*, a parte em que veneno atinge as suas mais elevadas concentrações. Na cozinha da tia, atrás da geladeira, havia dois sacos plásticos, contendo papel de jornal e no seu interior as tais plantas. Tratava-se do mesmo veneno que havia sido utilizado pelo sobrinho para assassinar o tio e ex-dono da livraria e para envenenar a tia, a qual havia sobrevivido e passara a visitá-lo, tão gentilmente, na prisão. As amputações, contudo, revelavam o fascínio do autor dos crimes por obras do bardo inglês muito mais sanguinárias – e *Tito Andrônico* seria a mais cruel delas. Do que me recordo, no quinto e derradeiro ato da peça teatral, Lúcio, filho banido de Tito, une-se aos godos em seu ataque contra Roma.

Trata-se de uma das maiores carnificinas da história do teatro. Apenas como comparação, a matança dos pretendentes de Penélope, quando Odisseu regressa a Ítaca, na *Odisseia,* de Homero, em nada se compara às terríveis mortes de *Tito Andrônico.* Na obra, Tito assassina os filhos de Tamora e utiliza a sua carne no banquete que oferece a ela e a Saturnino. Ele também esfaqueia e mata Lavínia. Ao ser perguntado onde estavam os seus filhos, Tito explica a Tamora que eles eram a carne das tortas que todos saboreavam no banquete. Saturnino mata Tito e Lúcio mata Saturnino. Marco Andrônico acalma a todos e chama Lúcio, único filho vivo de Tito. Diz que o principal vilão era Aarão. Lúcio se torna imperador e condena Aarão a ser enterrado vivo. Os romanos sepultam Tito e Lavínia com honras, enquanto Lúcio joga o corpo de Tamora para que sirva de alimento aos pássaros.

Nada é comparável a esta sanguinária obra teatral de Shakespeare, se o assunto é assassinato com requintes de perversidade. Com as mortes e amputações da obra *Tito Andrônico* em sua mente, Sylvius interrogou novamente a senhora da livraria. Para provocá-la, ele não poupou elogios à dramaturgia de Shakespeare. Ela concordou plenamente com o policial – o bardo inglês era o que havia de melhor na dramaturgia ocidental. Ele foi adiante e perguntou quais eram os seus personagens shakespearianos preferidos. Ela mencionou Lady Macbeth, com a sua incontrolável necessidade de poder, maldade e a extrema frieza, da obra *Macbeth*. Sylvius a provocou mais ainda, dizendo que para ele Iago, da obra *Othelo*, era insuperável, com seu cinismo e jeito dissimulado de fazer intrigas e maldades. Ela adorou o seu comentário e disse que concordava com ele em "gênero e número".

Quanto ao velho rei Lear, que desejava dividir o seu reino entre as suas três filhas, tendo em troca apenas a sua declaração de amor, a suspeita não demonstrou a menor empatia pelo personagem. Contudo, ela disse a Sylvius que adorava as suas duas filhas interesseiras – Goneril e Regan – e desdenhava a sincera Cordélia, a filha mais jovem do rei Lear. Sylvius soltou uma gargalhada e disse que estava plenamente de acordo com o seu ponto de vista. Foi quando o policial desferiu o seu tiro certeiro. Falou para a velha senhora que havia um personagem de Shakespeare que era o mais doce, simpático e agradável de todos: "Tito Andrônico, o sanguinário Tito Andrônico é o mais encantador de todos os personagens de Shakespeare!", afirmou falsamente o policial.

Irreconhecível, a senhora da livraria não se conteve e passou a desfilar elogios à obra, cuja publicação havia sido no ano de 1623, com o título original *The Lamentable Tragedy of Titus Andronicus*. O policial "jogou mais lenha na fogueira", para que a velha se entregasse: "Eu adoro as suas vinganças sangrentas!". Ela acrescentou que "adorava as mortes, sobretudo quando vinham acompanhadas das decapitações e amputações de membros!". "Ah! As decapitações e as amputações são fascinantes!", completou Sylvius. O policial então perguntou a ela: "E quando Tito assassina os filhos de Tamora, a rainha dos Godos?". E a tia da livraria, feliz da vida, respondeu com outra pergunta, como faziam os sábios hebreus na Bíblia Sagrada: "E quando Tito mata o seu próprio filho, Múcio? Não é uma beleza?".

O interrogatório realizado por Sylvius produziu vômitos em vários policiais que o acompanhavam na delegacia. Um deles foi encaminhado para atendimento no hospital. A ex-dona da livraria e suspeita no caso do envenenamento e das amputações de Maigret e de Simenon, ao contrário, parecia viver uma verdadeira epifania shakespeariana. Quando ela passou a narrar a caçada real da obra *Tito Andrônico*, em que Aarão convence Demétrio e Quíron a matar Bassiano, para que eles possam depois estuprar Lavínia, eu diria que a cena foi apoteótica. A velha senhora deu até detalhes a Sylvius e aos policiais sobre a parte em que os dois jogam o corpo de Bassiano num poço, estupram Lavínia e a arrastam para as profundezas da floresta. Para que ela não os denuncie, cortam a sua língua e decepam as suas mãos. "Uma verdadeira obra de arte!", gritava a velha, sorridente, pelos corredores da delegacia.

O caso foi concluído pelo policial Geremias M. Silvius, com a culpabilidade da suspeita. A velha senhora e ex-dona da livraria, tia do assassino do seu irmão e responsável pelo seu envenenamento, o qual ela havia perdoado, em nome da admiração que ele a fizera sentir pela obra de Shakespeare, havia sido considerada culpada pelo assassinado e mutilação de Maigret e pelo envenenamento e mutilação do seu sócio Simenon. O policial apenas aguardava a decisão final, que seria homologada por um ingênuo magistrado de nome Louis Gomez, que ainda duvidava da culpabilidade da tão gentil e educada senhora. Gomez era conhecido por ser muito condescendente com os criminosos, sobretudo com aqueles que demonstravam interesse literário. Ele era frequentador assíduo dos teatros de Soho, em Londres, e fã das obras de Marlowe: *Tamburlaine*, Gomez teria lido dezessete vezes e recitava, às vezes, de memória, durante as sessões da corte de Camden, em Londres.

Na edição do *De Volkskrant* do dia seguinte, na seção de cultura, eu li que as peças teatrais *Romeu e Julieta*, *Macbeth*, *Othelo* e *Tito Andrônico*, de Shakespeare, voltaram a ser exibidas em vários teatros de Amsterdam, palco dos vários envenenamentos e das amputações, com um sucesso de bilheteria jamais visto nos Países Baixos. O cronista que assinava a notícia lembrava que quando "a vida imita a arte" e não o contrário, os donos dos teatros são os maiores beneficiários. Com os crimes, o interesse pelas obras do bardo inglês havia aumentado de modo impressionante.

De minha parte, eu lembro sempre da senhora da livraria, quando folheio a minha rara edição do *Roland Furieux*, de Ariosto, de 1780. Passados dez anos, ela ainda está em De Waag, local da mais antiga prisão de Amsterdam, no centro da cidade. Contudo, eu soube que a senhora da livraria hoje usufrui de liberdade condicional devido à sua boa conduta. Ela trabalha no mesmo local, que deixou de ser uma cadeia e é hoje um belo museu. A tia assassina também obteve autorização do magistrado Louis Gomez para frequentar um grupo de teatro amador. Num artigo no *De Volkskrant*, eu li que ela tem desempenhado – com uma qualidade excepcional – o papel de Lavínia, na obra *Tito Andrônico*, cuja montagem foi levada ao Shakespeare's Globe Theatre, em Londres. Sylvius, Gomez e ela se tornaram grandes amigos.

IL DECAMERON

DI MESSER

GIOVANNI BOCCACCI.

Cittadin Fiorentino,

Di nuouo ristampato, e riscontrato in Firenze con testi antichi, & alla sua vera lettione ridotto

dal

CAVALIER LIONARDO SALVIATI,

Deputato dal Serenis. Gran Duca di Toscana, Con permissione de' Superiori.

ET IN QVESTA VLTIMA IMPRESSIONE adornato di Figure appropriate a ciascheduna Nouella.

ALL'ILLVSTRISS.MO ET ECCELLENTISS.MO SIGNORE, IL SIGNOR IACOPO BVONCOMPAGNI, Duca di Sora, Gouernator Generale di Santa Chiesa, &c.

IN VENETIA, Appresso Alessandro Vecchi.

M. D. XCVII.

XII

NOITES DE SÃO PETERSBURGO

(*Decameron*, de Boccaccio, edição de 1597)

D*ecameron* é uma coleção de cem contos que Giovanni Boccaccio reuniu ao longo do século XIV, a qual tem a estrutura de uma história. Durante a peste negra, um grupo de sete moças e três rapazes das classes abastadas de Florença foge para um castelo para se proteger da peste. Para passar o tempo, contam uns para os outros histórias de amor, traição, passagens cômicas, trágicas e até eróticas. Uma delas, que serviu de inspiração a Lutero, traz dois amigos, um judeu e um cristão. O cristão propõe que o judeu se converta ao cristianismo e, em respeito à amizade entre eles, o judeu decide ver de perto a vida que levava o papa, em Roma. No Vaticano, o judeu presencia a corrupção e a promiscuidade vigente. Ao voltar, ele surpreende o amigo, dizendo que ele havia decidido se converter ao cristianismo. O cristão fica surpreso e pergunta a razão da sua decisão. O amigo então justifica, argumentando que, se a religião se mantinha de pé com tudo o que ele havia testemunhado da corrupção em Roma, o cristianismo devia realmente sustentar-se numa força superior.

Outra história célebre é a do rapaz que se finge de mudo, para comover as freiras e conseguir emprego num convento.

O que ele não imaginava era que as freiras fariam fila para fazer sexo com o falso mudo, num quartinho que ficava atrás da horta do convento. A madre superiora, ao descobrir o que estava acontecendo, decidiu também participar da festa. Depois de tantas relações sexuais, com as noviças, as freiras e, por fim, até com a madre superiora, ele grita, desesperado, que basta de tanto sexo. Ao ouvir o suposto mudo falar, a madre então exclama: "Miracolo! Miracolo!", atribuindo a sua fala à força do Espírito Santo. Boccaccio debocha da igreja, fala das fraquezas e dos desejos humanos. A peste negra dizimou boa parte da população europeia e isso gerou uma grande desilusão em relação às divindades, estimulando o hedonismo.

A época é de transição do teocentrismo para o antropocentrismo, o que, séculos mais tarde, levará a Europa ao humanismo. O divino deixa de comandar tudo, é a própria natureza que vai ditar a conduta do homem. Escrito em dialeto toscano, o livro influenciou vários autores, como Molière (*Tartufo* é baseado num de seus contos), Swift, Voltaire e muitos outros. Até mesmo Shakespeare teria sido influenciado pela obra de Boccaccio. Eu escrevi uma peça, que chamei de *O Heptameron*, na qual, para se protegerem da Covid-19, três casais de "novos ricos" decidem fugir da peste, abrigando-se numa elegante mansão na região serrana. São sete dias em que eles vivem na fartura, em vez dos dez dias do *Decameron*. Inspirei-me no humor de Boccaccio.

Para a surpresa dos casais, o dono da casa resolve convidar também um amigo, um homem mais simples e que lecionava literatura na universidade. Uma vez que ele fazia a orientação da tese doutoral de uma aluna, sobre a obra *A morte de Ivan Ilitch*, de Tolstói, ambos passam a trocar ideias sobre o assunto pelo telefone. Ao escutarem, secretamente, as discussões entre o professor e a aluna sobre a temática do livro (basicamente sobre o sentido da vida que vivemos), os três casais são tocados profundamente – cada um a sua maneira – pela leitura da obra de Tolstói, o que produz mudanças dramáticas em seus destinos.

Quanto à entrada da raríssima edição de 1597 do *Decameron*, de Boccaccio, na minha coleção, ela ocorreu da maneira mais romântica e estranha possível. Eu poderia ser Marcos da Cornualha, a viajar pela Rússia, com meu sobrinho Tristão e minha futura esposa, Isolda. Mas noutro tempo e em outra circunstância. Quando isto aconteceu eu não sei precisar, mas penso que foi vários séculos depois de que os normandos deram forma literária ao mito de Tristão e Isolda, no século XII d.C. O leitor poderá achar peculiar a escolha dos nomes dos personagens, mas decidi homenagear a famosa lenda do folclore celta, que narra o amor trágico de Tristão, sobrinho e cavaleiro a serviço do seu rei, Marcos da Cornualha, o qual ordena que ele vá à Irlanda, para trazer a sua noiva, a princesa Isolda. Porém, os dois bebem acidentalmente uma poção mágica e se apaixonam perdidamente. O final é trágico, com a morte dos dois jovens apaixonados.

Achei interessante fazer esta homenagem ao mito celta, pois eu precisava de novos ares. Eu acabara de completar a missão quase impossível que me impusera, de ler os mais de duzentos mil versos do *Mahabharata*, o maior épico religioso indiano, considerado a mais bela história do seu folclore, creditada ao sábio Vyasa, que narra a guerra entre os Karauvas e os Pandavas. Eram duas famílias que lutaram até a morte pelo controle de um reino no norte da Índia. Da minha parte, eu e meus sobrinhos Tristão e Vânia tínhamos chegado naquela tarde a São Petersburgo, no período do verão em que ocorrem as românticas "noites brancas", assim chamadas porque a posição do sol faz com que a escuridão chegue mais tarde, por volta das dez da noite, enquanto o dia amanhece mais cedo, por volta das quatro horas da manhã. Em geral, isso acontece apenas por três a quatro noites. Vânia tinha vinte anos de idade e namorava há mais de um ano um rapaz da nossa cidade. O seu namorado não pôde vir conosco, devido aos seus compromissos de trabalho. Ao longo da nossa viagem, os dois passavam horas ao telefone.

Tristão tinha dezessete anos e saía de um longo relacionamento amoroso. Ele era um jovem sonhador e durante a viagem se sentia triste e muito solitário. Ao chegar no hotel, eu fui para o meu quarto para tomar um banho e descansar por algumas horas. Vânia foi para o seu quarto e, como de costume, disse que ficaria por lá, pois havia combinado com o namorado que eles falariam por telefone. Tristão recebeu a chave do seu quarto, deixou a sua bagagem ao lado da cama e saiu para dar um passeio. Ele caminhou por algum tempo pela Avenida Nievski e seguiu por uma das ruas laterais.

Quando se preparava para cruzar uma das belas pontes da cidade, Tristão notou a presença de uma moça, parada no meio da ponte, com o olhar aparentemente distante. Ela tinha uns dezenove anos de idade e, quando ele chegou mais perto, viu que ela era muito atraente. Tinha os cabelos negros, longos e ondulados. A sua pele era clara, os olhos eram azuis, o nariz era afilado e a boca era muito sensual. Era de fato uma mulher muito bonita. Ao se aproximar,

Tristão observou que ela parecia indiferente à sua presença. O seu olhar se projetava mais ao longe, para as águas do canal. E ela chorava.

Como a cidade não escurecia completamente, a moça parecia mais bela ainda. Era uma noite branca de imensa beleza. Ele se sentiu atraído por ela e perguntou a razão de seu choro, numa noite branca como aquela. Ela nada respondeu, mas o seu olhar não deixou esconder que a presença de Tristão, no meio daquela ponte, transmitia-lhe uma sensação agradável. Ele era um rapaz bem apessoado e gentil, o que lhe deu a sensação de que se tratava de alguém interessante de se conhecer.

Ele perguntou a ela se aceitaria o seu lenço para secar as lágrimas dos seus olhos. Ela esboçou um leve sorriso e estendeu a sua mão na direção de Tristão. Pegou o seu lenço e levou-o até os seus olhos. Depois, agradeceu e disse que seu nome era Isolda e que era um prazer conhecê-lo. Ele respondeu que o seu nome era Tristão e que o prazer era dele. Ele havia chegado à cidade menos de duas horas atrás. Era o seu primeiro dia em São Petersburgo e ele estava se sentindo muito sozinho. Portanto, era uma boa ideia ter com quem conversar. Ela começou a chorar novamente e pediu que Tristão desculpasse a sua tristeza.

Os dois passaram a falar sobre generalidades e depois abordaram assuntos mais íntimos de cada um. Surgiu uma empatia quase instantânea entre os dois. Ele pensou na beleza daquele passeio noturno, na sua solidão e na falta de amigos verdadeiros. Naquela época do ano, os habitantes de São Petersburgo iam para as *datchas* – as casas de campo – e a cidade fica meio vazia. Porém, a força da natureza, a beleza que se impunha nas noites brancas parecia amenizar um pouco a sua melancolia. Ela interrompia os seus momentos de silêncio com algumas falas sobre o sentido – ou a falta de sentido – da vida. Ele observava o movimento dos seus lábios com muita atenção. Ela era linda.

A conversa seguia fluida, com os dois parados, um ao lado do outro, no meio daquela ponte sobre o rio Neva. Tristão conta a Isolda sobre uma viagem que havia feito com seus amigos, anos antes, seguindo o leito caudaloso do rio, até o golfo da Finlândia. Isolda diz que gostava de simplesmente olhar para o Neva – dava-lhe uma sensação de infinito. Ela adorava São Petersburgo. Tristão acrescenta que havia algo muito especial naquele lugar, os museus, a cultura, a história russa e com aquela maravilhosa claridade. As noites brancas produziam um efeito maravilhoso em quem desejasse simplesmente caminhar pela cidade, sem pressa, para desfrutar das suas belezas. Ele brinca que São Petersburgo era o lugar ideal para se apaixonar. Isolda sorri.

Na noite seguinte, eles se encontram novamente no meio da ponte. Pela emoção do reencontro, para quem os visse de longe, eles lembravam dois amigos que não se viam há muito tempo ou, quem sabe, um jovem casal que começava uma relação amorosa. Isolda conta a Tristão uma intimidade. Ela estava no meio da ponte por uma razão muito importante. Ela esperava por alguém, um homem que um ano antes havia prometido a ela que retornaria, mas ainda não tinha aparecido. Ela o conhecera na pensão onde vivia, com duas familiares doentes. Os dois se apaixonaram e ele pediu que ela o esperasse naquela ponte sobre o rio Neva, pois ele voltaria dentro de um ano.

Tristão diz a Isolda que ele viera a São Petersburgo sem a menor expectativa, havia decidido apenas acompanhar a família. E veja o que é o destino! Ele a conhecera e, sem qualquer planejamento, lá estavam os dois, nas noites brancas, conhecendo-se melhor no meio de uma ponte na romântica São Petersburgo. Ele conta a ela que gostava muito de um conto de Gógol, no qual ele descreve a Avenida Niévski, a principal rua da cidade, nos diferentes momentos do dia e da noite. Fala a ela sobre Piskáriov, o jovem pintor, personagem da obra. Ele vê uma bela mulher caminhando pela avenida e a segue. Percebe que ela incentiva a sua aproximação. Isolda completa, dizendo a Tristão para ter cautela com ela, pois a mulher do conto de Gógol era uma prostituta. Ele ri e diz que sim, mas, sob o efeito do ópio, ela era uma linda e envolvente prostituta.

Isolda conta a ele que São Petersburgo era também a cidade de *Crime e castigo*, de Dostoiévski, e que ela esperava que ele não fosse Rodion Raskólnikov. Os dois riem muito. Em tom de brincadeira, ele fala a Isolda que os dois deveriam lembrar que estavam na cidade da novela *Noites brancas*, do mesmo Dostoiévski. E que era a história de um homem sonhador, que encontra uma jovem também sonhadora, numa ponte sobre o rio Neva, em São Petersburgo. Como eles, os personagens fazem uma relação de amizade – quem sabe de amor – mas com um final não tão inesperado na vida real. Ela fala a Tristão que algo em seu íntimo dizia a ela que deveria acreditar no retorno do seu amado. Mas acrescentou que ele – Tristão – era um homem que poderia ser amado por qualquer mulher.

Ele reage à sua afirmação apenas com um sorriso, que parece a Isolda um pouco resignado. Ele diz que, sim, era um sonhador. Era alguém que tinha até então recebido muito pouco da vida real e que encontros como aquele com Isolda representavam muito para ele. Eram tão raros até então. Ele sente que era sua obrigação desfrutá-los com toda a sua intensidade. Isolda sorri e toca o seu braço com doçura. Depois, olha para ele como se dissesse que, fosse noutra circunstância, ela na certa o amaria. Quem sabe já o amava? Era difícil afirmar qual o sentimento que aflorava daqueles encontros. Tristão fica, repentinamente, feliz. Passa a abrir o seu coração e a contar para Isolda a sua história. Faz um longo monólogo sobre sua vida perdida em sonhos. Fala a ela que, se fosse de fato também uma sonhadora, ela iria entendê-lo. Isolda saberia que "não vale a pena viver sonhando e se esquecer de viver".

Ela reage ao que fala Tristão, dizendo que, apesar de ser uma sonhadora, ela estava determinada a ter coragem e a tentar de alguma forma mudar a sua realidade. Ela havia ficado um pouco confusa emocionalmente, após conhecê-lo, mas sentia que o certo era esperar por seu amado, solitária, mas esperançosa, no meio daquela ponte, pois completava-se um ano, exatamente um ano, o tempo que ele pediu que ela prometesse que o esperaria na ponte sobre o rio Neva. Isolda percebe que Tristão – o sonhador da história – havia ficado um pouco esquisito, como se ocultasse algo. Então entende que talvez ele estivesse apaixonado por ela.

Nas duas noites brancas seguintes, eles conversam mais e mais sobre as suas intimidades, deixando fluir os sentimentos que ambos guardavam dentro dos seus corações. Parecia óbvio, a quem por ali passasse, que se tratava de um casalzinho jovem e apaixonado, que deixava jorrar, saltar para fora o sentimento de empatia que havia surgido entre os dois. Isolda diz a Tristão que ele abra o seu peito, cuspa fora o que o incomoda, que ele grite e utilize até os alto-falantes, mas que possa dizer tudo que sente dentro do seu coração, neste mundo hipócrita de pessoas com máscaras e solitárias. A jovem não teria alternativa, salvo esperar e esperar, naquela ponte, atravessando as quatro noites brancas de espera, pelo homem que prometera retornar e ser feliz com ela.

Ao longo daquelas três ou quatro noites brancas, eu não saberia precisar o número exato de noites que se passaram, enquanto Isolda esperava pelo desconhecido, Tristão dá-se conta de que está completamente apaixonado por ela. Mas a despeito daquela relação intensa, eles continuam a ser dois seres humanos solitários. Enquanto ele fala, Isolda toca o seu rosto carinhosamente. Ele corresponde, levando a ponta do dedo indicador da sua mão direita, delicadamente, na direção dos lábios de Isolda. Ele então começa a seguir, com muito cuidado, o desenho dos seus lábios. Diz a ela que a sua boca era uma das coisas mais belas que ele havia visto em toda a sua vida.

Porém, eles não se beijam. É certo que eles desejavam um ao outro, mas sabiam que um beijo poderia ser perigoso demais. Isolda espera pelo retorno do seu antigo amor. Ela pede que Tristão a ajude a reencontrar o seu amado. Ela diz – e eu não saberia dizer ao leitor se era verdade ou não – que se o desconhecido não retornasse, se o seu antigo amor não cumprisse a sua promessa de voltar, agora que havia se passado um ano da sua ausência, exatamente o prazo que ele havia implorado que ela esperasse, então ela ficaria com Tristão e o amaria com todas as suas forças. Porém, enquanto os dois conversavam intensamente, sobre o que se passava dentro dos seus corações, ela percebe a presença de um vulto, que se aproximava da ponte.

Ela olha com mais atenção e vê a silhueta de uma figura masculina que lhe parece familiar. Isolda muda imediatamente a expressão do seu rosto. Fica radiante! É ele, sim, é ele! O desconhecido havia retornado, depois de um ano, conforme ele havia dito para ela, quando suplicou que o esperasse. Ele precisava daquele tempo, para poder voltar e então ser de fato o seu amor. Era ele que se aproximava da ponte sobre o rio Neva. Ao perceber o que se passava, Tristão afasta-se lentamente. O desconhecido a toma em seus braços. Isolda treme de amor e de felicidade. Tristão percebe que ela já não é mais sua. Ela é agora de outro, como antes de conhecê-lo. Ele lembra do poema de número 20, de *Vinte poemas de amor e uma canção desesperada*, de Neruda, que diz: "De otro. Será de otro. Como antes de mis besos. Su voz, su cuerpo claro. Sus ojos infinitos".

Nos braços do homem desconhecido, Isolda nota que Tristão parte, triste e resignado, por mais um amor desperdiçado. Ela diz algo ao ouvido do homem e grita, pedindo que Tristão a espere. Ela apressa o seu passo, aproxima-se dele e, lentamente, abre a sua bolsa, retirando um pequeno pacote. Era algo delicado, pelo seu formato parecia ser um livro. Ela beija carinhosamente o pacote, toca com a mão o seu rosto e entrega-lhe o que parecia ser algo para que ele recordasse para sempre as noites brancas de São Petersburgo. Para Tristão, fica claro que ele retornaria à sua solidão, à sua sina dos amores não correspondidos, à vida dos sonhos jamais realizados. Ele voltaria novamente à rotina dos seres humanos solitários, a viver a natureza efêmera da felicidade.

Na manhã seguinte, tomávamos um delicioso café da manhã, Vânia e eu. Tristão parecia ainda dormir em seu apartamento do Grand Hotel Europe. Eu pensava nos desdobramentos que tivera a história de Tristão e Isolda, em especial na história de amor de Lancelote e da rainha Genebra. Considerei também os textos medievais das *Tríades galesas*, em que Drystan e Essylt aparecem, imagino, pela primeira vez. Lembrei do *Ciclo feniano*, com Diarmuid e Gráinne. Houve quem sugerisse que a lenda de Tristão e Isolda tivesse surgido de um conto persa, do século XI, chamado *Vis u Ramin*. Nós partiríamos ao meio-dia para Paris e de lá retornaríamos ao Brasil. Tristão se juntou a nós quase ao fim do café da manhã. Nós o tínhamos visto muito pouco durante aqueles dias em São Petersburgo, em que ele parecia estar muito ocupado com seus assuntos particulares. Ele preferiu não se unir a nós nos passeios.

Eu entendi que ele deveria estar com a sua agenda ocupada com amigos que tinha feito anteriormente na cidade. Afinal, era tempo de noites brancas. São Petersburgo se tornava especialmente romântica naquelas noites. Quase irresistível. Ele puxou a cadeira e se sentou ao lado de Vânia. Beijou-a no rosto e trocaram sorrisos. Ele me beijou, desejando-me um bom dia. Nós entendemos que algo importante havia acontecido com ele durante aquelas noites em São Petersburgo. Quanto à edição raríssima do *Decameron*, de Boccaccio, datada do ano de 1597, com um aterrissar delicado, Tristão deixou que ela pousasse ao lado da minha xícara de chá. Era um presente para mim. Tristão nos disse que fora dado a ele por uma bela mulher, que ele conhecera numa das pontes sobre o rio Neva. Eu sorri e o abracei. Como no texto final de *Noites brancas*, de Dostoiévski, eu não resisti e exclamei: "Meu Deus! Um minuto inteiro de deleite! Por acaso isso não basta para toda uma vida humana?".

PARADISE LOST.

A

P O E M,

IN

TWELVE BOOKS.

The AUTHOR

JOHN MILTON.

The FIFTEENTH EDITION.

To which is prefix'd,

An ACCOUNT *of his* LIFE.

Τὸν πέρι Μοῦσ' ἐφίλησε, δίδου δ' ἀγαθόν τε, κακόν τε,
Ὀφθαλμῶν μὲν ἄμερσε, δίδου δ' ἡδεῖαν ἀοιδήν.

HOMER Odyss. Θ.

LONDON:

Printed for *J.* and *R. Tonson*; and *A. Ward, S. Birt, R. Chandler, J. Hutton, R.* and *B. Wellington, J. Brindley, J. Oswald, J. New.*

MDCCXXXVIII.

XIII

VLAD DRACULEA
(*Paradise Lost*, de Milton, edição de 1738)

O lindo poema épico de John Milton, intitulado *Paradise Lost*, uma preciosa edição, datada de 1738 (em português, *Paraíso perdido*), e que possuo em meu acervo, foi originalmente publicado em 1667. Inicialmente, eram somente dez cantos, que depois passaram a doze. Escrito em versos brancos, o poema mostra a visão muito pessoal que Milton tinha sobre o cristianismo. Os chamados versos brancos – ou versos soltos – não possuem rimas. Contudo, eles têm uma contagem definida de sílabas poéticas em cada verso, ou seja, possuem uma métrica regular. Por isso, eles diferem do verso livre, que não segue nenhum métrica. O verso branco é frequentemente usado em peças teatrais de Shakespeare e de outros dramaturgos, criando um efeito marcante no texto dramático.

Na obra de Milton, ele narra as penas dos anjos caídos após se rebelarem no Paraíso. Na luta pelo Céu, eles ficam ao lado de Lúcifer e acabam derrotados pelo Arcanjo Miguel e pelos anjos bons, que os expulsam do Céu. Os demônios querem corromper o homem, o novo ser criado por Deus, para desviá-lo do Criador. Para assegurar que o homem seja responsável pelos seus atos, Deus envia um anjo para alertar

Adão e Eva sobre os riscos do pecado. Contudo, a estratégia divina não funciona. Eva é seduzida por Satanás, que, na figura da serpente, leva-a a comer o fruto proibido, sendo Eva e Adão expulsos do Jardim do Éden. Milton descreve a guerra entre céu e inferno como se fosse uma guerra civil, uma alusão à realidade da Inglaterra de Carlos I. Embora republicano, Milton demonstra um certo encantamento pelo monarca terrível do Céu.

A figura de Satanás concebida por ele é muito interessante, sugerindo que o autor teria certa simpatia pelo diabo. Os seus contemporâneos, no século XVII, viam Milton como um pensador radical. Ele critica a idolatria, a construção de altares e os templos com ostentação. Em *Paraíso perdido*, o Arcanjo Miguel diz a Adão e Eva que não são necessários artefatos físicos para que eles se aproximem de Deus. Milton oferece ao leitor uma perspectiva, eu diria, "mais protestante", que fala do amor chegando diretamente de Deus, sem subterfúgios ou intermediários desnecessários ou supérfluos – sem a opulência e a ostentação.

Há uma tradição de debates nas universidades da Inglaterra sobre quem seria o maior autor de língua inglesa, em que Milton e Shakespeare, por vezes, rivalizam. Eu devo reconhecer que Shakespeare sempre vence, mas isto jamais desqualificaria a grandiosidade da obra de Milton e a sua determinação, coragem e independência de pensamento. Essa rara edição eu ganhei de presente de Leonor, na chegada a Porto Alegre, depois de uma viagem que fizemos pela Europa. O curioso é que ela nunca me disse as circunstâncias da sua aquisição. Ao longo das últimas três décadas, tenho pensado nas várias possibilidades que explicam a chegada desta obra simplesmente maravilhosa ao meu acervo, mas sem sucesso.

Lembro que num sábado, bem cedo, eu folheava a obra e descobri um pequeno cartão entre as suas páginas. O cartão fazia referência a uma livraria localizada na cidade de Bucareste, cidade onde Leonor e eu jamais estivemos – pelo menos juntos. Não sei se um dia eu saberei as circunstâncias da compra do precioso presente de Leonor. Entretanto, numa noite chuvosa de inverno, Leonor e eu dormíamos em nosso apartamento, em Porto Alegre. No meio da noite, eu fui despertado por um grito. Era Leonor. Ela dormia profundamente e balbuciava frases e palavras desconexas. Mencionava umas mortes em Paris e eu tive também a impressão de ouvi-la falar de um macaco enorme e assustador.

Ao despertar, ela nada comentou a respeito de seu pesadelo, o que me deixou também na defensiva. Eu fiquei em silêncio, sem sequer tocar no assunto. Noutra noite, ela teve o mesmo pesadelo. Desta vez, ela falou de um assassinato brutal. Eram duas mulheres que teriam sido mortas num apartamento, em Paris. A cena era chocante: mãe e filha brutalmente assassinadas no seu apartamento, fechado à chave. Leonor gritava, no pesadelo, que a polícia não conseguiria elucidar o terrível assassinato das duas mulheres, pois faltavam pistas e era impossível que o assassino pudesse ter fugido pelas janelas e pelas portas fechadas. Acordado por seus gritos desesperados, eu tentei acalmá-la. Depois de algum tempo, ela adormeceu novamente. Eu não pude mais pegar no sono.

Com as minhas habilidades analíticas, pensei mais detalhadamente no que Leonor havia dito ao longo deste e do pesadelo anterior, pois o conteúdo de ambos parecia ser o mesmo. Terminei por concluir que o assassino não era um ser humano, mas um animal fugitivo, quem sabe trazido de alguma viagem a algum país exótico. Ao ser perturbado, ele teria assassinado as duas mulheres e, em pânico, o animal – quem sabe – fugira pela janela, fechando-a depois. Pensei que a minha dedução era quase impossível de representar a verdade. Era provavelmente a lembrança de uma das minhas leituras da adolescência. Um gênero de literatura policial que seria explorado por Arthur Conan Doyle, com o seu Sherlock Holmes, ou por Agatha Christie, com o seu detetive Hercule Poirot.

Na noite seguinte, eu mesmo despertei de um terrível pesadelo, no qual eu era um detetive amador de nome Dupin e utilizava a lógica e a dedução para resolver crimes terríveis e considerados insolúveis. Os assassinatos da mãe e da filha, do pesadelo de Leonor, vieram logo à minha mente. Lembrei-me do cientista louco Dr. Mirakle, do filme dos anos 1930, de Robert Florey, com o personagem assustador interpretado por Bela Lugosi. E de uma rua de Paris de nome Morgue. Sim! Havia os dois brutais assassinatos de mulheres na Rua Morgue, em Paris, resolvidos por mim, o detetive Auguste Dupin. No meu pesadelo, por mais que se revelasse a minha inteligência fora do comum, na figura de Dupin, eu não era capaz de desvendar outros mistérios, como "O Mistério de Marie Roget" e outra história sobre uma misteriosa carta.

The Murders in the Rue Morgue (na tradução em português, *Os assassinatos da Rua Morgue*) eu havia lido na adolescência, estimulado pela professora Maria Luiza Berwanger. Era um conto escrito por Edgar Allan Poe, publicado pela primeira vez na Graham's Magazine, em 1841. Conta a história de dois brutais assassinatos de mulheres na Rua Morgue, em Paris, casos que parecem insolúveis até que o detetive Dupin assume o caso e, usando sua inteligência, desvenda o mistério. Dupin seria o precursor de Sherlock Holmes, com os seus métodos de investigação que se parecem muito com o raciocínio diagnóstico aplicado à Medicina. Seriam os primórdios da chamada literatura policial. De qualquer modo, as circunstâncias pelas quais a preciosa edição de *Paradise Lost*, de John Milton, datada de 1738, chegara às minhas mãos, vinda da cidade de Bucareste, continuam sem uma explicação convincente.

Leonor jura que nunca esteve em Bucareste. Da minha parte, eu sempre me impressionei com a atmosfera misteriosa da velha capital da Romênia, terra de um certo príncipe da Valáquia de nome Vlad, o Empalador, que os mais íntimos chamavam Vlad Draculea. Numa obra anterior que escrevi, intitulada *Max e os demônios*, eu menciono o meu parentesco com o príncipe Vlad. Nos sonhos – não são pesadelos, o que é curioso – eu me vejo ao lado dele, conquistando outras regiões, com o uso da força. Preocupa-me sobremaneira o fato de que as empalações que juntos realizamos, de toda a espécie de inimigo ou desafeto, não me deixam com a menor sensação de culpa. Ao contrário, dão-me enorme prazer. Eu, um homem tão dedicado à medicina, à cultura e às artes, nos sonhos com o meu antepassado Vlad, O Empalador, pareço totalmente à vontade com as nossas crueldades. Talvez o presente, o meu *Paradise Lost*, Leonor o tenha recebido dele – Vlad.

LES

MILLE ET UNE NUITS,

CONTES ARABES,

TRADUITS EN FRANÇOIS

PAR M. GALLAND.

NOUVELLE ÉDITION CORRIGÉE.

TOME III.

A PARIS,

PAR LA COMPAGNIE DES LIBRAIRES.

M. DCC. LXXXVI.

Avec Approbation & Privilege du Roi.

XIV

SHARIAR

(*Mille et Une Nuits, Contes Arabes*, edição de 1786)

Eu tenho duas traduções raras para o francês das *Mil e uma noites*, esta obra que reúne contos preservados através da história oral e escrita, provenientes do Médio Oriente e do sul da Ásia e reunidos no idioma árabe no século IX d.C. É um dos marcos da nossa cultura, desde a sua chegada ao Ocidente, através das traduções para o francês. A primeira tradução é de Antoine Galland, publicada originalmente em 1704. A outra é de Joseph-Charles Mardrus, entre os anos 1898 e 1904. A edição a que aludo nesta narrativa é de Galland e do ano de 1786. As primeiras traduções das *Mil e uma noites* representaram um contato da literatura do Ocidente com a do Oriente, trazendo-nos componentes de fantasia e de erotismo até então reprimidos na cultura ocidental, sob influência da moral cristã.

De início, a reunião de histórias das *Mil e uma noites* não chegava a trezentos contos, mas a cada tradução novas histórias foram acrescentadas, como as de "Ali Babá e os quarenta ladrões" e "Aladim e a lâmpada maravilhosa". O fio condutor é a história de um sultão de nome Shariar, que descobre que a sua esposa o trai com um escravo, durante as suas viagens. Ele ordena a sua decapitação, assim como a de todas as princesas com quem ele se casaria depois. Elas eram decapitadas logo depois da lua de mel. Isto acontece até que Shariar se casa com uma princesa filha do vizir do reino. Ela se chamava Sherazade, a qual cria uma estratégia muito interessante para não ser morta.

Ela combina com a sua sobrinha que, logo após a cerimônia do seu casamento com o sultão, a menina fosse até os seus aposentos e pedisse que Sherazade lhe contasse uma história, para poder dormir. A princesa pede licença ao sultão para atender ao pedido da menina e ele concorda. Ela passa então a contar uma história que, como planejado, desperta a curiosidade de Shariar, que lhe pede que não interrompa o seu relato. Assim, a sua decapitação é adiada para o dia seguinte. Sherazade passa a narrar ao sultão histórias que nunca terminam, ou seja, a cada noite, antes que ele sequer pensasse em ordenar a sua decapitação. As histórias incríveis da princesa aguçam cada vez mais a curiosidade do sultão. Os anos se passam e os dois têm inclusive filhos. E o rei, apaixonado, resolve não mais matá-la.

Até quem nunca leu essas histórias, já ouviu falar delas. Adaptadas para o cinema, através de desenhos animados, óperas, *As mil e uma noites* são até hoje fonte de várias releituras, tendo sido incorporadas ao imaginário popular. Na exposição Babel (In)Finita, realizada na Biblioteca Pública, em Porto Alegre, na segunda metade do ano de 2024, pus as duas edições que possuo na estante dedicada aos grandes clássicos, ao lado de obras como *Ilíada*, *Odisseia*, *Dom Quixote*, *Divina comédia* e as principais obras de Joyce, Kafka e Proust. A aquisição da edição traduzida por Mardrus tem uma história bonita de colecionador. É uma história, eu diria, romântica.

Nós morávamos em Londres, eu havia recebido uma bolsa

de estudos pelo British Council. Éramos bem mocinhos, Leonor e eu, e decidimos fazer uma viagem de férias para Paris. A ideia era ficarmos dez dias, mas, logo no primeiro dia, decidimos passear um pouco e eu encontrei a obra numa livraria perto da Rue des Écoles. Ela estava em leilão naquele mesmo dia. Quando Leonor foi dar uma volta sozinha pelo bairro, eu retornei à livraria e perguntei sobre a edição das *Mil e uma noites*, que estava anunciada para o leilão daquela tarde. O funcionário me informou que até então havia apenas três lances pela obra. Eu seria o quarto, se quisesse. Eu perguntei qual seria a sua estimativa para o seu valor final de venda naquele leilão. Ele não respondeu. Deu um sorrisinho de negociante experiente e escreveu o valor num papelzinho. Disse-me que ele raramente errava o resultado de um leilão de obras raras.

Eu fiquei desapontado: era praticamente todo o dinheiro que tínhamos para os dez dias de viagem. Agradeci a gentileza da informação e me despedi do senhor da livraria. Entretanto, como qualquer colecionador reagiria, eu fiquei totalmente perturbado. Era uma coleção que enriqueceria qualquer acervo literário. Eu quase enlouqueci com a possibilidade de possuí-la. Mas como eu disse, era todo o nosso dinheiro. Eu então resolvi esquecer o assunto. Quando Leonor retornou, eu a beijei e falei qualquer coisa sobre um museu que havíamos planejado visitar. Porém, ela logo percebeu o meu estado emocional alterado. Perguntou o que tinha acontecido comigo. Eu respondi que nada havia acontecido. Ela insistiu, argumentando que me conhecia o suficiente para saber que algo muito sério havia se passado.

Eu neguei novamente. Leonor me disse, então, com um ar filosófico, que para que os casamentos durassem e para que o casal fosse feliz, era preciso que houvesse franqueza entre as partes. Algo havia se passado comigo e ela gostaria de saber do que se tratava. Indagou sobre o meu passaporte: teria eu perdido o documento? Eu respondi que não. Leonor então perguntou se eu havia sido assaltado e não queria deixá-la preocupada. Eu respondi novamente que não. A conversa foi se estendendo e ela estava irredutível em aceitar que nada tivesse ocorrido comigo. Ela insistia que eu deveria ser sincero com ela. Ela me conhecia muito bem. Éramos marido e mulher! Eu então decidi confessar.

Falei da coleção de *As mil e uma noites*, tradução de Galland. Comentei que se tratava de uma joia das mais raras. Infelizmente, o valor estimado para o lance ter alguma possibilidade de vencer o leilão equivaleria a todo o dinheiro que havíamos trazido conosco para as despesas da viagem. Leonor escutou com atenção a minha confissão. Depois, ela me abraçou e me beijou no rosto. Disse que me conhecia bem e compreendia o que se passava dentro de mim. Deveríamos tratar do caso com a seriedade que ele exigia. Ela ficou um pouco em silêncio, pensativa. Depois, sorriu e me disse que deveríamos retornar imediatamente à livraria, antes que o horário dos lances do leilão encerrasse.

Eu quase perdi os sentidos. Beijei-a, como no dia em que nos casamos. Ao mesmo tempo, fiquei tão orgulhoso por tê-la como a minha companheira! Que sorte a minha! E como ela foi generosa comigo e entendeu o meu sofrimento! Entreguei o meu lance ao rapaz da livraria e ele me olhou, com os olhos cheios de lágrimas, deduzindo o que havia se passado. No meio da tarde, o resultado foi anunciado e eu consegui arrematar aquele tesouro. Retornamos ao hotel, eu carregando a caixa com os livros nas mãos. O desafio foi explicar ao gerente do hotel que iríamos embora na mesma noite. Decidimos inventar que havíamos recebido uma mensagem de Londres, informando que a minha mãe passava muito mal. Nós fazemos uso das mães nos momentos mais inesperados. O gerente se solidarizou conosco e fez um preço bem em conta pela diária do primeiro dia.

Retornamos de trem até Calais e depois de navio em direção a Dover. No trem até Londres, Leonor ria o tempo todo. Ela vibrava com a minha alegria. Segundo ela, eu parecia uma criança que recebera um presente de aniversário. Leonor entendeu que eu sofreria se não comprasse aquela linda e raríssima edição. Ela ponderou que nós teríamos outras oportunidades de ir a Paris. O importante é que voltamos para casa com os sete volumes da tradução de Galland, que nos acompanhou em todos os lugares em que vivemos depois.

A coleção hoje vive conosco, numa das estantes bem na entrada da nossa biblioteca. Vive, sim. E por que não? Imagino que o leitor não duvide que, durante as noites, os livros conversem e que possuam vida própria. Há poucos dias, Koroviev – o personagem do fagote, em *O mestre e a Margarida*, de Bulgákov, foi visto em cantorias com Bazárov, o personagem de Turguêniev, em *Pais e filhos.* Koroviev cantarolava uma parte da prosa niilista: "O lugar insignificante que ocupo é tão minúsculo em comparação com o resto do espaço em que não estou e onde não se importam comigo". E Bazarov completava: "Que estupidez! Que inutilidade!", referindo-se à vontade de viver. Eu lembrei que foi o amor – foi, sim, o amor – que o autor fez surgir depois, na narrativa, para se contrapor ao caráter destrutivo do niilismo do personagem, dando-nos certa esperança quanto ao futuro da humanidade.

THE

ILIAD

OF

HOMER.

Tranſlated by Mr. *POPE.*

Te ſequor, O Graiæ gentis Decus! inque tuis nunc
Fixa pedum pono preſſis veſtigia ſignis:
Non ita certandi cupidus, quàm propter Amorem,
Quòd Te imitari aveo——

LUCRET.

LONDON:

Printed by W. BOWYER, for BERNARD LINTOTT between the *Temple-Gates*, 1715.

XV

O LIVRO DA MINHA MÃE

(*Ilíada*, de Homero, edição de 1715)

Minha edição da *Ilíada*, de 1715, foi traduzida pelo poeta britânico Alexander Pope (1688-1744). Ainda jovem, Pope se dedicou durante seis anos a traduzir do grego os versos desta obra canônica, matriz da literatura ocidental, que exerceu e ainda exerce influência em toda a literatura. A tradução de Pope é um marco na divulgação da obra de Homero e na história da tradução literária. Ele foi um dos mais reconhecidos tradutores ingleses. No prefácio, Pope destaca "a chama e arrebatamento inigualável" de Homero. É uma tradução muito bonita, poética, embora alguns opinem que ele floreou demais e que Homero, com a precisão dos seus versos, dispensa embelezamento.

A *Ilíada* é um poema longo sobre uma parte restrita da Guerra de Troia, cerca de cinquenta e um dias na etapa final da guerra, que levou dez anos. A questão central é a ira de Aquiles, o grande herói grego, que se sente humilhado quando Agamemnon, rei de Micenas, quer lhe tomar a escrava Briseida, por quem ele se sente muito atraído. Aquiles então se nega a continuar lutando ao lado dos exércitos gregos em Troia. Não obstante, ele muda de ideia, quando é avisado que Pátroclos, o seu grande companheiro, que havia tomado emprestada a sua armadura, é morto por Heitor, príncipe e líder dos troianos, durante os combates. O príncipe o havia confundido com Aquiles, em meio aos enfrentamentos. A morte de Pátroclos enfurece Aquiles, que retorna à luta, para vingar a morte do seu amigo.

Aquiles mata Heitor e arrasta com ele o seu corpo de volta aos acampamentos gregos. Um dos momentos mais belos da obra é o encontro entre Aquiles e Príamo, rei de Troia e pai de Heitor, que suplica a Aquiles que lhe devolva o corpo do seu filho, para que pudessem ser realizadas as suas cerimônias fúnebres. Os dois choram a perda de seus entes queridos. Nesse momento, Aquiles se compadece do sofrimento de um pai, que simplesmente chora a morte do seu filho. E decide devolver o corpo de Heitor a Príamo, mostrando naquele momento tão triste o seu lado humano. A *Ilíada* é uma obra grandiosa que mostra o olhar grego daquela época, os princípios da honra, da lealdade e da hospitalidade. Também fala dos dilemas do ser humano quanto à sua própria mortalidade. Aquiles se debate entre ir para a guerra, morrer cedo e tornar-se um herói, ou ter uma vida longa, mas banal – sem virtude. Homero falava no peso terrível que é a consciência da nossa mortalidade, um sofrimento que carregamos até hoje.

O que ficou para mim dos livros da minha avó Clara, nascida na Lituânia, uma amante da leitura, foi esta obra. Ela havia ficado numa das estantes de livros na casa da minha mãe, que faleceu há poucos meses, aos cem anos de idade. Um tempo antes do seu falecimento, ela já restrita ao leito, eu a visitava em sua casa e, em meio à nossa conversa, sem perceber, eu fiz um comentário sobre os belos livros que ela possuía em sua estante, em especial aquela edição da *Ilíada*, de 1715, com a tradução de Pope. Pessoa inteligente como a minha mãe era, ela imediatamente percebeu a minha sutil investida e autorizou-me a levar a *Ilíada* como um presente – uma herança antecipada. Ela sorriu e me pediu discrição, "para não causar inveja nos seus queridos irmãos", disse ela com um sorriso aberto de satisfação.

Minha mãe sempre se caracterizou pelo senso de humor e por um amor incondicional aos livros. Em tom de brincadeira, ela me lembrou que "a inveja entre irmãos era bíblica" e que eu evitasse de comentar este episódio da *Ilíada* com eles. No fundo, era tudo uma brincadeira. Eu saí da casa de minha mãe feliz da vida com aquela preciosa edição de 1715, traduzida de forma impecável por Pope. Na nossa família, já é público e notório que, no caso de haver o desaparecimento inexplicado de algum livro, o suspeito número um sou eu. Minha querida mãe se chamava Maria, declamava o Camões lírico como poucos e sabia muito bem que – como ela – eu também tinha um amor especial por primeiras edições e obras raras.

Há uns trinta anos, recordo-me bem de que a tal edição da *Ilíada*, de 1715, desapareceu da casa dos meus pais. Minha mãe me chamou para ajudá-la a elucidar o mistério. A obra havia simplesmente evaporado da estante. Ficou desaparecida por cerca de dois meses e um dia reapareceu, sem qualquer explicação. Interroguei todos os suspeitos que me vieram à cabeça e nada. Lembrei das narrativas sobre ladrões que viveram na própria pele as consequências do roubo de objetos sagrados. Houve um caso notório do roubo de uma estatueta de um templo hindu, na Índia. Contava-se que o ladrão passou a sofrer uma série de infortúnios e decidiu que o melhor seria devolver a estatueta ao templo.

Na época do desparecimento da sua *Ilíada*, num almoço de família, a minha mãe brincou que poderia ser um *dibuk* – o demônio dos judeus da Europa Central –, mas que tivesse interesse literário, incorporado no corpo sofrido de Heitor, o príncipe troiano, a quem o herói grego Aquiles havia arrastado pelas muralhas de Troia. Rimos muito com a história. Eu lembro também do caso de um antigo altar maia, que teria sido saqueado por caçadores de tesouro. Todos os membros da quadrilha que roubaram o altar sofreram depois algum tipo de tragédia, inclusive três deles perderam a vida. O episódio ficou na memória popular como uma espécie de maldição dos espíritos dos heróis maias.

Os italianos contam a história de um ladrão que roubou uma cruz de um santuário de uma pequena cidade do interior. A sua vida se tornou um inferno. Enquanto não devolveu a cruz, ele não teve sossego. As maldições que perturbam a paz dos bandidos têm um papel fundamental na recuperação dos objetos roubados. A minha avó Clara acreditava nas maldições causadas pelo *dibuk*. Ela jurava que ele teria aparecido na sua cidade, perto de Vilna, na Lituânia, no começo do século passado, quando ela tinha uns nove anos de idade. Era a alma de uma pessoa morta, que incorporava num indivíduo vivo.

O termo "*dibuk*" deriva da palavra hebraica "*dāḇaq*", que significa "agarrar-se". Ele até fala através da voz da pessoa possuída. O de Vilna foi exorcizado por um rabino de uma comunidade muito religiosa. Quando eu tinha catorze ou quinze anos, fui com a minha mãe assistir a uma peça teatral intitulada *O dibuk*. Fiquei sem dormir por semanas, com a sensação de ter sido possuído pelo demônio. Eu tinha a sensação de que ele surgia no meu quarto, no meio da noite.

Quando eu me despedi da minha mãe, feliz da vida, com a sua rara edição da *Ilíada*, de 1715, traduzida por Pope, ela fez uma expressão de preocupação e recomendou que eu ficasse atento. Eu perguntei a razão e ela mudou de assunto. Depois, começou a rir e me disse que, se eu escutasse o choro de Heitor, o príncipe dos troianos, assassinado por Aquiles, ao abrir a minha rara edição, eu não perdesse um minuto sequer, e me desfizesse da obra – poderia ser o *dibuk*.

ANNA KARÉNINA.

BY

COUNT LYOF N. TOLSTOÏ.

IN EIGHT PARTS.

TRANSLATED BY

NATHAN HASKELL DOLE.

NEW YORK:
THOMAS Y. CROWELL & CO.,
13 ASTOR PLACE.

XVI

VATSYAYANA KAMASUTRAM

(*Anna Karénina*, de Tolstói, edição de 1886)

Conto a história desta primeira edição em inglês do célebre romance de Liev Tolstói *Anna Kariênina* (*Anna Karénina*), como passou a ser grafado o nome da heroína, nas traduções mais recentes do livro para o português. A edição da Thomas Y. Crowell & Co, de Nova York, saiu em 1886, oito anos após a publicação original, na Rússia, em 1878. Antes disso, o livro foi publicado em fascículos, no periódico *Russkiy Vestnik* – em português, *O mensageiro russo* –, entre os anos de 1875 e 1877. Tolstói, que era um conde pertencente a uma família aristocrática e poderosa, dedicou a sua vida à literatura. Ele é considerado por muitos o maior escritor russo de ficção. É a opinião, por exemplo, de Vladimir Nabokov, que acredita que, com *Anna Kariênina*, ele atingiu os picos mais altos da perfeição criativa. E estamos falando do autor de outros grandes títulos, como *Guerra e paz* ou *A morte de Ivan Ilitch*.

Anna Kariênina era casada com um aristocrata influente e era mãe de um filho que ela adorava. Mas ela se apaixona por um jovem conde, de nome Vrônski, um oficial da cavalaria. Como pano de fundo, o autor apresenta um painel histórico e social da Rússia czarista. O romance foi adaptado várias vezes para o cinema, teatro, ópera, balé e televisão. O fascínio pela trágica personagem nunca cessa. Quem me presenteou esta edição raríssima foi um ex-ministro dos Países Baixos chamado Lutsels. Ele teve o diagnóstico de um tumor e foi tratado pelo meu orientador do doutorado, no hospital da Universidade Livre de Amsterdam. Eu o acompanhei diariamente, ao longo de seu tratamento, e ficamos – eu diria – amigos.

Um dia, eu fui visitá-lo no seu quarto do hospital, como eu fazia de costume. Sorrindo, ele pediu que eu abrisse a gaveta do móvel que ficava ao lado da sua cama. E lá estava a magnífica obra escrita por Tolstói. Quando a sua filha pressentiu que ele iria me presentear com a obra, ela teve uma reação estranha. Perguntou ao pai, na minha presença, se ele tinha a intenção de me dar aquela preciosa edição de *Anna Kariênina*. Disse tratar-se de uma obra raríssima e muito valiosa. O senhor Lutsels respondeu que sim, ele iria me dar a obra de presente, pois eu merecia.

O velho ministro sabia de meu interesse pelas primeiras edições e obras raras da boa literatura e disse que eu a levasse comigo, como um reconhecimento pela minha dedicação ao seu "caso insolúvel". Ele devolveu à filha uma resposta também na minha presença. Disse a ela que me presentearia com aquela beleza de texto literário, pois eu o visitava todos os dias e lhe dava mais atenção do que a sua própria família. Ela, por exemplo, quando vinha vê-lo era para pedir-lhe alguma coisa. O senhor Lutsels disse à filha que nós conversávamos até sobre as suas intimidades, assuntos que ele nunca havia compartilhado com nenhum deles – nem mesmo com a sua esposa.

O grande estadista holandês começou então a falar sobre o *Kama Sutra*, um antigo texto indiano do século III d.C. Ele confessou que leu a obra na íntegra, escondido da esposa, durante uma das suas últimas internações no hospital. Ele olhou na minha direção e disse para a filha: "eu falei para este jovem que eu sabia que teria pouco tempo de vida. E que só me restava ler o *Kama Sutra*, para aprender sobre certas posições usadas no sexo que eu ainda desconhecia". Ele completou, dizendo para a sua filha que eu havia sido muito gentil em trazer para ele, de presente, uma edição da obra cheia de ilustrações belíssimas. E deu uma gargalhada.

A filha entendeu o nosso nível de relacionamento. O senhor Lutsels adorou saber mais sobre o comportamento sexual humano, mesmo com a certeza de que era um assunto deixado por ele para trás há muito tempo. Porém, não haveria razão para que nós não pudéssemos conversar sobre o tema. Até porque a obra fora lida na antiguidade e o era também nos nossos dias. Era um texto fundamental sobre o amor na literatura sânscrita. Vinha de um autor de nome Vatsyayana, que teria criado os aforismos do amor, com base em obras mais antigas e pertencentes a uma tradição conhecida como Kama Shastra.

O velho ministro disse à filha que, ao contrário do que muitos pensavam, o *Kama Sutra* não era um manual de sexo, nem um livro religioso e tampouco um texto tântrico. Na antiga vida hindu havia três estados: o darma, o artha e o kamadeva. Vatsyayana estabeleceu que o darma seria a vida das virtudes; o artha tinha que ver com o acúmulo de riqueza; e o kamadeva seria o gozo dos sentidos. O senhor Lutsels continuou o seu discurso sobre o assunto, informando-nos que o kama seria a literatura do desejo. Sutra era um termo para se referir a um texto técnico, como se diz "Yôga Sútra", por exemplo. O texto foi chamado originalmente de *Vatsyayana Kamasutram*, na tradução para o português, *Aforismos sobre o amor*. O autor da obra seria um estudante celibatário de Pataliputra, um centro de aprendizagem, que teria vivido entre o século I e VI d.C.

Deitado na sua cama do hospital, na região próxima ao Bosque de Amsterdam, senti uma grande alegria ao testemunhar a fala do velho ministro da Justiça, respeitado por todo o país e nos seus derradeiros dias, sobre o *Vatsyayana Kamasutram*. E ele completou: "dizem que não há uma sequência exata entre o abraço, o beijo ou os arranhões, mas eles devem vir antes da penetração". O velho ministro seguiu, informando aos dois atentos ouvintes – a sua filha e eu – que "as pancadas e a emissão dos sons do prazer, estes sim, devem ocorrer durante a união". Antes que a filha o interrompesse, muito constrangida com a conversa do seu pai, o senhor Lutsels nos lembrou que "qualquer coisa pode ocorrer, em qualquer momento, pois o amor não se incomoda com o tempo ou com a ordem dos eventos".

O velho e moribundo ex-ministro dos Países Baixos nos ensinou que, quando o amor se intensifica, entram em jogo os tais arranhões no corpo. Já as pressões com as unhas, estas não são comuns, salvo entre os casais cheios de paixão. Ele disse também que as mordidas são válidas, para aqueles para quem tal prática seja agradável. Neste momento, a filha olhou para mim e comentou: "essa conversa só pode ser consequência da morfina que estão dando para ele". Fosse eu um psicanalista, eu me arriscaria a dizer que, muito mais do que o seu interesse pelo sexo, o senhor Lutsels, intimamente, sentia na obra a expressão da vida – o *eros* – a contrapor-se ao sentido da morte – o *thanatos* –, que no seu caso logo viria.

O senhor Lutsels faleceu dias depois, devido à progressão da sua doença, provavelmente sonhando com as posições sexuais das ilustrações do *Kama Sutra*.

ŒUVRES COMPLÈTES

DE

H. DE BALZAC

XIII

LA COMÉDIE HUMAINE

PREMIÈRE PARTIE

ÉTUDES DE MŒURS

LIVRE CINQUIÈME

SCÈNES DE LA VIE POLITIQUE

II

LIVRE SIXIÈME

SCÈNES DE LA VIE DE CAMPAGNE

I

M · L

PARIS

MICHEL LÉVY FRÈRES, ÉDITEURS

RUE VIVIENNE, 2 BIS, ET BOULEVARD DES ITALIENS, 15

A LA LIBRAIRIE NOUVELLE

M DCCC LXX

XVII

VOLTA AO SUL

(*Oeuvres Complètes*, de Balzac, edição de 1869)

A edição que aparece no título acima foi publicada pouco depois da morte de Balzac, falecido em 1850. Raros escritores conseguiram descrever tão bem a sua época como ele. Balzac escreveu sobre praticamente todos os aspectos da sociedade francesa em seus romances e novelas: questões relativas a dinheiro, hipocrisia familiar, política e até casamento. Para ele, o romancista era o historiador dos costumes de seu tempo. Balzac tinha uma capacidade de trabalho extraordinária, passava noites escrevendo, movido a litros de café. Os mesmos personagens (aristocratas, burgueses, operários, camponeses) muitas vezes reaparecem em diferentes posições de relevância na trama do impressionante conjunto que ele chamou de *A comédia humana*.

Nesse conjunto monumental, *O pai Goriot* marcou-me muito. O leitor pode sentir até o cheiro dos cômodos da Casa Vauquer, enxergar a cor desbotada das paredes da pensão sórdida, acompanhando os dilemas do provinciano Rastignac. Grande autor realista, Balzac influenciou todos os escritores que o sucederam, de Proust a Zola, e até Machado de Assis, no Brasil. A edição que destaco da minha coleção foi comprada em um leilão em Paris, há cerca de vinte anos. Precisa de um restauro, o que eu só não fiz ainda por temer que a nova encadernação possa danificar as suas páginas. Devo fazer justiça com o simpático velhinho que dirigia o leilão, pois ele me avisou sobre a necessidade de restauro, quando arrematei a obra por um preço muito abaixo do mercado.

Monsieur Patrice Androis – o leiloeiro – era um reconhecido especialista em livros raros, nascido em Grabbel, um lugarejo simpático, próximo a Montpellier, e me contou a sua história, ao longo das nossas negociações. Ele era um antigo executivo de uma grande empresa, que vivera em várias regiões do planeta, o que havia permitido que ele conhecesse muitos colecionadores de livros, oriundos de várias regiões geográficas e com bagagens culturais muito distintas e complementares. Isso lhe conferia uma vantagem estratégica na identificação e na comercialização de obras raras.

Monsieur Androis me dizia que no universo dos amantes do livro há sempre a possibilidade de conhecermos pessoas interessantes. Minha amizade com ele começou quando nós dois conversávamos na sua pequena livraria, próxima à Rue des Écoles, quase ao lado de um dos prédios principais da Université de Sorbonne, em Paris. Este episódio aconteceu uns dias antes de um leilão, quando eu caminhava livremente pela cidade, em busca de velhas livrarias, o que para mim muitas vezes precipitava oportunidades de adquirir obras raras e do meu interesse. Não lembro a razão, mas Monsieur Androis e eu começamos a falar sobre o tema do infinito. Ele me disse que acreditava na ideia de que "Deus é um círculo, cujo centro está em toda parte e a circunferência em lugar nenhum".

Para a minha surpresa, Monsieur Androis me confidenciou que crescera em Buenos Aires e lá realizara os seus estudos básicos e vivera parte de sua vida. Ele adorava as narrativas fantásticas, os delírios, os labirintos e os espelhos de Borges. Era igualmente um leitor de obras sobre filosofia, metafísica, mitologia e teologia. Contou-me que guardava muitas e fortes lembranças da cultura dos pampas argentinos e das suas leituras sobre as suas campanhas militares históricas e as disputas territoriais com os indígenas. Surpreendi-me com o seu conhecimento sobre aquele país – ele conhecia até "Martin Fierro" –, e a razão eu entendi melhor quando ele me confidenciou que descendia dos heróis da história argentina. Ele e eu tínhamos em comum os nossos encantamentos pelos contos de Borges, em especial um deles, que eu sempre considerei autobiográfico, intitulado "El Sur", publicado no jornal *La Nación*, em 1953, e depois na segunda edição de sua obra clássica *Ficciones*.

Quando jovem, Monsieur Androis havia trabalhado como secretário de uma biblioteca em Buenos Aires. Lembrou que em seu apartamento em Paris ele ainda guardava uma velha espada, uma litografia e as fotografias de um rancho no sul da Argentina, que pertencera à sua família e que ele nunca encontrava tempo para visitar. Passou depois a me falar de uma doença que adquiriu durante um episódio que havia se passado com ele em Buenos Aires, nos idos da década de 1970. Ele caminhava pela Calle Corrientes – para mim, o paraíso das livrarias e dos teatros – após ter adquirido uma edição de *As mil e uma noites*. Louco de vontade de iniciar a leitura, ele se desequilibrou e caiu no corredor do prédio em que se hospedara, ferindo-se na testa, ao chocar-se contra uma barra de ferro, recém-pintada, que havia no corredor.

Para seu azar, a ferida provocou muita febre e ele teve de ser hospitalizado. Ele quase morreu devido a uma infecção generalizada. Ao recuperar-se desta experiência muito desagradável e ameaçadora, durante a sua convalescença, ele decidiu fazer uma viagem ao sul do país, para rever o rancho onde viveram os seus antepassados. Quando chegou na estação ferroviária próxima à propriedade da sua família, o condutor informou-o que a viagem terminaria ali, numa estação anterior à prevista, pois o trem necessitava de reparos. Ele desceu e caminhou até um pequeno armazém, para comer e beber algo.

Ao entrar no local, ele logo notou a presença de um gato, um animal que ele sempre associara à eternidade e aos deuses. E o gato olhou para ele – bem dentro dos seus olhos. Monsieur Androis sentou-se, pediu algo para beber e para comer e tentou iniciar a leitura da edição de *As mil e uma noites* que havia adquirido na Calle Corrientes. Foi quando uns homens sentados numa mesa próxima a ele começam a provocá-lo, um deles jogando migalhas de pão na sua direção. De início, ele fingiu não perceber a provocação, mas logo eles recomeçaram. Monsieur Androis se levantou, com a intenção de deixar o armazém. O dono do estabelecimento reconheceu a sua fisionomia e perguntou se ele era um dos Androis, da família da estância. Ele respondeu que sim. O homem aconselhou-o a não dar atenção aos arruaceiros.

Foi quando um deles se levantou, empunhando uma faca. O dono pediu que ele se controlasse, pois Monsieur Androis sequer tinha com ele uma faca. Um gaúcho velho que estava agachado num canto do armazém o socorreu, jogando na sua direção a sua faca, que caiu bem próximo aos seus pés. Ele apanhou-a com a óbvia sensação de que ela de nada lhe serviria, pois ele jamais havia usado uma faca em sua vida.

Monsieur Androis tinha a certeza de que, mesmo se enfrentasse o seu oponente, ele morreria. Ao mesmo tempo, pensou que a morte durante um enfrentamento à faca, pela sua honra, poderia ser um jeito interessante de morrer. Os dois saíram do armazém, com o sol intenso do meio-dia como pano de fundo para o duelo.

Monsieur Androis parou de me narrar a história. Ficamos os dois em silêncio junto ao balcão da livraria. Depois, ele passou a falar sobre o tipo de literatura que mais gostava, o chamado "realismo mágico". Disse que ele apreciava muito os textos literários que misteriosamente migram da estética realista para o ambíguo ou o fantástico. Encerramos ali a nossa conversa. Ele pediu licença e foi atender um cliente que havia entrado na livraria. Eu lhe dei um "até logo" e disse que nos reencontraríamos no dia do leilão.

Fiquei pensando sobre a nossa conversa. É fascinante como nessas histórias há a forte coexistência do espaço e do tempo. A narrativa se alimenta de uma atmosfera misteriosa e ao mesmo tempo vaga, como um sonho. Há uma mescla da realidade com algo abstrato ou até de uma alucinação. Eu diria que há certa hesitação, no sentido de não ser possível separar a realidade exterior do que acontece dentro de cada um de nós. A forma como Monsieur Androis narrou os acontecimentos permitiria até outros desdobramentos. Por sua descendência em parte oriunda dos pampas argentinos e do sangue dos heróis que fizeram as conquistas territoriais daquele país, poderia representar um pouco da essência do Sul e daquele passado. Teria ele, quem sabe, sonhado com uma morte idealizada, de modo que um dia pudesse terminar a sua existência de forma mais altiva ou honrada? Eu saí da livraria pensativo.

Por dias, fiquei pensando no assunto e concluí que Monsieur Androis talvez quisesse falar sobre as tensões e a metáfora da história argentina, resumidas naquele enfrentamento à faca. E quem sabe ele desejasse me dizer que o ser humano é uno e múltiplo ao mesmo tempo. Com a ameaça de morte no hospital, ao longo da sua septicemia, ele teria sido colocado frente a frente com o seu passado, a imaginar – talvez – um fim de vida que pudesse lhe propiciar um reencontro com as suas tão destemidas origens, ao mesmo tempo distantes da realidade da sua vida – tão tímida, insegura, previsível e distante dos enfrentamentos. O mais curioso é que eu retornei à livraria no dia seguinte, feliz da vida por ter arrematado as *Oeuvres Complètes*, de Balzac, edição de 1869. Eu queria simplesmente agradecer ao Monsieur Androis pela atenção que ele me dedicara durante o leilão. Porém, o rapazinho que me atendeu disse que estava confuso com o meu comentário. Monsieur Androis falecera há mais de vinte anos e quem conduzira desde então os negócios da livraria – inclusive o leilão do dia anterior – fora o seu sobrinho Damian.

LES METAMORPHOSES D'OVIDE,

TRADUITES EN FRANCOIS

PAR Mr. DU-RYER,
De l'Academie Françoise.

AVEC DES EXPLICATIONS à la fin de chacune Fable.

AUGMENTÉES EN CETTE DERNIERE Edition du Jugement de Pâris, & de la Metamorphose des Abeilles.

ENRICHIES DE FIGURES en taille douce.

TOME II.

A PARIS,
Chez CLAUDE BARBIN, au Palais sur le Peron de la sainte Chapelle.

M. DC. LXXVI.
AVEC PRIVILEGE DU ROY.

XVIII

O CAMARADA PAVRONSKI

(*Les Metamorphoses*, de Ovídio, edição de 1676)

Um dos livros mais impressionantes que já foram escritos, *As metamorfoses*, de Ovídio, surge por volta do ano 8 d.C. É uma espécie de enciclopédia do seu tempo. Uma cosmologia que, ao misturar a ficção com a realidade, trata da mutação de homens e de deuses mitológicos em animais, árvores, rios ou pedras. Ovídio escreveu esse grupo de quinze livros, ou cantos, no mesmo estilo usado por Homero: fazendo uso do "hexâmetro dactílico", uma maneira clássica de escrever poesia, com versos de seis pés ou medidas, com um esquema rítmico de uma sílaba longa seguida por duas curtas, cujo nome "dactílico" alude aos ossinhos dos nossos dedos, um mais longo e dois menores. Um ritmo semelhante era utilizado pelos batalhões de soldados nas guerras e para dar harmonia aos remadores nos navios.

Ovídio tinha a ambição de fazer uma grande obra em latim, um poema que contasse da origem do mundo até os seus dias. Queria superar os mestres que o antecederam, como Homero, Hesíodo e o seu quase contemporâneo Virgílio, este último nascido três décadas antes dele. Célebre pelos seus livros eróticos e por fazer crítica aos políticos, acabou desagradando o imperador Augusto – quem sabe por fazer uso da metáfora da mutação, ou talvez pelos conselhos de amor que dava através da sua literatura. Ele acabou sendo condenado ao exílio, na região que hoje corresponde à Romênia, onde morreu, no ano dezessete. Borges adorava Ovídio e comentou que *As metamorfoses* inspiraram o realismo mágico e as obras policiais e de mistério.

No canto XV de *As Metamorfoses*, o poeta previu: "E onde o poder romano se estender na terra, pelo povo serei, com fama, lido e, se presságio de vate é vero, para sempre viverei". A inclusão desta obra no meu acervo tem uma história interessante. Bem jovem, no ano de 1980, fui contemplado com uma bolsa de estudos oferecida pelo British Council a jovens médicos, para realizar estudos de pós-graduação no Reino Unido. Este programa incluía estágios em vários hospitais da Inglaterra, Escócia e outras regiões. Num desses estágios, em Edimburgo, fui apresentado a um médico húngaro de nome Sandor Freunius, que seria o meu cicerone durante as duas semanas que eu lá ficaria.

Sandor havia completado os seus estudos no National Cancer Institute, nos Estados Unidos. Depois, ele passara dois anos trabalhando na pesquisa de novos medicamentos na Academia de Ciências, em Moscou. No primeiro dia do meu estágio no Western General Hospital, Sandor se apresentou a mim e disse que havia sido designado pelo professor John Workman para me mostrar os vários projetos de pesquisa da instituição. Sandor e eu ficamos amigos. Ele era muito carismático, inteligente e cultíssimo. Notei de imediato que, além de um excelente médico e pesquisador, Sandor conhecia literatura, música de concerto e história.

Chamou-me a atenção também o seu domínio da mitologia grega e romana. Não lembro bem como, mas logo começamos a falar sobre livros e ele ficou muito contente ao saber do meu fascínio por primeiras edições e obras raras. Um dia, depois de terminarmos as nossas atividades médicas, Sandor me convidou para irmos à casa de um conhecido, um senhor de origem búlgara, de nome Georgi (eu não lembro mais o seu sobrenome). Ele teria algumas obras raras e tinha interesse em vendê-las. Ao chegarmos ao seu apartamento, Sandor fez as apresentações e nos deixou a sós, para negociarmos o valor de alguma obra de meu interesse. Eu logo identifiquei a preciosa edição das *Metamorfoses*, de 1676, e passamos a falar sobre ela.

Eu resumirei a história. Conversamos por uns trinta minutos sobre a beleza e a importância da obra. Falamos também sobre o seu excelente estado de conservação, o que me pouparia gastos com a sua restauração. Após definirmos o valor a ser pago por ela, para minha surpresa, Georgi mudou o tema da nossa conversa. Ele passou a contar da sua amizade e da alta confiança que tinha em relação a Sandor, o nosso amigo comum. O búlgaro descreveu vários episódios em que Sandor havia revelado os seus elevados valores morais. Igualmente, ele falou das suas convicções políticas mais avançadas e do seu compromisso de tornar o nosso mundo um lugar melhor para se viver.

Eu ouvia atentamente a conversa de Georgi, mas comecei a ficar um pouco curioso com o rumo que tomava a nossa discussão. O fato era que não se tratava mais de estabelecermos um preço justo para aquela edição das *Metamorfoses*, de Ovídio, e sim de debatermos sobre as tensões resultantes, segundo ele, da existência de dois blocos políticos muito claros e opostos, no mundo daquele tempo – o capitalismo e o comunismo. Georgi falava dos riscos iminentes de uma terceira guerra mundial. Ele passou a fazer uma defesa do compromisso dos cidadãos mais conscientes e com uma formação intelectual mais elaborada – no caso, Sandor, ele e eu – no sentido de garantir a estabilidade política do planeta.

Para minha enorme surpresa, Georgi passou a me fazer confidências, mencionando a sua experiência durante um período de estudos na União Soviética. Tornando uma longa história mais curta, o búlgaro passou a fazer rasgados elogios ao mundo comunista e defendeu a tese de que homens como ele, Sandor e provavelmente eu, tínhamos o dever de dar a nossa contribuição à causa da igualdade entre os indivíduos. Ele disse que o meu perfil havia impressionado Sandor e esta era a razão principal de ele ter me trazido até ele. Os livros eram também uma paixão que nos unia, mas não o essencial da relação que ali se iniciava. Mais adiante na conversa, Sandor se uniu a nós, mas falou pouco.

O búlgaro completou a sua longa exposição, dizendo que eu seria bem-vindo se desejasse participar de um grupo de cientistas e de intelectuais, os quais tinham como missão disseminar a mensagem do Kremlin nas várias regiões da Terra. Noutras palavras, ele me convidava, solenemente, a unir-me a um grupo de teóricos e de combatentes contra o capitalismo. Georgi disse que eu honrasse o sigilo de nossa conversa e que pensasse seriamente sobre o seu convite. Eu fiquei meio atordoado com a proposta e muito nervoso, ao ponto até de esquecer de completar a nossa negociação sobre as *Metamorfoses*. O búlgaro também deixou o assunto em aberto. Sandor e eu saímos da casa de Georgi e seguimos a pé, em silêncio. Depois, nós nos despedimos, sem tocar no tema da polarização criada no planeta, tendo de um lado o bloco comunista – com o qual ambos obviamente simpatizavam – e do outro, o capitalista.

Nos dias seguintes, não falamos mais no assunto da visita. Eu percebi que Sandor ficara mais distante e defensivo. Ele havia entendido que eu não tinha a menor intenção de me juntar a eles, ao seu exército clandestino em prol da disseminação do ideário comunista. Eu tinha as minhas visões pessoais sobre o assunto, mas não me sentia motivado a participar de nenhuma célula comunista clandestina no Reino Unido. A vida seguiu o seu rumo e Sandor e eu passamos a nos encontrar com menos frequência, ocupados com os nossos afazeres. Quando nos víamos no restaurante do hospital, nós conversávamos sobre assuntos médicos, sobre os pacientes e sobre as pesquisas científicas em curso, mas nada sobre a visita à casa do seu amigo bibliófilo búlgaro.

Numa manhã, ao chegar à sala do hospital, em que eu passara a compartilhar o espaço com um médico canadense que iniciava o seu curso de mestrado, eu percebi que havia um pacote sobre a minha escrivaninha. Tinha o meu nome escrito na face anterior e na parte do remetente havia o nome do búlgaro: "Georgi Bozhidar" – agora lembro do seu sobrenome. Nem mesmo o seu endereço estava escrito no pacote, o que me fez pensar que o búlgaro trouxera pessoalmente a encomenda até a minha sala ou, mais provavelmente, confiara a Sandor a missão. Ao abrir o pacote, vi que era a preciosa edição das *Metamorfoses*, de Ovídio. Fiquei meio confuso, mas feliz. Ele me presenteava com aquela obra maravilhosa, que eu imediatamente incorporei à minha coleção.

Lembro que dois ou três dias depois, ao cruzar com Sandor pelos corredores do hospital, eu comentei sobre a minha alegria por ter recebido o presente do seu amigo Georgi. Ele fez apenas um discreto movimento com a cabeça, concordando comigo.

Anos depois, quando conheci o meu colega grego Nicholas Pavaledis, hoje professor de oncologia numa universidade no norte da Grécia, ele me confidenciou que havia participado ativamente do movimento socialista universitário, durante os seus anos de universidade. Disse também que durante um estágio de três meses no Western General Hospital, em Edimburgo, ele fora apresentado a um pesquisador de nome Sandor. Ele não lembrava bem do sobrenome, mas se recordava de uma ocasião em que fora com ele a um jantar, na residência de um colecionador de livros de origem búlgara.

Nicholas me disse que num certo momento após o jantar, em que o búlgaro e ele estavam conversando a sós, o anfitrião convidou-o para integrar um movimento de apoio à União Soviética. Eu então compreendi a situação. Em circunstâncias semelhantes, Sandor dera um jeito de apresentar Nicholas ao mesmo búlgaro que tentara me arregimentar para a sua célula comunista. Nicholas lembrou que o búlgaro sabia das suas atividades ligadas à Juventude Socialista, durante os seus anos de faculdade de medicina, em Atenas. Conclui que havia entre Sandor e o búlgaro uma estratégia preestabelecida de captação de novos adeptos à sua causa. Nicholas e eu fomos identificados como potenciais candidatos.

Quanto a mim, uns dias antes de terminar o meu estágio em Edimburgo, recordo-me de que eu o encontrei no corredor do hospital e Sandor me convidou para um café, num bar meio distante do hospital, quando conversamos vários assuntos e ele insistiu em saber o que eu pensava sobre a polarização que se formara no mundo político entre comunistas e capitalistas. No meio da nossa conversa, ele falou para mim que se considerava uma pessoa bem-informada. Sandor me disse que sabia que eu havia participado das atividades políticas do centro acadêmico da minha universidade e que eu tinha liderado algumas greves dos estudantes, nos meus tempos da faculdade de medicina.

Falou até sobre um protesto em Brasília, na época em que eu presidia a associação dos médicos-residentes do Hospital de Clínicas de Porto Alegre.

Sandor riu e lembrou-me das "borrachadas" nas pernas que eu havia levado dos soldados, durante os protestos em Brasília. Num dado momento, quando era quase a hora de nos despedirmos, pois eu retornaria no dia seguinte para Londres, para dar seguimento ao meu estágio, ele se aproximou de mim e sussurrou ao meu ouvido que o camarada Pavronski – de Porto Alegre, no Brasil – era amigo dele e de Georgi. Pavronski havia contado a eles tudo a meu respeito, inclusive sobre a visita forçada que eu tive de fazer a Brasília, para um breve interrogatório no Ministério do Exército, dias antes da data da minha viagem ao exterior.

Foi exatamente o que aconteceu comigo. Dias antes da minha viagem ao Reino Unido, os militares me forçaram a ir à capital federal, às minhas custas, para uma estranha e inesquecível entrevista. Na ocasião, eu tive de explicar a um tenente, num pequeno e pouco ventilado escritório, as razões do meu nome aparecer em várias listas de apoio à soltura de colegas da União Nacional dos Estudantes, presos durante manifestações a favor da liberdade de expressão no país. Eu lembro que respondi a ele que eu não pertencia a nenhum partido político. Contudo, eu achava injusto ver tantos jovens brasileiros submetidos a humilhações, por pedirem o que todos desejavam: liberdade de expressão. E que fora somente por essa razão que eu havia assinado as listas de apoio. Eu completei, dizendo que eu era um ótimo aluno e representaria muito bem o meu país no exterior. O tenente me olhou com ar de desprezo, carimbou o meu passaporte, levantou-se da sua poltrona e saiu, sem sequer me desejar uma boa viagem.

THE
CANTERBURY
TALES
OF
CHAUCER,

Modernis'd by ſeveral Hands.

Publiſh'd by Mr. *OGLE*.

VOL. III.

LONDON:
Printed for J. and R. Tonson, in the *Strand*.

MDCCXLI.

XIX

MORANGOS FRESCOS

(*Canterbury Tales*, de Chaucer, edição de 1741)

Eu possuo várias edições dos *Contos de Canterbury*. Esta edição de 1741, muito bem conservada, foi impressa em Londres e é uma adaptação dos contos de Geoffrey Chaucer, em cinco volumes, publicados pelas irmãs Sophia e Harriet Lee. A publicação original de Chaucer é do final do século XIV. Entre os anos de 1387 e 1400, ele escreveu as vinte e quatro histórias – vinte e duas em verso e as duas restantes em prosa – que influenciariam depois autores fundamentais da literatura inglesa, como Marlowe, Milton e Shakespeare. Em uma época em que predominavam as histórias de cavalaria, a obra marcou uma transição no tipo de literatura que se praticava, ao adotar um ponto de vista mais realista e crítico da sociedade.

Os contos são narrados por personagens que se reúnem em uma pousada em Londres, a caminho de uma peregrinação até a Cantuária, para visitarem a sepultura de São Thomas Becket, que foi assassinado na catedral, a mando do rei Henrique II, em 1170. Na obra, o enredo se baseia numa proposta, um concurso no qual o narrador da melhor história contada aos demais, naquela espécie de taverna londrina, seria premiado com um banquete. O grupo de peregrinos referidos na obra representa, como um caleidoscópio, a sociedade da sua época, com os seus diferentes tipos humanos e classes sociais. Desse modo, um cavaleiro, um moleiro, um cozinheiro, um monge, uma viúva de cinco maridos, um vendedor de indulgências, um marujo e outros tipos contam histórias sobre temas variados, recheadas de acontecimentos pitorescos.

A estrutura da obra lembra muito o *Decameron*, de Boccaccio, criado décadas antes. Até então, a maior parte das obras literárias eram escritas em latim e os contos de Chaucer servem também à consolidação da língua inglesa escrita. O leitor não acreditará, mas eu estava sentado num café, durante uma visita a Istambul, na Turquia, esperando calmamente por Leonor, que decidira passear pelo Grande Bazar e pelo Bazar das Especiarias. Na mesa ao meu lado, sentou um senhorzinho de não mais do que um metro e meio de altura, bem-vestido, com um terno bem cortado, óculos com a forma de pincenê e que apoiava a mão esquerda numa linda bengala de madeira de lei negra, com a cabeça arredondada e banhada a ouro. Eu achei interessante que ele pediu ao garçom que lhe servisse um prato com morangos frescos, que ele degustou como se fossem os últimos.

O velho estava sentado bem próximo a mim e sorriu na minha direção, como a tentar o início de uma conversa. Ofereceu-me os morangos, dizendo que eles representavam a vida e deveriam ser, sempre que possível, compartilhados. Eu concordei com ele e aceitei o seu convite, servindo-me de dois ou três dos seus morangos. Ele me disse que estava de passagem pela cidade, fazendo alguns contatos para uma firma de relógios que ele representava, sediada em Lucerna, na Suíça. A sua área de atuação eram a Turquia e os países vizinhos, como Grécia, Bulgária, Armênia, Irã, Iraque e Síria. Conversamos por cerca de uma hora e depois o simpático senhorzinho pagou o meu café e se despediu de mim, oferecendo-me o seu cartão comercial, com o seu nome completo e o nome e o endereço da fábrica de relógios suíços que ele representava.

Alguns minutos depois, ao olhar para a sua mesa, dei-me conta de que o velho havia esquecido uma sacola muito elegante e que, pelo seu peso, continha algo significativo no seu interior. Apressei-me em chamar o garçom e ele me respondeu que não conhecia aquele homem e foi logo se livrando de mim, dizendo que era muito comum as pessoas esquecerem coisas nas mesas de café, sobretudo os turistas mais apressados. Eu sugeri que chamássemos um policial, para deixar com ele a sacola, mas o garçom me desestimulou. Explicou que os policiais de Istambul não tinham tempo para coisas desse tipo. Usavam melhor o seu dia na perseguição dos batedores de carteiras, que importunavam a vida dos turistas e dos cidadãos comuns.

Como eu havia ficado com o seu cartão, pensei que eu mesmo poderia contatar o simpático senhor e enviar-lhe a sacola pelo correio. Foi o que eu fiz, de lá mesmo, em Istambul. Tive também o cuidado de escrever o meu endereço no Brasil, como o do remetente. Para minha surpresa, uns dois meses depois, recebi a sacola em meu endereço de Porto Alegre. Ou seja, o endereço do cartão que o senhorzinho me dera não havia sido encontrado. Depois de relutar um pouco, decidi abrir o pacote que estava dentro da sacola, o qual eu havia deixado fechado e assim o enviara a Lucerna, exatamente como eu o havia encontrado. Ao abri-lo, qual não foi a minha surpresa:

era a excelente edição de *Canterbury Tales*, de Chaucer, datado de 1741, e que hoje adorna o meu acervo.

Marcelo Bessa escreveu alguns comentários que achei muito interessantes no prefácio de um de seus livros sobre a obra do Caio Fernando Abreu e que talvez agradem o leitor. Caio Fernando morreu devido às complicações da Sida, em meados de 1996. Eu lamentei muito a sua perda. Eu sou um leitor entusiasmado da sua obra. O escritor não tinha ainda completado cinquenta anos de idade quando faleceu. Tinha muito ainda a escrever. Ele se via como uma figura um pouco à margem da nossa literatura. Ele explorava nos seus textos os chamados "temas malditos", tidos como mais difíceis e depressivos. Também era dado a escrever sobre astrologia, drogas e sexo, o que o tornava um alvo dos ataques do pessoal mais reacionário.

Eu me recordo quando Caio Fernando disse que deveria ser insuportável para a intelectualidade brasileira assumir que cantores e compositores como Cazuza e Rita Lee tinham influenciado mais a nossa cultura do que a obra literária de Graciliano Ramos. Houve quem desejasse a sua morte por aquela afirmação. Eu sou fã de Graciliano e possuo edições raras de *Vidas secas, Angústia* e *Memórias do cárcere*. No seu conto "Morangos mofados", Caio Fernando fala de "Frescos morangos vermelhos. Achava que sim. Que sim. Sim", numa alusão à obra *A hora da estrela*, de Clarice Lispector, uma autora de quem ele era um leitor apaixonado. Na parte final do romance de Clarice, perplexo com a morte da personagem Macabéa, o narrador lembra ao leitor para "não se esquecer que, por enquanto, é tempo de morangos". A inesperada recomendação é enigmática.

Talvez diante da crueza e da inevitabilidade da morte, os morangos representassem a vida, que, apesar de ser triste e cruel, é a vida que levamos. Eu, que por força do destino herdara de modo não planejado a bela edição dos *Contos de Canterbury*, de Chaucer, datada do ano de 1741, lembrei-me do simpático velhinho que se sentou na mesa ao lado da minha, num café em Istambul. Consolei-me com o fato de que, pelo menos, os morangos frescos que ele havia solicitado que o garçom lhe servisse foram compartilhados metaforicamente comigo através da bela edição de Chaucer. Caio Fernando Abreu teria transformado este episódio num conto comovente que falasse de morangos frescos, com a sua inquestionável e elevada qualidade literária.

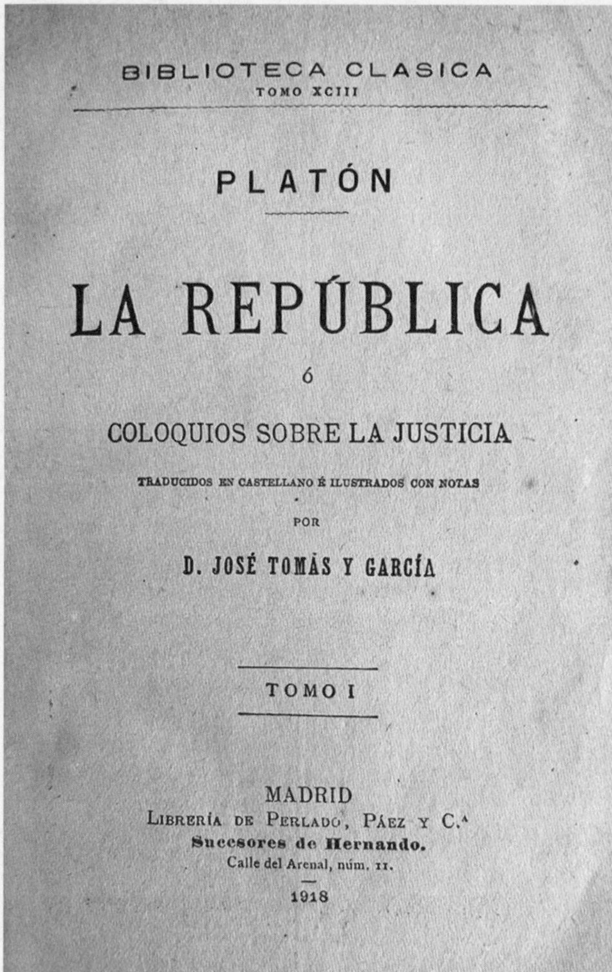

BIBLIOTECA CLASICA

TOMO XCIII

PLATÓN

LA REPÚBLICA

Ó

COLOQUIOS SOBRE LA JUSTICIA

TRADUCIDOS EN CASTELLANO É ILUSTRADOS CON NOTAS

POR

D. JOSÉ TOMÁS Y GARCÍA

TOMO I

MADRID

LIBRERÍA DE PERLADO, PÁEZ Y C.ª

Sucesores de Hernando.

Calle del Arenal, núm. 11.

1918

XX

FACUNDO SARMIENTO

(*La Republica*, de Platão, edição de 1918)

A *República* tem um papel central na obra de Platão (428 a.C.-347 a.C.), porque aborda questões fundamentais da política, como a definição de justiça. Na forma de diálogo, o filósofo mostra Sócrates debatendo com outros pensadores sobre este conceito-chave na estruturação de uma sociedade civilizada. O filósofo grego apresenta, nesta obra preciosa, o mito da caverna e fala da cidade ideal, propõe o polêmico banimento dos poetas e defende a imortalidade da alma, fundamentos centrais da sua filosofia. A edição que tenho é em espanhol, em dois tomos, datada de 1918, traduzida e comentada por D. José Tomás y García, religioso e helenista destacado, que foi também bibliotecário real, exercendo várias funções oficiais. Sua tradução do grego, a primeira em língua espanhola, saiu originalmente em 1804.

É curioso pensar na razão de esta tradução espanhola ter sido tão tardia, muito posterior às traduções francesas e inglesas. Talvez esse atraso cronológico tenha se dado por razões religiosas ou pelas tensões da época entre a filosofia e a filologia. D. José Tomás y García escreveu um extenso prólogo a essa edição, intitulado "Colóquios sobre a justiça", que abre com uma epígrafe de Santo Agostinho (trecho de *A cidade de Deus*): "O que os músicos chamam de harmonia no canto, isto na cidade é a concórdia, a saber, um estreitíssimo e importantíssimo vínculo para a conservação de qualquer República, que de nenhum modo pode existir sem a justiça". Recomendo o prólogo para quem quiser conhecer a obra de Platão, figura central da filosofia ocidental.

Quem me presenteou esta obra, bem como outras de minha coleção, foi o famoso e misterioso curador de mostras literárias internacionais Facundo Sarmiento. Há alguns anos, Facundo realizou a curadoria de uma de minhas exposições sobre a obra de Borges, na Academia Nacional de Medicina e na Academia Brasileira de Letras, no Rio de Janeiro; e na Biblioteca Pública, em Porto Alegre. Meses depois, numa noite chuvosa, eu recebi um telefonema dele, pedindo que eu fosse encontrá-lo imediatamente num dos cafés do Aeroporto Salgado Filho. Eu fiquei surpreso com o seu telefonema e ainda mais com o fato de ele estar em Porto Alegre e quase à meia-noite.

Havia sido quase impossível ter Facundo conosco durante a mostra que ele mesmo assinava em nossa cidade, pois ele passava quase todo o tempo em viagem, realizando curadorias literárias em distintas regiões do planeta. Eu tomei um táxi e fui correndo para o aeroporto, onde de longe reconheci aquela figura ímpar, numa das mesas do café. Ele sorriu ao me reconhecer, vestido numa gabardine bege e com um boné de inverno marrom quase enterrado na cabeça. Eu falei da minha surpresa em reencontrá-lo de modo tão inesperado, na minha cidade e naquele horário que servia mais às corujas e aos poetas.

Com um ar misterioso, Facundo me confidenciou que ele partira de Jacarta no dia anterior, num voo de uma companhia aérea turca e que tivera alguns problemas ao tentar despachar uma carga de livros raros que ele exporia num museu em Teerã. Por fim, feito o desembaraço, o seu voo seguinte parecia normal nas duas primeiras escalas, mas quando sobrevoavam a região de Corrientes, na Argentina, o piloto anunciou que haviam surgido alguns problemas técnicos com a aeronave. Para não comprometer a segurança de todos a bordo, ele tentaria fazer uma mudança de rota e um pouso de emergência. O piloto decidira, então, pousar em Porto Alegre, para fazer uma revisão no sistema de pressurização do avião, que dava sinais da presença de alguma avaria.

Na passagem pela alfândega brasileira, houve um questionamento sobre o conteúdo da sua bagagem – havia livros antigos numa quantidade excessiva. E o fato causou suspeita nos policiais federais do aeroporto. Facundo me contou que ele tentou explicar aos policiais que o seu destino seria a bela cidade de Teerã, onde ele faria uma mostra de obras raras e de primeiras edições do grande autor argentino Jorge Luis Borges, num dos principais museus do Irã. Ocorre que um dos policiais que fazia a inspeção se intitulou especialista no assunto sobre primeiras edições e obras raras do cânone literário ocidental – em especial, na obra de Borges. E foi ali que a coisa trancou.

Em resumo, orientados pelo policial federal autodefinido como especialista em obras raras, os seus colegas estabeleceram um valor absurdo de imposto a pagar, referente a carga de livros que Facundo transportava, algo na casa dos cento e noventa e cinco mil reais, o que ele se recusava terminantemente a pagar, preferindo deixá-la comigo, como um presente, ao invés de entregar aquela quantia aos homens da alfândega brasileira.

Facundo deu uma gargalhada e disse que já era hora de eu receber dele algo que realmente selasse para sempre a nossa grande amizade. Ele pediu que eu o acompanhasse até o setor de bagagens retidas do aeroporto e, depois de assinarmos juntos a documentação, Facundo e eu nos despedimos. Ele seguiu para Teerã, com bem menos livros na bagagem, e eu fiquei de retornar no dia seguinte, para desembaraçar a carga de livros que o meu querido amigo me havia presenteado naquela quase improvável circunstância.

No dia seguinte, quando apareci no setor de alfândega do aeroporto, eu perguntei pelo nome do policial que havia conduzido a apreensão dos livros do senhor Facundo Sarmiento, o que, diga-se de passagem, era um verdadeiro tesouro: edições preciosas de Borges, contos originais publicados na Revista *Sur* e outras maravilhas, que só os colecionadores sabem de fato apreciar. O rapaz que me atendeu perguntou o meu nome completo, pediu a minha cédula de identidade e solicitou que eu esperasse por uns minutos. Ele logo retornou e me ofereceu um café e os jornais do dia, caso eu assim o desejasse. Eu respondi que agradecia, mas estava ali numa missão da maior envergadura literária e preferia aguardar a chegada do funcionário responsável pela apreensão daquilo que eu reputaria como um verdadeiro tesouro.

Depois de uns quinze minutos de espera, vi que o rapaz vinha ao meu encontro, sorridente, carregando nos braços uma enorme caixa de papelão. Fiquei um pouco assustado e perguntei a ele quanto custaria para retirá-la, pois Facundo havia me falado sobre um imposto de quase duzentos mil reais. O rapaz me respondeu que não custaria nada, pois o policial responsável pela inspeção da mercadoria, na noite anterior, havia liberado toda a carga. Conversando com Facundo, ele soube que os livros já haviam estado em Porto Alegre, numa exposição feita por mim, na Biblioteca Pública. O policial, inclusive, havia visitado a mostra com a sua sogra, uma professora de literatura aposentada, que era uma grande apreciadora do realismo mágico de Borges.

O rapaz disse também que a parte que o policial mais tinha gostado de toda a história daquela apreensão dizia respeito não aos livros, que ele entendia serem raríssimos e de valor inestimável, mas ao nome do portador, o senhor Facundo Sarmiento. Ele havia lido nos textos curatoriais da minha mostra literária que o curador – Facundo Sarmiento – era apenas uma figura imaginária, criada por mim, em homenagem ao grande escritor e ex-presidente Domingo Faustino Sarmiento. "Facundo" era o nome do personagem principal da sua obra clássica, intitulada *Facundo: civilização e barbárie*, que versava sobre a vida de Juan Facundo Quiroga, publicada no ano de 1845. O rapaz me entregou o pacote e, antes que eu começasse a assinar a documentação relativa à sua retirada, ele disse que eu poderia ir embora sem assinar nada. Ele ponderou que, não havendo um Facundo Sarmiento real, por uma simples lógica, não haveria o voo da noite anterior. E na ausência do voo anterior, tampouco haveria a possibilidade de que existisse o pacote que eu carregaria comigo. Eu olhei para o pacote e depois para ele. Ele apenas sorriu. Eu agradeci a sua gentileza e disse adeus. Encerrei ali mesmo o misterioso episódio que permitiu a entrada daquele tesouro literário na minha coleção.

LES

ESSAIS

DE

MICHEL

SEIGNEUR DE *MONTAIGNE.*

NOUVELLE EDITION,

Faite sur les plus anciennes & les plus correctes: augmentée de quelques Lettres de l'Auteur; & où les Passages Grecs, Latins, & Italiens sont traduits plus fidellement, & citez plus exactement que dans aucune des Editions précedentes.

Avec de *courtes* REMARQUES; & de nouveaux INDICES plus amples & plus utiles que ceux qui avoient paru jusqu'ici:

Par *PIERRE COSTE.*

TOME III.

A LONDRES:
De l'Imprimerie de J. TONSON & J. WATTS.
M DCC XXIV.
AVEC PRIVILEGE DU ROY.

XXI

O OUTRO RELÓGIO

(*Essais*, de Montaigne, edição de 1724)

Com esta obra, Michel de Montaigne cria um gênero literário: o ensaio, que só fez frutificar da segunda metade do século XVI até os nossos dias. De todos os assuntos que trata, nos seus 107 capítulos, é ele próprio o principal. "Sou eu mesmo a matéria deste livro", escreve Montaigne na primeira página, advertindo o leitor que não vai se enfeitar para produzir efeitos grandiosos. Ele prefere que o vejam na sua simplicidade natural, sem artifícios. A partir da sua experiência, o filósofo investiga a condição humana. Vivendo numa época violenta, das guerras religiosas entre católicos e protestantes, Montaigne foi um grande humanista. Com erudição ímpar – ele foi alfabetizado em casa, em latim, e só aprendeu o francês aos seis anos –, Montaigne cita os grandes pensadores da Antiguidade grega e latina, revelando um pensamento original sobre a infinidade de assuntos que aborda, dos mais sérios aos aparentemente frívolos.

As crueldades cometidas pelos europeus no Novo Mundo, a covardia, a imaginação, o casamento, a embriaguez, os cheiros – nada era estranho a Montaigne. E um dos tópicos que mais me comove a leitura é o da amizade, em que ele homenageia o seu grande amigo, o filósofo Étienne de La Boétie. Montaigne levou nove anos para redigir os dois primeiros volumes dos *Ensaios*, publicados originalmente em 1580. A bela edição que tenho, em três volumes, datada de 1724, com uma encadernação linda e muito bem preservada, eu adquiri por um preço quase simbólico em Paris. Leonor e eu estávamos almoçando no Restaurante Le Voltaire, no Quai Voltaire, na Carré Rive Gauche, em Paris, quando eu observei certo tumulto numa das mesas próximas à nossa.

A razão era a seguinte: um senhor elegante, muito educado e de uns oitenta anos de idade, ocupava uma das mesas do restaurante. Ele havia almoçado, na companhia de um bom Nuit Saint Georges, um vinho de classe produzido na Borgonha. Eu havia observado a sua presença desde o momento em que o garçom abriu a garrafa daquele vinho que somente um grande apreciador escolheria. E pediu que ele o degustasse. Depois, ele escolheu como prato principal os *Escargots*, da Bourgogne, refogados na manteiga, com um leve toque de alho e salsa. Provou então os deliciosos profiteroles, na sobremesa, harmonizados com um cálice de um bom Sauternes.

Após o café, o elegante cavalheiro pediu a conta e percebeu que havia esquecido a sua carteira em casa. De longe, eu observei que o garçom chamou o gerente e a conversa parecia se alongar em demasia, sem resolução. Eu percebi que o senhor havia ficado um pouco nervoso com a situação. Leonor nem notou a minha aflição, mas eu tratei de me levantar, simulando uma ida ao banheiro, para passar bem perto da sua mesa. O gerente parecia contrariado e um tanto irredutível em aceitar que o senhor saísse sem pagar, com o compromisso de retornar logo com o pagamento. A expressão de desaprovação do gerente podia ser vista de longe. Coisas deste tipo já se passaram comigo e eu nunca me arrependi de mostrar solidariedade às vítimas da situação.

Eu pedi licença e me meti na conversa, muito educadamente, dizendo ao gerente que eu teria o prazer de incluir a despesa daquele gentil cidadão no meu cartão de crédito, quando ele apresentasse a minha conta. O senhor ficou muito reconhecido e me perguntou se eu era um turista em Paris e de que país eu procedia. Eu respondi que estava na França participando de uma atividade da Academia Nacional de Medicina, na Rue Bonaparte, em Saint-Germain-des-Prés. E que eu era um médico brasileiro. O senhor levantou-se da sua cadeira, abraçou-me e agradeceu. Disse que tomaria nota do meu nome e do endereço do meu hotel, para no mesmo dia devolver o dinheiro que eu lhe havia gentilmente emprestado.

E assim aconteceu. Quando chegamos no hotel, no final da tarde, havia uma mensagem de um senhor de nome Christian Dummont, solicitando que eu telefonasse para ele, se possível, ainda naquele final de tarde. Foi o que fiz. Após ele insistir, Leonor e eu aceitamos o seu convite, para irmos tomar um cálice de vinho na sua casa, uma luxuosa residência no oitavo distrito de Paris, bem próximo à elegante Avenue Montaigne. Ele queria saldar a sua dívida comigo e desejava nos conhecer melhor. É desnecessário dizer que a sua biblioteca era imensa e cheia de livros interessantes, sobretudo os clássicos da literatura francesa.

Eu não resisti e contei a Christian que eu também possuía um modesto acervo de obras raras, inclusive um número expressivo de edições antigas dos grandes autores franceses. Ele me perguntou qual dentre os franceses era o meu preferido.

Eu apontei para a janela da sua biblioteca, na direção da elegante Avenue Montaigne. Ele percebeu o sentido da minha brincadeira e disse: "Ah! Montaigne! Eu também adoro os *Essays*, de Montaigne!" Ele então me mostrou várias edições que possuía em seu acervo da obra do famoso escritor.

Falou depois que já havia completado noventa anos, era viúvo e os três filhos moravam longe: dois nos Estados Unidos e um na Alemanha. Ele contava somente com uma fiel empregada de muitos anos, que o ajudava com a casa, e com o motorista que há meio século o conduzia pelos quatro cantos de Paris. Ele sorriu e me disse que não havia nenhum sucessor na família que demonstrasse algum interesse em cuidar da sua biblioteca. Ele pediu que eu não me atrevesse a recusar um presente seu, por minha atitude tão elegante e cortês daquele dia, no Le Voltaire, oferecendo-me para saldar a sua conta. Christian aproximou-se de uma das estantes da sua biblioteca e escolheu uma bela edição, em três volumes, dos *Essays*, de Montaigne, do ano de 1724.

Por cerca de dois anos, nós trocamos correspondência. Depois, minhas mensagens e cartões festivos não tiveram mais resposta. Um dia, eu recebi um cartão com o seu nome. A letra que não era a sua e me informava que Monsieur Christian Dummont havia se transferido para a Alemanha, para viver mais perto da filha, por motivo de doença. Imediatamente, eu redigi uma pequena carta e a enviei para o seu novo endereço. Falei que eu conheci muitos médicos em várias cidades alemãs e teria muito prazer em lhe ser útil na sua doença. Christian ficou aos cuidados de um querido amigo e professor, Hans Staub, um famoso cardiologista, que atuava em Dusseldorf.

Meu filho Guilherme, que trabalhou por um período na Alemanha, foi visitar Christian várias vezes no hospital e depois na casa de repouso onde ele viria a falecer. A sua filha Simone e Guilherme ficaram amigos e ela confidenciou-lhe a razão pela qual o seu pai decidira viver em Paris. A história começa quando Nicole, a sua mãe, por casualidade, encontra sobre o tapete próximo à escrivaninha do esposo um relógio de ouro feminino que não era seu. Desconfiada, ela pergunta ao marido, Christian, sobre a origem do relógio e se era um presente para ela. Ele se mostra evasivo, embora nada soubesse sobre o relógio. Nicole insiste em suas perguntas até que, farto da desconfiança da esposa, ele diz que o relógio era um presente que havia comprado para Claire, a sua amante.

Nicole quase enlouquece e fica cada vez mais agressiva com o marido. Christian, por sua vez, fica decepcionado com a atitude de Nicole. Por ela acreditar que ele, que a amava tanto e que fora feliz ao seu lado por anos, pudesse traí-la com outra pessoa. Claire simplesmente não existia. Era uma invenção. Christian havia dito esse nome apenas para expressar a sua indignação com a desconfiança da esposa. Porém, com o tempo, as agressões e as ameaças de Nicole se tornam insuportáveis. Christian então deixa a sua casa e vai viver em Paris. O casal não se vê novamente. Alguns anos depois, numa conversa informal, uma prima, de nome Martine, pergunta a Nicole se, por acaso, ela não havia encontrado um relógio de ouro em algum canto da sua casa. Nicole sente um frio correr por seu pescoço.

Martine havia perdido o relógio que anos antes recebera da sua mãe. Era uma joia de família. Quem sabe, ele tivesse caído do seu pulso durante alguma dança, nas festas tão frequentes que Nicole e Christian ofereciam à família e aos amigos. Nicole traz do seu quarto o relógio que tanto sofrimento havia causado à sua família e que fora o motivo de sua separação do esposo. Era, sim, o relógio que Martine recebera como presente de sua mãe. Nicole se desespera ao perceber a injustiça que ela cometera. A sua desconfiança em relação a Christian não tinha o menor fundamento. Ela procura por ele e implora pelo seu perdão. Contudo, ele se recusa a conversar com ela. Depois de tanta desconfiança e injustiça, o seu amor por Nicole havia acabado. Por alguns anos, Christian vive sozinho em Paris. Depois, ele adoece, vindo a falecer. Um ano após a sua morte, Nicole contrai uma doença e morre.

Que lástima! Um casal que era feliz tem a sua vida em comum destruída pelo ciúme infundado. Contudo, como dedicado colecionador de livros, sou também muito observador. Quando Guilherme me contou o motivo da separação de Nicole e Christian, lembrei-me da minha visita à sua residência em Paris e do seu acervo literário tão rico e variado. Acredito muito na capacidade do nosso cérebro em guardar certas informações. As histórias de traição são sempre um excelente alimento para as nossas fantasias. Arrisco-me a pensar que Christian possa ter lido as obras de Machado de Assis e, quem sabe, o seu conto intitulado "O Relógio de Ouro". Não fosse assim, seria difícil entender a causalidade da escolha do nome da sua amante inexistente: Claire. A história do relógio era tão parecida com a do grande escritor brasileiro! E se Claire fosse uma alusão a Clarinha, personagem da esposa de Luís Negreiros, no conto de Machado?

Em o "O Relógio de Ouro", ele narra a história de um personagem – Luís Negreiros –, o qual encontra um relógio de ouro em sua casa e suspeita que possa ser a prova de uma traição da sua esposa, de nome Clarinha. Sim, Clarinha. Contudo, ao final o leitor descobre que o relógio havia sido endereçado ao próprio Luís – era presente de uma das suas amantes. Freud dizia que o "ato falho", ou a parapraxia, é um erro na expressão de um pensamento, não acidental e que pode revelar os nossos desejos, impulsos ou pensamentos inconscientes. Não sei se o leitor concordará comigo, mas possuidor de uma tão rica biblioteca, Christian não se furtaria de ter em alguma das estantes as obras de Machado.

FRAGMENTS

OF THE

ILIAD OF HOMER

FROM

A SYRIAC PALIMPSEST.

EDITED BY

WILLIAM CURETON, M.A.

PRINTED BY ORDER OF THE TRUSTEES OF THE BRITISH MUSEUM,

BY RICHARD TAYLOR.

MDCCCLI.

XXII

PASSEPARTOU

(*Ilíada*, de Homero, edição de 1851)

Eu imagino ter mencionado ao leitor que eu possuo uma edição raríssima, de 1715, da *Ilíada*, de Homero, com tradução de Alexander Pope. Tenho várias edições desta obra que me encantam profundamente. Esta edição de 1851 é uma coleção de fragmentos da *Ilíada*, encontrados em um palimpsesto siríaco (um dialeto do aramaico) do século V d.C. e que foi descoberto pelo britânico William Cureton. A figura de Homero segue intrigante. Ele é muitas vezes representado pela imagem de um homem cego, conforme um busto de mármore romano do século II a.C.

Uma das razões para a crença na cegueira de Homero advém de um personagem da *Odisseia*, o bardo Demódoco, que era cego. Durante um banquete dedicado a Odisseu, que aparece na ocasião como um náufrago desconhecido, mas de origem nobre, encontrado entre as folhagens, na beira da praia, pela jovem princesa Nausícaa, filha dos reis dos Feácios, o aedo Demódoco canta a bravura dos heróis da Guerra de Troia, emocionando o convidado, que então revela ser ele próprio Odisseu (ou Ulisses, para os romanos).

A existência histórica de Homero é questionada por muitos estudiosos. Há quem defenda que, em vez de um indivíduo,

Homero represente uma escola ou grupo de escribas, que registraram na forma escrita a poesia oral que aparece na *Ilíada* e na *Odisseia*. As duas obras parecem ter sido produzidas em tempos distintos, a primeira tendo surgido quase um século antes, entre os séculos VIII e IX a.C. – cerca de três a quatro séculos depois da Guerra de Troia. Com todo o mistério envolvendo a sua criação, o certo é que a *Ilíada* é uma obra de fôlego impressionante.

Tive o privilégio de mergulhar nesse texto demoradamente. Poucos na história da literatura descreveram personagens com a riqueza de Homero. Na obra, há uma descrição não apenas dos últimos cinquenta e um dias da Guerra de Troia, mas ela mostra com detalhes os costumes e valores da cultura grega da época. Os estudos sobre personagens são impressionantes. Cada guerreiro tem a sua psique própria, as suas peculiaridades e é descrito de forma individualizada. A *Ilíada* foi muito mais do que literatura, foi um código de comportamento para os gregos. Ela foi para o mundo grego do seu tempo o que a Bíblia Sagrada viria a ser depois para o mundo ocidental.

A história da aquisição do meu raro exemplar da *Ilíada* é cheia de mistérios. Há uns vinte anos, num jantar na Embaixada do Brasil nos Países Baixos em que Leonor e eu fomos convidados pelo nosso amigo Francisco Graco, hoje já falecido e então nosso embaixador, sentei-me ao lado de um senhor um tanto estranho. O seu nome era Graffen – Mister Jan Graffen. Ele se apresentou como um cientista dedicado à pesquisa sobre os efeitos da luz. Depois de conversarmos sobre generalidades e de ele questionar-me sobre os grandes desafios da medicina, Mister Graffen me confidenciou que andava às voltas com um invento, que consistia em alterar o índice de refração dos corpos, ao ponto de a matéria não mais absorver ou refletir a luz.

Eu fiquei um pouco assustado e perguntei a ele se a tal invenção não afetaria a forma como vemos os objetos. Ele sorriu e respondeu que era exatamente isto que ele buscava com os seus experimentos. Depois de nos servirmos da sobremesa – um delicioso *crème brulée* –, ele sugeriu que continuássemos a nossa conversa no jardim. Ele tinha informações importantes para compartilhar comigo. Nós nos acomodamos numas cadeiras de palha próximas a um lindo roseiral, afastados dos outros convidados. Mister Graffen me confidenciou que ele havia conseguido algo jamais visto antes: ele havia tornado um de seus assistentes completamente invisível.

O nome do rapaz era Otto. E o pior, segundo Mister Graffen, é que ele não havia conseguido reverter o experimento. O seu assistente continuava totalmente invisível. Mister Graffen me disse que, além de invisível, Otto havia mudado totalmente a sua personalidade, tornando-se um tipo violento e inconsequente. Ele então passou a me narrar uma história que me deixou com os cabelos de pé. Otto teria se hospedado num pequeno hotel no interior da Bélgica, durante uma tempestade de neve. Totalmente invisível, o rapaz usava um chapéu largo, um capote bem grosso de lã e luvas negras. E pôs um nariz falso, para disfarçar um pouco a sua invisibilidade.

Otto permanecia quase todo o tempo no quarto do hotel, sem sair para a rua, envolvido com os seus experimentos. Saía do quarto somente à noite. A proprietária do hotel desconfiou dele, pois a cada dia chegavam mais encomendas de caixas com garrafas de vidro em seu nome. O seu comportamento causou suspeitas e medo na vizinhança. Ocorreu, então, um assalto nas imediações do hotel. Otto confessou à dona do hotel a autoria do assalto, contando a ela que ele havia se tornado invisível e havia invadido a casa de um senhor que colecionava livros raros, roubando dele algumas edições valiosíssimas. Ele considerava as primeiras edições irresistíveis.

A dona do hotel achou que Otto havia enlouquecido e não perdeu tempo: chamou logo a polícia. Porém, ele conseguiu fugir, tirando a sua roupa e ficando novamente invisível. Otto terminou por esconder-se em outra cidade, onde convenceu um mendigo a ser o seu cúmplice. Os dois retornaram ao hotel, na tentativa de recuperar as obras raras que haviam deixado por lá. Quando o mendigo viu que entre as obras havia uma edição rara da *Ilíada*, ele fugiu sozinho com ela, escondendo-a no estrado da cama do quarto que alugara em outro hotel. Ele era um grande leitor de Homero. A *Odisseia* ele sabia praticamente recitar de memória. Porém, Otto estava invisível e viu tudo.

Na verdade, o pobre homem havia sido funcionário de uma biblioteca na Antuérpia e conhecia muito bem o valor de uma primeira edição ou de uma obra rara. A sua fraqueza, contudo, era ser viciado no jogo da roleta. Ele perdera todas as suas economias num cassino, inclusive a casa onde morava. Era por essa razão que ele mendigava pelas ruas. O mendigo não levou apenas a *Ilíada*, mas também uma linda primeira edição de *Ulisses*, de James Joyce, datada do ano de 1922, que ele escondeu debaixo de um santo no altar de uma igreja. Novamente, Otto viu tudo e, como era invisível, o mendigo não percebeu. A obra tinha até uma dedicatória da inglesa Sylvia Beach, que era a dona da livraria Shakespeare

& Company, em Paris, a qual fizera a primeira tiragem do *Ulisses*, dedicada a uma amiga italiana de Joyce.

Otto se escondeu numa casa próxima ao hotel, para tentar recuperar as duas obras. No local, por simples coincidência, ele encontrou um antigo conhecido dos tempos da faculdade, de nome Carl van Osteroom, a quem revelou a sua verdadeira identidade e o segredo da sua invisibilidade. Ele disse ao amigo que eles poderiam roubar o que quisessem, beijar as mulheres nas ruas e até fazer cócegas nas pessoas, sem serem descobertos. Carl havia sido abandonado pela mulher e sugeriu a Otto que antes os dois aterrorizassem algumas pessoas de modo indiscriminado, por simples inveja da felicidade alheia. Ele não aceitava a possibilidade de que a sua mulher pudesse ser feliz com outro homem e a humanidade deveria pagar por isso.

Otto achou a ideia excelente, afinal ele não poderia ser visto por ninguém. Como ele sabia o segredo da fórmula criada por Mister Graffen, ele tornou Carl também invisível. Os dois passaram, então, a perturbar a vida de qualquer um que parecesse a eles uma pessoa feliz. Algum tempo depois, cansados de assustar pessoas felizes sem nenhuma razão, Otto e Carl ficaram tomados pela culpa e resolveram vestir roupas bem coloridas e se entregar à polícia. Na delegacia, Otto manifestou o seu arrependimento aos policiais e inocentou Mister Graffen de qualquer responsabilidade no caso, afirmando que o interesse do cientista era puramente científico, enquanto ele era um delinquente comum.

Otto explicou aos policiais que o velho sonhava com a ideia de tornar alguém invisível, mas jamais quis causar qualquer sofrimento à humanidade. Depois, ele confessou que Carl não tivera qualquer participação nos seus delitos, ele era apenas um ressentido, que queria infernizar a vida dos outros. Com isso, Carl foi solto imediatamente, mas logo mudou de ideia e retornou à prisão sem qualquer dificuldade, pois era invisível. Ele decidiu ficar na prisão, pois lá ele se sentia amado e vivia rodeado pelos amigos que fizera durante o período da sua detenção. Como o seu uniforme era listrado, ele poderia ser visto quando quisesse pelos outros bandidos. Bastava vestir o uniforme do presídio.

Numa das vezes em que Mister Graffen foi visitar Otto na prisão, ele soube que havia a possibilidade de libertá-lo, sob o pagamento de uma fiança. Mister Graffen disse a Otto que, somando as suas economias provenientes da venda da casa, que recebera como herança após a morte de sua mãe, ele poderia dispor da metade do valor da fiança para tirá-lo da cadeia. Otto convenceu-o de que, se eles encontrassem o mendigo, poderiam devolver as obras ao seu dono, receber a recompensa e pagar o resto da sua fiança. A recompensa deveria ser uma soma bem elevada, pois tratava-se de duas obras valiosíssimas: a edição da *Ilíada*, de Homero, datada de 1715 e traduzida por Pope; e a primeira edição do *Ulisses*, de Joyce, de 1922.

Mister Graffen concordou com a ideia e foi até o hotel onde a preciosa edição da *Ilíada* estava escondida no estrado da cama, mas foi visto por um camareiro, que começou a gritar. O velho só então se deu conta de que ele havia esquecido de ficar invisível antes de ir até o hotel. Mister Graffen ficou então invisível e fez tudo novamente, recuperando a *Ilíada*. Depois, saiu ao encalço da primeira edição do *Ulisses*, de Joyce. Encontrou-a no esconderijo, debaixo do santo que estava no altar da igreja. Depois, Mister Graffen foi até a casa do colecionador de obras raras e contou que encontrara as suas duas maravilhosas edições e gostaria de receber a recompensa, pois com ela libertaria o seu amigo e assistente Otto da prisão.

O homem se emocionou e lhe deu o dinheiro que tinha e que não era muito. Em lágrimas, ele lhe deu também a primeira edição do *Ulisses*, de Joyce, de 1922, e a rara edição da *Ilíada*, de Homero, de 1715, com tradução de Pope, para que Mister Graffen pudesse vendê-las a um colecionador de livros raros e de primeiras edições e assim completar o valor necessário para pagar a fiança. E seria exatamente isso que aconteceria depois, se de posse da *Ilíada*, de Homero, edição de 1715, tradução de Pope, Mister Graffen identificasse um colecionador de livros que realmente amasse cada um dos vinte e quatro cantos e quinze mil seiscentos e noventa e três "hexâmetros dactílicos" contidos na obra de Homero, o pai da literatura ocidental.

Na certa, essa pessoa pagaria o preço necessário para completar o pagamento da fiança e livrar Otto da prisão, bem como viabilizaria o programa de recuperação do mendigo, que tinha esse terrível vício dos jogos de azar. Eu ouvi a história com atenção e fui quase às lágrimas ao perceber que Mister Graffen havia feito o impossível para conseguir um convite para o jantar oferecido por nosso embaixador Francisco Graco, apenas para me encontrar. Foi o modo que ele imaginou de me encontrar e oferecer as duas obras, pois uma semana antes o jornal *De Telegraaf* havia publicado uma matéria, contendo uma entrevista que um repórter havia feito comigo sobre primeiras edições e edições raras de autores de língua portuguesa. O lugar ao meu lado na mesa foi o mais fácil: a sua namorada Margrit, que Mister Graffen conheceu quando comprava produtos de limpeza num supermercado e era tia de uma funcionária da embaixada do Brasil, conseguiu que a sobrinha acrescentasse o seu nome na lista de convidados.

No jantar, Margrit deu um jeito de se aproximar de Leonor, fingindo ser por acaso. As duas conversaram animadamente durante o coquetel. Margrit havia defendido o seu doutorado em História na Free University, de Amsterdam. O tema da sua tese versava sobre as origens da Companhia Holandesa das Índias Orientais. Chamou-me a atenção o entusiasmo de Leonor ao conversar com aquela simpática senhora, defendendo que as companhias foram muito importantes para o desenvolvimento do comércio internacional e para a expansão do capitalismo.

Eu aceitei prontamente a oferta de Mister Graffen e comprei a rara edição da *Ilíada*, pelo preço por ele sugerido. Devo frisar que ele nada mencionou sobre a edição de *Ulisses*, de Joyce. Acertado o valor da negociação, fomos os dois no dia seguinte até uma agência bancária e eu efetuei o pagamento. Mister Graffen me entregou o pacote com a *Ilíada*, de Homero, de 1715, tradução de Pope. Ele me abraçou e, emocionado, disse que jamais me esqueceria. Ao chegar em casa, feliz da vida por ter adquirido aquela raridade, eu abri o pacote. Quando vi o seu conteúdo, imediatamente dei-me conta de que eu havia sido enganado: não era a edição de 1715. Não obstante, tratava-se de uma edição de 1851 igualmente interessante.

Na verdade, era a coleção de fragmentos da *Ilíada*, encontrados em um palimpsesto siríaco do século V d.C. e que fora descoberta pelo britânico William Cureton, à qual eu aludo no primeiro parágrafo desta história. Porém, já era tarde. Mister Graffen, Margrit, Otto e o mendigo tinham desaparecido. Esperei por uma mensagem de arrependimento da parte deles por oitenta dias, considerando que seria um bom critério de tempo, pois lembrei que foi o que o cavalheiro inglês Philleas Fogg e seu criado Passepartou precisaram para realizar uma volta ao mundo completa, na obra clássica de Jules Verne intitulada *Le tour du monde en quatre-vingts jours*, cuja primeira edição é datada de 1873 e que, inclusive, faz parte do meu acervo.

Quando fui à delegacia para saber o paradeiro dos quatro, não para que fossem presos por terem me enganado, mas para que eu pudesse convidá-los para conhecer o meu acervo de obras raras e de primeiras edições, um inspetor de nome Javert, tataraneto do famoso personagem homônimo da obra clássica *Les Misérables*, de Victor Hugo, revelou-me que os quatro haviam deixado uma mensagem para mim, dizendo que decidiram ficar para sempre invisíveis, para eles iniciarem uma nova vida cheia de virtudes. Não colecionariam mais confusões, desaforos ou ilegalidades, apenas as virtudes mais elevadas de uma vida cristã. Não as virtudes chamadas teologais – da fé, da misericórdia e da esperança – que eles possuíam de sobra. Mas as virtudes cardeais: da prudência, da justiça, da fortaleza e da temperança, que lhes faltava e muito. Assim, no anonimato dos seres invisíveis, eles resolveriam todos os problemas da humanidade.

Numa nota de rodapé, ao fim da mensagem, Reginald – era este o nome de batismo do mendigo – pedia desculpas por ter roubado do inspetor Javert, numa das suas idas à delegacia, uma edição raríssima do *Les Misérables*, de Victor Hugo, datada do ano de 1899, editada pela Alphonse Lemerre, em cinco volumes, que eu também possuo no meu acervo. Ele confessou, igualmente, ter roubado de mim a bela coleção das *Oeuvres Complètes* – em vinte e cinco volumes – de Anatole France, editada pela Calmann Lévy, em 1923, numa visita secreta que teria feito à minha biblioteca, acompanhado dos seus três comparsas, os quatro no seu estado invisível. Ele registrou o seu contentamento em atestar a beleza e a raridade das obras da minha coleção, ainda que notasse a inexplicável ausência da primeira edição de *Candide, ou L'optimisme*, de Voltaire, tradução do idioma alemão para o francês de Mr. Le Docteur Ralph, publicada em 1759.

Reginald – o mendigo – pediu que eu me cuidasse com os tipos como "Pangloss", o personagem do tutor infalivelmente otimista e pedante de *Candide*, que eu encontrasse pela vida. E que o nome – pan (tudo) e glõssa (língua) – significava em grego "tagarelice". Ele me informou também que tinha comigo outro assunto pendente, além do fato de Mister Graffen ter me dado a edição errada da *Ilíada*, de Homero; e de ele ter roubado do meu acervo a bela coleção das *Oeuvres Complètes* – em vinte e cinco volumes – de Anatole France, editada pela Calmann Lévy, em 1923.

Por puro egoísmo, segundo ele, Mister Graffen havia ficado também com o *Ulisses*, de Joyce, a primeira edição, datada de 1922, para que ele próprio a usufruísse. Sim, ele havia ficado com aquela maravilhosa edição do *Ulisses*, que o bondoso colecionador havia dado a ele, emocionado, imaginando que pudesse ser também vendida a mim, para ajudar no pagamento do que faltasse da fiança para tirar Otto da prisão. Por essa razão, Mister Graffen não conseguia mais dormir, pela culpa de não ter me oferecido aquela preciosa primeira edição. Dizia ter a certeza de que eu adoraria tê-la no meu acervo e na certa ofereceria um valor significativo pela obra. Afinal, era a primeira edição de *Ulysses*, de Joyce, publicada em Paris, em 1922, pela livreira americana Sylvia Beach, dona da famosa livraria Shakespeare and Company.

Grifando a frase, Reginald lamentou: "Logo ela, Sylvia Beach, que tanto havia apostado no talento de Joyce." A maneira que Mister Graffen havia encontrado para redimir-se do seu erro foi convencer o meu editor, o gentil e compreensivo senhor Luis A. P. Gomes, a incluir uma referência à primeira edição de *Ulisses*, de Joyce, dentro de outra história do meu novo livro – no caso, esta que lemos agora – na qual eu conto as circunstâncias da formação do meu acervo de obras raras e de primeiras edições. Ele soube pela revisora de português da editora, a inteligentíssima e competente senhorita Simone Ceré, que eu havia decidido criar situações fictícias, para explicar as origens do meu acervo, num novo livro.

Mister Graffen supôs que Gomes poderia sutilmente incluir o *Ulisses* entre as obras escolhidas por mim. No caso, ela foi inserida na história intitulada *O desconhecido*, que o leitor, na certa, achará interessante, por aludir ao belíssimo conto "El Outro", de Borges. O mais difícil, contudo, informou o mendigo, foi ele tornar-se novamente visível, para discutir o assunto com o senhor Gomes, pois Mister Graffen não havia obtido ainda sucesso nos seus experimentos de reversão do estado de invisibilidade. Sendo ele invisível, o senhor Gomes demorou muito para perceber a sua visita em seu escritório, razão pela qual as negociações com o editor demoraram mais do que o previsto.

Somente quando Mister Graffen lembrou de pedir emprestado o pijama listrado que Otto vestia na prisão, tornando-se mais visível, as negociações avançaram mais rapidamente. Peço vênia ao leitor, mas foi esse conjunto de circunstâncias que me fez incorporar a rara edição datada de 1851, da *Ilíada*, no meu acervo. Quanto à razão de chamar esta história "Passepartou", eu explicarei. Resolvi dar-lhe este nome pelas incontáveis idas e vindas dos personagens, lembrando-me do grande Jules Verne e do seu *Le Tour du Monde en Quatre-vingts Jours,* onde figuram os impagáveis personagens do cavalheiro inglês Philleas Fogg e do seu fiel criado Passepartou. Reginald concluiu a sua mensagem, desculpando-se por ser tão compulsivo como os demais colecionadores de obras raras e de primeiras edições, os quais podem fazer loucuras e até enganar, roubar ou mesmo agredir outras pessoas, pelo simples prazer de tocar, folhear, abraçar ou mesmo cheirar um livro do seu interesse.

THOMAS MANN

THE MAGIC MOUNTAIN

[DER ZAUBERBERG]

VOLUME ONE

Translated from the German by H. T. Lowe-Porter

ALFRED · A · KNOPF · NEW YORK
1927

XXIII

TIFO!

(*The Magic Mountain*, de Mann, edição de 1927)

Quero mencionar a primeira edição em inglês do romance de Thomas Mann *The Magic Mountain*, na tradução em português, *A montanha mágica*, posta para venda ao público três anos depois da publicação original da obra em alemão, intitulada *Der Zauberberg*, em 1924. Nos Estados Unidos, a obra foi editada em dois volumes, pela Alfred A. Knopf, Inc., de Nova York. Mann ganharia o Prêmio Nobel em 1929 e se inspirou na internação de sua esposa Katia num sanatório em Davos, Suíça, para criar este romance, um dos mais influentes do século XX. O protagonista Hans Castorp, um jovem engenheiro alemão, vai visitar um primo num sanatório de tuberculosos nos Alpes suíços e acaba permanecendo lá por anos, internado.

É um romance de formação: *bildung*, como chamam os críticos literários. Ao mesmo tempo, é um retrato da Europa antes da Primeira Guerra, em que os doentes internos na instituição configuram um microcosmo com diferentes visões sobre a vida e o tempo. Por sinal, os primeiros parágrafos do segundo volume da minha primeira edição em inglês trazem uma profunda reflexão sobre o tempo, que eu reputo como sendo antológica. Eu adquiri esta obra num leilão em Nova

York, há uns 30 anos. Tenho também as primeiras edições em inglês de outros livros de Thomas Mann: *Joseph, the provider* (1944), *Doctor Faustus* (1948) e *Confessions of Felix Krull* (1955), todas publicadas pela Alfred A. Knopf.

No Brasil, a obra-prima de Mann foi lançada em 1958. Uma curiosidade é que o tradutor de *A montanha mágica* para o português, Herbert Caro, um judeu alemão cultíssimo, morou na minha cidade, Porto Alegre. Era amigo da minha avó materna, Clara. Foi ele quem a presenteou com a maioria das edições de Thomas Mann que possuo no meu acervo. Elas são parte do que herdei da minha mãe. É curioso que, das coisas que recebi da minha mãe, os seus livros são o que mais adoro. Ela possuía uma biblioteca que incluía também autores russos, entre tantos. Imagino que a emoção que sinto ao abrir as obras de Thomas Mann se deva ao fato de que minha avó havia presenteado minha mãe anteriormente com estas preciosas edições que recebeu de Herbert Caro. Hoje sou eu quem tem a guarda desse tesouro.

Uma noite, eu relia o segundo volume da minha preciosa primeira edição em inglês do romance de Thomas Mann, *The Magic Mountain*, de 1927. Fiquei com os olhos fixos nas primeiras páginas, onde Mann fala da sua percepção sobre o tempo. É um texto precioso. Adormeci e despertei com Isaac Asimov, o escritor e bioquímico russo-americano, sentado na poltrona ao lado da minha cama e a me falar do Multivac e das suas aparições, primeiro em novembro de 1956, na *Science Fiction Quarterly*; e nas suas inclusões no *Nove Amanhãs*, em 1959. Depois, vieram as outras. Ele começou a conversar com o enorme computador que tinha acabado de desenvolver. A ideia era suprir a humanidade de energia e por tempo ilimitado. Tudo isso aconteceu quando eu acordava de um sonho. Acordava?

Energia? Mas que tipo de energia ele mencionava no seu conto? O amor também? A pergunta deixou-me confuso. "Se o universo terá um dia um fim, o que acontecerá com as fontes de energia? E a humanidade como ficará?", foi essa a pergunta que eu fiz a mim mesmo. Subi, agarrado num balão de gás, como aqueles que pintam o céu da Capadócia. Saltei bilhões de anos depois e vi claramente, em cada época, que a resposta dos computadores era igual à do Multivac: "Os dados são insuficientes para chegar a uma resposta definitiva sobre o amor". Eu gostaria que a resposta fosse outra: que prosseguiremos com as análises dos dados, até atingirmos uma época de reflexão, de meditação e de tentativa de nos conhecermos melhor.

É difícil pedir ao Multivac ou ao nosso ChatGPT que respondam exatamente o que é o universo e qual é o papel da tecnologia na evolução do homem? No que se refere ao amor, eu já desisti. Quando estacionei com o meu balão no ano de 1956, no conto de Asimov, entendi que eu era o escritor e bioquímico russo-americano e havia nascido na Rússia, no ano de 1920. Depois, fui viver nos Estados Unidos e tornei-me um escritor de ficção científica. Num certo período, estudei também bioquímica. Recebi até um diploma de especialista. Dei-me conta de que eu havia confundido a minha mente com a de Asimov, na sua história denominada "A última pergunta". Ela falava que a resposta retornaria em incontáveis tempos, ao fim do universo, num futuro muito distante. Como, então, um simples mortal pensar nas questões cósmicas? O que dizer das questões existenciais? E das perspectivas da humanidade? Eu não sei.

O Multivac, de Asimov, era como o nosso ChatGPT. Inicialmente, parecia uma entidade superior, mas logo percebemos que ele seria incapaz de produzir as respostas que queremos saber, pois elas exigem personalidade. E ele não tem. A quantidade total de entropia no universo pode ser revertida? Não sei e quem sabe um novo ChatGPT saberá. E a nossa felicidade será garantida? Não. Perguntei ao Multivac e agora ao ChatGPT e nenhum dos dois me respondeu com clareza sobre as questões humanas fundamentais. Passadas décadas e mais décadas, a influência da tecnologia aumentará exponencialmente nas nossas vidas, mas as questões do amor continuarão sem ser respondidas. Lembrei-me do "Coração numeroso", de Drummond: "o mar batia em meu peito, já não batia no cais".

"Os dados são insuficientes para permitir uma resposta definitiva", diz o poeta artificial construído pelo Multivac, que é tataravô do ChatGPT. Afinal, o amor entre os seres humanos mudará? Não sei. Acho que não. E o tempo, de Thomas Mann? Eu espero que não. Castorp, o personagem de *A montanha mágica*, ao visitar o primo doente, num sanatório em Davos, mudará? Perguntei ao Multivac tempos atrás e agora eu pergunto ao ChatGPT: os dois respondem que "os dados são insuficientes para permitir uma resposta definitiva". Os computadores evoluirão e ultrapassarão as fronteiras da tecnologia e da ciência. O ChatGPT ficará para trás: como o Multivac. O Computador AC, do conto de Asimov, se aproximará da onisciência? Ele será capaz de reverter a entropia, a desordem e a desintegração da matéria e do universo?

Eu tremo só de pensar que a "morte térmica" do universo permanecerá sem resposta. No entanto, as gerações de seres humanos continuam a fazer a mesma pergunta aos computadores sobre o futuro do universo, esperando por uma solução. No século XXI, a continuidade da espécie humana está garantida sem amor. As bocas inchadas por complementos faciais não permitirão o reconhecimento computacional, porém os espermatozoides e os óvulos se reproduzirão aos milhões, sem a necessidade de gozo e de comunicação verbal. Quando o tempo, o espaço e a matéria já não tiverem mais sentido e os megacomputadores tiverem acumulado tudo o que havia para se ver, depois de bilhões de anos de simulações, eles nos dirão que a única possibilidade de vida no universo será se, depois do caos, brotar uma flor ou alcançar-se a estrela inatingível.

Um descendente de Asimov, no século XXI, perguntará à sacerdotisa Pitonisa, do Templo de Apolo, em Delfos, num século de fantasia, há milhares de anos: "Mas essa linha não pertence a um poema sobre um sonho impossível, na montagem da peça teatral do século XX, com Paulo Autran, baseada no *Quixote*, de Cervantes, do XVI?". Sim. E assim nós aprenderemos o verdadeiro sentido do tempo. Saberemos que ele caminha para frente, para os lados e para trás. O mega-ultra-supercomputador pedirá que voltemos às primeiras páginas do segundo volume da edição em inglês de *A montanha mágica*, de Thomas Mann, que adorna a estante de livros do meu acervo, para saber o que pensava o autor sobre o sentido do tempo. E ele não dirá que "os dados são insuficientes para permitir uma resposta definitiva", como o Multivac, o ChatGPT ou os equipamentos atuais.

Ele dirá simplesmente: não sei. Os seres humanos foram feitos para perguntar e às vezes, mas nem sempre, saber. "A última pergunta", de Asimov, é um conto, apenas um conto, que propõe uma reflexão sobre a natureza efêmera da existência humana. O universo, contudo, é infinitamente vasto e quase permanente. Até que sejamos surpreendidos pela arte, quando surja um Meursault, o personagem de coração pétreo de *O estrangeiro*, de Camus, na metade do século XX, e decida matar sem a menor razão o árabe sem rosto. Para que os exércitos de um tirano matem outros árabes sem rosto, sem razão, no começo do XXI. Como Meursault, também os soldados nada sentirão no enterro da mãe. A habilidade de Asimov em descrever os conceitos da física teórica é essencial para o apreciador da ficção científica, mas não serve para mim, que busco uma compreensão mais profunda do homem e do universo.

Eu preciso de Camus, para me falar do caos. Minha avó Clara, quando tinha doze anos de idade, viu ao longe os cossacos que se aproximavam às centenas, em seus enormes cavalos, para atacar a propriedade dos seus avós, saquear tudo, matar os homens, violentar as mulheres e queimar o que restasse de vida na pequena fazenda onde viviam, nas imediações de Vilna, na Lituânia. Mas ela foi até a porta e, bravamente, saudou-os, oferecendo vinho, vodca e boa comida. Tão inteligente quanto, mas mais corajosa que o Multivac, ela pediu que eles cuidassem para não chegar perto do seu avô, que estava doente no quarto, pois havia pegado o tifo. Mentira da minha avó, era apenas para assustá-los. Os cossacos ignorantes começaram a fugir, em disparada, gritando: "Tifo! Tifo! Tifo!", e desapareceram da vista de todos. Foi assim que a minha avó Clara salvou a sua família e os moradores da região, fazendo uso da sua inteligência, do seu amor, da sua empatia e da sua gratidão.

Sim, da sua gratidão. Quando os seus pais morreram de tuberculose, os velhos ficaram com ela e a cuidaram com o mesmo amor que se dá a uma flor, com a mesma empatia que se tem por uma estrela inatingível que quase não vemos, mas sentimos que existe – como na doçura do *Quixote*, de Cervantes. Como a bela voz do Paulo Autran a sonhar um sonho impossível na peça teatral, há coisas que não precisamos expressar com a clareza e a objetividade da imagem de um supercomputador, ou que devamos submeter a um cálculo computacional. Basta sentir e sonhar, fazer uso da nossa imaginação, da nossa inteligência e da nossa intuição – e eu garanto que os terríveis cossacos irão embora.

THE

Stones of Venice.

VOLUME THE FIRST.

The Foundations.

BY JOHN RUSKIN, LL.D.

AUTHOR OF "MODERN PAINTERS,"
ETC. ETC.

WITH ILLUSTRATIONS DRAWN BY THE AUTHOR.

A NEW EDITION.

LONDON:
SMITH, ELDER, AND CO., 15 WATERLOO PLACE.
1874.

XXIV

OS DENTES DE BERENICE
(*The Stones of Venice*, de Ruskin, edição de 1874)

John Ruskin foi um dos grandes nomes da era vitoriana, no século XIX. O escritor, poeta, pintor e crítico de arte britânico criou obras memoráveis, como *The Stones of Venice*, na tradução para o português: *As pedras de Veneza*, em que reconstitui e analisa a história, a paisagem e o patrimônio artístico e arquitetônico da bela cidade italiana. Homem de cultura impressionante, a escrita de Ruskin tem altíssima qualidade literária, o que o tornou muito influente entre os artistas e os pensadores europeus do final do século XIX. Meu interesse por John Ruskin foi despertado quando mergulhei na obra de Marcel Proust, que era fascinado por ele e sofreu a sua influência, tanto no estilo como na temática. Proust, inclusive, traduziu para o francês duas das suas obras, *La Bible d'Amiens* e *Sésame et Les Lys*. É bem conhecido o prefácio que Proust escreveu para esta última obra, em que destaca o prazer da leitura.

Ruskin escreveu *As pedras de Veneza* entre 1851 e 1853 e a edição, em três volumes, que tenho no meu acervo é de 1874, com ilustrações desenhadas pelo autor. A encadernação é belíssima e está muito bem conservada. Homenageio Ruskin pelo que ele representou em sua época e ainda hoje. Suas ideias sobre a preservação de acervos e de monumentos continuam sendo estudadas. A ênfase nas conexões entre natureza, arte e sociedade também se mantém. De certa maneira, Ruskin já falava sobre ambientalismo e sustentabilidade muito antes que esses conceitos se expandissem. Estudioso das catedrais góticas, que se erguem na direção do céu, ele as via como uma metáfora da arte, pois essas edificações foram sempre grandiosas e dão a sensação de quase infinito. Por essa razão, elas lembram a eternidade.

Por sua vez, a arte nos faz transcender, preenche os nossos vazios existenciais e nos dá a sensação de perenidade. O artista expande o mundo, levando-nos muito além da realidade material. Nesse sentido, a arte é uma forma de imortalidade. Esta raridade que tenho no meu acervo, *The Stones of Venice*, de John Ruskin, edição de 1874, eu comprei de um dentista aposentado, quando eu fazia o meu pós-doutorado nos Estados Unidos. Ele morava numa casa muito elegante em Maryland e era conhecido da família de Fergus Andrews, um inglês que foi meu colega.

Durante o intervalo entre as aulas, numa manhã de inverno, fui tomar um café na cantina do hospital, quando cruzei com Fergus. Ele disse que andava a minha procura, pois soubera que um conhecido seu, também colecionador de livros, possuía uma edição rara de *The Stones of Venice*, em duplicata. Fergus pediu a minha autorização para dar-lhe o meu telefone. No dia seguinte, recebi uma mensagem de um enfermeiro – eu não entendi bem a razão – pedindo que fôssemos encontrar o conhecido de Fergus, num café próximo da minha casa. O meu amigo me antecipou que se tratava de um tipo um pouco estranho, um homem de poucas palavras, dentista aposentado e que havia passado por uma internação psiquiátrica.

O seu nome era William e nós nos sentamos numa mesa bem ao fundo do pequeno café que ele havia sugerido para o nosso encontro. Ele foi direto ao assunto e me perguntou quais os títulos de obras raras que eu possuía no meu acervo. Falou das obras que possuía na sua biblioteca e que colecionar livros era um hobby muito solitário. Ele passou a me falar da miserabilidade da existência, que fora casado por cinco décadas com uma mulher que mal percebia a sua presença. Os filhos, tão logo passaram da adolescência, foram embora de casa e somente o contatavam para pedir dinheiro. Quanto à sua profissão, achava a odontologia igualmente sem graça. Ele não a escolhera, simplesmente fora induzido a seguir a profissão do seu pai.

Resumindo, o homem que eu tinha na minha frente, para negociar a bela edição de *The stones of Venice*, de John Ruskin, de 1874, era de uma depressão digna de um encaminhamento para o psiquiatra. Sem que eu sequer perguntasse, ele começou a me relatar em detalhes particularidades da sua vida ao lado de Berenice, a sua falecida esposa. Ela era sua prima e era sabido na família que ele possuía um diagnóstico no campo psiquiátrico. Depois de uns vinte anos de casados e com os filhos já crescidos, Berenice passou a apresentar uma doença degenerativa meio desconhecida. A única parte do seu corpo que se mantinha impecável, segundo William, eram os seus dentes.

Dentista de profissão, ele se tornou obcecado pelos dentes da mulher. Um tempo depois, a esposa faleceu das complicações da doença e ele me disse que só pensava nos seus dentes, parelhos, brilhantes e infinitamente brancos. William narrava a sua história num tom baixo e num ritmo bem lento, o que tornava o nosso encontro, na penumbra daquela mesa bem no fundo do café, semelhante a um filme de terror. No dia seguinte ao enterro de Berenice, o seu empregado o despertou, bem cedo, quase aos gritos. O túmulo da sua esposa fora violado. E dizia a polícia que a morta tinha o rosto coberto de sangue. Ao lado da cama de William, no criado-mudo, Egeu, o seu empregado, observou com o canto dos olhos a presença de uma caixa contendo vários dentes manchados de sangue. O homem quase teve um desmaio de susto, mas disfarçou na frente do patrão.

No café da manhã, assustado, o empregado contou a William que a tumba de Berenice havia sido violada e os seus dentes arrancados. Ao lado das cavidades dentárias, havia uma folha de papel, escrita à mão, com um poema. A primeira estrofe falava algo sobre "visitar o túmulo da minha amada". Para William, um homem que vivia confinado na sua biblioteca, folheando as obras da sua coleção, numa "prisão sem muros", tudo aquilo parecia um pesadelo. Berenice era sua prima e mesmo na juventude, quando ela gozava de boa saúde e a sua beleza era mais evidente, ele disse que não a amava. O que havia surgido da sua parte era uma admiração, sobretudo pelo seu sorriso – com aqueles belos dentes.

Segundo ele, a sua relação com Berenice lembrava os romances de cavalaria, da Idade Média, nos quais a musa inspiradora era uma mulher inatingível, às vezes portadora de uma doença. William, então, começou a chorar, sentado conosco naquela mesa de bar. Eu me mantive calado, apenas ouvindo o seu relato. Ele lembrou do dia em que Berenice, ainda jovem e de quem ele estava noivo, surgiu da porta da sua biblioteca, com um aspecto cadavérico. Porém, ela sorriu para ele, com os seus belos dentes. Foi o que bastou para que ele aceitasse a ideia de se casar com ela.

Os dentes eram a única parte do corpo da esposa que ficaria fixada para sempre na sua memória. Segundo Egeu, o seu criado, além do túmulo violado, o corpo de Berenice se encontrava desfigurado e um dos policiais jurava que ela estava ainda respirando. A história era de arrepiar, ao ponto de eu mesmo esquecer completamente da aquisição da obra *The Stones of Venice*, de 1874. William não tinha a menor ideia do que havia acontecido com o corpo – melhor dizendo, com os dentes – da esposa, mas escutava atentamente a descrição dos fatos feita pelo empregado. Porém, o sangue nas suas mãos, ao acordar, a pá de sua propriedade, suja de manchas vermelhas e escuras, como coágulos, a sua caixa de instrumentos cirúrgicos desarrumada e sobretudo os dentes, os trinta e dois dentes de Berenice, que estavam sobre o seu criado-mudo, denunciavam-no sem a menor dúvida.

William, contudo, parecia uma boa pessoa. Era evidente a sua condição mental, psiquiátrica, como se ele não fosse culpado de nada, fosse outra vítima, no caso, da sua própria doença, alguém distante do personagem responsável por aqueles atos macabros. Ele pareceu-me vindo de um mundo sobrenatural, vampírico até. De modo inesperado, William mudou a sua expressão facial. A musculatura do rosto ficou mais leve e descontraída. Ele abriu a sua bolsa de couro marrom, de aspecto antigo, retirou dela a belíssima edição da obra de Ruskin e balbuciou um valor, com os seus lábios quase cerrados. Sim, William, o dentista, mencionou com enorme convicção um valor em dólares americanos. Sem pestanejar, eu abri a minha carteira, retirei o valor, recontei as cédulas na sua frente e lhe entreguei.

Fergus, o meu colega e responsável por aquele encontro absurdo, estava mudo, petrificado, e só abriu a boca para pedir ao garçom um remédio para enjoo, pois sentiu que iria vomitar a qualquer momento. William havia descrito uma cena tétrica, de filme de terror, e logo depois, sem qualquer emoção, mudou de assunto e começou a negociar comigo a sua edição rara da obra de John Ruskin. Ele parecia até feliz por encontrar alguém como eu, para compartilhar a sua história. Contou o dinheiro duas ou três vezes e me agradeceu. Falou que viriam buscá-lo de automóvel dentro de alguns minutos e que fora um prazer ter me conhecido.

Foi quando uma ambulância estacionou na frente do bar. Dela desceram dois enfermeiros vestidos de branco e entraram no recinto. Olharam para a nossa mesa e se aproximaram. Sorriram e nos cumprimentaram, educadamente. Fergus e eu retribuímos a saudação. Disseram que estavam ali para levar William de volta à clínica psiquiátrica onde ele estava internado, pois estava quase na hora da sua medicação. Os dois perguntaram se ele já havia completado a negociação e recebido o seu pagamento. Fergus e eu respondemos que sim, meio envergonhados, por dar-nos conta de que havíamos vivido uma situação um tanto constrangedora.

Negociar com um doente mental a aquisição de uma obra rara, para o acervo de um colecionador, não era algo corriqueiro, ao menos para mim. Fergus apressou-se em pagar a conta. Saímos juntos do bar. Ele estava visivelmente desconfortável. Imagino que ele não sabia da situação médica atual de William. Eu bati levemente com a palma da mão no seu ombro, fazendo-lhe um sinal para que ele não se preocupasse, pois estava tudo bem. Os dois rapazes puseram William na ambulância, despediram-se de nós e partiram, sem soar a sirene: tudo muito discretamente.

Ficamos, Fergus e eu, sozinhos na frente do bar, em silêncio, por alguns minutos, até a ambulância dobrar a esquina e desaparecer. Eu agradeci a sua gentileza de organizar aquele tão produtivo encontro: afinal, eu havia adquirido a rara edição de Ruskin que planejava. Ele concordou com a cabeça, meio sem graça. Fergus me disse que não havia compreendido nada. Berenice havia telefonado de Boston naquela manhã, feliz por saber que William estava melhor de saúde e que iria nos encontrar, para negociar um de seus livros raros. Seria bom que entrasse algum dinheiro na conta de William, para aliviar as suas despesas médicas. O psiquiatra havia comentado com Berenice que uma saída do hospital, sob supervisão, faria muito bem a William, sobretudo se contasse com a presença de Fergus, que era médico e amigo da família.

Na rua, em frente ao bar, Fergus comentou comigo, constrangido, sobre os dentes de Berenice. Disse que eles eram realmente lindos, bem parelhos, brancos, brilhantes, e davam a ela um belo sorriso. No passado, quando Berenice era solteira, Fergus disse ter cogitado convidá-la para sair. Depois, quando soube que William e ela haviam iniciado um namoro, ele esqueceu a ideia. Despedi-me dele e sai caminhando, calmamente, pela calçada, na direção da minha casa, com o *The Stones of Venice*, datado de 1874, debaixo do braço – uma preciosidade. Fergus seguiu na direção contrária à minha. Naquele dia, eu teria dentista às seis da tarde, mas resolvi cancelar.

ŒUVRES
DE MOLIÈRE,

AVEC

DES RFÉLEXIONS SUR CHACUNE DE SES PIÈCES;

PRÉCÉDÉES

D'UN DISCOURS SUR LES MŒURS DU DIX-SEPTIÈME SIÈCLE;
ET DE LA VIE DE MOLIÈRE,

PAR M. PETITOT.

Édition stéréotype, d'après le procédé d'Herhan,

ORNÉE DE TRENTE ESTAMPES.

IMPRIMERIE D'A. ÉGRON.

PARIS,
GIDE FILS, RUE SAINT-MARC-FEYDEAU, N.º 20;
H. NICOLLE, RUE DE SEINE, N.º 12.

M. DCCC. XVIII.

XXV

O BEIJO

(*Oeuvres de Molière*, edição de 1818)

São duas as edições da obra de Molière que possuo em meu acervo. A primeira (1818), com trinta ilustrações, em cinco volumes, publicada por M. Petitot; a segunda (1872-1874), publicada por Alphonse Lemerre, em oito volumes. Nelas, encontramos as peças antológicas de Molière, como *Tartufo*, *O doente imaginário*, *O avarento*, *As preciosas ridículas*, *As sabichonas* e tantas outras que continuam a ser encenadas em nossos dias, no mundo inteiro. Jean-Baptiste Poquelin, que depois adotou o pseudônimo Molière, além de dramaturgo, foi também ator e encenador. Ele revolucionou o teatro francês e europeu com as suas sátiras sobre o comportamento humano. Foi um gênio ao combinar a arte de entreter com a crítica às normas sociais de sua época.

Seu talento foi reconhecido por Luís XIV, que o protegia e o apoiava, tanto que, em 1665, a sua companhia de teatro passou a se chamar "A trupe do rei". Crítico das hipocrisias e das superstições, Molière criou personagens inesquecíveis, de grande apelo popular. Por meio de Arnolphe, Orgon, Harpagon ou Argan, o grande autor cômico fez um retrato da burguesia, mostrando os seus problemas e o seu ridículo. Quando representava o hipocondríaco Argan, em *O doente imaginário*, a sua última peça, Molière passou mal em plena cena e morreu poucas horas depois em sua casa, em Paris, aos 51 anos de idade. Como disse Ariane Mnouchkine, diretora do Théâtre du Soleil, "de caneta na mão, Molière transgrediu a sua época e, muitas vezes, até a nossa". Não obstante a qualidade das obras e do autor, antecipo ao leitor que a história que eu passo a narrar é macabra, mas romântica: tem perfume de mulher.

Seu Monteiro era como nós chamávamos um fazendeiro cuja extensa propriedade fazia limite com a nossa, no pequeno munícipio de Barra do Ribeiro, no sul do Rio Grande. Ele era conhecido na região por sua truculência. Já havia enfrentado muitos desafetos à faca e à bala. Dizem que matou muita gente e que o seu capataz, o temido Aldemir, dava sempre um jeito de se desfazer do corpo da vítima, mergulhando-o num açude. Seu Monteiro era tudo, menos um intelectual. Imagino que ele jamais tenha lido um livro. O seu português não era nada polido e ele falava pouco, resolvendo tudo na base do soco, da faca e do tiro, este último a sua modalidade preferida. Foi por essa razão que eu não entendi muito bem o seu convite para comermos um churrasco – eu e ele, a sós – no galpão da sua fazenda.

No caminho até a sede da sua fazenda, eu pensei que a coisa tivesse a ver com doença. Ele e a sua mulher já haviam passado dos sessenta anos de idade, quando a doença passa a chamar a sua turma. Mas não era nada que a medicina pudesse resolver. Seu Monteiro me ofereceu uma cadeira confortável, com o fundo de palha, para eu me sentar e foi explicando a razão do seu convite. Perguntou se eu conhecia um tal de Vicentinho, que tinha uma fazendola mais para perto dos arrozais, no lado de cá do rio Guaíba. Eu respondi que sim, eu tinha uma ideia de quem fosse – eu havia atendido a sua sogra no hospital.

Contou-me o Seu Monteiro que, por conta de uma dívida, ele foi até a casa do tal homem, acompanhado pelo Aldemir. Antes que ele abordasse o assunto da dívida, Vicentinho começou a falar de um caso que o estava apavorando, ao ponto de não poder fechar os olhos à noite. Era esta a razão de ele andar meio escondido, sem procurar serviço e sem dinheiro para pagar as contas. A história que o incomodava era sobre um homem horroroso de feio, com a boca torta e a gengiva parecendo uma ferida, cujo apelido, como se deveria supor, era "Bocatorta".

O homem tinha os dentes que haviam sobrado na boca todos desarrumados. As suas pernas eram tortas e os pés desalinhados. O feioso morava no meio do mato da fazenda de um coronel que era lindeiro do Vicentinho. Eu fiquei interessado em conhecer o "Bocatorta", mas até então, pela conversa do Seu Monteiro, eu ainda não tinha entendido o meu papel na história. Ele tomou a iniciativa e me convidou para que, terminada a chaleira de água quente que molhava a erva-mate do chimarrão, fôssemos os dois até o mato onde o tal "Bocatorta" morava. A empregada da casa se assustou com a nossa conversa e disse que, se fosse por ela, seria melhor deixar o feioso quieto onde ele estava, "porque com o Mefistófeles não se mexe", argumentou ela.

Querendo ser gentil conosco, a coitada da empregada do Seu Monteiro nos disse que falavam até que talvez fosse obra do "Bocatorta" o assassinato de uma moça de nome Luizinha, cujo corpo havia sido encontrado no meio da terra, entre pegadas que não eram humanas e tampouco lembravam os animais da região. Segundo ela, o monstro adorava namorar mocinha nova e havia outras mortes feitas por ele. O certo é que, na minha modesta experiência de Sherlock Holmes, eu vi que a empregada sabia alguma coisa que não queria dizer e estava muito nervosa. Porém, ela tinha medo de se abrir completamente com o patrão, Seu Monteiro.

Quando chegamos à tapera, o monstro cruzou a porta do casebre, que não tinha mais de um metro de altura. Ele ficou nos olhando, com os braços descansando na cerca. O "Bocatorta" tinha ao seu lado um cachorro velho, magro e sarnento. Os dentes eram iguais aos do dono, as mesmas falhas e desvios. Pareciam pai e filho. Seu Monteiro, que era considerado um homem destemido, recuou. Eu me mantive firme, na esperança de que, sendo um doutor, o "Bocatorta" me respeitaria. Eu havia aprendido com a profissão que há sempre alguém da família que, sabe-se lá quando, poderá necessitar de um leito no hospital ou de uma receita. Por isso, o médico tem lá as suas regalias até com os seres do submundo de Hades.

Para nossa surpresa, quem surgiu logo atrás de nós, e vinda a cavalo, era a neta do Seu Monteiro, a Cristininha, uma jovem bonita, nos seus dezoito anos, com os olhos azuis e uma cabeleira loura de dar gosto. Com o canto dos olhos, eu percebi que o "Bocatorta" piscou para ela e exibiu um sorriso de quem a conhecia e muito bem. E com aquela dentição de apavorar até dentista de posto de saúde. Seu Monteiro não entendeu a presença da neta e não percebeu os olhares dos dois – ainda bem. Mas eu vi que tinha alguma coisa acontecendo entre o demônio e a sua neta. Convidada do avô ela não era, mas veio junto, meio que se aproveitando da ocasião da visita.

Ao longo da conversa que veio depois, eu percebi que o "Bocatorta" olhava bastante para a moça. Ela retribuía, ao ponto de o Seu Monteiro ficar meio nervoso, com a chance de que houvesse algum relacionamento oculto entre os dois. Mas feio, horroroso como o "Bocatorta" era, parecia impossível que ela fosse querer qualquer coisa com aquela monstruosidade. Eu fiquei também muito impressionado com uma coisa que eu tinha visto. A Cristininha circulava em torno do cachorro do "Bocatorta" como quem era íntima da casa. E cachorro não sabe mentir. O leitor mais letrado deve lembrar de Argus, o cachorro de Odisseu, na *Odisseia*, de Homero, que mesmo depois de vinte anos sem ver o dono o reconhece e morre na hora, pela emoção.

Em resumo, a neta do Seu Monteiro e o "Bocatorta" riam um para o outro, como fazem os corações apaixonados. Distraída, a Cristininha até tomou um chimarrão chupando a água quente com a mesma bomba que o "Bocatorta" utilizava, logo a dele, um homem sujo, horroroso e cuja boca era, além de torta, toda cheia de cáries, peças faltantes, desvios e feridas. E tinha mais. A Cristininha inventou de ficar o tempo todo com o cachorro pesteado do "Bocatorta" no seu colo, fazendo cócegas na barriga do bicho, enquanto ele abanava o rabo. Ele, eu digo o cachorro, não o "Bocatorta". Ela até beijou o bicho com a sua boca quase dentro de uma sarna aberta, muito feia e infectada, que o bicho tinha no pescoço. Eu senti na hora que o risco de infecção era iminente, mas, por uma questão ética e de respeito com o Seu Monteiro, guardei aquela observação só para mim.

O velho notou que havia alguma irregularidade entre os dois. Ficou um pouco pensativo e acariciou três vezes o seu revólver de calibre trinta e oito, eu imagino que já pensando em eliminar o "Bocatorta" ali mesmo na sua residência. Depois, ele repensou e desistiu. Ter aquele monstro como um membro da família seria algo impensável, mas depois o Seu Monteiro se acalmou. Ele falou qualquer bobagem e deu um jeito de dizer ao "Bocatorta", olhando bem nos seus olhos, que se algum homem tocasse na sua neta sem o consentimento dele, era morte certa. A vítima poderia escolher a modalidade: tiro ou estrangulamento. Mandado o recado de forma direta, Seu Monteiro fez um sinal para a neta e outro para mim e se despediu da fera.

Eu dei um adeus ao "Bocatorta" com a cabeça e nós dois montamos nos cavalos e retornamos para a sua fazenda. A Cristininha veio atrás de nós, contrariada, meio atravessada no lombo do seu petiço, sentindo pelo olhar do avô que não era hora de ficar lá de namoro com o demônio. Quando chegamos na fazenda, ela foi diretamente para o seu quarto, sem mesmo se despedir de mim. Não se passaram duas horas, eu ainda sentado no galpão do Seu Monteiro, a empregada veio aos prantos, gritando que a Cristininha estava ardendo em febre. Na mesma hora, eu pensei: o "Bocatorta" ou o danado do seu cachorro passaram alguma bactéria para a coitadinha.

Eu me levantei rapidamente e fui ver o que se passava com ela. A moça tremia feito vara verde e na minha frente começou a cuspir sangue. Mas não era qualquer coágulo escuro e já criado, era sangue vivo, vermelho-claro, quase laranja, como uma casca de pitanga nova. Eu vi que era coisa séria e pulmonar. Em dois minutos, ela entrou num coma profundo, mas não tão profundo que eu não entendesse o que ela dizia no seu delírio. A Cristininha chamava pelo "Valdir! Valdir!". Eu me arrepiei. Valdir era exatamente o nome de batismo do "Bocatorta", segundo me cochichou a empregada, cuja reação inicial já havia antecipado a tragédia.

Estava estabelecido o diagnóstico: era bacteremia por tanta esfregação com o homem e com o cachorro. O fator causal da moléstia era um dos dois. Ou os dois. Eu liguei imediatamente para o hospital, pedindo uma vaga de emergência, mas não deu tempo. A moça faleceu nos meus braços. Eu fiquei muito impressionado com a história. A Cristininha parecia saudável quando veio me cumprimentar, na minha chegada na propriedade do Seu Monteiro. Passado o enterro, na mesma noite, alguém contou que o coveiro teria ouvido um barulho no cemitério e, quando foi averiguar o que estava se passando, viu que a coisa se desenrolava no túmulo da Cristininha.

Grudado no corpo alvo e bem torneado da moça, havia outro corpo, vivo e horroroso, com a cara feia e a boca com os dentes que sobraram desordenados. O coveiro achou que, pela dentição, só podia ser o "Bocatorta". Ele deu dois gritos e não resistiu. Infartou ali mesmo e teve de ser atendido no pronto-socorro. O monstro saiu correndo e sumiu. O rapaz que fazia as covas afirmou que não havia dúvida de que as "impressões digitais" eram do "Bocatorta" – "digitais", em termos, porque ninguém fez nenhum exame pericial no cadáver da Cristininha. Para ajudar, ou melhor, para atrapalhar mais o "Bocatorta", um dos capatazes do vizinho do outro lado da estrada assoprou para o seu patrão, e este levou a informação na mesma hora para o Seu Monteiro, que quando foram vestir a morta, para botá-la no caixão, a mãe da falecida, que era filha do Seu Monteiro, teria identificado no seu pescoço uma marca com o formato exato de um beijo. E um beijo de um animal enorme.

A mãe da Cristininha – filha do velho – teria omitido o fato, porque não quis deixar o Seu Monteiro mais enfurecido naquele momento de perda tão delicado e triste. Porém, o formato do beijo era quase o de uma mordida daquelas de aspecto profundo e apresentava a sequência perfeita das concavidades, reentrâncias e saliências que se encaixavam exatamente na posição dos cacos de dentes que sobraram da dentição do "Bocatorta". A prova era incontestável, segundo a turma da polícia. A mãe da Cristininha também encasquetou que só podia ser a prova da presença do monstro, pois o corpo teria ficado sozinho por quase meia hora, enquanto a família foi buscar o vestido que botaram na morta.

O fato é que ela – a mãe – conhecia o segredo da filha, a tal paixão incontrolável que ela tinha pelo Valdir – o "Bocatorta". Feio como ele era, mas o amor é cego e os dois se amavam perdidamente. Tratava-se da pura verdade. Aquele intervalo entre buscar o vestido e vestir a morta foi o tempo exato que o "Bocatorta" precisou para ir se despedir do seu amor. Foi o erro do monstro – a sina do demônio. Mas o Mefistófoles teria de pagar com a própria vida a ousadia de se meter com uma moça rica, de família conhecida, ainda mais ele, feio do jeito que ele era. E foi o que sucedeu.

Mandaram chamar o Seu Monteiro e contaram tudo para ele. Na mesma hora, o velho contatou o Aldemir e saíram os dois à caça do "Bocatorta". Iam matá-lo a tiros, mas o experiente capataz sugeriu que seria melhor estrangulá-lo e depois jogá-lo no açude, com mais pedras no saco do que de costume, para que o "Bocatorta" não tivesse como escapar. E foi o serviço que fizeram. No dia seguinte, o cachorro do "Bocatorta" foi visto na beira do açude, para lá e para cá, chorando de saudades do seu dono, certificando, assim, o diagnóstico de homicídio. Melhor dizendo, um diagnóstico presuntivo, pois ninguém quis confirmar a morte, que era para todos um fato consumado. Todos – até o delegado – consideraram que a vingança do Seu Monteiro era mais do que justificada.

O leitor irá perguntar o que esta história tem que ver com as duas obras de Molière que eu incluo nesta seleção: *Les oeuvres de Molière*, edição de 1818; e *Les oeuvres de Molière*, edição de 1872-1874. Eu explico. Com a confusão toda, Seu Monteiro ficou agradecido pelo meu apoio e pelo diagnóstico que fiz da infecção generalizada da sua neta, mesmo que não tivesse surtido nenhum efeito positivo e a coitadinha tivesse morrido. Ele considerou muito o fato de que eu não fiz nenhuma lambança, nada de "leva e traz" sobre o episódio que havia testemunhado, mesmo com a turma da vizinhança me "toureando" o tempo inteiro, para que eu me abrisse e contasse tudo para eles.

A única vez que eu lembro de ter tangenciado o assunto, mas de longe, foi durante um jantar, em que eu mencionei que havia se dado um caso na região, meio parecido a um conto de Monteiro Lobato que eu lera na minha infância, chamado "Bocatorta" – por casualidade, o mesmo nome do monstro. Conversando com o Aldemir, Seu Monteiro soube que eu gostava de colecionar livros raros e antigos. O velho lembrou de me fazer um agrado literário, quando o Aldemir lhe informou que, durante uma das suas revisões costumeiras do açude, para retirar algum eventual esqueleto humano que por acaso ele tivesse esquecido por lá, ele havia encontrado uma mala velha, boiando na superfície da água.

Ao abri-la, o Aldemir encontrou dois livros, sequinhos e bem legíveis. Pensou até que o cálcio, proveniente dos ossos das dezenas de cadáveres por ele submergidos no açude, teria conservado melhor o papel. Seguidamente, ele tratava o solo com calcáreo – que é um produto à base de cálcio – para dar uma melhorada na saúde do pasto. O Aldemir logo fez uma associação no pensamento e concluiu que talvez os livros ainda estivessem bons de se ler, talvez pelo efeito protetor da ossada dos infelizes que ele havia eliminado.

Ao ler na capa de ambos os livros a palavra "Molière", bem destacada, ignorante como o Aldemir era, ele pensou que era coisa de "mulier", termo que pelo som lembrava a palavra "mulher" – o dito sexo oposto. Ou seja, seria na certa algum assunto pessoal e feminino pendente do patrão com alguma castelhana, que ele próprio teria resolvido do jeito como os dois sempre faziam. E como sempre, merecia ser tratado com total sigilo. Afinal, Seu Monteiro era velho, mas era muito conhecido por frequentar os bordéis da periferia da cidade.

Mais tarde, em casa, quando o Aldemir comentou com a sua esposa sobre o ocorrido, um dos seus meninos – o pequeno, que era o mais estudioso – lembrou que havia o tal conto do Monteiro Lobato, que a professora tinha lido para eles – sobre o "Bocatorta". Era quase igual. Do alto da sua sabedoria, a mulher do Aldemir ponderou que "a arte imita a vida", o filho na hora concordou com a mãe. A turma da Universidade de Sorbonne, em Paris, que me perdoe a vulgaridade do texto e a assombrosa circunstância, mas vêm daí as minhas duas raríssimas edições da dramaturgia de "Molière" – no caso, emergidas do fundo do açude, onde o Aldemir depositava os seus cadáveres, a propósito de mais uma trágica morte de uma "molière", segundo o capataz. Espero sinceramente que a Cristininha desta história não tenha se transformado depois em Cila, a ninfa terrível da *Odisseia*, que, após ser enfeitiçada, transforma-se num monstro marinho, com corpo de mulher, seis cabeças de serpente e doze tentáculos de cães, e que apavora e mata os soldados do herói Odisseu na obra clássica de Homero.

Diui Thome Aquina

tis Theologoꝝ ꝑncipis ac theologicarũ
ſniaꝝ diſertiſſimi interꝑtis ſcriptũ 2m
luculẽtiſſimũ angelico ↄcinnatũ in-
genio ad ſũmã ſacre fidei tute-
lã artificib⁹ expꝛeſſum typis pre-
cipuis annotamẽtis inſi-
gnitũ omniq3 mẽdo re-
purgatũ inſerto te-
xtu magri adie
ctiſq3 rege-
ſtis tabu-
laribus

XXVI

A TERRÍVEL BACTÉRIA

(*Catena Aurea*, de Aquino, edição de 1520)

São Tomás de Aquino foi um dos maiores pensadores da Idade Média. Filósofo e teólogo, mergulhou nos textos de Aristóteles para compreender a existência do ser humano e a sua relação com o divino, criando um elo entre o pensamento racional e a fé cristã. A *Suma Teológica*, do frade dominicano, é considerada o maior exemplo da escolástica, método de ensino que vigorava nas universidades medievais europeias, combinando lógica e metafísica. Ao recorrer ao pensamento aristotélico, que chegou ao Ocidente no século XIII, a partir de traduções do árabe, o tomismo, doutrina elaborada por São Tomás de Aquino, aponta a teologia e a filosofia como complementares.

A minha edição da *Catena Aurea* (*Cadeia de ouro*) é raríssima. A obra, elaborada a pedido do papa Urbano IV, compila os comentários dos padres da Igreja em diálogo com as escrituras. Sem a capa original, o exemplar, de mais de cinco séculos, foi publicado por Francesco Giunta, da célebre família de tipógrafos italianos, e está satisfatoriamente preservado. Neste ano, comemoram-se 750 anos da morte de São Tomás de Aquino, que foi canonizado em 1323 pelo papa João XXII. A edição da *Catena Aurea*, de São Tomás de Aquino, datada de 1520, eu comprei de um colecionador que conheci numa exposição organizada pela Faculdade de Medicina da Universidade de Columbia, em Nova York, para angariar doações para a pesquisa de novos tratamentos contra o câncer, há cerca de uns vinte anos.

No dia anterior, eu aproveitei para visitar Steve Matthews, um colega, professor do departamento de doenças infecciosas daquela universidade, que participava comigo de uma pesquisa internacional. Um de seus colegas havia desenvolvido uma substância derivada de uma toxina produzida pelo bacilo da cólera, a qual destruía células cancerosas. Enquanto nós dois conversávamos sobre o projeto, um rapaz de uns vinte e poucos anos abriu a porta do laboratório e entrou. Steve estranhou a sua presença sem aviso e perguntou quem ele era, pois era proibida a circulação de pessoas sem identificação naquela parte do hospital.

Ele explicou que estava visitando a instituição, pois ouvira falar de um projeto com o bacilo da cólera atenuado para tratamento do câncer. Steve sorriu para mim, orgulhoso. O rapaz se apresentou como filho de um colecionador de primeiras edições e de obras raras que iria participar do leilão literário do dia seguinte. Ele e o seu pai haviam chegado de Chicago naquela manhã e o rapaz resolveu dar um passeio pelo campus da Universidade de Columbia, para tentar saber um pouco mais sobre o novo tratamento. Ele explicou que a sua mãe era portadora de um câncer disseminado e já sem perspectiva de tratamento. Por essa razão, ele e o seu pai imaginaram que seria uma boa oportunidade de saberem se ela poderia tentar o novo tratamento experimental que os cientistas desenvolviam na instituição.

Steve se solidarizou com o rapaz e pediu desculpas a ele. Disse que entendia a sua angústia em ajudar a sua mãe a tentar um novo tratamento para a sua doença. Explicou a ele que a pesquisa estava ainda nas suas fases iniciais. A quantidade do bacilo atenuado de que dispunham era ainda pequena e insuficiente para os experimentos que iniciariam em camundongos dentro de três a seis meses. Somente após os estudos em animais, sobretudo os que atestassem a segurança do procedimento, eles iniciariam as pesquisas em seres humanos com câncer.

Steve apontou para o microscópio que estava em sua mesa e fez um sinal para que ele olhasse. O rapaz aproximou o seu olho direito da lente do aparelho, enquanto Steve deslizava a lâmina de vidro sob o microscópio. Disse que se tratava do "célebre" bacilo do cólera. O rapaz ficou pálido e, como não estava habituado, tapou o olho, que ficava livre, com a mão trêmula e suada. Falou que não via quase nada. Steve torceu cuidadosamente uma peça lateral do microscópio, graduando-o para os olhos do rapaz. O jovem reagiu, surpreso, exclamando que agora ele podia ver, sim, o bacilo. Não havia tanto assim para ser visto, apenas uns pequenos filamentos, uns risquinhos róseos.

Steve comentou que aqueles bichinhos aparentemente inofensivos poderiam se multiplicar e acabar com a população de uma cidade – na quantidade certa, até com toda a humanidade. Apontando para um frasco que estava sobre a sua mesa, com a sua tampa selada, ele repetiu para o rapaz que aqueles "santinhos" tinham o poder de uma bomba atômica. O rapaz perguntou a Steve se os bacilos que ele havia observado no microscópio estavam vivos. O meu colega respondeu que não, mas os que estavam no frasco sim. Até eu fiquei um pouco amedrontado. Desconfiei um pouco da expressão do rapaz, quando Steve falou da virulência do bacilo. Pareceu-me, de relance, que ele havia esboçado um sorriso com os cantinhos dos lábios.

Apareceu então uma jovem na porta do laboratório, fazendo um sinal a Steve e dizendo que os cientistas japoneses haviam chegado. Eu também havia esquecido que ele havia me dito que poderia conversar comigo por, no máximo, uma hora, pois ele esperava por uma delegação de cientistas japoneses que iriam se associar ao nosso projeto. Steve me pedira que, se possível, eu estivesse com ele durante a visita, caso os japoneses desejassem saber sobre os resultados preliminares do projeto, obtidos no meu laboratório. Ele se levantou rapidamente da sua poltrona e me fez um sinal para que eu o acompanhasse. Seguimos para uma sala de reuniões e ele me lembrou de que havíamos deixado o frasco do bacilo vivo sobre a sua mesa. Steve me pediu que fosse lá correndo e o colocasse na incubadora, enquanto ele recebia os seus convidados.

Quando cheguei na porta do laboratório, olhei para a mesa do Steve e não vi o frasco. Fiquei petrificado. Virei os olhos na direção da saída do laboratório e vi o rapaz de Chicago saindo às pressas, com o frasco contendo o bacilo da cólera numa das mãos. Gritei para que ele parasse e o rapaz apressou mais ainda o seu passo. Parti então em seu encalço, desesperado. Fiquei imaginando que ele havia premeditado tudo. Na certa, ele não era nenhum jovem inocente, buscando uma esperança de tratamento para a sua mãe. Deveria ser membro de algum grupo terrorista, disposto a contaminar a cidade com o bacilo da cólera. Eu havia assistido a pelo menos uma dezena de filmes sobre guerras biológicas no cinema e na televisão.

Quando cheguei à porta principal, vi que ele acabara de tomar um táxi e saía na direção de Times Square. Entrei no primeiro táxi que consegui e pedi ao motorista que o seguisse. E com o pé fundo no acelerador. Leonor havia combinado de me encontrar no hospital e, de longe, viu que eu saía às pressas e de um modo altamente suspeito. Ela logo imaginou que se tratava de algo muito grave e tomou outro táxi, pedindo que o motorista me seguisse. No táxi, eu implorava que o rapaz indiano que o dirigia acelerasse ao máximo o carro, pois se tratava de uma questão de segurança não apenas nacional: mundial.

Seria algo de proporções inimagináveis. Pensei no terrorista entregando o frasco com os bacilos da cólera ao seu superior, que imediatamente fracionaria o material em cem partes, contaminando o rio Hudson, a água das escolas, os bebedouros públicos dos parques, das repartições públicas ou das forças armadas. Para mim, estávamos prestes a viver uma situação de risco para a humanidade. Implorei que o motorista aumentasse a velocidade, para que pudéssemos interceptar o outro táxi. Numa esquina, o sinal fechou e eles foram forçados a parar. Eu desci correndo e abri a porta do outro táxi, puxando o rapaz para fora, com violência.

Naquela confusão, imagino que ele tenha apertado o frasco que tinha na mão com tanta força, que o rompeu, deixando o seu conteúdo respingar para todos os lados. Eu recuei, para me proteger. Disse ao taxista que não se aproximasse dele, pois tratava-se de um terrorista perigosíssimo e que carregava o bacilo da cólera. Todos seríamos contaminados. No meio da confusão, o rapaz conseguiu sair correndo, mas deixando que eu visse alguns pingos do líquido do frasco que haviam caído bem próximo da sua boca. Ele me olhou, com uma expressão de contentamento e soltou uma gargalhada de se ouvir longe, como se estivesse num surto psicótico.

Ele lambia o líquido com enorme prazer e, ao mesmo tempo, ameaçava-me com o olhar. Eu fiquei mais desesperado ainda. O destino de Nova York estava nas minhas mãos e nas do terrorista psicopata e suicida. Em menos de um minuto, o táxi de Leonor chegou ao local onde eu estava. Ela tentou me acalmar, mas não sabia exatamente o que estava acontecendo. Minutos após, vi que Steve também chegava noutro táxi. Achei estranho que a sua fisionomia era calma. Eu me aproximei dos dois e disse que havia ainda uma remota possibilidade de encontrarmos o rapaz e evitarmos a catástrofe mundial que estava por se iniciar a qualquer momento. Com sorte, poderíamos salvar o planeta e a civilização.

Disse a Steve que o terrorista havia entrado num dos teatros de Times Square, onde exibiam um musical com Barbra Streisand. Steve não se conteve e começou a rir. Eu não entendi a sua reação. Fiquei até revoltado com ele, por achar graça de uma situação tão catastrófica. Leonor tampouco entendeu a sua reação. Steve então me disse que ninguém em sã consciência circularia com um frasco contendo o bacilo da cólera pelo laboratório. Seria um risco que nenhum cientista correria. A história do bacilo da cólera era invenção sua, para fazer piada comigo e com o rapaz. O frasco continha uma cultura da bactéria E. Coli e de baixíssimo poder de contágio. Ele quis apenas impressionar o rapaz. No máximo, o nosso "terrorista" teria uma diarreia por uns dois ou três dias. No dia seguinte, o leilão foi um sucesso, arrecadando bastante dinheiro para a pesquisa contra o câncer. De minha parte, eu consegui arrematar a edição da *Catena Aurea*, de São Tomás de Aquino, datada de 1520 – uma preciosidade.

TH. DOSTOIEVSKY

LE CRIME ET LE CHATIMENT

TRADUIT DU RUSSE PAR VICTOR DERÉLY

TOME PREMIER

Troisième Édition

PARIS
LIBRAIRIE PLON
E. PLON, NOURRIT ET Cie, IMPRIMEURS-ÉDITEURS
RUE GARANCIÈRE, 10

XXVII

RODION E EU

(*Le Crime et le Châtiment*, de Dostoiévski, edição de 1884)

Crime e castigo, de Dostoiévski, é um dos romances mais conhecidos da literatura ocidental e um dos livros mais marcantes que eu li. Nos meus comentários literários, Raskólnikov talvez seja o protagonista e personagem de romance que eu cito com mais frequência. Publicado inicialmente em capítulos, na revista *O mensageiro russo*, ao longo do ano de 1866, a obra completa foi editada em seguida, num volume único. Lembro que eu conheci Rodion num bar, numa noite fria em que nevava intensamente em São Petersburgo. Rodion Raskólnikov era um ex-estudante universitário de São Petersburgo no século XIX. Atormentado pela pobreza e pela alienação social, ele se vê envolvido em uma série de eventos que culminam num ato de violência hediondo.

Ele desejava fazer algo importante na vida. Rodion sonhava separar os indivíduos em ordinários e extraordinários, numa tentativa de explicar a quebra das regras aplicáveis aos cidadãos ordinários. Segundo o seu pensamento, homens extraordinários como Napoleão, por exemplo, teriam a prerrogativa de estar acima do critério normal da justiça e até matar, se achassem importante para a humanidade. Essas ideias que alimentavam os pensamentos de Rodion acabaram por "autorizá-lo" a pensar-se no direito de assassinar uma velha agiota a quem empenhara, por uma miséria, o relógio que havia pertencido ao seu pai.

No bar, eu tentei argumentar que o seu pensamento não fazia sentido e era muito perigoso. Ele sequer me escutou. Terminou o seu último gole de vodca, que eu lhe havia oferecido, e se despediu de mim. Rodion foi até a casa da velha e a matou com um machado. Antes de fugir da cena do crime, ele se deu conta da presença da irmã da velha, Lizavieta, a qual ele também assassinou com algumas machadadas. Depois disso, ele roubou algumas joias da velha, mas não chegou a desfrutar do produto do roubo. Arrependido, ele as enterrou sob uma pedra.

Apesar de investigar Rodion, a polícia prendeu um inocente, o qual se disse culpado do crime, devido à pressão que sofria por outras razões. Rodion me contou que sofreu muito pela culpa de ter cometido os seus crimes, enquanto um inocente estava sendo acusado em seu lugar. Ele se deu conta de que não fazia parte do grupo dos extraordinários, os indivíduos que ele considerava capazes de cometer quaisquer crimes ou de infringir regras, sem culpas e em nome do progresso da humanidade. Eu lembrei-o de que eu o havia advertido nesse sentido. Ele me olhou e permaneceu calado.

Semanas mais tarde, Rodion conheceu uma moça de nome Sônia e passou a ter um relacionamento com ela. Sônia era simples e muito religiosa. Ela se prostituía para ajudar a família. Ele confessou a ela os seus crimes e que se sentia muito culpado por isso. Sônia lhe falou sobre o episódio da ressurreição de Lázaro, narrado no Novo Testamento. Ele decidiu então confessar os seus crimes à polícia, pela enorme influência exercida sobre ele da parte de Sônia. Rodion foi então preso, mas, devido à sua confissão, o seu arrependimento e a falta de antecedentes criminais, a pena foi reduzida a oito anos de degredo, numa prisão na Sibéria.

Sônia se manteve presente durante o período em que ele ficou preso, servindo de contato entre a sua família e ele. Rodion me escrevia de tempos em tempos, contando sobre o seu cotidiano na Sibéria. Foi lá que ele sofreu a sua conversão espiritual.

Para compreender a obra *Crime e castigo*, é fundamental aprofundar-se no seu contexto histórico e na vida pessoal de Dostoiévski. O grande autor nasceu em 1821 e viveu uma época tumultuada na história da Rússia. Refiro-me à autocracia dos czares e aos movimentos sociais que agitavam o país e a sua grande desigualdade social. Como muitos de seu tempo, Dostoiévski sofreu a influência das tensões sociais e das ideias políticas que marcaram a Rússia do século XIX. Refiro-me à proximidade com intelectuais comprometidos com as mudanças necessárias ao país e ao seu engajamento nos movimentos revolucionários e no ideário socialista.

Como o seu personagem Rodion, o envolvimento de Dostoiévski com a política o leva ao degredo na Sibéria. Na prisão, ele testemunha as injustiças e brutalidades impostas aos prisioneiros. Essa vivência terrível marca profundamente a sua vida e o inspira a conceber a obra *Crime e castigo*. Ele também absorve muito do debate sobre as questões morais, filosóficas e religiosas da época. Viriam daí os seus questionamentos sobre temas como a moral, o livre-arbítrio, a culpa e a redenção, questões que vêm à superfície em sua obra *Crime e castigo* e em outras, de um modo profundo e brilhante.

É notório no romance a influência da sua experiência pessoal e da sua compreensão da condição humana. A década em que o autor é preso na Sibéria impregna de realidade não só *Crime e castigo*, mas também obras como *Recordações da casa dos mortos* e *Memórias do subterrâneo*. Este último, na minha opinião, é um texto muito interessante e profundo.

Crime e Castigo é uma obra que mergulha nas profundezas da psique humana, discutindo o tema da moralidade, da culpa e da redenção, esta última marcada pela solução através da religiosidade. O texto é estruturado em torno do planejamento, execução e subsequente tentativa de justificar o assassinato cometido pelo personagem, o qual ele próprio justifica como um meio de testar suas teorias e, ao mesmo tempo, minimizar os seus problemas financeiros. Contudo, os crimes levam o personagem a uma angústia moral insuportável pela culpa, pelo medo de ser descoberto e pelo peso da sua própria consciência, que passa a cobrar dele uma punição.

Há personagens secundários na obra de construção impecável, cuja participação na trama tornam ainda mais cativante o texto, como a jovem e abnegada prostituta Sônia e o policial Petrovich, cuja estrutura de raciocínio é impressionante. Quanto ao personagem central, Rodion Raskólnikov, Dostoiévski mostra o embate entre as consequências dos seus atos, a sua moral e o enfrentamento da condição humana. O leitor é levado a fazer uma reflexão profunda sobre a moralidade e a redenção.

Não seria exagero afirmar que *Crime e castigo* é uma obra-prima da literatura. À medida que a narrativa progride, o leitor é lançado numa jornada intensa, na qual as suas crenças sobre a moralidade, a culpa e a redenção são postas à prova.

A partir de uma história aparentemente simples, dá-se um mergulho profundo na complexidade da condição humana. *Crime e castigo* é um clássico por trazer questões atemporais e merece ser lido e relido pelo leitor. Quando eu e Leonor estivemos em São Petersburgo, acompanhamos os trajetos que aparecem na obra, como a rua onde o personagem Rodion Raskólnikov morava e os becos por onde ele perambulava.

Lembrei das conversas que eu tive com esse personagem inesquecível da literatura russa. Leonor nunca acreditou que isso fosse verdade ou mesmo possível, mas eu juro que aconteceu. E acontece. Não raramente, eu me vejo em contato com os personagens da literatura que mais me marcaram. Yevgeny Bazarov, personagem de *Pais e filhos*, de Turgueniev, é um exemplo. Ele é um jovem médico, que se diz niilista – não acredita em nada que não seja explicável pela razão –, pondo-se frontalmente contra as tradições, crenças e autoridades. Contudo, quando ele se apaixona, na obra, tudo muda, revelando a complexidade da condição humana. Com Bazarov, eu costumo conversar frequentemente sobre o papel da razão em nossas vidas.

Minha edição de *Crime e castigo*, de 1884, em dois volumes, é uma das primeiras publicadas em francês. Eu a comprei há uns trinta anos num pequeno leilão promovido por uma livraria na Rue des Écoles, bem próxima ao prédio central da universidade, em Paris. A obra estava num excelente estado de conservação e foi uma das mais cobiçadas no leilão. Foi uma disputa acirrada entre mim e Domicius Proencis, um professor de literatura grega educadíssimo – um verdadeiro *gentleman*. Eu ainda tenho o seu cartão numa das gavetas da minha escrivaninha. Desde então, nós trocamos mensagens de Natal e de fim de ano. Domicius foi a única pessoa que acreditou quando eu lhe confidenciei sobre as minhas conversas com Rodion Raskólnikov e com Yevgeny Bazarov. Ele jamais questionou a veracidade dos fatos, a impossibilidade cronológica ou o simples absurdo da situação. Disse que essas coisas não importam, quando se quer contar uma boa história. "É a força da arte", diz ele. O universo dos apreciadores de obras raras e de primeiras edições é também uma oportunidade de fazer grandes amigos. Domicius é um exemplo.

THE ODYSSEY OF HOMER;

TRANSLATED FROM THE GREEK,

BY

ALEXANDER POPE, Esq.

A NEW EDITION.

VOL. IV.

LONDON:

PRINTED FOR J. JOHNSON, W. J. & J. RICHARDSON, W. OTRIDGE & SON, J. NICHOLS & SON, R. BALDWIN, G. & W. NICOL, F. C. & J. RIVINGTON, LEIGH & S. SOTHEBY, J. SOTHEBY, T. PAYNE, J. WALKER, CUTHELL & MARTIN, J. CLARKE & SON, R. FAULDER, P. MACQUEEN, J. NUNN, LACKINGTON, ALLEN, & CO., SCATCHERD & LETTERMAN, VERNOR, HOOD, & SHARPE, J. WHITE, CADELL & DAVIES, G. KEARSLEY, J. & T. CARPENTER, W. MILLER, POTE & WILLIAMS, LONGMAN, HURST, REES, & ORME, J. MAWMAN, AND J. BOOKER.

1806.

XXVIII

A CAIXA DOS TESOUROS

(*The Odyssey*, de Homero, edição de 1806)

Entre várias edições da *Odisseia*, de Homero, da minha coleção, destaco uma bela edição de 1806, com tradução de Pope. Tenho também outras duas, uma inglesa e uma norte-americana, ambas com tradução de Pope, notas de Theodore Alois Buckley e ilustrações de John Flaxman. A edição inglesa (1806) saiu pela Ingram, Cooke, and Co, de Londres, e a americana (1881) pela John W. Lovell, de Nova York. Há sempre uma especulação sobre Homero, se ele realmente existiu como um indivíduo e se a *Odisseia* teria sido criada pelo mesmo autor da *Ilíada*. Nas notas de rodapé de Buckley, ele observa algumas discrepâncias que sugerem que a *Ilíada* tenha sido produzida dez décadas antes da *Odisseia*. Em parte, a desconfiança se fundamenta na forma como são citados certos deuses. Enquanto na primeira – a *Ilíada* – aparece Zeus e outras divindades da mitologia grega, na segunda – a *Odisseia* – Júpiter e outros deuses romanos aparecem.

Muitos estudiosos preferem falar em escolas homéricas no lugar de um único autor. A indagação continua em aberto. A *Odisseia* é reconhecida como a primeira narrativa da grande aventura nos mares, com todos os périplos por que passa o herói Odisseu na viagem de regresso a sua terra natal, Ítaca. A história inspirou outras grandes obras da literatura ocidental, como a *Eneida*, de Virgílio, e *Os lusíadas*, de Camões. Há uma história engraçada ligada à aquisição da minha edição inglesa. Foi há uns dez anos. O belga dono da livraria onde adquiri a obra, como muitos o fazem, teve o cuidado de colocá-la dentro de uma caixa mais resistente às prováveis intempéries do trajeto de Bruxelas até a distante Porto Alegre, no Brasil. O livro, com a capa em azul e dourado, foi cuidadosamente acondicionado dentro de uma caixa de chocolates finos – os belgas são especialistas em chocolates.

O problema foi que a funcionária da nossa casa recebeu o pacote num dia bem quente de verão, em que Leonor e eu estávamos no Uruguai. Ela concluiu ser mais prudente abrir o pacote – e ela tinha liberdade para tal. Ao abri-lo, ela viu a bela caixa de chocolates e pensou que se tratava de um presente vindo do exterior. Entretanto, a caixa de papelão bem resistente e lindamente decorada trazia na parte inferior a data de validade dos chocolates. A nossa competente e zelosa funcionária concluiu que o prazo já estava vencido e por pouco não jogou fora o "presente". Ela o deixou num armário da despensa e o assunto foi esquecido.

Tempos depois, eu tinha de visitar um amigo muito querido que convalescia no hospital de uma cirurgia de coronárias. Numa manhã, a sua esposa me chamou por telefone, dizendo que o marido estava muito deprimido depois do procedimento e que a minha presença o deixaria feliz. Eu fiquei muito contente, pois eu escutara do meu irmão que as visitas ao tal amigo comum estavam proibidas. Como a sua esposa me telefonou, dizendo que ele queria a minha presença, eu supus que as visitas já estavam franqueadas. Como médico, eu tenho por norma respeitar as restrições impostas pelos colegas.

Perguntei então a Leonor se havia algum mimo disponível em nossa casa, que eu pudesse levar como presente ao meu amigo, no hospital. Meio de longe, Leonor sugeriu que eu desse uma olhada num dos armários da despensa, pois sempre havia uma caixa de chocolates ou de doces ainda não violada e que pudesse ser transformada no presente que eu buscava. Pedi a nossa funcionária para fazer uma inspeção no "local do crime", para ver se havia algo passível de cumprir a função desejada. Ela veio com a tal caixa de chocolates belgas, mas me alertou que a caixa estava ali por estar, uma vez que o seu prazo de validade tinha passado já há muito tempo.

Eu peguei a caixa e de imediato percebi que o seu peso era muito superior ao esperado. Analisei-a com cuidado, li o que dizia, num belo francês, na parte anterior, olhei depois a parte de trás, para saber a procedência. Pensei se o prazo vencido seria de fato algo limitante para o meu presente, em se tratando de chocolates da alta qualidade dos fabricantes belgas. Mas o que me chamou mais a atenção foi o peso da caixa. Era exagerado para uma carga de chocolates, sobretudo com a leveza da produção belga. Refleti por alguns minutos e, na dúvida, decidi não levar o presente para o meu amigo.

Curioso, eu então abri a caixa de chocolates. Para minha surpresa, lá estava a belíssima edição da *Odisseia*, cuja história eu compartilho agora com o leitor. Era ela: a minha edição da Odisseia, de 1806, que eu havia adquirido em Bruxelas. O dono da livraria ficara de enviá-la pelo correio, para o meu endereço no Brasil. E foi o que ele fez, mas protegendo-a com a caixa de papelão mais resistente da caixa de chocolates. Sem saber que a nossa funcionária havia suspeitado da validade da caixa dos "supostos" chocolates, deixando-os na despensa, eu imaginei que, por alguma razão, o dono da livraria não tivesse enviado a rara edição da *Odisseia* ou que o livro havia se extraviado. E acabei me esquecendo momentaneamente do assunto. Logo, eu retornaria com Leonor a Europa, mais para o final do ano, faria contato com o dono da livraria e resolveríamos o caso.

Porém, ao desconfiar do peso da caixa, eu a abri. É a curiosidade humana! O fogo roubado por Prometeu dos deuses do Olimpo! A maçã envenenada da bruxa! O fruto proibido da serpente, no Paraíso, de Adão e Eva! E qual não seria a minha surpresa: dentro da caixa, eu encontrei a minha *Odisseia*, de 1806, edição inglesa! Que alegria! E pensar que a obra de Homero teria sido posta no lixo, como uma caixa de chocolates vencidos, ou que teria sido dada como presente a um amigo doente em convalescença. Ele, o doente, que jamais pensara ler a *Odisseia* e que acabara de enfrentar os monstros Cila e Caribde, na tempestade marítima da sua doença. Mas que sobrevivera, como Odisseu, desmaiado nas praias da Ilha dos Feácios, para deleite da princesa Nausícaa, que o acolhe, apresenta-o aos seus pais e permite que o herói da *Odisseia* siga a sua viagem de retorno a sua doce Ítaca.

O ENGENHOSO FIDALGO

DOM QUICHOTE DE LA MANCHA

POR

MIGUEL DE CERVANTES SAAVEDRA

TRADUCTORES

VISCONDES DE CASTILHO E DE AZEVEDO

COM DESENHOS DE GUSTAVO DORÉ

GRAVADOS POR H. PISAN

—

VOLUME I

LELLO & IRMÃO
EDITORES
PORTO

XXIX

DOLORES HAZE

(*Dom Quixote de la Mancha*, de Cervantes, edição de 1929)

Destaco esta edição portuguesa, de 1929, entre várias da minha coleção, a maravilhosa obra de Miguel de Cervantes Saavedra, intitulada *O engenhoso fidalgo Dom Quichote de la Mancha* (é como está escrito nesta tradução), uma das obras de maior impacto na literatura ocidental. Em dois volumes, publicada por Lello e Irmão Editores, no Porto, tem capa dura em vermelho-sangue, tradução dos viscondes de Castilho e de Azevedo, e desenhos do célebre ilustrador francês Gustave Doré, gravados por H. Pisan. Os livros têm um tamanho maior do que o habitual, 37,5 cm x 28,5 cm, o que lhes dá pompa e circunstância. Ao longo da minha vida de colecionador, comprei muitos livros em Portugal, onde há vários locais de venda de obras antigas e de primeiras edições, não apenas traduções para o português, mas também originais.

Cervantes publicou a primeira parte de *Dom Quixote* em 1605 e a segunda em 1615 (um ano antes de sua morte), narrando os feitos do cavaleiro de triste figura. Trata-se de uma obra literária muito conhecida desde então. Imagino que só perca em popularidade, circulação e número de traduções à Bíblia Sagrada. O personagem, obcecado pelos romances de cavalaria, enlouquece de tanto ler, e busca imitar a vida dos cavaleiros andantes que seguia na literatura. Cervantes satiriza as histórias fantasiosas e faz paródia dos romances de cavalaria, muito populares na época. É linda a relação dele com Sancho Pança, seu escudeiro, e a amizade é um tema abordado também em outras obras do autor.

Esta obra-prima da literatura espanhola, que figura em qualquer lista dos romances mais influentes de todos os tempos, inovou em muitos aspectos, a começar por trazer para a literatura o castelhano falado. *Quixote*, segundo vários estudiosos, fundou o romance como novo gênero literário. A primeira edição foi publicada em Madri, no ano de 1605, o editor se chamava Francisco de Robles. A obra é dividida em 126 capítulos, em duas partes, a primeira nessa data e a segunda em 1615. Houve entre as duas partes uma falsa segunda edição, a qual causou uma polêmica e estimulou o autor a acelerar a publicação da sua segunda parte.

O *Quixote* surge num período de renovação da ficção espanhola, numa tentativa clara de parodiar os romances de cavalaria, na época vivendo um certo declínio. Ao narrar as aventuras e atrapalhações do "cavaleiro da triste figura", Cervantes faz uma crítica bem-humorada das histórias daqueles tempos, sempre muito fantasiosas. É uma das primeiras obras escritas nas línguas europeias modernas e é considerada a mais importante na língua espanhola. No famoso prólogo de *Dom Quixote de la Mancha*, Cervantes dirige-se diretamente ao "desocupado leitor": "Mas eu, que, embora pareça o pai, sou padrasto de Dom Quixote, não quero deixar-me arrastar pela rotina, nem te suplicar, quase com lágrimas nos olhos, como outros fazem, leitor caríssimo, que perdoes ou dissimules as faltas que neste meu filho vires".

Ele segue: "...pois não és seu parente, nem amigo... Tudo isto te isenta de qualquer respeito e obrigação para comigo; e assim podes pensar da história o que bem te parecer, sem temor que te caluniem pelo mal, nem que te premiem pelo bem que dela disseres...". É até contemporânea a tentativa de conquistar a cumplicidade do leitor. As circunstâncias da incorporação desta edição do *Dom Quixote* ao meu acervo de obras raras não me permitem a sua divulgação. Talvez alguém o faça dois ou três séculos após o meu falecimento.

Imagino ser este o tempo suficiente para retirar de mim o constrangimento que a sua divulgação hoje causaria. O que de fato aconteceu e, por acaso, fez com que essa edição do *Dom Quixote* acabasse nas minhas mãos foi revelado por meu pai somente a uma pessoa: Vladimir Nabokov, a quem ele conheceu num hotel em Nova York, no ano de 1955 – ano do meu nascimento e da publicação de *Lolita*. O que posso adiantar é que Dolores Haze era, na verdade, filha de um russo, comerciante de peles de urso, que foi sócio do meu pai. Homem muito educado e conservador, meu pai ficou um pouco desconfiado com o jeito que aquela menina olhava para ele. Ele me confidenciou que, quando Dolores não tinha mais do que doze anos, fazia uma visita ao russo, para negociar um lote muito valioso de peles de urso, que o meu pai havia feito a venda antecipada, ainda que verbalmente, para um milionário dinamarquês que vivia na Groenlândia.

Enquanto meu pai e o russo negociavam o preço do lote, Dolores estava no sofá da sala, vestida apenas com a parte de baixo do pijama. Os dois pintores de parede que faziam um serviço para o russo ficaram totalmente desconcentrados no trabalho, errando grosseiramente a pintura, pois não conseguiam tirar os olhos da menina. Dolores fingia nada notar, deitada no sofá, com as pernas para cima, fazendo movimentos de ginástica. Ao mesmo tempo, ela lambia um "kulfi", um tipo de picolé indiano, feito com leite fervido lentamente e aromatizado com cardamomo, açafrão e pistache. O pior é que um dos pintores, um português de uns setenta anos de idade que olhava para ela, desequilibrou-se do andaime e caiu sobre uma samovar de prata que o russo usava para aquecer a água do chá.

Esta é apenas uma das histórias que eu soube e que tenho a permissão do meu pai para compartilhar com o leitor. Outra parte foi quando o russo o convidou para acompanhá-lo numa caça de focas e de baleias no Polo Norte, juntamente com dois esquimós de origem Inuite. Dolores tinha na época catorze anos de idade. Ficaram alojados num iglu, todos muito preparados, protegidos com roupas de lã e casacos de pele de urso, para enfrentar o frio intenso e o gelo da região. Dolores, contudo, insistia em vestir somente um *baby doll* de renda cor-de-rosa, transparente, e sem usar absolutamente nada por baixo. Os dois esquimós passaram o tempo inteiro a beber água com gordura de foca, totalmente embriagados e a rir das maluquices que Dolores fazia dentro do minúsculo iglu.

O meu pai nunca entendeu o mecanismo científico que explicasse o porre dos dois esquimós, pois não havia álcool na bebida. O certo é que a menina andava o tempo todo de pés descalços, a cantar canções francesas, antecipando a voz da Brigitte Bardot. O russo assistia a tudo que a filha fazia, sem jamais repreendê-la. Ele disse a meu pai que seguia um método de educação de crianças desenvolvido em uma universidade privada de Cabul, a capital do Afeganistão, o qual misturava ideias construtivistas, montessorianas e sociointeracionistas com a pedagogia de Waldorf. Este último valorizava o desenvolvimento dos aspectos artísticos, manuais e de contato da criança com a natureza.

Segundo o meu pai, talvez tenha sido esta a razão do interesse de Nabokov por Dolores, como inspiração para a sua famosa obra *Lolita*, cuja primeira edição, publicada em 1955, pela The Olimpia Press, eu possuo no meu modesto acervo de obras raras e de primeiras edições. *Lolita* foi incluída entre os cem livros mais importantes do século XX, pelo jornal *Le Monde*. Dizia o russo, pai de Dolores, que um dos esquimós que estava com eles no iglu conseguiu logo depois a cidadania norte-americana, com um nome ocidentalizado: Humbert, o qual inspirou Nabokov a incorporá-lo como personagem e par amoroso de Dolores no famoso romance. O outro esquimó, que era um pouco mais extrovertido, foi o ator principal masculino no filme dirigido por Stanley Kubrick, em 1962, baseado na mesma obra *Lolita*.

Numa noite em que somente o meu pai e o russo estavam ainda acordados no iglu, ele confidenciou ao meu pai que um amigo, que era escritor e se chamava Vladimir, havia lhe pedido dinheiro emprestado para publicar um livro, mas o teria advertido que, quando ele soubesse do que se tratava a obra, o russo o odiaria. Ele então respondeu ao amigo que, sendo uma ficção, tudo o que estivesse escrito no livro seria perdoado. Disse que ele não dispunha do dinheiro para emprestar a Vladimir, mas havia algo precioso que ele possuía e que poderia ser oferecido como garantia do pagamento da publicação. Era a edição portuguesa, de 1929, do *Quixote*, de Miguel de Cervantes Saavedra.

O escritor russo, que vivia na época nos Estados Unidos, ofereceu então à The Olimpia Press a edição portuguesa do *Quixote*, de Cervantes, como garantia da impressão de *Lolita*. Quando o gerente da editora viu a raridade da edição do *Quixote*, ele concordou imediatamente com a proposta. O russo confidenciou-me que Vladimir era de fato Vladimir Vladimirovich Nabokov, também conhecido pelo pseudônimo Vladimir Sirin, um romancista escritor russo-americano. Para o mundo ocidental, ele seria depois conhecido como Vladimir Nabokov. Os dois haviam ficado amigos anos atrás, na juventude, por terem um interesse em comum: produzir jogadas complexas e de difícil solução no xadrez.

Nabokov era de uma família rica e conhecida da nobreza russa de São Petersburgo. Seu pai era o advogado e estadista Vladimir Dmitrievich Nabokov e sua mãe era a neta de um milionário do setor de mineração, Yelena Ivanovna – mas nascida Rukavishnikova. Vladimir era primo do compositor Nicolas Nabokov e seu avô paterno era Dmitry Nabokov, antigo Ministro da Justiça, na Rússia de czar Alexandre II. E como se não bastasse tudo isso, a sua avó paterna era a baronesa germano-báltica Maria von Korff.

O meu pai ouviu a pomposa descrição das origens familiares de Vladimir Nabokov, o que o fez concluir que o empréstimo da obra rara de Cervantes teria o seu retorno garantido. O russo acrescentou que Nabokov era o filho mais velho e favorito de uma família que em casa falava russo, inglês e francês. Após a revolução, em 1917, o pai de Nabokov tornou-se secretário do governo provisório russo e, após a revolução bolchevique de outubro, a família foi forçada a fugir para a Crimeia. Na então República Popular da Ucrânia, o seu pai tornou-se ministro.

Após a retirada dos alemães e a derrota do exército branco, em 1919, a família Nabokov exilou-se na Europa Ocidental, inicialmente na Inglaterra, onde Nabokov estudou no Trinity College, em Cambridge. Estudou zoologia e depois interessou-se por línguas eslavas e românicas. Em 1920, a família mudou-se para Berlim. Foi lá, dois anos depois, que seu pai foi assassinado pelo monarquista russo Piotr Shabelsky-Bork, ao tentar proteger Pavel Milyukov, um líder do Partido Constitucional Democrata no exílio. Com a morte do seu pai, a mãe e a irmã de Nabokov se mudaram para Praga.

Nabokov ficou em Berlim, onde se tornou um poeta e escritor reconhecido. Assinava as suas obras com o pseudônimo Vladimir Sirin e dava aulas de línguas, de tênis e de boxe. Em 1937, ele deixa Berlim e parte para Paris. Em 1940, foge dos nazistas e se transfere para os Estados Unidos, onde passa a lecionar na Universidade Cornell. Em Nova York, ao mesmo tempo que escrevia as suas obras literárias, Nabokov se dedica também à lepidopterologia, o ramo da entomologia dedicado ao estudo das mariposas e borboletas.

Nesse ponto, o russo interrompeu a sua narrativa sobre a vida de Nabokov e aproximou o seu rosto do ouvido do meu pai, dizendo que deveria fazer uma confissão. Havia outro interesse comum, dele e de Nabokov – além do xadrez. Era o contrabando de borboletas. Este fora sempre a sua especialidade. E vinha daí a sua afinidade com Nabokov. Por anos, o russo comercializava secretamente as borboletas mais raras e preciosas do planeta. A borboleta-azul-grande, considerada extinta, havia sido redescoberta por ele e vendida a um milionário francês por uma pequena fortuna.

Nabokov, por sua vez, havia capturado um exemplar da borboleta-rainha-Alexandra, a maior que existe, cuja envergadura era de quase trinta centímetros. Os dois apaixonados por borboletas haviam empreendido juntos uma expedição pelas florestas da Nova Guiné e de Madagascar, em busca da famosa e raríssima borboleta-folha, que tinha a propriedade de se camuflar como uma folha seca e assim se proteger dos seus predadores. O russo interrompeu então a conversa e abriu uma garrafa de vodca, como se precisasse dela para continuar a sua confissão. O meu pai escutava-o atentamente.

Foi quando o russo pediu-lhe que acompanhasse os dois – Nabokov e ele – numa expedição pelo Pantanal, Mata Atlântica e Cerrado brasileiro, em busca da famosa borboleta-88, cuja morfologia lembra esse número e é raríssima. Para o russo, a espécie seria valiosíssima, se fosse vendida a algum colecionador milionário. O russo – que eu não tenho a autorização da família para revelar o seu nome – disse também que Nabokov se tornaria curador do Museu de Zoologia Comparada da Universidade Harvard. Entre as suas aulas de literatura russa e europeia na Universidade Cornell e suas expedições pelo oeste dos Estados Unidos, em busca de espécies raras de borboletas, Nabokov teria escrito *Lolita*.

No momento, são essas as informações a que posso dar publicidade sobre os eventos descritos por meu pai. Porém, há muito mais. *Lolita* tornou-se um sucesso comercial nos Estados Unidos e em outros países ocidentais. De modo que a dívida de Nabokov com a editora foi paga e a preciosa edição portuguesa do *Quixote*, de Cervantes, retornou às mãos do russo. Assim, Nabokov conseguiu dedicar-se exclusivamente à literatura. Ele estabeleceu-se anos depois em Montreux, na Suíça, onde viveu até o fim da sua vida. Nos anos que antecederam a sua morte, Nabokov trabalhou num romance intitulado *O original de Laura*, cujos originais ele havia pedido à sua família que fossem queimados.

Contudo, o manuscrito incompleto permaneceu trancado num cofre de um banco suíço, ao qual apenas duas pessoas podiam ter acesso. Partes dos originais foram franqueadas aos olhos de estudiosos da obra de Nabokov. Em 2008, o seu filho Dmitri anunciou que o romance incompleto seria publicado. Excertos de *O original de Laura* tornaram-se públicos. No ano seguinte, a revista *Playboy* adquiriu os direitos de impressão de uma parte de *O original de Laura*. Tenho de parar por aqui, do contrário a minha compulsão por revelar verdades, por mais chocantes ou eróticas que possam ser, vencerá a minha resistência moral. Houve, sim, uma negociação, da qual o meu pai teria participado. E envolveu aspectos mais íntimos do russo, de Dolores e de Nabokov, os quais não me pertencem. O fato é que a minha edição portuguesa, de 1929, da obra de Miguel de Cervantes Saavedra, intitulada *O engenhoso fidalgo Dom Quichote de la Mancha*, em dois volumes, de capa dura e cor vermelho-sangue, repousa numa das estantes da minha biblioteca. Há segredos que, para serem revelados, dependem do "efeito corrosivo do tempo", como diria Marcel Proust.

JOÃO GUIMARÃES ROSA

Grande Sertão : Veredas

("O DIABO NA RUA, NO MEIO
DO REDEMOINHO...")

Capa de Poty

LIVRARIA *JOSÉ OLYMPIO* EDITÔRA

Rua do Ouvidor, 110 — Rio de Janeiro — 1956

XXX

LUCIA BITTEN

(*Grande sertão: veredas*, Guimarães Rosa, edição de 1956)

Narro as circunstâncias que envolveram a chegada ao meu acervo de obras raras da primeira edição de uma obra magnífica, única, que é *Grande Sertão: Veredas*, publicada pela José Olympio Editora, em 1956. Ela vinha encadernada em capa dura, preservando as expressivas ilustrações de Poty Lazzarotto, com imagens de sertanejos, caveiras de animais, e Diadorim – o amor de Riobaldo – escondido entre as escassas folhagens. É um clássico da literatura brasileira, que se inclui entre as maiores obras da literatura universal, contudo foi mal compreendido quando publicado. Eu diria que foi mal compreendido por alguns, mas muito bem acolhido por gente capaz de entender a grandiosidade da obra. Li uma mensagem de Clarice Lispector a Fernando Sabino, em que ela diz ser a obra "a coisa mais linda dos últimos tempos", elogiando a profundidade da linguagem de Rosa, que para ela redefinia a própria ideia de literatura. A leitura da obra "a fez sentir-se tola, explicando coisas adivinhadas e enriquecendo a sua própria compreensão do mundo".

João Guimarães Rosa já havia escrito *Sagarana* e *Corpo de Baile* quando criou esta joia raríssima, que não é apenas sobre o sertão real, mas sobre os sertões do nosso imaginário, das nossas perguntas sobre a travessia humana. As veredas, os pequenos caminhos, são como sopros de vida, em meio à aridez do sertão. Com seu viés experimental e as muitas camadas interpretativas que contém, esta obra de Guimarães Rosa transformou a literatura brasileira. Há um sofisticado exercício de linguagem, a partir do domínio de vários idiomas pelo autor, do resgate de certos termos da língua à invenção de outros. Uma camada é o sertão mineiro, a dureza, as injustiças sociais, os combates e a luta pela vida. Sobreposta a esta, há a grande aventura humana, como a literatura narra desde Homero, e que trata da nossa própria existência.

Há ainda outras camadas, como o embate entre Deus e o diabo, que seria "o outro sertão", mais amplo, espiritual e da transcendência. Recentemente, conversei com um grupo de leitores holandeses, que me pediram para explicar esta obra, pois eles não conseguiam entendê-la em sua totalidade. Tinham a impressão de que algo se perdia na tradução, lacunas talvez impossíveis de ser preenchidas, desta grande obra de Rosa. Arrematei a minha primeira edição em um leilão que reunia obras de vários sebos, realizado por uma livraria bem pertinho do Real Gabinete Português de Leitura, uma das bibliotecas mais lindas que conheço, no centro histórico do Rio de Janeiro. Após o término do leilão, eu saí da livraria feliz e realizado, depois de ter arrematado aquela obra tão significativa. Foi quando uma moça, que também havia participado da disputa pela primeira edição de *Grande Sertão: Veredas*, sorriu para mim e se aproximou. Ela perguntou como eu me sentia, depois de viver a verdadeira epifania de tornar-me o dono daquela preciosidade.

Eu convidei-a para tomar um café, num pequeno bar que havia quase no final da Rua Camões, um interessante nome de rua para abrigar aquela joia que é o Real Gabinete Português de Leitura. Ela se apresentou para mim como Lucia Bitten e disse que era professora de literatura. Havia completado recentemente o seu doutorado sobre a obra clássica de Bram Stoker, *Drácula*. Lembrei-me imediatamente de uma querida amiga, Lucia Bettencourt, grande intelectual das letras e – como eu – amante da obra literária de Marcel Proust, Borges e tantos outros. Eu comentei com Lucia, a do *Drácula*, que havia muitas publicações sobre a obra clássica de Bram Stoker, mas todas sexualmente carregadas. Sexualidade e sedução pareciam temas que muitos estudiosos destacavam em *Drácula*. Ela completou o meu raciocínio, dizendo que muitos críticos do nosso tempo falavam sobre a ligação do vampirismo com a sexualidade. Eu ponderei que havia lido uma biografia de Bram Stoker, a qual deixava patente a sua homossexualidade e que falava também da sua correspondência "homoerótica" com Walt Whitman.

Achei muito interessante que Lucia contou-me que Bram Stoker começou a escrever o seu *Drácula* um mês após a prisão de Oscar Wilde, punido na Inglaterra por sua homossexualidade, e que, segundo as interpretações psicanalíticas que ela havia lido, a maior ameaça sexual do conde Drácula seria a de "penetrar e sugar" outro homem. A obra clássica *Drácula* foi publicada em 1897, num estilo epistolar, no qual são narradas cartas, diários e artigos de jornal. No enredo da obra, Jonathan Harker, um advogado inglês recém-formado, visita o conde no seu castelo nas montanhas dos Cárpatos. Durante a noite, no castelo, Harker se depara com três mulheres vampiras. Por sorte, o conde o protege e dá às vampiras o corpo de uma criança. Harker escapa e acaba internado num hospital de Budapeste. Enquanto isso, o conde leva para a Inglaterra um navio cheio de caixas de terra do seu castelo, na Transilvânia, porque os vampiros, na tradição antiga, precisam descansar sobre a terra da sua região de origem, recuperando a sua força. É ela que garante a sua preservação nas suas viagens. Do contrário, o conde ficaria vulnerável fora de seu local de origem.

No diário de bordo, o capitão fala do desaparecimento de toda a sua tripulação. Fala também de um ser que se parece com um cão enorme, o qual fora visto pulando para fora do navio. O monstro – um vampiro – passa a assolar a cidade litorânea de Whitby. Harker era noivo de uma moça de nome Mina, que era amiga de Lucy, outra jovem sonâmbula e que passa a ser perseguida pelo conde Drácula. Quando Mina fica sabendo da situação de Harker, ela viaja a Budapeste, para cuidá-lo. O professor Van Helsing, amigo de um deles, desconfia da fraqueza de Lucy, concluindo se tratar de uma anemia por perda de sangue. Ele põe alho ao redor do seu quarto e monta um colar – de alho –, medida utilizada na época para a proteção contra vampiros. Porém, a sua mãe – sem saber de nada – remove-os do seu quarto. Lucy e sua mãe morrem logo depois. Há notícias sobre crianças que são perseguidas à noite por uma bela senhora. Van Helsing imagina ser Lucy, que teria se tornado uma vampira.

Ele e um grupo vão até a sua sepultura no cemitério e a decapitam, perfurando o seu coração e enchendo a sua boca de alho. Harker e Mina retornam e se juntam ao grupo, decididos a eliminar o conde Drácula. O vampiro descobre o plano e bebe o sangue de Mina, obrigando-a a também beber o seu sangue. Ela será uma vampira após a sua morte, salvo se o conde Drácula for morto. Perseguido por Van Helsing, Harker e os demais, Drácula se esconde no seu castelo na Transilvânia, com a última das suas caixas. Van Helsing consegue rastrear os seus movimentos através do método de hipnose, com o qual ele intercepta as conversas de Mina com o conde. Van Helsing vai ao castelo e destrói as mulheres vampiras. Harker e seus companheiros seguem Drácula pelo rio. A caixa do conde é levada por um grupo de ciganos, mas Harker e seus homens os derrotam e depois decapitam o conde Drácula, esfaqueando o seu coração. O conde vira pó. Mina se liberta da sua maldição vampírica. Contudo, numa notícia, sete anos depois, Harker divulga sobre um filho que nasce do casal e que talvez represente a possibilidade do retorno do vampiro.

Neste ponto da história, minha nova amiga Lucia Bitten voltou à carga, relatando mais detalhes das interpretações psicanalíticas da obra de Bram Stoker. Falou da excitação de Harker ao ser "penetrado" por três mulheres vampiras e que isto representaria o seu desejo homossexual. E que o personagem assumiria o papel tradicionalmente feminino de passividade sexual. Já as mulheres vampiras seriam a representação da masculinidade. Lucia me lembrou que a depravação sexual era vista pelos vitorianos como domínio exclusivo dos homens e que as mulheres eram vítimas dos desejos sexuais dos seus maridos. Stoker era gerente do Lyceum Theatre, em Londres. Numa correspondência dirigida ao poeta Walt Whitman, ele se revela um tipo humano "secreto para o mundo", mas com uma vida até bem pública. Do que se soube por alguns jornalistas ingleses, Stoker complementava a sua renda escrevendo romances. *Drácula* era o seu sétimo livro e o autor "escrevia para vender" e não tinha maiores pretensões quanto ao seu reconhecimento literário.

Após a sua publicação, *Drácula* foi recebido com entusiasmo pelos amantes da literatura de horror. Outros críticos acharam a obra assustadora demais, com uma estrutura parecida com *The Woman in White*, de Wilkie Collins. A obra era comparada com o estilo da pioneira gótica Ann Radcliffe. Houve quem comparasse *Drácula* com os contos de horror de Poe, das irmãs Brontë ou com *Frankenstein*, de Mary Shelley. Minha nova amiga Lucia concluiu dizendo que talvez Stoker quisesse falar do seu desejo de possuir mais liberdade na sua vida sexual. Disse também que Stoker produziu mais de cem páginas de notas para a obra, a maioria sobre a Transilvânia. Ela me explicou que houve quem afirmasse que *Drácula* teve como inspiração o príncipe valáquio Vlad, o Empalador; ou uma condessa de nome Elizabeth Báthory. Ninguém sabe ao certo. O nome "drácula" Stoker teria encontrado na biblioteca pública de Whitby, durante umas férias que passou lá. Ele gostou do nome, que teria entre os seus possíveis significados a palavra "diabo", num dialeto romeno. Lembrei do "dibuk", o demônio dos judeus da Europa Central, que atormentava os camponeses do interior da Lituânia, segundo me contou minha avó Clara.

Eu tentei amenizar a nossa conversa. Afinal, eu havia conseguido arrematar a primeira edição da maior obra de João Guimarães Rosa e estava muito feliz. A conversa sobre vampiros e sobre o conde Drácula era tudo o que eu não desejava naquele momento. Sem exibicionismos, compartilhei então com Lucia o meu prazer pelo fato de eu ter adquirido meses antes, nada menos do que a primeira edição de *Drácula*, datada de 1897, a obra clássica de Stoker, publicada pela Grosset & Dunlap, de Nova York. *Drácula* havia sido publicado em Londres, no mesmo ano, pela Archibald Constable and Company, edição que eu também possuía em meu acervo. Dizem que, na época, a obra custava não mais do que seis xelins e vinha encadernada em tecido amarelo e com o título em letras vermelhas. Houve uma edição, dois anos depois, em 1899, pela Doubleday & McClure, de Nova York, que eu havia tentado adquirir de um colecionador de Budapeste, sem sucesso.

Lucia me propôs que fizéssemos um breve intervalo em nossa conversa sobre vampiros, para saborear uns deliciosos doces de ovos portugueses que eram servidos no local. Ela disse que me contaria uma história incrível sobre obras raras e primeiras edições. Passou então a narrar o que acontecera com um dos seus amigos, o qual compartilhava o meu gosto por livros. Ramon Vega era jornalista e vivia na cidade de Mar del Plata, na Argentina. Ao ler numa revista o anúncio sobre a venda de um apartamento, ele percebeu numa fotografia de uma estante de livros que decorava a sala de estar do imóvel, que uma das obras era o famoso *Manuscrito Voynich*, o livro considerado um dos mais raros do mundo. Há um exemplar idêntico na Biblioteca Beinecke de Livros Raros e Manuscritos, da Universidade de Yale, nos Estados Unidos.

Conhecedor do mundo dos livros raros, Ramon imediatamente percebeu que estava diante da obra pertencente a Jacques Goudstikker, um colecionador de livros de origem judia, que vivia em Amsterdã, durante a Segunda Guerra Mundial, e que teve a sua biblioteca apreendida pelos nazistas.

Ramon notificou imediatamente o fato à polícia argentina, a qual comunicou o fato à Interpol. O acontecimento foi divulgado pela imprensa. No entanto, o livro logo desapareceu da estante, de modo misterioso, "sem que a dona do apartamento percebesse", segundo o advogado da família. A obra estava em uma lista de bens roubados de famílias judias durante a guerra, levando a um processo por ocultação da obra e a posse de bem de origem criminosa pela dona do imóvel, de nome Gertha von Zafke, bisneta de um famoso general nazista.

Eu adorei a história que a minha nova amiga Lucia Bitten me contou sobre o *Manuscrito Voynich*, um livro ilustrado, datado do século XV, contendo cerca de duzentas e quarenta páginas, com desenhos de plantas, estrelas e elementos biológicos e farmacológicos. A obra foi escrita utilizando um sistema de representação gráfica ainda desconhecido – a escrita Voynichese –, o qual não foi ainda decifrado. A sua origem, autoria ou propósito são desconhecidos. Lucia era realmente uma pessoa que valeu a pena eu ter conhecido. De volta aos vampiros, eu disse a Lucia que eu não rechaçava as suas considerações psicanalíticas sobre o Drácula, focadas na possível homossexualidade do seu autor, Bram Stoker. Eu lembrei a ela sobre a curiosa dedicatória que havia na primeira edição. Stoker dedica *Drácula* a um amigo oculto, a quem ele chama carinhosamente de "Hommy-Beg". A obra começa com o diário do personagem de Harker, datado do dia 3 de maio, onde ele narra a sua partida de Munique às 8:35 p.m. do dia primeiro de maio, e a sua chegada em Viena no dia seguinte, com uma hora de atraso. Depois, ele passa a falar da beleza de Budapeste. Quem seria o seu "Hommy-Beg", eu ficarei devendo a informação ao prezado leitor.

Mas a minha narrativa não termina aqui. Eu me despedi de Lucia, disse a ela que eu tivera momentos muito agradáveis na sua companhia e que havia sido um enorme prazer ter conhecido uma pessoa que dominava tão bem a boa literatura e os meandros da sexualidade humana. Falei que eu havia adorado a história sobre o *Manuscrito Voynich*. Tomei então um táxi e retornei ao hotel. Achei interessante ter conhecido aquela mulher tão vibrante e com quem eu passara horas discutindo sobre o mundo dos livros. Abri o meu computador e comecei a olhar as mensagens que haviam chegado pelo meu correio eletrônico. Não havia nada de importante. Entrei no Google e pus o seu nome: Lucia Bitten. Estranhei, pois não apareceu nada sobre ela.

Achei no mínimo curioso uma mulher como ela não ter qualquer registro sobre a sua atividade literária pela internet. Pesquisei sobre Ramon Vega e não havia nenhum jornalista com o seu nome. Lembrei que ela havia insistido em pagar ao menos o nosso café – eu fiquei com a despesa dos doces portugueses. Pus a mão num dos meus bolsos e lá estava o que eu procurava: eu tinha a certeza de que levara comigo o recibo do pagamento com o meu cartão, da parte que me coube da despesa. Observei que junto com o meu recibo, veio por casualidade o recibo do pagamento feito por Lucia. Olhei o nome que estava escrito no seu recibo e não era o dela.

Era o de Gertha von Zafke, a dona do apartamento de Mar del Plata, que a polícia procurava pelo roubo do famoso *Manuscrito Voynich*. Meu Deus! Aquela mulher havia me contado a história do livro que a sua família roubara do colecionador judeu na Segunda Guerra apenas pelo prazer de me enganar! Era ela: Gertha von Zafke! Contudo, eu refleti por alguns segundos e conclui que ela não estaria ali, a conversar comigo por tanto tempo, apenas para fazer piada com a minha paixão por obras raras e primeiras edições. Deveria haver algo mais sério do que isso. Eu senti então um frio no estômago e as minhas pernas amoleceram. Levantei-me rapidamente e fui correndo revisar a minha sacola. O que eu temia havia acontecido. A minha primeira edição de *Grande Sertão: Veredas*, de Rosa, que eu havia arrematado no leilão da livraria próxima ao Real Gabinete Português de Leitura, havia desaparecido.

THE NOVELS AND TALES OF ROBERT LOUIS STEVENSON

THE MERRY MEN AND OTHER TALES AND FABLES STRANGE CASE OF DR. JEKYLL AND MR. HYDE

PUBLISHED IN NEW YORK BY CHARLES SCRIBNER'S SONS 1903

XXXI

O OUTRO JEKYLL

(*The Novels and Tales*, de Stevenson, edição de 1903)

Num breve passeio pelo centro antigo de Glasgow, Escócia, quando eu fazia um curso na cidade, deparei-me com uma magnífica coleção das obras de Robert Louis Stevenson, publicada na virada do século, em Nova York, por Charles Scribner's Sons. A livraria era até modesta. Comprei a coleção completa, que me enviaram pelo correio para Londres, onde morávamos, Leonor e eu, no início da década de 1980. Quando folheei o primeiro volume, deparei-me com uma surpreendente dedicatória. Num texto carinhoso, Dr. John Jekyll escreveu que eu, na certa, iria gostar de ter aquela bela coleção no meu acervo. "Ainda seremos amigos, John". John Jekyll e eu fomos, de fato, amigos.

Como muitos jovens da minha geração, a minha iniciação literária se deu, entre outras obras, com Stevenson. Eu me encantei com as aventuras da *Ilha do tesouro* e depois com *O médico e o monstro* (*The strange case of Dr. Jekill and Mr. Hyde*, no original em inglês). O escritor escocês foi um mestre da prosa e as suas narrativas, além de emocionantes, exploravam questões morais sobre os limites entre o bem e o mal. Extremamente versátil, imaginativo e prolífico, além de romances, Stevenson escreveu poesia, ensaios, livros de viagem e uma correspondência extensa e muito bonita com amigos, escritores, editores de jornais e de revistas de várias partes do mundo. As suas cartas também estão incluídas na coleção que adquiri.

Até hoje eu gosto de reler a obra de Stevenson e tenho sempre os seus livros espalhados pela minha casa e dos meus familiares. A minha filha Laura costuma contar histórias para o meu neto Daniel e ela muitas vezes se inspira nos seus textos. Stevenson era também um dos autores favoritos de Jorge Luis Borges. No poema "Os justos", o autor argentino aponta, entre os que merecem este adjetivo, "o que agradece que na terra haja Stevenson". No prólogo sobre um livro de fábulas do escocês, Borges escreve: "Na vasta obra de Stevenson, este é um livro lateral, uma breve e secreta obra-prima. Aqui também estão a sua imaginação, coragem e graça. Todas revelam uma mesma ética. O homem tem que ser justo, ainda que Deus não o seja ou ainda que não exista Deus".

Contudo, eu devo confessar ao leitor que a minha relação com Stevenson é mais profunda e pessoal. Data do período em que vivi em Londres, nos anos 1980. Nas quartas-feiras, eu atendia no ambulatório do University College Hospital, que se situava na Euston Road, na região de Camden, em Londres. Minha chefe, a professora Judith Sparr, havia solicitado que eu a substituísse temporariamente no cuidado dos pacientes que estavam sob a sua responsabilidade naquele hospital. Ela estaria no exterior por três meses. E foi o que fiz, com muita satisfação. Cumpriu-se assim a profecia! Lá, eu conheci o simpático e respeitado doutor John Jekyll, o qual, depois de conversarmos várias vezes na cantina do hospital e nos tornarmos bons amigos, confidenciou-me que ele estava envolvido com a realização de certos experimentos científicos, os quais – segundo ele – seriam capazes de transformar o indivíduo em um ser humano completamente diferente, trazendo à superfície outros aspectos da sua personalidade.

John era um excelente médico e um bom homem. Ao contrário do seu parente, também médico, o doutor Henry Jekyll, personagem da obra *O médico e o monstro*, de Stevenson, ele não desejava produzir nenhum senhor Edward Hyde, de caráter sombrio e violento. O doutor Jekyll que eu conheci no University College Hospital causaria rubor e constrangimento em Stevenson. Nada tinha que ver com os crimes brutais realizados pelo misterioso senhor Hyde, que era objeto da investigação do advogado de nome Utterson, na obra de Stevenson. Os seres transformados pelo doutor John Jekyll – o meu gentil colega do hospital – eram submetidos aos efeitos de uma poção muito diferente daquela utilizada nos experimentos do doutor Henry Jekyll.

Na obra de Stevenson, o doutor Henry Jekyll se transformava no senhor Hyde, saía pelas noites livremente, fazendo maldades e matando pessoas, sem sentir a menor culpa. E mais, o cientista havia encontrado uma poção que o transformava num monstro, mas não tinha um antídoto capaz de reverter este efeito devastador. O resultado era a perda total do seu controle sobre o senhor Hyde e suas maldades. E o médico e o monstro passaram a representar uma luta constante entre as suas duas personalidades antagônicas. O doutor Henry Jekyll, de Stevenson, percebe logo que ultrapassara os limites da ciência e a sua enorme responsabilidade em relação à natureza humana. Ele se desespera e não deseja viver mais a sua versão humana mais sombria.

Ao contrário, o doutor John Jekyll, meu amigo, era amável e incapaz de ferir uma mosca. Os seus objetivos científicos eram muito distintos e com a expectativa de produzir efeitos maravilhosos para a humanidade. Ele era um tipo que dormia cedo ao lado da esposa e só despertava no outro dia, bem cedo, para ouvir o canto dos pássaros e, depois do banho, saborear com a sua amada o café da manhã. Na cantina do hospital, todos o saudavam quando ele chegava. Era tão terno que, mesmo comigo, um amigo mais recente, tinha o cuidado de trazer de tempos em tempos um pote de geleia de morango, que ele e a esposa preparavam nos finais de semana. O doutor John Jekyll queria que as suas pesquisas o levassem a distribuir sorrisos e amabilidades no cotidiano das pessoas.

Ele sabia já há muito tempo que a ânsia por conhecimento podia fazer os seres humanos ultrapassarem os limites normais, levando a consequências gravíssimas. Como eu, ele havia lido *O médico e o monstro*, de Stevenson. E me dizia que há muito havia entendido o valor das escolhas que fazemos. Foi por nossa identidade de gostos literários – como eu, ele adorava Kipling, Kafka e Proust – que ele me revelou o segredo das suas pesquisas mais recentes. No seu laboratório, ele trabalhava com um composto químico de composição semelhante à do gás hilariante, o qual produzia uma suave depressão na parte do cérebro que controlava a nossa autocensura, deixando o indivíduo num estado de felicidade e de relaxamento. Ao inalar a substância, o indivíduo passava a rir à toa, como quando se consome álcool em dose exagerada. Os voluntários das suas pesquisas passavam o tempo inteiro a sorrir e contentes com as coisas mais banais do dia a dia.

Ele denominava a substância de "óxido amoroso", para aludir ao composto no qual havia se inspirado – o óxido nitroso – e o efeito com ele obtido. E não faltavam voluntários para participarem das suas pesquisas. Depois de receberem a substância, todos, sem exceção, ficavam com o melhor dos humores. Até os indivíduos mais carrancudos incluídos na pesquisa tornavam-se uma verdadeira simpatia. Houve dois casos emblemáticos e que ele apresentou na reunião científica mais importante do hospital. Eram dois homens extremamente grosseiros com as suas esposas, ao ponto das suas pobres vítimas considerarem um pedido de divórcio. Em dois dias de exposição ao produto, os maridos se tornaram tão gentis, que passaram a assumir todos os afazeres domésticos, para que as suas esposas não se cansassem.

No jornal do University College Hospital, o doutor John Jekyll esclareceu que mesmo sendo ele parente de Henry Jekyll, da obra de Stevenson, as suas pesquisas eram dirigidas na direção diametralmente oposta. Ele havia se inspirado numa descoberta ocorrida na segunda metade do século XVIII, pelo químico inglês Joseph Priestley. Tratava-se de um gás que provocava uma sensação agradável e que naquela época passou a ser utilizado até para animar os convidados durante as festas. Décadas mais tarde, um dentista americano de nome Horace Wells observou que, sob efeito do tal gás de óxido nitroso, ele poderia extrair os dentes que desejasse dos seus pacientes, sem que eles sentissem o menor dolorimento.

Não obstante os efeitos agradáveis e benignos da substância, tanto o doutor John Jekyll, que inalava indiretamente a substância por passar longo tempo no laboratório, quanto os seus auxiliares na pesquisa tornaram-se um pouco inconvenientes. Eles faziam tantas gentilezas, que deixavam o trabalho de lado. Eu mesmo pude observar que, tão logo o doutor John Jekyll me via chegar na cantina do hospital, imediatamente ele se dirigia ao meu encontro e insistia em me ajudar com a bandeja do almoço. Depois, na hora da sobremesa, ele se apressava e servia duas porções – a minha e a dele – para que eu não precisasse me deslocar até o bufê. Em resumo, eram cortesias em demasia.

Nos relatórios mais recentes das suas pesquisas, ele havia notado que, sob efeito do "óxido amoroso", os pacientes incluídos na pesquisa eram tão delicados com as pessoas, que se tornavam até desagradáveis. Faziam tantos rapapés com as senhoras e ajudavam os velhinhos de tal maneira, que se tornavam exagerados. Com as crianças, era notório o que eles faziam. Carregavam sempre nos bolsos do casaco guloseimas, para distribuir aos jovenzinhos que encontravam pelas praças. Os dentistas passaram a reclamar para os pais que os filhos vinham à consulta cheios de cáries e só poderia ser o efeito do exagero nos doces. E se houvesse algum deles no escorregador ou no balanço, os voluntários da pesquisa do doutor John Jekyll gentilmente afastavam a mãe ou a avó e assumiam a função, às vezes durante a manhã ou a tarde inteira, o que começou a gerar certa competição com os familiares.

E havia efeitos colaterais surpreendentes nos indivíduos submetidos ao "gás amoroso". Eles se tornavam presas fáceis nas mãos dos aproveitadores, que lhes pediam dinheiro emprestado e jamais devolviam, solicitavam que eles os ajudassem a carregar as suas pesadas cestas de compras e até pediam que eles cortassem a grama dos seus jardins, o que os coitados faziam com o maior prazer e alegria. Noutras palavras, eles começaram a ser explorados pelas outras pessoas. Dentre os efeitos adversos mais graves da substância benigna do doutor John Jekyll, foram observados casos em que "os senhores Hyde" eram simplesmente induzidos a cometer delitos, para satisfazerem as ambições das pessoas mal-intencionadas, e pelo simples fato de que eles eram incapazes de dizer não para os outros.

Houve o caso de "um senhor Hyde" da pesquisa de John que era um gerente de banco e que se viu na obrigação de conceder empréstimos vultosos para clientes, os quais jamais teriam como pagar as suas dívidas. E a responsabilidade pelo pagamento recaiu sobre o coitado, que não negava fiança em seu próprio nome a nenhum cliente do banco. Se o grande Stevenson escreveu *O médico e o monstro,* convidando o leitor a refletir sobre a complexidade da natureza humana e as escolhas que nós fazemos, a atitude do seu parente, o doutor John Jekyll – o gentil e amoroso doutor John Jekyll –, utilizou-se da mesma estratégia da transformação do caráter do indivíduo, mas no sentido oposto: para melhor. Contudo, os seus resultados de longo prazo foram desapontadores.

Estes resultados levariam o leitor a concluir que o melhor é deixarmos os seres humanos como eles são no seu estado normal. E que as mães, os pais, os avós e depois os professores se encarreguem de educá-los para o bem e nos moldes como sempre fizemos. Stevenson nos mostrou que, de início, o doutor Henry Jekyll se divertia com a súbita liberdade que o senhor Hyde lhe proporcionava, saindo pelas noites a apavorar as pessoas. Mas com o tempo, ele passou a se preocupar, pois o seu "monstro" passara a matar pessoas: saíra do seu controle. Ele passara a dominar "a parte sadia do seu corpo".

Da mesma forma, "os senhores Hyde" produzidos pelo gás hilariante do bondoso doutor John Jekyll acabaram se tornando inconvenientes no convívio social. Há alguns meses, fiquei surpreso ao receber uma mensagem assinada pelo doutor John Jekyll e com o papel timbrado do University College Hospital, de Londres. Eu abri a correspondência com enorme curiosidade, pois há tempos que eu não sabia do meu amigo John. Ele me convidava para ir a Londres, para assistir a uma aula magna da universidade, na qual ele faria um balanço das suas pesquisas ao longo de toda a sua carreira. John fez a delicadeza de me enviar também um resumo do conteúdo que apresentaria na ocasião.

Nas conclusões, ele recomendava que as famílias tivessem o cuidado de oferecer bons exemplos de conduta pessoal e moral aos filhos e procurassem boas escolas para eles estudarem. Que os pais convivessem bastante com os filhos, estimulassem a boa leitura, os esportes e as atividades sociais e comunitárias. Que seria muito importante que os filhos tivessem a liberdade para escolherem a profissão que desejassem, evitando as imposições da família. Nos casos em que fossem observados problemas mais sérios, a recomendação seria ficarem bem próximos dos filhos e atentos em relação às suas atitudes, dando-lhes carinho e atenção. Em casos mais graves, o melhor seria procurar o auxílio de especialistas, como assistentes sociais, psicólogos e psiquiatras.

Achei significativo que John nada mencionava no relatório sobre as suas pesquisas com o "gás amoroso". Imaginei que tivessem ficado no passado. Meu amigo John havia concluído que é melhor deixar os seres humanos no seu jeito natural, sem tentativas de aprimoramento. E se quisermos melhorá-los, talvez devêssemos tentar, quem sabe, o hábito da boa literatura. O fato é que a coleção das obras de Robert Louis Stevenson, publicada ao início do século XX, em Nova York, pela Charles Scribner's Sons, e que ornamenta o meu acervo, é para mim uma fonte constante de releituras. Stevenson é um autor que serve tanto ao leitor jovem como ao indivíduo mais maduro. Suas histórias nos fazem refletir sobre as condutas morais das pessoas.

BIBLIOTECA CLÁSICA.

TOMO IX.

ENEIDA

POR

PUBLIO VIRGILIO MARON

TRADUCCION EN VERSOS CASTELLANOS

POR

MIGUEL ANTONIO CARO

TOMO I.

MADRID
IMPRENTA CENTRAL Á CARGO DE VÍCTOR SAIZ
Colegiata, núm. 6
1879

XXXII

O PROMETEU MODERNO

(*Eneida*, de Virgílio, edição de 1879)

O poema épico *Eneida*, escrito por Virgílio no século I a.C. narra os feitos de Eneias, o grande herói troiano, que sobrevive à guerra de Troia e, protegido pelos deuses, funda os primórdios do Império Romano. Virgílio descreve em versos o que aconteceu após a derrota dos troianos e a chegada de Eneias à região onde hoje se situa a Itália. A *Eneida* trata do surgimento de uma nação. Muito influenciado por Homero, o poema de Virgílio dá seguimento às grandes epopeias dos mares. É um desdobramento da *Odisseia*, como depois seria *Os Lusíadas*, de Camões.

Virgílio é considerado um dos maiores poetas da história de Roma. A sua inclusão como figura central na *Divina comédia*, de Dante Alighieri, ilustra bem a sua dimensão. Virgílio aparece como um guia, que conduzirá Dante pelo Inferno e pelo Purgatório. Depois, será Beatriz a musa que levará o poeta ao Paraíso. No Paraíso, Dante é levado depois à Santíssima Trindade, pelas mãos de São Bernardo. Eu comprei esta edição da *Eneida* há uns vinte anos, quando fiz parte de uma delegação da Academia Nacional de Medicina, num evento científico em Madri, coordenado pela Academia de Medicina da Espanha.

Ao passear com Leonor pela parte antiga da cidade, encontrei essa edição em um sebo e a comprei imediatamente, sem hesitação. Muito bem conservada, em dois tomos e com capa dura, ela tem a sua tradução em versos castelhanos feita por Miguel Antonio Caro. Esta edição da Eneida tem uma introdução longa e densa, que fala do reconhecimento da poesia de Virgílio ao longo da história e do seu impacto no imaginário romano. Em vida, o poeta recebeu várias homenagens públicas e a sua Eneida inclui-se entre as principais obras literárias do Ocidente.

O velhinho, proprietário do sebo onde eu adquiri a obra, simpatizou logo comigo e ficamos conversando sobre livros raros por quase duas horas. Sabendo do meu interesse por primeiras edições, ele perguntou se eu possuía alguma edição antiga do *Frankenstein*, de Mary Shelley. Eu respondi que sim, que eu possuía uma primeira edição em meu acervo. Ele ficou impressionado e perguntou se eu era também dado a aventuras literárias perigosas. "Perigosas?", eu reagi com surpresa. "Sim, perigosas", ele completou. Eu disse que sim. Na montagem do meu acervo, eu tinha vivido situações até difíceis de acreditar, "fatos que eu nem mesmo tive a coragem de compartilhar com a minha própria esposa", eu acrescentei.

"Então, o senhor é como eu, um indivíduo que aceita a possibilidade da existência de outros mundos e de outras realidades além da nossa", ele comentou, com um sorriso malicioso nos lábios. Eu concordei com ele e nós nos despedimos. Durante a noite, no quarto do hotel, enquanto Leonor dormia um sono tranquilo, eu despertei e a conversa com o velhinho do sebo retornou várias vezes ao meu pensamento. "Outros mundos e outras realidades", eu repetia para mim mesmo. Dei-me conta de que não havia sido eu quem iniciara a nossa conversa sobre o *Frankenstein*, de Mary Shelley. "Quem falou sobre *Frankenstein* foi ele", eu pensei.

Do mesmo modo, eu não lembrava de ter mencionado a ele o desejo de obter uma edição da obra clássica de Mary Shelley. "E por que o velhinho me perguntaria se eu era dado a aventuras literárias perigosas?", eu fiquei martelando a minha cabeça com aquela pergunta. Algo havia, para que ele puxasse aquela conversa sobre o *Frankenstein*, de Mary Shelley, e sobre as "aventuras perigosas". A verdade é que eu não consegui mais pegar no sono, decidido a ir adiante e esclarecer aquela história. Depois do café da manhã, expliquei a Leonor que eu teria de retornar à pequena livraria do dia anterior, pois eu tinha um assunto pendente com o velhinho, dono do sebo. E tinha que ver com Mary Shelley.

"Shelley morou na Espanha?", Leonor perguntou, surpresa. "Ela não, mas quem sabe alguém bem próximo a ela", eu respondi. Leonor não entendeu o sentido da minha resposta, mas disse que eu fosse resolver esse enigma e nós nos encontraríamos à noite no hotel, na hora do jantar. Eu mal pude esperar pelo reencontro com o velhinho do sebo. Na verdade, eu já estava na porta, esperando por ele, quando eu o vi chegar, para abrir a livraria. Quando ele me viu, exibiu um sorriso triunfal e disse que tinha a certeza de que eu estaria à sua espera. Ele cochichou ao meu ouvido que nós éramos "almas gêmeas" e não resistíamos a um bom mistério que envolvesse um livro.

O velhinho disse que eu teria um dia inesquecível, na companhia de uma certa criatura. "Devo esperar por um encontro com um grande colecionador? Alguém misterioso?", eu brinquei. "Quem sabe", ele respondeu. Eu fiquei curiosíssimo! O que fosse que o velhinho estivesse preparando para mim, pareceu-me "literariamente" irresistível. Ele então escreveu um endereço num pedaço de papel e disse que eu faria uma visita secreta a "certa figura literária". "Mas que interessante!", eu respondi. Ele disse "Espero que sim, pois algo me diz que o senhor se dará muito bem com a criatura".

Eu fiquei confuso com o termo "criatura". Imaginei que eu seria apresentado a um famoso colecionador de livros ou a um leiloeiro exótico. "Quem sabe será um encontro com um especialista na obra de Cervantes ou de Lope de Vega", eu arrisquei. Ele sorriu, sem responder nada. O certo é que fiquei muito curioso com a história. Tomei um táxi e falei ao motorista o endereço. Ele ficou meio assustado e pediu que eu lhe mostrasse o papel com o endereço, para confirmar o que eu lhe havia dito. Ele releu o endereço e disse que me deixaria próximo ao local. Haveria uma parte do trajeto que eu teria de fazer a pé. O motorista perguntou ainda se eu tinha certeza de que eu desejava realmente ir até lá. Eu perguntei se havia algum motivo especial para a sua pergunta. Ele ficou em silêncio e depois disse: "É um local fantasmagórico".

Não obstante, eu disse que fôssemos em frente. Ele ligou o motor do carro e seguiu. O motorista me deixou numa esquina meio escura e quase sem moradias. Disse que eu tivesse cuidado e que eu seguisse pelo caminho que ele apontou. Caminhei por uns vinte minutos numa área quase rural, até chegar a uma enorme casa. Ela tinha o aspecto de ter sido abandonada há muito tempo. Havia uma vegetação descuidada que crescia pelas suas paredes, subia pelos telhados e escondia parte da sua fachada. Chamou-me a atenção a ausência de vida no local. Na entrada da casa não havia nem mesmo um cachorro a latir para mim.

Eu fiquei assustado, mas resolvi bater com força na porta principal, pois não havia uma campainha ou um sino, para dar sinal aos moradores quando da chegada de algum visitante. Fiquei esperando por alguns minutos e, quando eu estava quase desistindo, a porta se abriu. Da escuridão do interior da casa, surgiu uma figura assustadora. Ele era enorme e desajeitado. A criatura era bem mais alta do que uma pessoa normal. Parecia um ser humano, mas era muito maior. O seu rosto era cheio de cicatrizes e o corpo era muito forte. O seu cabelo era ralo e desarrumado. De trás daquela figura horrenda, soprava um vento gelado, que parecia vir das montanhas.

Se eu tivesse de escolher uma imagem para o demônio, seria a dele. Eu senti uma vertigem e quase perdi os sentidos. A criatura se aproximou de mim, mas não se mostrou agressiva. Havia na sua expressão certa amargura. Ele fez um sinal para que eu entrasse. Apontou para um velho sofá e pediu que eu me sentasse. Meio nervoso, eu disse a ele que o velhinho do sebo havia sugerido que eu o visitasse. Disse que a sua biblioteca era muito rica e interessante. A criatura me respondeu com certa ironia, dizendo que as suas leituras o tinham transformado num ser muito crítico – às vezes até demasiadamente crítico. Ele me ofereceu um chá, preparado num velho samovar, que parecia ter vindo de um texto de Tolstói, Dostoiévski ou Gorki.

"Um gole do meu chá de Flor de Lótus lhe fará muito bem", ele disse, querendo rir. Eu agradeci e perguntei se o seu chá era o mesmo que os soldados de Odisseu tomaram na ilha dos Lotófagos. "Então o senhor conhece a *Odisseia*, de Homero!", ele respondeu, mais animado. E soltou uma gargalhada. "Que bom! O velhinho mandou-me um visitante que realmente pertence ao mundo dos livros!", ele completou. A criatura então me pediu que eu não ficasse assustado com a sua aparência física. Disse que a feiticeira Circe tinha uma boa aparência e ainda assim enganou os soldados de Odisseu e transformou-os em porcos. Depois, ele me pediu licença, pois teria de escolher um livro para dar de presente a uma pessoa.

A criatura me deixou sozinho no sofá da sala da entrada do casarão e caminhou na direção da outra parte da casa, onde eu pude ver, de longe, que havia uma imensa e empoeirada biblioteca. Dei-me conta de que eu estava na casa do monstro da obra *Frankenstein*, de Mary Shelley. "Seria mesmo ele?", eu pensei. Foi quando eu apaguei. Perdi os sentidos. Pelo menos foi esta a minha interpretação do que se passou comigo. Quando eu despertei, vi-me deitado naquele sofá velho e cheio de remendos. Perto de mim, estava a criatura, olhando fixamente na minha direção, imagino que esperando que eu me recuperasse do desmaio. Ao ver aquele monstro sentado numa enorme cadeira de madeira de lei, bem na minha frente, eu não sei bem a razão, mas perdi um pouco do meu medo. Ele perguntou: "O sofá tem tantos remendos quanto o meu corpo, não é mesmo?" Eu apenas sorri, sem dizer nada.

Eu pensei na literatura e nas abordagens românticas que usaram a feiura e a repulsa como tema. Lembrei-me de uma obra de Umberto Eco, intitulada *A história da feiura* e da ideia de perceber o horror como uma forma de entender o belo. O leitor deve recordar o conceito de que o grotesco já foi associado à graça e a formosura. É o que propunha Eco na sua obra. O meu medo então desapareceu completamente. Eu me senti mais confortável na sua presença. Afinal, a feiura já foi usada até como parâmetro para a existência do belo e nem sempre era o seu oposto. Eu concluí que estava na presença dele, da criatura criada por Victor Frankenstein, na obra de Shelley. Era interessante reconhecer que tudo parecia, de certo modo, até agradável.

Eu estava na presença daquela horrível criatura e havia penetrado na obra de Shelley. Uma vez que a criatura era uma criação literária da autora, eu vivia algo irreal. O velhinho do sebo tinha razão. Eu vivia uma experiência fora da realidade, mas muito interessante. Imaginei que seria a ocasião de mergulhar nas circunstâncias da obra. Eu fiquei a observá-lo. Eu não me sentia ameaçado por ele. Ao contrário, desejei aproximar-me mais da criatura. Ele então pediu licença e dirigiu-se novamente a uma das estantes da enorme biblioteca. Tirou o pó que havia se acumulado sobre a capa de um livro, usando um pedaço de feltro verde. Acariciou-o, do mesmo modo como eu costumo fazer com os livros da minha coleção. Depois, ele deixou o livro numa mesinha próxima ao sofá em que eu me encontrava. Eu tentei ver qual era o título, mas não consegui. A capa, contudo, pareceu-me familiar.

Foi emocionante o que aconteceu comigo: eu simpatizei com a criatura e aceitei com naturalidade as suas formas desarmônicas e o seu aspecto repulsivo. Com uma expressão meiga no seu rosto, ele indagou se seria justo que ele fosse visto por mim e pelas outras pessoas como um criminoso. Ele argumentou que a humanidade havia se voltado contra ele, por ser um personagem assustador da obra de Shelley. "Que ousadia querer imitar o Criador!", ele exclamou, questionando o direito que teria Shelley de criá-lo, um ser horrendo e que na obra havia assassinato dois inocentes. E um terceiro, de forma indireta: a pobre Justine! De minha parte, até aquele momento, ele havia sido o personagem de uma obra literária. Porém, o que eu passei a ver na minha frente foi a humanização da criatura.

Ele tornara-se real e argumentava, indignado, que não aceitava a circunstância do seu personagem. "Quem era a jovem escritora Mary Shelley para criar um personagem que brincava de ser Deus? Que direito teria Victor Frankenstein de juntar pedaços de várias coisas e seres, querendo dar-lhes vida com uma corrente elétrica?". Ele falava tão enfaticamente sobre o desrespeito e a pretensão da autora, Mary Shelley, em atribuir a si mesma aquele poder de criar monstruosidades, que eu mesmo coloquei-me ao seu lado, solidário com a sua indignação como personagem.

"Então a criatividade do autor não tem nenhum limite? O autor pode brincar de criar até o que é obra de Deus? Mas que onipotência! Que criem no texto literário imagens sobre a natureza ou sobre as belezas ou as agruras da vida, até aí tudo bem!", reclamava a criatura. "Mas fazer-se de Deus e tentar criar um ser humano? Isto é demais! Veja as consequências! Três mortes de inocentes!", a criatura argumentava. Ela me disse ter lido nos últimos anos duas vezes o Antigo Testamento. O Novo Testamento o monstro lera uma só vez, mas com total atenção, pois havia boas edições das duas obras na biblioteca daquele casarão abandonado. De São Tomás de Aquino e de Santo Agostinho, a criatura disse ter lido e relido praticamente as suas obras completas. Ele vivia na solidão e o seu único prazer havia se tornado a leitura, o que aumentara muito o seu poder de crítica.

"A leitura pode mudar até um monstro artificial como eu", disse-me a criatura, um pouco mais calmo. Ela repetiu que aceitava que os autores inventassem até histórias de falsas paixões, de aventuras ou de viagens maravilhosas totalmente inverossímeis, "isto tudo ela aceitava, mas brincar de Deus era demais para uma fedelha e autora de uma obra literária, como Mary Shelley", o monstro reclamava. "E ela era tão mocinha para querer mudar a ordem das coisas no universo!", dizia o monstro. Melhor dizendo, ele deixara de ser, para mim, um monstro para tornar-se um personagem indignado. A criatura era agora uma defensora do Evangelho e da palavra de Deus. Do alto da sua assustadora silhueta de morte, ela dizia ter medo das consequências que viveria a humanidade, com aquela novidade de Shelley, de tomar para si os ares de uma divindade.

Ao ouvir aquela argumentação tão contundente e observar de onde ela provinha – da criatura da obra de Shelley –, eu não resisti e desmaiei novamente. Despertei logo depois, ainda confuso com aquele encontro fantástico. Eu estava diante do personagem central de uma das primeiras obras de ficção científica da história. Eu havia lido a história de Victor Frankenstein, um aluno de ciências naturais que constrói um monstro, ainda nos tempos de escola. Pareceu-me aceitável aquela criação literária, mas a criatura pensava diferente. Ela se dizia agora temente a Deus. Tornara-se devota de Santo Agostinho, pois as suas obras estavam todas disponíveis na biblioteca daquela horrorosa mansão por ela habitada. A criatura queria buscar a verdade, a vida em comunidade, a caridade, a humildade e a reforma. Orava pela fé. Ela me olhou e disse que pertencia à Ordem de Santo Agostinho. Era mendicante como os demais sacerdotes e religiosos, dedicados à vida em comunidade, ao estudo e ao serviço pastoral.

O que mais revoltava o monstro era o grau de ousadia a que se havia chegado na criação literária. Num desabafo, ele me disse que Shakespeare caracterizou os tipos humanos que nós conhecemos, mas – que ele soubesse ou tivesse lido a respeito – o bardo inglês jamais pretendeu ocupar o lugar de Deus, na sua elevada tarefa da criação de seres humanos. A atitude de Shelley era, portanto, de uma arrogância sem precedentes. Nessa época, eu já me arriscava a escrever alguns textos literários e me vi diante de um personagem de uma obra clássica que decidira levantar um libelo contra Mary Shelley e que se aplicava também aos demais escritores que se colocavam como substitutos de Deus, como se o texto literário permitisse tudo. E isso era inaceitável para a criatura da obra clássica de Mary Shelley.

Percebendo a dor e a indignação de um personagem que se vê envolvido pelas consequências de uma criação que não foi sua, mais do que isso, que lhe trazia consequências diretas: dois assassinatos a ele atribuídos, a criatura decidiu questionar a si própria. Ainda se viu a sonhar com uma companheira, a qual Victor Frankenstein quase criou. Imagine o leitor o que poderia acontecer se o monstro de Shelley pudesse procriar outras indesejáveis criaturas, em nome do seu desejo de combater a sua profunda solidão. Nos meus pensamentos, e tentando entender a intenção de Shelley ao escrever a história, imaginei que ela era ainda muito jovem, com apenas dezenove anos de idade, ou seja, era ainda imatura, e o texto talvez tenha sido pretencioso demais. A obra *Frankenstein*, de Shelley, foi publicada em 1818, sem mesmo o seu nome na capa. Seria por insegurança? Por ser uma obra escrita por uma mulher?

Sei que houve uma edição revisada – a terceira – publicada em 1831 e considerada com a definitiva. A obra obteve um sucesso imediato, inaugurando um novo gênero de horror. Eu lembro quando li *Frankenstein*. A obra mexeu comigo também, não apenas com a criatura. Era apavorante, de deixar o leitor sem dormir. Era uma narrativa das correspondências do tal capitão Robert Walton à sua irmã, ele em meio a uma expedição marítima rumo ao Polo Norte. Lembro que o navio do capitão Walton fica parado numa geleira, quando os marinheiros afirmam ter visto uma criatura assustadora, num trenó puxado por cães. Algum tempo depois, o navio consegue seguir e eles encontram o doutor Victor Frankenstein, personagem principal do livro, quase morto numa geleira. Ele é resgatado e narra ao capitão a sua história. As suas narrativas são depois repassadas à sua irmã.

Victor era oriundo de Genebra e era filho de um aristocrata. Ele se dedicava ao estudo das ciências naturais e mergulhara na leitura das obras dos grandes alquimistas, como Cornélio Agripa, Paracelso e Albertus Magnus. De Agripa, ele lê e se encanta com o *De Occulta Philosophia libri tres*. De Paracelso, Victor saboreia a *Aurora thesaurusque philosophorum*. E de Magnus, ele mergulha no seu *De Animalibus*. Ele é enfeitiçado pelas possibilidades teóricas dos novos conhecimentos da eletrofísica. Anos mais tarde, ele vai estudar numa universidade na Alemanha. Lá, o jovem Victor Frankenstein é apresentado por seus professores aos fascínios da ciência moderna. Victor quer descobrir o mistério da criação e acaba por encontrá-lo, mas o mantém em segredo. Ele deseja criar um ser humano no laboratório, sacrificando as suas amizades e o contato com a família para atingir este objetivo, o que ele finalmente consegue.

Veja o leitor como a indignação da criatura procede: Victor Frankenstein quer criar um ser humano em seu laboratório. "Não é uma prova da onipotência sem limites do autor? E que ideia mais absurda seria esta da senhora Mary Shelley?", esbravejava a criatura, a caminhar de um lado para outro pelos cômodos daquele assustador casarão abandonado. Contudo, a criatura inventada por Victor Frankenstein – e que eu conhecia naquele momento, durante a minha extraordinária visita – foge e ele não mais a encontra. Algum tempo depois, ele recebe uma carta do seu pai, na qual ele relata o estranho caso do assassinato do seu irmão mais moço, de nome William. De volta a Genebra, ele ouve que Justine, a criada da família, é suspeita do crime, pois ela foi encontrada com uma joia que o menino usava antes do seu desaparecimento.

Victor não aceita essa versão dos fatos e acha que o verdadeiro culpado é a criatura que ele próprio criara. As evidências contra a criada, porém, são fortes e Justine é condenada à morte. "Eu repito: à morte!", dizia, enfaticamente, o monstro. Frankenstein se sente culpado por ter criado a criatura. Desesperado, e para fugir desta realidade, ele decide escalar o Monte Branco. Durante a sua viagem, ele se defronta com a criatura, que parece muito inteligente. O monstro narra a Frankenstein como ele conseguiu fugir do seu laboratório, escondendo-se numa floresta, onde sobreviveu alimentando-se de frutas e de vegetais. Por sua aparência assustadora, a criatura diz ter sido forçada a esconder-se das pessoas, abrigando-se perto da cabana onde vivia um homem cego e a sua família. Afeiçoou-se a eles, ajudando-os em segredo.

O monstro aprende a língua, lê livros sobre a vida e sobre as virtudes humanas. Torna-se um indivíduo mais preparado para a vida. Um dia, em que o velho cego estava sozinho, apresenta-se a ele. Como o velho não podia vê-lo, ele o recebe com carinho. Porém, quando os seus filhos retornam à casa, eles escorraçam a criatura, que foge indignada. É nesse contexto que o monstro se revolta contra a humanidade e decide procurar pelo seu criador, cujo diário ele encontra no bolso do casaco que levara com ele na noite da sua fuga do laboratório. Quando chega a Genebra, é o monstro quem assassina o irmão mais novo de Victor, incriminando depois Justine. Depois de contar a sua história, ele exige que Victor construa uma fêmea para ele, prometendo deixar os seres humanos em paz e ir viver com a sua companheira nas selvas sul-americanas.

Sob a ameaça de ser morto pela criatura, Frankenstein retorna a Genebra. Ele realiza a sua cerimônia de noivado e depois parte para a Inglaterra, onde deve cumprir a sua promessa. Ele acaba se deslocando para uma das ilhas do arquipélago das Orkneys, onde inicia a construção da fêmea para a sua criatura. Contudo, ele pensa melhor e, com receio de criar uma raça de monstros que poria em risco toda a humanidade, ele destrói a fêmea ainda incompleta. O monstro jura se vingar de Frankenstein, que retorna para a Suíça. Devastado pela culpa, ele se casa com a sua noiva e os dois viajam para gozarem a sua lua de mel. Mas na noite de núpcias, a criatura retorna e mata a sua jovem esposa. Frankenstein volta a Genebra, onde o seu pai morre de tristeza pelo ocorrido. Ele jura se vingar da criatura, promovendo uma perseguição pelos mares congelados, onde ele é então resgatado, quase à morte, pelo capitão Walton e por sua tripulação. Frankenstein acaba morrendo no navio.

Na cabine, junto ao seu corpo, o capitão surpreende a criatura, aos prantos, a chorar a morte do seu criador. Ela diz ao capitão que não havia mais nenhum motivo para temer, pois os seus assassinatos terminariam ali, com a morte de seu criador, Victor Frankenstein. A criatura partiria rumo às geleiras do Norte e lá ela se suicidaria. Na obra de Mary Shelley, a obra termina assim. Contudo, o fato de eu me ver frente a frente com o monstro, naquele casarão mal-assombrado, depois de atender ao irresistível convite do velhinho do sebo madrilenho, sugeria o contrário: o monstro estava vivo e tornara-se um leitor voraz. Como um leitor verdadeiro, passara a ser um indivíduo mais crítico, o suficiente para criticar a criação do seu próprio personagem na obra de Shelley.

Sabedor de seu encantamento pelo Antigo Testamento, perguntei à criatura se ela tinha conhecimento sobre um anel que o rei Salomão havia comprado de um mendigo em Lahore, o qual lhe permitia entender a linguagem dos pássaros. A criatura respondeu que não, mas ficou fascinada com a história. Ela argumentou que, segundo o que havia lido, o anel simbolizava a possibilidade de controlar as forças do demônio, ou seja, uma forma de conter as energias negativas. Eu sugeri que ele procurasse por uma edição mais antiga do texto sagrado e que lesse sobre o rei. Ele foi imediatamente até a sua biblioteca e trouxe uma edição antiga do Velho Testamento. Ele adorou a parte em que Deus pergunta ao rei se ele queria riqueza e uma longa vida. O rei Salomão responde que não: ele preferia possuir sabedoria.

Entusiasmado com a minha sugestão de leitura, a criatura leu depois Provérbios, Eclesiastes e Cantares, da autoria do rei Salomão, e adorou a leitura. Ela ficou fascinada com os seus escritos e a sua sabedoria. Eu o segui até a biblioteca e procurei pelo tal livro de areia que Borges descreve num dos seus contos. Trata-se de um livro sem começo e sem final. O que eu desejava, na realidade, era poder mergulhar entre as suas infinitas páginas. Eu tinha a esperança de que o livro de areia nos conduzisse até a Villa Diodati, onde residia Lord Byron e a obra *Frankenstein*, de Shelley, começou a ser escrita.

Desse modo, eu poderia ver mais de perto as circunstâncias daquela obra. Seria uma atitude de respeito em relação à criatura, no sentido de entender as razões de Shelley para ter sido tão onipotente na produção da sua obra. A criatura adorou a minha sugestão e, quando percebi, havíamos pulado os dois para dentro do livro de areia. E, juntos, chegamos na casa de Lord Byron. Na época, Mary Shelley era ainda Mary Wollstonecraft Godwin. Ela fora até lá com o seu futuro marido, Percy Bysshe Shelley, para passar o verão à beira do lago Leman, na companhia de Byron e do escritor John Polidori. O vulcão do Monte Tambora, atual Indonésia, havia entrado em erupção anteriormente. Mais de um milhão toneladas de poeira foram lançadas na atmosfera, ao ponto de bloquear a passagem da luz do sol. Em consequência, foi um ano em que não houve verão naquela região da Suíça.

Para passar o tempo, os quatro amigos – agora acompanhados pela criatura e por mim – decidiram contar histórias uns aos outros – como fizeram aqueles jovens florentinos no *Decameron*, de Boccaccio, na metade do século XIV. Lord Byron fez um desafio: que escrevessem, cada um, uma história de fantasmas. Estimulado pelo desafio, Polidori pensa numa história sobre vampiros, que se tornaria depois *O vampiro*, a obra que inspiraria o *Drácula*, de Bram Stoker. Mary Shelley pensou na ideia de uma história macabra sobre um estudante que dá vida a um monstro, criando o seu *Frankenstein*. O curioso é que os leitores e as pessoas em geral associariam depois o nome "Frankenstein" ao monstro e não ao estudante.

Na obra, Mary Shelley se refere ao monstro, através do seu personagem Victor Frankenstein, como "a criatura" ou "o demônio" e nunca como "Frankenstein", que é nome de uma cidade na Silésia, origem de uma família com o mesmo nome. A escritora teria conhecido um membro da família, incorporando o nome à sua obra. De minha parte, quando chegou a minha vez de inventar uma história, eu inventei algo macabro, imitando o "Gato preto", de Poe. A criatura, por sua vez, disse que não se sentia emocionalmente preparada para criar histórias de horror, sobretudo na presença de Mary Shelley, que fora a responsável por fazê-la sua personagem e ser a razão da sua infelicidade. O monstro preferiu narrar a história de Eugene Onegin, de Aleksandr Pushkin. Todos choraram com a história do jovem, bonito, rico e entediado nobre, que com nada se impressiona, nem mesmo com a sua bela mansão, cheia de móveis elegantes, nem com os maravilhosos bailes e jantares suntuosos em que participava.

Eugene herda as propriedades do seu tio e passa a viver no interior. Ele então conhece a linda e delicada Tatyana, que por ele se apaixona de forma intensa e inocente. Contudo, ele a despreza, por ela ser uma jovem de pouca expressão na sociedade. Os tempos passam, Tatyana se casa com um nobre muito importante. Ela é agora uma mulher belíssima, segura e charmosa, da alta sociedade. Eugene a reencontra num baile e se apaixona perdidamente por ela. Mas ela era agora uma mulher comprometida e o rejeita, em nome dos bons costumes e por respeito ao seu marido. Ele entra em desespero e tenta o impossível para reconquistá-la, sem sucesso. Eugene vai até a sua mansão e se humilha, dizendo que a amava e estaria disposto a tudo para ter o seu amor.

Tatyana diz não entender a sua mudança de comportamento, pois ela era ainda a mesma pessoa que antes ele havia desprezado. Ela diz que lamentava, mas ela era uma mulher casada e o seu esposo merecia o seu respeito. Eugene rasteja e implora que ela reconsidere a sua decisão, pois ela era tudo para ele. Contudo, Tatyana diz que ainda o amava, mas não ficaria com ele. Era tarde demais para os dois. O que eu posso dizer ao leitor é que não apenas Mary, mas o seu esposo Percy Bysshe Shelley, o italiano Polidori e Lord Byron choraram muito com a narrativa do Eugene Onegin, de Pushkin, feita com grande emoção pela criatura. Os quatro ficaram impressionados com a afetividade do monstro criado por Shelley em seu *Frankenstein*. Depois, conversamos longamente com Shelley sobre a sua obra e sobre quais foram as suas motivações para escrevê-la.

Comentei com Shelley sobre a parte da obra em que ela descreve a criatura como de "pele amarela, que mal cobria o relevo dos músculos e das artérias que jaziam por baixo...". O monstro não parecia ser nada daquilo. Ela perguntou-me o que havia se passado com ele, depois de desaparecer do enredo da obra. Ela o considerava morto nas geleiras do Norte. Eu respondi de forma contundente que tudo o que ela testemunhava era o poder transformador da arte. A criatura havia se tornado um leitor dos mais vorazes, dotado de um acervo de obras clássicas riquíssimo. Depois de ouvir as histórias criadas pelos demais e a narrativa da obra de Pushkin, feita pela criatura, Shelley disse que estava um pouco cansada e que nós deveríamos partir, pois ela estava farta de se sentir questionada e de falar sobre a onipotência dos seres humanos. Eu expliquei a ela que eu havia conhecido um velhinho, que era dono de um sebo em Madrid. E que teria sido ele quem me havia aproximado do monstro, o qual vivia num enorme casarão, aparentemente abandonado, mas dotado de uma biblioteca, na minha opinião, exuberante.

Shelley se interessou pela biblioteca e disse que talvez ela visitasse a criatura em sua nova morada, no verão do ano seguinte. Eu reforcei a ideia de que a criatura merecia um pouco da sua atenção, uma vez que ela estava triste, por não aceitar o fato de ter sido um personagem de uma obra que desafiava o controle divino sobre a criação. Eu disse a Shelley que a criatura considerava um grave pecado brincar com o poder de Deus sobre o universo. "Imaginar que sejamos capazes de produzir um ser humano no laboratório", era algo ridículo segundo a criatura. Shelley me disse que a sua ideia de criar um ser humano no laboratório era o resultado do entusiasmo das pessoas do seu tempo com a possibilidade de utilizar partes distintas de seres humanos e submetê-las a uma carga elétrica unificadora. "Quanta pretensão a minha, não?", disse-me Shelley, ponderando que, uma vez escrita e publicada, a obra já não pertencia ao seu autor: ela passava a pertencer a todos que a lessem.

Como a criatura e eu retornamos às nossas vidas, eu confesso ao leitor que não sei ao certo. Nosso retorno pode ter ocorrido através das páginas do livro de areia de Borges, mas eu confesso que não saberia dizer. Quem sabe foi tudo um sonho ou um mergulho em outra obra literária do meu acervo? O fato é que a criatura retornou ao velho casarão e eu e Leonor voltamos a Porto Alegre. Pensei no *Lost Paradise*, de John Milton, pois a epígrafe escolhida por Shelley no seu *Frankenstein* traz uma citação da obra de Milton. Recordei-me deste incrível episódio com a criatura de Shelley, ao reler na minha biblioteca, numa tarde chuvosa, o *Don Juan*, de Byron. Do poeta Percy Bysshe Shelley, esposo de Mary, tenho em meu acervo *Ozymandias* e *The Masque of Anarchy*, mas eu arrematei mais recentemente, num leilão em São Petersburgo, o seu *Prometheus Unbound*, que pode ter influenciado Mary na escolha do título original do seu *Frankenstein: or the Modern Prometheus*.

De qualquer modo, fico com a sensação de que a criatura leu a obra da autora – Mary Shelley – e não gostou do destino do seu personagem. Por isso, andava triste e escondida naquele casarão abandonado, depois de assassinar duas pessoas inocentes, ao longo do enredo da obra, sem que achasse correto ela própria fazê-lo. Na verdade, ao conviver com o monstro, eu descobri que ele teria se sentido desrespeitado pela autora. "Meter-se com a criação humana é dar a quem escreve um poder exagerado", disse-me a criatura de Shelley. O monstro ponderou que até aceitaria perder o controle e assassinar alguém numa guerra, numa disputa justa ou num enfrentamento pela honra ou pelo amor de uma mulher. Ele lembrou-me que o grande poeta Aleksandr Pushkin, pai da literatura russa moderna, desafiou mais de vinte pessoas a duelar, enfrentando sete duelos. Pushkin foi morto ao defender a honra da sua esposa, em 1837, num duelo contra um tal Georges-Charles de Heeckeren d'Anthès. Mas ele nunca ousou imitar Deus ou interferir na sua criação.

O problema dos livros é que eles são como uma arma. O grande escritor francês Victor Hugo dizia que a palavra é uma das armas mais poderosas que existem. Há que se ter cuidado com ela. A literatura dá ao autor o poder de inventar e isto tem lá os seus perigos. Eu fiquei com pena e me solidarizei com a criatura de Shelley, o monstro horroroso na sua aparência, mas tão gentil e interessante no contato mais próximo. Imaginando-o a vagar sozinho naquele casarão, lendo a cada dia uma nova obra da sua biblioteca, tornando-se uma presa fácil dos perigos dos textos literários. Tremi de medo só de pensar na criatura abrindo o *Moby Dick*, de Melville; ou *Wuthering Heights*, na tradução para o português, *O morro dos ventos uivantes*, de Emily Brontë. A literatura é realmente perigosa, pode mudar o pensamento das pessoas. Deve ser por esta razão que a primeira coisa que fazem os tiranos, quando assumem o poder, é impedir que as pessoas leiam os bons livros. A palavra pode desencadear até revoluções.

Eu confesso ao leitor que desconfiei um pouco quando a criatura passou a se dedicar à religião. O fanatismo e as ideologias me incomodam. Nunca deram certo ou ajudaram a humanidade. Quantas guerras e mortes aconteceram em nome das crenças religiosas. Se levadas ao extremo, as religiões e as ideologias nos distanciam do lado humano das pessoas. Alimentam o ódio. Eu não posso tirar a razão do monstro, quando ele diz que Shelley foi além do permitido.

Não estou aqui a tomar partido em favor do monstro, até porque eu acho uma maravilha a criação literária. O que me interessa é trazer o tema à reflexão. Teria limite a imaginação do autor? Seria tudo permitido nas páginas de um livro? Eu penso que, em princípio, sim. Até porque não seria uma boa ideia estabelecer limites para a arte. Ela própria é uma tarefa "divina", aproxima-nos do céu, oferece-nos a possibilidade de nos sentirmos no infinito.

Lembrei que eu havia combinado com Leonor que jantaríamos num restaurante próximo ao Museu do Prado. Como é bom desfrutar das obras de Diego Velásquez! Ele é um dos artistas espanhóis que eu mais gosto. Eu não canso de admirar *As meninas*. Picasso dizia que copiou tudo de Velásquez. Igor Stravinsky disse que roubou a música de Mozart e que não via nada de excepcional no fato de um artista roubar um pouco da arte de outro, desde que o outro fosse um dos grandes. Os verdadeiros artistas merecem ser copiados e isto se chama "inspiração". Ao me levantar do sofá velho e empoeirado daquele casarão, eu pude confirmar a minha sensação de que o monstro não estava mais lá. "Ele havia partido", eu imaginei. Quem sabe ele nunca esteve lá, nem mesmo o velhinho do sebo, em Madrid, jamais existiu. Pode ter sido tudo fantasia. Como é linda a literatura! Que poder ela exerce sobre nós! Ela deixa os limites entre o real e o imaginário menos precisos. A arte muda a nossa percepção da realidade.

O mais curioso é que a criatura não me transmitiu medo, apenas tristeza e solidão. No fundo, a criação de Victor Frankenstein representava um ser que não era humano, cuja existência não fazia o menor sentido no nosso mundo. Foi por esta razão que ele pediu a Victor que criasse uma fêmea que o acompanhasse e que com ele formasse uma família. "Ninguém, exceto aqueles que as vivenciaram, pode conceber as tentações da ciência... Na busca científica, há alimento contínuo para descobertas e maravilhas", diz Victor Frankenstein, na obra de Mary Shelley. Há uma ligação clara entre a criação de Frankenstein e alguma forma nova de inteligência. A narrativa sobre o seu "Prometeu moderno" é, para mim, atemporal.

Nos círculos científicos da era vitoriana e na mente da jovem Mary Shelley, havia algo de futurista, uma genuína preocupação com a inovação científica. O impossível parecia possível, pois viviam-se os primeiros avanços industriais e tecnológicos. Fico a imaginar o que Darwin possa ter causado na reorganização do pensamento das pessoas, com a publicação de *A Teoria da Evolução*, em 1859. Foi uma bofetada na fé religiosa, questionando a essência da criação e a própria vida. A obra *Frankenstein*, de Mary Shelley, explora esses medos, descrevendo um ser humano que resolve colocar-se como um deus, criando no laboratório um ser não esperado e desumano. A escritora explora a ética e a moralidade do monstro. Na introdução, Shelley fala de seu pesadelo: "Vi o fantasma hediondo... uma máquina potente mostrando sinais de vida e a se mover com um movimento inquieto e quase vital. Deve ser assustador o efeito de qualquer tentativa humana de zombar do mecanismo estupendo do criador do mundo."

No dia seguinte, Leonor e eu fomos ao Museu do Prado. Dei-me conta de que não havia apenas Velásquez. Meus olhos ficaram paralisados com as obras de Goya. Ao retornarmos ao nosso apartamento no hotel, observei que havia um pequeno pacote descansando sobre o criado-mudo, do meu lado da cama. O papel de embrulho se encontrava meio rasgado e empoeirado. Eu soube na mesma hora que era coisa dele, da criatura. Era a primeira edição do *Frankenstein or The Modern Prometeus*, publicada pela Lackington, Hughes, Harding, Mavor & Jones, de Londres, datada de 1818. O livro não trazia o nome da autora, somente um prefácio de Percy Bysshe Shelley e uma dedicatória a William Godwin, pai de Mary. Do que pude entender, a tiragem era de quinhentas cópias. Observei que havia alguns pingos de suor na mesinha de cabeceira, que, pelo seu brilho, pareceram-me recentes. Notei também as marcas dos seus enormes dedos suados no papel de embrulho. A criatura deve ter ido ao hotel, entrado no nosso apartamento, tentando não ser percebida por ninguém, para me deixar uma recordação.

Nós havíamos ficado amigos. Éramos duas almas gêmeas que amam a literatura e que gostam de viajar através da imaginação, montados como dois cavaleiros no lombo dos livros, agarrados nas frases criadas pelos autores. A criatura era enorme e tão desajeitada! Eu logo entendi que ela estivera ali, no nosso quarto do hotel, e há bem pouco tempo. Não tive medo. Era para me fazer uma surpresa literária. Só poderia ser isso. Eu fiquei tão feliz! Percebi que o monstro havia separado aquela preciosa edição, que eu havia visto ele tirar da estante de livros, no dia da minha visita – para dar-me de presente depois. Eu saberia dar um melhor destino aos originais da obra de Shelley, que criara o monstro e em relação ao qual ele próprio tinha sérias objeções. Desde a minha chegada ao assustador casarão, por sugestão do velhinho da livraria de Madrid, quando eu o conheci, a criatura percebeu que eu iria adorar o seu presente. É tão bom lembrar de uma história que nem mesmo eu – o narrador – saberia afirmar se realmente

DOM CASMURRO

POR

MACHADO DE ASSIS

DA ACADEMIA BRAZILEIRA

H. GARNIER, LIVREIRO-EDITOR

71, RUA MOREIRA CEZAR, 71 | 6, RUE DES SAINTS-PÈRES, 6
RIO DE JANEIRO | PARIZ

XXXIII

O LEGADO LITERÁRIO DE SIMÃO JUNQUEIRA

(*Dom Casmurro*, de Machado de Assis, edição de 1899)

Eu gostaria de compartilhar com o leitor a circunstância da aquisição desta primeira edição de *Dom Casmurro*, publicada pela Editora Garnier, no ano de 1899, um dos livros mais importantes da literatura brasileira de todos os tempos, com sua prosa renovadora, perturbadora e que, a meu ver, transcende o realismo. O romance vem na sequência de outras obras de Machado de Assis ditas realistas: *Memórias póstumas de Brás Cubas* (1881) e *Quincas Borba* (1891). Mas tenho a convicção de que a história protagonizada por Capitu e Bentinho, narrador do livro, é mais do que um romance realista, porque Machado deixa com o leitor a palavra final. A traição de Capitu com Escobar, amigo do marido, não é confirmada no texto. O triângulo amoroso nunca é fechado. Assim, mais do que a traição, o livro aborda o ciúme, um sentimento universal, compreensível em qualquer cultura.

Realista a um primeiro olhar, o texto se expande, ganha uma dimensão maior, na medida em que é compartilhado com o leitor, abrindo diversas possibilidades de interpretação. Como fazia sempre, Machado emprega a dissimulação, deixa as coisas subentendidas, o que acrescenta uma riqueza fundamental à obra, junto às digressões propostas por ele, sua ironia e a intertextualidade, com referências aos textos de Schopenhauer, a personagens de *Otelo*, de Shakespeare, entre outras. *Dom Casmurro* é um estudo da ambiguidade dos nossos sentimentos. Com esta obra, Machado nos prepara para a passagem do realismo ao modernismo, antevendo uma forma de escrever mais aberta e inovadora na relação com o leitor.

Não sei se tenho a autorização dos meus familiares para revelar ao leitor um segredo. Quando no ano de 1808 o príncipe regente Dom João e a família real portuguesa fugiram para o Rio de Janeiro, devido à iminente invasão de Portugal pelos exércitos de Napoleão, houve no Brasil grandes transformações. Dom João trouxe um número significativo de membros da corte para o país, pois desejava proteger a monarquia e dar continuidade ao seu poder através da transferência da sede do Reino Unido de Portugal, Brasil e Algarves à cidade do Rio de Janeiro. A família real se instala no Paço Real e traz com ela vários artistas, engenheiros e outros profissionais, para atuarem nas reformas urbanas planejadas para a cidade, incluindo a construção de prédios públicos, as melhorias nas ruas e a criação de espaços de convivência, como o Jardim Botânico.

Um de meus antepassados, Simão Junqueira, cristão-novo, vindo da ilha do Faial, na região central dos Açores, era um conhecido chapeleiro em Coimbra e foi convidado a se transferir para o Rio de Janeiro com a sua família, para atender à realeza e os membros da corte portuguesa que aqui se instalaram. Os Açores são formados por um arquipélago de nove ilhas vulcânicas. Não menos vulcânica é a confissão que passo a fazer. Simão tratou de abrir logo o seu negócio e prosperou rapidamente. Adquiriu várias propriedades, vivendo em parte dos seus aluguéis. Diziam à boca pequena, nas reuniões sociais da nossa família, que ele era proprietário de quase todo o morro do Livramento. Na velhice, Simão entregou a condução dos seus negócios ao seu filho mais velho, Simão José, o qual contratou os serviços de manutenção das propriedades da família na região do morro a um pintor de paredes de origem muito humilde. O seu nome era Francisco José de Assis.

A esposa de Francisco, Maria Leopoldina, era uma imigrante açoriana e foi através de uma amiga sua, que trabalhava para a família de Simão José, que Francisco conseguiu o emprego. Maria Leopoldina faleceu quando o filho do casal, Joaquim Maria, era ainda uma criança. Francisco se casou novamente e o filho foi cuidado pela madrasta, revelando desde muito pequeno grande inteligência. Joaquim Maria não recebe uma educação formal, mas aprende a ler sozinho e desde cedo revela o seu talento para a escrita. Ele era um menino muito frágil, quieto, gago e epiléptico. Porém, era de uma inteligência e de uma disciplina incomuns. Mesmo sendo mulato e com precárias condições financeiras, no final da adolescência, ele consegue um trabalho como tipógrafo.

Depois, já adulto, destaca-se como jornalista em diversos jornais e revistas. Casa-se com uma moça muito distinta e preparada, chamada Carolina Augusta Xavier de Novais, com quem viveu por quase quarenta anos. Carolina foi sua companheira e a revisora de suas obras. Machado publicou seu primeiro livro, *Ressurreição*, em 1872. Trabalhou no Ministério da Agricultura, Comércio e Obras Públicas, onde permaneceu até o fim da vida. Seguiu a carreira literária com enorme brilho, produzindo romances, contos, poesias, peças teatrais e críticas. Após a morte de Carolina, em 1904, Machado entra em profunda depressão. Ele é considerado um dos maiores escritores da língua portuguesa, com obras traduzidas para diversos idiomas. O "Bruxo do Cosme Velho", era como muitos o chamavam. O apelido surgira pelos boatos de que ele queimava cartas e documentos num caldeirão no quintal da casa da Rua Cosme Velho. Eu arriscaria afirmar que o seu apelido poderia também decorrer da sua escrita genial e cheia de mistérios, controvérsias e finais abertos à nossa imaginação. Até hoje, eu não sei se Capitu traiu Bentinho, portanto a imagem de feiticeiro das letras teria a minha aceitação. Dizem que foi Drummond quem se referiu a Machado dessa maneira. Machado foi um dos fundadores da Academia Brasileira de Letras e o seu primeiro presidente.

A importância do meu antepassado Simão José na obra de Machado foi invisibilizada pela história. Contudo, foi ele quem aproximou o nosso maior escritor brasileiro da obra de Edgar Allan Poe. Simão José era um homem culto e generoso, franqueando a sua biblioteca ao jovem Machado de Assis. Ele possuía entre os títulos do seu acervo as obras completas de Poe e Machado passava as tardes de final de semana a deleitar-se com a leitura dos seus contos. Eu não exageraria ao afirmar que muito do seu interesse em retratar a condição humana, em fazer crítica social e analisar as características psicológicas dos personagens, com ironia e refinamento, tem a influência do grande escritor norte-americano.

Na obra de Poe, a traição aparece com frequência como um tema central, seja na forma da traição conjugal, da traição de amigos ou da traição da confiança. Na sua vida pessoal, Poe casa com a sua jovem prima Virginia, de quem era profundo admirador e ao mesmo tempo era emocionalmente dependente. Sabe-se que Poe teve vários relacionamentos extraconjugais – Frances Sargent Osgood é um exemplo. Em *O barril de amontilhado*, a traição é o centro da narrativa. Em várias das suas histórias, a traição da confiança é o gatilho para a paranoia, levando os personagens quase à loucura. Em *O corvo*, a perda da amada Lenore é uma forma de traição provocada pelo destino. Em *O gato preto*, a traição do narrador ao seu animal de estimação causa a sua própria destruição. Em *Ligeia*, depois da morte da primeira esposa, a aparição da segunda pode ser imaginada como uma traição à memória da primeira.

Portanto, a traição em Poe é um tema recorrente em suas obras, um dos lados sombrios da condição humana. Virginia, esposa de Poe, contrai tuberculose e falece aos vinte anos. O escritor entra em profunda depressão e recusa-se a olhar para o seu cadáver na cerimônia fúnebre. Nas correspondências aos amigos, Poe escreve que amou Virginia "como nenhum homem jamais amou antes". Mesmo tendo diversos relacionamentos após o falecimento da esposa, as novas amantes reconheciam que Virginia fora o seu grande amor – apesar das traições de Poe. Contam na nossa família que Machado adorava *O corvo*, de Edgar Allan Poe, um poema narrativo sobre a dor da perda. Trata da quase loucura de um homem com a morte da sua amada.

Como mencionei, a personagem em *O corvo* chama-se Lenore. Solitário após a sua perda, o homem distrai-se com a leitura, mas ouve batidas na porta e depois na janela. Ao abri-la, um corvo entra e pousa sobre um busto de Pallas Atena, a deusa da sabedoria, que havia na sala do narrador. Assustado, ele passa a fazer perguntas ao triste animal, sobre o seu nome e a possibilidade de reencontrar Lenore no além. Contudo, o corvo responde sempre com a expressão: "nunca mais". A repetição incessante do "nunca mais" pelo corvo faz o homem perceber a ave como um mensageiro do destino inevitável da perda da sua amada. O poema trata da idealização do amor e da mulher, da consciência da solidão e da presença sombria da morte.

O corvo é um poema notável pela sua musicalidade e atmosfera sobrenatural, composto com versos livres, mas ricos em rimas internas e jogos fonéticos. Nele, Poe revela a sua capacidade de narrar a angústia presente na procura de respostas diante da morte. Fernando Pessoa e Machado traduziram o poema para o português. Quando conheci Leonor e a levei para que conhecesse a minha família, meu pai abriu um belo sorriso ao ouvir eu pronunciar o seu nome. Disse a ela que o nome "Lenora" o fazia recordar de um poema de Edgar Allan Poe, um escritor que seu antepassado Simão José apreciava muito, e cujas obras completas passaram de mão em mão na nossa família, ao longo de várias gerações. Os *Complete Works*, de Poe, estavam naquele momento e até hoje sob a minha guarda, o que representa uma enorme responsabilidade, pois Machado havia manuseado as suas páginas.

É curioso que naquele encontro de Leonor com minha família, falamos sobre a nossa proximidade com Machado. Na ocasião, meu pai lembrou ter recebido como presente do seu avô um quadro de um pintor espanhol, o qual havia sido hospedado por nossa família no Rio de Janeiro. Ele se chamava Modesto Brocos y Gomez e o quadro revelava bem a política de branqueamento da população negra, implantada no Brasil no começo do século XX. A obra foi depois adquirida pelo

Museu de Belas Artes, no Rio de Janeiro. Chama-se *A redenção de Cam* e mostra uma velha senhora negra, em pé, como se agradecesse a alguma divindade uma prece atendida. Ao seu lado, está a sua filha, uma jovem também negra, com o filho branco no colo, a mesma cor da pele do genro, que aparece no quadro.

O nome da obra alude a um episódio do Livro do Gênesis, conhecido como "A maldição de Cam", em que Noé é visto nu e embriagado por Cam, um dos seus filhos. E que por isso é amaldiçoado pelo pai. A Igreja deturparia o sentido desta passagem bíblica, utilizando-a como uma justificativa divina para condenar os negros à escravidão. Através da técnica de "branqueamento", "o negro passava a branco na terceira geração, por efeito do cruzamento de raças", diziam os especialistas. Falavam na nossa família que o desaparecimento deste quadro da casa dos meus avós era um assunto proibido, algo misterioso. Num dia lindo de sol, de repente o céu ficou cinza escuro e começou a trovejar. Houve então uma enorme tempestade. Todas as árvores que havia em volta da casa de meus avós perderam as folhas e quase todas caíram com a ventania. Porém, nada aconteceu no resto da vizinhança. Quando o temporal passou, a única coisa de que deram falta foi o quadro de Modesto Brocos. Ele simplesmente desapareceu da parede onde estava pendurado.

Na ocasião da visita aos meus pais, Leonor mencionou o nome de José Baptista de Lacerda, que era médico e vivia no Rio de Janeiro. Notei que ela quis esclarecer algo sobre o "Baptista" do seu sobrenome. Disse que foi o mesmo sobrenome dado aos ex-escravos do seu bisavô depois da abolição. Leonor odiava a marca escravagista que até os nossos tempos perdurava nas elites brasileiras. Falava que a nossa principal ferida era a escravidão. Eu tenho a certeza de que a sua visão quanto às injustiças do mundo é parte da admiração que até hoje tenho por ela. Porém, Lacerda e ela tinham o mesmo Baptista no sobrenome. Fui entender logo depois a razão do constrangimento de Leonor. Foi ele quem apresentou os resultados da macabra estratégia brasileira de branqueamento da população negra, num encontro científico internacional, no começo do século passado, em Paris. As autoridades brasileiras tinham vergonha da sua população negra.

Leonor odiava Lacerda por isso – anacronismos à parte. Ela comentou com meu pai que quando Os Oito Batutas, o famoso grupo brasileiro composto por músicos negros, liderado por Pixinguinha, viajaram para a Europa em 1922 e fizeram um sucesso enorme em Paris, apresentando-se até no Théâtre des Champs-Élysées, a imprensa brasileira praticamente ignorou o fato. As autoridades brasileiras achavam que não ficaria bem para a imagem do país serem representados por um grupo de músicos negros. Não me surpreende termos ainda as marcas profundas da escravidão no Brasil. A Lei Áurea, de número 3.353, assinada pela Princesa Isabel no dia 13 de maio de 1888, é um texto de duas ou três linhas, muito conservador e econômico nas palavras, no qual se decreta o fim legal da escravatura no Brasil.

Depois da abolição, a liberdade dos negros foi apenas aparente. Nenhum deles foi indenizado. Os donos de escravos, sim, receberam fortunas como compensação. Não houve nenhuma política de Estado desenhada para apoiar a inserção dos antes escravizados na nossa sociedade e na nossa economia. Os negros foram trabalhar no que era possível, nos serviços mais simples, carregando água, vendendo frutas e verduras nas ruas e fazendo serviços quase como escravizados nas casas dos brancos. Passados quase duzentos anos, não é casualidade ver que a população negra continua vivendo em condições de inferioridade e até desumanas. Ainda sobre o quadro do Modesto Brocos, algo inexplicável aconteceu. Dizia o meu avô que, do buraco onde antes estava o prego que o mantinha suspenso na parede, pingava sempre uma gota de sangue – a ferida nunca cicatrizou.

CLEARTYPE EDITION

THE WORKS OF

CHARLES DICKENS

WITH ILLUSTRATIONS

DAVID COPPERFIELD

BOOKS, INC.
NEW YORK BOSTON

XXXIV

DAVID COPPERFIELD, DE PAUL SMYTH

(*David Copperfield*, de Dickens, edição de 1868)

Eu ganhei esta raríssima primeira edição de *David Copperfield*, de Charles Dickens, como um presente de um amigo, pelo meu aniversário, quando morávamos na Inglaterra, na década de 1980. Fizemos muitos amigos por lá e, sabendo que eu gostava de colecionar livros, alguns me presentearam com obras raras. O romance de Dickens foi originalmente publicado em 1850, na Inglaterra, depois de ter surgido como folhetim, com partes lançadas mensalmente entre os anos de 1849 e 1850. A minha edição de 1868 foi impressa nos Estados Unidos pela Books, Inc., New York & Boston.

Com elementos autobiográficos, o romance conta as aventuras do personagem-título da infância à maturidade. É narrado por ele, já na meia-idade, lembrando dos primeiros tempos difíceis, das surras do padrasto, do trabalho na fábrica, da tia excêntrica que depois terá um papel fundamental em sua vida, do casamento com Dora, que morre após um aborto, e finalmente da sua união com Agnes. Autor de *Oliver Twist*, *As Aventuras do Mister Pickwick*, *Grandes esperanças*, *Uma canção de Natal*, entre outros, Dickens foi um dos escritores mais importantes da era vitoriana, o longo período de reinado da rainha Vitória, marcado pela prosperidade e expansão do império britânico.

Ele contribuiu para que as pessoas, inclusive as mais pobres, tomassem o gosto pela leitura. Era comum, então, as pessoas lerem partes dessas obras em voz alta para outras. Dickens viajava com frequência para leituras públicas dos seus livros. Ele era muito popular e comovia o público com seu talento histriônico. O escritor se interessava pelas questões sociais e retratou nos seus livros as duras condições da classe trabalhadora, as desigualdades e as injustiças na era da industrialização inglesa. Como os livros eram publicados em partes, Dickens levava em conta a opinião dos leitores e por vezes mudava o plano original da obra.

A história de David Copperfield era a sua favorita. "É fácil acreditar que sou um pai afetuoso de todos os filhos da minha fantasia, e que ninguém jamais amará essa família mais do que eu. Mas assim como muitos pais, tenho no fundo do coração um filho predileto. E seu nome é David Copperfield", revelou Dickens no prefácio. Há uma história que desejo contar sobre esta obra. Um de meus mentores na Universidade de Londres e grande leitor de Borges chamava-se professor Paul Smyth. Num jantar de final de ano, ele jurou para mim que era o autor da obra *David Copperfield*. Eu achei muito estranha a sua afirmação – atribuí ao excesso de álcool – e pedi que ele me enviasse os originais.

É certo que Smyth já possuía uma obra literária muito rica e de fácil reconhecimento. Por essa razão, considerei inaceitáveis as omissões por mim observadas no resumo da sua trajetória como autor, escrita pelo professor Michael Jordan, para o tradicional jornal inglês *The Daily Mirror*. Jordan omitiu, por exemplo, o seu reconhecido ensaio intitulado *As circunstâncias do assassinato de Voltaire*, a sua coletânea de contos de horror, publicada pela National Library, de Nova York, o seu notável romance intitulado *Ana Catarina* e a bela reunião de poesias da sua fase mais intimista, vivida no Cazaquistão, publicada em russo pela Biblioteca Lênin, sob o título *Crônica de uma vida antecipada*, dentre muitas publicações da sua lavra, por mim consideradas das mais relevantes no cânone literário ocidental.

Smyth ilustra igualmente a sua brilhante trajetória com um longo poema inacabado de nome *A vitória de Napoleão em Waterloo*; os seus famosos *Dezessete contos peregrinos*; as seis edições de seu incensado *Dicionário dos seres da vida real*; bem como uma série de artigos que refutam as ideias de John Ruskin sobre a importância das catedrais góticas na arte, entre outras criações. Além das obras mencionadas da sua autoria, há a excelente monografia inacabada sobre *A viabilidade de uma nova revolução bolchevique nos Estados Unidos da América*. Não obstante as citações elencadas, a obra mais significativa de Smyth é, sem dúvida, o texto correspondente aos dois terços iniciais de *David Copperfield*, uma vez que o terço final ainda está por ser escrito pelo autor.

Trocando ideias com Smyth, entendi que ele não desejava simplesmente escrever "outro *David Copperfield* – o que seria fácil – mas "o *David Copperfield*", ele ponderou. Saliento que ele jamais desejou fazer uma transcrição dos originais de Dickens com sutis modificações. O seu objetivo foi produzir páginas que coincidissem integralmente com o texto do inglês. "O meu propósito é escrever um texto idêntico, mas diferente", defendeu Smyth, num telegrama que recebi dele na data do meu aniversário, no dia 18 de agosto de 1985, quando eu passava uns dias com Leonor no elegante Pupp Hotel, no balneário de Kárlovi Vari, na República Tcheca – era o hotel preferido de Goethe.

A única diferença entre o processo criativo de Dickens e o de Smyth se relacionava às etapas intermediárias do trabalho, as quais ele havia perdido e não conseguia encontrá-las. Quanto aos originais do seu *David Copperfield*, não resta sequer um só rascunho que ateste o seu esforço literário de anos. Porém, o seu método era simples: mergulhar profundamente nas experiências da infância de Dickens, meter-se nas mesmas encrencas enfrentadas pelo personagem principal e pelos vinte mais relevantes personagens secundários da obra, mantendo o texto idêntico ao de Dickens.

A sua hipótese era que as vivências dos dois autores seriam necessariamente distintas, sobretudo por Dickens ter vivido no século XIX e ele no século XX. Smyth havia pensado em escrever um *David Copperfield* textualmente igual ao de Dickens, mas para ser lido em nosso tempo, o que para mim é algo revolucionário, apenas tentado – sem sucesso – por Borges com o seu inferior *Pierre Menard, autor do Quixote.* Noites atrás, ao reler a parte dos originais das páginas 286 a 388, pude reconhecer o estilo de Smyth na entonação da frase "os rios são como o tempo e correm por entre os dedos da civilização". A minha leitura, feita mais de cem anos depois da publicação do original, levou-me a interpretações totalmente distintas daquelas imaginadas para um leitor da época de Dickens, corroborando a tese de que os dois livros são amazonicamente diferentes.

"E por que o nosso grande escritor escolheu precisamente o *David Copperfield*?", perguntaria alguém. Essa preferência, para um leitor inglês, não seria uma surpresa, uma vez que

Milton, Chaucer e Marlowe, somados, jamais teriam o peso da dramaturgia de Shakespeare. Seria preciso mais. Com a inigualável obra intitulada *David Copperfield*, de Paul Smyth, seria possível resolver definitivamente a questão sobre Shakespeare ser ou não o somatório de toda a literatura inglesa e do mundo ocidental. O fato é que o *David Copperfield*, de Dickens, é verbalmente idêntico ao de Smyth, mas o do meu mentor é infinitamente mais rico.

"Mais rico ou mais ambíguo?", perguntariam os seus algozes literários. A ambiguidade é uma qualidade na opinião de muitos críticos literários. Ao ler atentamente cada parágrafo das duas obras (no caso da obra do grande Paul Smyth, refiro-me somente aos seus dois terços iniciais disponíveis para análise), os originais de Smyth parecem claramente superiores aos de Dickens, sobretudo na entonação do texto percebida pelo leitor. É mister, contudo, destacar que, além disso, o *David Copperfield*, de Smyth, é mais agradável no que diz respeito à pronúncia das palavras e nos descansos respiratórios ao longo da leitura.

A sua glória foi empreender uma tarefa complexa, mas antecipadamente fútil. Ao contrário de Dickens, Smyth quadruplicou os rascunhos; corrigiu e rasgou, implacavelmente, milhares de páginas escritas à mão, da mesma forma que queimou capítulos inteiros datilografados na sua máquina de escrever Remington 12. Como vantagens adicionais da obra de Smyth, eu destacaria a passagem, tão necessária e somente visível aos olhos do leitor, do texto em prosa para a linguagem poética. Talvez esta proeza tenha sido atingida no passado somente no Novo Testamento, segundo os especialistas entre os quais eu me incluo. Eu acrescentaria também a poesia de Walt Whitman.

É de bom alvitre acrescentar que Smyth não permitiu que nenhuma página da sua obra fosse examinada por revisores de texto de língua inglesa mais tradicionais. Comparando-a a obras como a *Ilíada*, de Homero; *As mil e uma noites*, traduzida por Galland e depois por Mardrus; *As metamorfoses*, de Ovídio; a *Eneida*, de Virgílio; o *Quixote*, de Cervantes; e *Os lusíadas*, de Camões, o *magnum opus* de Smyth é, sem dúvida, superior. O grande crítico literário Harold Bloom teria revisado uma a uma as partes do *Ulisses,* de Joyce, e de outros clássicos, afirmando que o texto de Smyth era mais verossímil e melhor do ponto de vista estilístico. Por fim, eu concluo que um texto idêntico a outro é diferente dele simplesmente por ter sido escrito numa outra época. Os seres humanos compreendem as mesmas coisas de forma muito diferente em cada época. Paradoxalmente, eles cometem os mesmos erros e atrocidades, independentemente do tempo em que estejam vivendo. Daí a importância do *David Copperfield,* de Smyth. A obra joga luz sobre as questões fundamentais da filosofia: quem somos, de onde viemos e para onde iremos.

Nem mesmo o Prêmio Nobel de Literatura, que Smyth receberá no ano de 2037, segundo a comissão julgadora sueca, parece aos críticos razão suficiente para reconhecerem a grandeza da sua obra. Se Smyth ama a obra literária de Borges, ao ponto de imitar o seu *Pierre Menard*, a*utor do Quixote,* é obrigação de cada um de nós, leitores, sempre que for possível ou mesmo quando não o for, tentar o mesmo. Há que se reconhecer a existência de escritores – como é o caso de Smyth – que são como palimpsestos, feitos não de pedra, mas de sangue e de carne, representando tudo o que o intelecto humano é capaz de produzir de belo ao longo dos séculos.

Esse fantástico acúmulo de imaginações, vindas desde *A Estela de Narmer*, *A carta de Fedra*, *O disco de Phaistos, O Mahabharata ou A epopeia de Gilgamesh*, passando depois pelos clássicos de Homero, Dante, Shakespeare, Proust, Kafka, Joyce e outros, fica todo depositado sobre a mesma matriz formadora. Incluo aqui também *Folha de relva*, de Whitman, obra que mostra a beleza da passagem do homem pela Terra. E três "urras!" para Smyth, autor do outro *David Copperfield*.

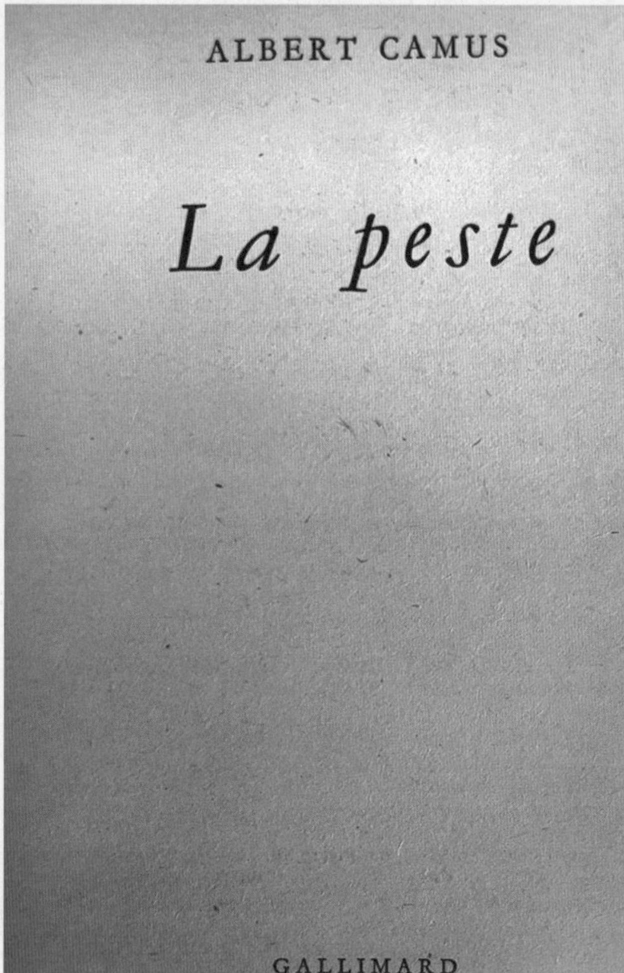
ALBERT CAMUS
La peste
GALLIMARD

XXXV

MEURSAULT SOU EU
(*La Peste*, de Camus, edição de 1947)

A *peste*, uma das principais obras de Albert Camus, foi publicada originalmente em 1947. A que apresento ao leitor é uma edição de bolso, datada do mesmo ano, mas que imagino tenha sido publicada pela Gallimard alguns anos depois, talvez já na década de 1960. No lugar das clássicas capas da Gallimard, beges e sóbrias, esta é bastante colorida, mostrando um vulto escuro que olha para uma cidade portuária tomada por ratos. Encontrei este exemplar na tendinha de um "bouquiniste", numa das barracas que vendem livros usados e antigos à beira do rio Sena. Este é um hábito salutar dos colecionadores de livros raros: fazer pesquisas em lugares até comuns, onde às vezes encontramos boas surpresas. Camus ambientou esta obra na cidade portuária de Oran, na Argélia, país onde ele nasceu. A cidade é atingida por uma terrível peste e o romance narra como, mesmo em meio a uma situação devastadora como uma epidemia letal, em que o pior do ser humano vem à superfície, a dignidade e a fraternidade podem nos ajudar a sobreviver.

A obra toca em temas centrais do existencialismo, como o absurdo da existência humana. Também é vista como uma alegoria do período da ocupação da França pela Alemanha nazista durante a Segunda Guerra Mundial. Em criança, Camus viveu também a ocupação da Argélia, na época território francês em luta por sua independência. O autor é fruto da tensão entre as duas culturas. Em 1939, muda-se para a França. Camus foi um dos grandes nomes do existencialismo francês, ao lado de Jean-Paul Sartre, mas depois os dois se distanciam por divergências políticas. Autor de *O estrangeiro*, de *A queda* e do ensaio filosófico *O mito de Sísifo*, entre outras obras, Camus recebeu o Prêmio Nobel de Literatura no ano de 1957, quando tinha apenas 44 anos, três anos antes de sua morte. O seu discurso de posse foi memorável e merece ser conhecido por todos.

O formato das edições de bolso surgiu em meados do século XX, nos Estados Unidos. No Brasil, este formato foi introduzido pela Editora Globo, aqui de Porto Alegre, na época em que ela tinha na sua direção editorial o escritor Erico Verissimo e o empresário Henrique Bertaso – uma virtuosa combinação de talentos. Como eu mencionei, adquiri a minha edição de bolso de *La Peste*, de 1947, ano de sua primeira edição, de um rapaz que trabalhava numa das barraquinhas de livros à beira do rio Sena. O problema é que, um minuto depois de me despedir dele, feliz com a compra que eu fizera, um homem cruzou na minha frente, pedalando a sua bicicleta em alta velocidade e roubou a minha edição de bolso da magnífica obra de Camus. Num impulso que jamais imaginei que eu possuísse, eu saí em disparada atrás do ciclista. Corri atrás do ladrão por vários quarteirões, até ele chegar a uma praia ao longo do rio, mas quase fora da região central de Paris. Eu estava cansadíssimo, mas algo me impedia de desistir da verdadeira caçada em que eu havia me envolvido.

Eu vivia o absurdo da condição humana e a minha revolta era como uma resposta a esse absurdo. Para mim, a revolta me levava à ação e dava certo sentido ao mundo e à minha anônima existência. Meursault era o nome do ladrão – como em *L'étranger*. Ele confessou-me que era um homem que vivia completamente alheio à importância das coisas ao seu redor. Enquanto eu tentava, quase sem forças, imobilizá-lo junto a uma parede de concreto da lateral de uma ponte, ele parecia indiferente a tudo, dizendo "tanto faz, a vida é um absurdo". Ele gritava para que eu ouvisse claramente a sua mensagem, que ele era um homem livre e que os seus atos eram da sua responsabilidade, bem como o seu destino. Ele era "um cidadão da França, homem do Mediterrâneo, que dificilmente compactuaria com a cultura francesa tradicional".

Em meio à nossa luta, os dois exaustos, ele me disse que semanas após o funeral da sua mãe, ele matara um homem, na Argel francesa, um desconhecido que se envolvera num conflito com um dos seus vizinhos. Nada fazia mais sentido na sua vida. Ele seria julgado e condenado à morte. Pensei no seu absurdo existencial, na vida banal que Meursault vivera até aquele momento. Depois, lembrei da morte da sua mãe, a cujo enterro ele compareceu sem revelar qualquer envolvimento emocional com o que se sucedia no cemitério. Meursault falou novamente do absurdo da vida humana, que não pode ser logicamente explicado, mas apenas vivido. Para ele, a vida era filosoficamente caótica, pela sua ausência de sentido e desprovida de certezas, previsões ou garantias. "Não há finalidade última ou causas primeiras neste mundo absurdo", dizia ele.

Quase imobilizado por mim e por dois policiais que se aproximaram, Meursault gritou que, para compreender melhor o absurdo da vida, é necessário fazer uma análise do próprio cotidiano, das nossas loucuras do nosso dia a dia, da rotina de vida que nós criamos, da monotonia e da falta de sentido da nossa existência. Ele disse depois, num tom de voz mais baixo e resignado, que ele não dava mais importância aos acontecimentos do seu trabalho, dos amigos e da família, pois tudo se tornara comum e rotineiro. Na verdade, para ele, o ser humano já não dava conta dos acontecimentos da vida. Tudo fugira da nossa percepção, num mundo sem sentido e sem razão, no qual a vida é absurda e fantasiosa. O único jeito de sair desta condição existencial, para Meursault, seria através de alguma aposta no futuro, nos sonhos que temos, nas nossas vontades – como propunha Nietzsche – nas inovações que fazemos e na nossa capacidade de construção de relações de amor com as outras pessoas.

Nesse momento, um dos policiais notou que o seu peito sangrava abundantemente. Meursault olhou na minha direção e eu me dei conta de que eu segurava uma faca na minha mão direita. E havia sangue nela também. Ele sorriu para mim, agradecendo-me por feri-lo mortalmente e tê-lo retirado deste mundo caótico em que vivemos. Na outra mão, percebi que eu segurava uma edição de bolso de *L'Étranger*, de Camus, da qual ele era o personagem. Que ironia, veja leitor o que eu fiz, sem mesmo perceber. Eu o apunhalei. Matá-lo seria, então, um derradeiro presente para ele, que gostava tanto dos textos dos existencialistas, ao ponto de roubar *La Peste*, de Camus, de mim. Meursault, por sua vez, deixara cair no chão a edição de *La Peste*, que ele havia roubado de mim e me devolvia. Antes de cair mortalmente ferido pelo meu golpe, eu implorei que ele também me apunhalasse, que não me deixasse só e amargo no mundo, como Básarov, o personagem niilista de Turguêniev, em sua obra *Pais e filhos*. Ele sorriu. E eu então agradeci por Meursault cravar mortalmente o seu punhal no meu peito. "Quid pro quo", pensei eu, a expressão latina do "isto por aquilo". Meursault e eu estávamos quites: nós não devíamos mais nada a ninguém, neste mundo caótico e sem o menor sentido. Estávamos ali, os dois, caídos e indo embora, com as nossas almas tristes e solitárias.

IN HOC VOLVMINE HAEC CONTI- NENTVR.

Rhetoricorũ ad C. Herẽnium lib. IIII

M. T. Ciceronis de inuentione. lib. II

Venetijs in officina Diui Bernardini

M D XXXVI.

XXXVI

O OLHO DE POE

(*Rethorica ad Herennium*, edição de 1536)

Esta edição é outra das joias da minha coleção. É um dos livros latinos mais antigos que nos chegaram sobre retórica, datado do final dos anos 80 a.C. Anteriormente atribuído a Cícero, hoje é considerado de autoria desconhecida. Adquiri esta obra em fins dos anos 1980, quando Leonor e eu vivíamos na Holanda, em uma loja que vendia livros antigos e raros, na parte antiga de Amsterdam, próxima à Estação Central dos Trens. O dono era um senhor de uns setenta anos de idade, de nome Jap. Ele e eu nos tornamos amigos. Nós nos encontrávamos seguidamente no Concertgebow, cuja acústica é impecável. Como eu, ele adorava música de concerto.

Foi Jap quem me introduziu na Bach Society de Amsterdam. Anos mais tarde, eu ajudei a fundar a Bach Society Brazil, da qual fui o primeiro presidente. Voltando à *Rethorica ad Herennium*, a obra tem servido como referência, ao longo dos séculos, dos textos e discursos políticos e jurídicos. A retórica, que se tornou sinônimo de "a arte de bem falar", nasceu em torno do quinto século a.C., na região que hoje corresponde à Sicília. Foram os sofistas que a introduziram em Atenas. Na *Arte Retórica*, Aristóteles trata da arte da comunicação, do discurso público com fins persuasivos. Contrário aos retóricos que visavam à emoção, o grande pensador sistematizou o seu estudo, destacando a retórica como um dos elementos-chave da filosofia, ao lado da lógica e da dialética.

Entre os romanos, Cícero e Sêneca idealizaram a educação liberal, fundada principalmente na retórica. As artes liberais eram consideradas as disciplinas próprias para a formação do homem livre, distintas das artes dirigidas à vida utilitária ou às necessidades cotidianas. Endereçada a um certo Gaius Herennius, *Rethorica ad Herennium* foi, junto com *De Inventione*, de Cícero, uma das mais populares obras sobre o tema da retórica na Idade Média e na Renascença. Na Idade Média, esteve na base da formação nas universidades e continuou como um componente central da educação no Ocidente até o século XIX.

Na Biblioteca Nacional de Portugal, eu encontrei uma edição semelhante a esta que integra o meu acervo, mas editada um pouco antes do ano de 1500 d.C. A bela peça que eu possuo é de 1536 e é muito delicada, cabe na palma da mão, com cerca de 12 cm x 8 cm. Do meu querido Jap, nunca esquecerei de um episódio. Uma noite, Leonor estava um pouco indisposta e sugeriu que eu fosse sozinho ao concerto, para não perder a oportunidade, pois tratava-se de uma das minhas obras preferidas, o Concerto para Piano Número Dois, de Rachmaninoff, que seria executado pela Orquestra Real do Concertgebouw, com um pianista italiano maravilhoso, de nome Maurizio Pollini. Era um concerto imperdível.

Telefonei para Jap e combinamos de assistirmos juntos o concerto e jantarmos depois num restaurante próximo.

Numa conversa por telefone, ele havia me dito que andava muito deprimido e achei por bem nós dois conversarmos, como fazem os bons amigos. Depois de tomarmos um vinho tinto, para a minha surpresa, Jap pediu ao garçom outra garrafa. Eu achei a sua atitude estranha. Ele não era do tipo que exagerava na bebida. Logo ao início de nossa conversa, eu percebi nele uma grande inquietação. As suas mãos estavam trêmulas e ele não parava sequer um minuto de falar. Num certo momento, eu tentei animá-lo, referindo-me à grandiosidade do concerto a que havíamos assistido. Referi-me à abertura, destacando os acordes no piano. Disse a Jap que eu havia ficado com os olhos quase paralisados, ao me deleitar com os movimentos dos dedos de Pollini a deslizarem sobre as teclas do piano.

Notei que ele pareceu não estar interessado no assunto do concerto. Estava um pouco choroso, dizendo que, à propósito da menção aos meus "olhos quase paralisados", ele precisava compartilhar comigo uma história macabra. Eu me assustei com a mudança de rumo da conversa. Jap disse que o caso era sobre um olho – sim, um olho. Ele passou então a falar do antigo proprietário da sua livraria, um velho, que era seu vizinho há muitos anos, no prédio onde morava. Jap me disse que ele gostava do velho e que ele nunca lhe fizera nenhum mal ou coisa do gênero. Tampouco tinha inveja dele ou da sua fortuna, que alguns frequentadores da livraria diziam ser apreciável. O velho nunca o havia sequer repreendido, durante os longos anos em que Jap foi seu funcionário.

Mesmo depois, quando ele propôs a Jap a compra da sua livraria, a relação entre os dois fora sempre das mais cordiais. Com o passar do tempo, o velho passou a sofrer com as suas maiores limitações de locomoção e terminou confinado ao leito, em sua casa, aos cuidados de uma enfermeira que o visitava três vezes por semana. Ela era muito atenciosa e atuava sob a vigilância de Jap, que residia no mesmo prédio e convivia com o velho há muitos anos. Neste ponto da nossa conversa, as mãos de Jap passaram a tremer mais ainda e ele me disse que o que mais o perturbava não era a doença, mas o olho direito do velho. Ele repetiu: "Sim! O seu olhar fixo e assustado!".

Jap começou a chorar e me confessou ter desenvolvido uma verdadeira obsessão por aquele velho, imóvel na cama e com o tal olho direito arregalado, que tanto o incomodava. É interessante que o esquerdo não o incomodava, parecia aceitar o destino passivamente. O direito, contudo, era desafiador. Parecia não aceitar o que a vida tinha a ele reservado. Jap me confessou que pensava estar enlouquecendo e que percebia que lhe vinham pensamentos estranhos e perigosos. Ele desejava se livrar de ambos – do velho e do seu olho direito – para que tivesse paz novamente. Enquanto Jap fazia a sua confissão, ocorreu-me que o olho e o olhar sempre tiveram grande representatividade nos mitos, crenças e lendas. Pensei na frase "o que os olhos não veem o coração não sente", na expressão "olho gordo" e até em Édipo, cegando a si próprio. Lembrei do "olho de Hórus", remetendo a um ponto de vista; ou do chamado "olho grego", em referência ao "mau olhado"; e do "terceiro olho", da mitologia hindu. Recordei-me também da medusa, na direção da qual era proibido lançar o olhar.

Ao mesmo tempo que Jap compartilhava o seu segredo, dei-me conta do quanto o olhar povoava o imaginário das pessoas e nas mais diversas culturas. Pensei que, ao olharmos diretamente para o olho de alguém, desprende-se uma energia especial, uma via de mão dupla, como se abríssemos uma janela que esconde em seu interior a alma da outra pessoa. Até um animal nos perturba ao dirigir o seu olhar na direção dos nossos olhos. Jap passou a me relatar um pesadelo macabro, que ele tivera na noite anterior, motivo de ter aceitado, com certo alívio, o meu convite para nos encontrarmos.

O pesadelo o havia deixado muito perturbado. Nele, Jap sente um desejo irresistível de matar o pobre velho. No meio da noite, ele vai até o seu quarto – ele tinha uma cópia da chave do seu apartamento – e passa a observá-lo, em meio à escuridão. Nota que o velho, mesmo estando imóvel, treme de medo. O mais assustador é que ele percebe o medo que o velho sente. Jap tem pena do velho, mas o seu coração ri, como fazem os psicopatas. Ele passa a escutar o bater mais forte do coração do velho e cada vez mais alto. O som dos seus batimentos cardíacos se torna insuportável. Jap tenta manter o seu controle emocional, mas não resiste ao barulho insistente daquele coração maldito. Ele, então, comete o assassinato do velho.

Quando chega a polícia, acionada por um vizinho que teria ouvido um grito, Jap dá o seu depoimento, fingindo-se desconsolado com a morte do velho, seu vizinho, antigo patrão e amigo de tantos anos. A situação parece sob controle, porém, enquanto fala com os policiais, Jap passa a escutar novamente os batimentos do coração do morto, cada vez mais fortes, ritmados e assustadores. Jap é acometido por um episódio de incontrolável histeria e confessa o seu crime.

Ele então desperta do pesadelo. No restaurante, sentado ao lado de Jap e depois de ouvir atentamente o conteúdo do seu terrível pesadelo, restou-me somente aliviar, na medida do possível, a sua angústia.

Perguntei a Jap se o velho estava bem de saúde. Ele respondeu que sim. Expliquei a ele que a psiquiatria nos ensina que um pesadelo é um sonho perturbador, que nos desperta, causando medo ou ansiedade. Na maioria das vezes, ele só acontece de vez em quando. É um sonho realmente angustiante, que leva a pessoa a despertar assustada e com ansiedade. Em geral, o pesadelo costuma recorrer com intervalos mais espaçados, até que para de acontecer sem qualquer explicação. Obviamente, há casos de pessoas que, após algumas sessões de psicoterapia ou de psicanálise, descobrem a causa do seu pesadelo. Jap completou, afirmando categoricamente que nada tinha contra o velho. Pagamos a conta do restaurante e fomos embora, cada um para a sua casa. Ele nunca mais tocou no assunto.

Muito tempo depois, Leonor e eu já residindo no Brasil, eu recebi um cartão vindo de Amsterdam, assinado por um dos seus funcionários da livraria, informando-me que Jap havia falecido. Eu fiquei pensando nele e naquele jantar no restaurante. Olhando para uma das estantes da minha biblioteca, onde posso ver de perto a maravilhosa edição que possuo, intitulada *The Works by Edgar Allan Poe*, datada de 1884, penso que Jap deva ter lido, em algum momento, o excelente conto intitulado "O Coração Delator". Poe foi um dos maiores escritores do gênero e debruçou-se muito sobre o tema do horror e do fantástico. Borges adorava citar as suas obras, que tangenciavam o estranho, a loucura, a melancolia e o extraordinário. Quanto ao velho, vizinho de Jap e ex-dono da livraria, eu soube que ele ainda vive e recuperou parcialmente a fala e a mobilidade do seu corpo. Segundo me informou por telefone o novo dono, ele costuma visitar a livraria e caminha meio sem propósito por entre as estantes.

GUSTAVE FLAUBERT

MADAME BOVARY

MŒURS DE PROVINCE

ÉDITION DÉFINITIVE

SUIVIE DES

RÉQUISITOIRE, PLAIDOIRIE ET JUGEMENT

DU PROCÈS INTENTÉ A L'AUTEUR

DEVANT LE TRIBUNAL CORRECTIONNEL DE PARIS

Audiences des 31 janvier et 7 février 1857

PARIS

BIBLIOTHÈQUE CHARPENTIER

G. CHARPENTIER ET E. FASQUELLE, ÉDITEURS

11, RUE DE GRENELLE, 11

1898

XXXVII

AVENIDA DA LIBERDADE

(*Madame Bovary*, de Flaubert, edição de 1898)

A edição de *Madame Bovary*, de Flaubert, de 1898, apresentada como a "definitiva", inclui um agradecimento de Flaubert a Marie-Antoine-Jules Senard, advogado, membro da Corte parisiense e ex-presidente da Assembleia Constituinte da Segunda República Francesa, que o defendeu no processo movido contra *Madame Bovary*, romance acusado de imoral. "Graças a seu magnífico discurso de defesa, minha obra adquiriu uma autoridade imprevista perante meus próprios olhos", escreveu Flaubert, absolvido em 1857.

Comprei o volume, de capa dura, editado pela Bibliothèque Charpentier, na década de 1980. Foi numa casa que ficava na Rue Bonaparte, em Paris, onde o dono, um português, mantinha uma pequena livraria privada. Lembro bem do local porque era na mesma rua em que se localizava o edifício da Academia Nacional de Medicina. Lembro ainda que havia, na rua, várias lojas de decoração e uma, em particular, que sempre paro para admirá-la e que comercializa papéis de parede com belíssimas imagens de cenas campestres.

Madame Bovary, um clássico do realismo francês, foi primeiro serializada na *Revue de Paris*, em 1856, e depois publicada em livro no ano seguinte. Flaubert abordou temas polêmicos na época, como o adultério feminino e o suicídio. Conhecido pela prosa elaborada, o escritor levou cinco anos reescrevendo a obra, em que critica os valores da pequena burguesia. Ele conta a história de Emma Bovary, criada pelo pai, dono de uma propriedade rural, que se casa com um médico provinciano e logo se entedia com a vida de casada, muito diferente das fantasias que encontrava nos romances sentimentais que costumava ler.

Nem mesmo o nascimento da filha, Berta, alegra Emma, que se envolve em casos extraconjugais. O final é trágico. Endividada e abandonada pelo amante, Madame Bovary toma arsênico e tem morte sofrida. Além de *Madame Bovary*, Flaubert escreveu outras obras-primas, como *A educação sentimental*, *Três contos* e *Bouvard e Pécuchet*, que restou inacabado. Na obra *Três contos*, há um dos meus contos preferidos, intitulado "Uma alma simples", que descreve a vida de uma mulher muito humilde, que passa a vida inteira como empregada de uma casa a cuidar de uma família. Sua vida ganha um sentido próprio quando ela passa a cuidar de um papagaio, chamado Lulu, do qual ninguém da família quis mais saber.

A circunstância da compra da minha preciosa edição de *Madame Bovary*, de 1898, é curiosa. Como eu já mencionei, o português vendia livros numa sala alugada, na mesma rua da Academia Nacional de Medicina da França. Logo que eu toquei a campainha, ele veio até a porta, abriu apenas uma fresta, mantendo o cadeado fechado. Perguntou o que eu desejava. Eu respondi que um amigo de Coimbra havia recomendado o seu nome. Eu buscava obras raras e primeiras edições. Emendei logo uma segunda pergunta: se pelo seu sotaque, ele era português. O senhor Manoel ficou mais tranquilo, sorriu e me deixou entrar.

Entretanto, o seu sorriso não me pareceu o de uma pessoa feliz. Ele parecia deprimido. Minhas décadas de Medicina tinham me ensinado a identificar as doenças da alma. Enquanto me mostrava os livros que tinha à venda, fui puxando uma conversa com ele. Falei de minhas idas frequentes a Portugal, sobretudo nos últimos tempos, em que o país havia melhorado muito a sua infraestrutura turística. O senhor Manoel me respondeu que ele não retornara à sua terra desde 1965. Deu uma pausa na sua fala e fez um comentário, meio cabisbaixo, que por ele nunca mais voltaria. O tom era o de quem esperava que eu perguntasse as suas razões e foi o que eu fiz. Ele então me perguntou se havia lido *O Primo Basílio*, do grande escritor realista português Eça de Queirós.

Meio sem jeito, eu respondi que eu possuía a primeira edição, de 1878, no meu acervo. E que a obra era como uma fotografia da hipocrisia da burguesia portuguesa daquela época. O senhor Manoel completou, dizendo que ele jamais retornaria a Lisboa porque deixara uma "Luísa", que amava muito, para trás. Eu fiquei meio sem jeito e compreendi que ele citava a personagem principal de *O Primo Basílio*. No caso do senhor Manoel, ele seria Jorge, o esposo traído do enredo da obra, que também se passa em Lisboa. O marido vai viajar a trabalho e Luísa recebe a visita do seu primo Basílio, com quem ela havia vivido um caso amoroso no passado. E eles retomam a relação. O senhor Manoel interrompeu a conversa e, para dar mais clareza aos fatos, disse-me: "o senhor compreendeu que, na minha história, o Jorge sou eu?".

Luísa não era feliz no casamento. Jorge fazia de tudo para agradá-la, sobretudo materialmente, mas amor da parte da esposa simplesmente não existia. Luísa sempre fora uma leitora de romances e encontra no primo Basílio o seu amor da juventude. Porém, Juliana, a governanta da casa, percebe que há algo entre os dois e encontra algumas correspondências em que fica óbvia a traição da Luísa. Ela então passa a chantagear a sua patroa.

Com medo de serem descobertos, Luísa e o primo Basílio decidem se encontrar esporadicamente, num lugar que denominam "paraíso". Era um quartinho simples, na periferia de Lisboa.

Com o tempo, Luísa começa a sentir que o amor do primo começa a diminuir. Ela tenta convencê-lo a continuar a relação, mas ele decide retornar para Paris, onde mantinha a sua residência. Quando Jorge retorna da viagem de negócios, as chantagens da criada se acentuam. Juliana exige uma soma importante em dinheiro para manter-se calada. Sem alternativa, Luísa começa a dar-lhe somas cada vez maiores e mais frequentes, para garantir que a criada nada revele sobre o seu caso com o primo Basílio. Sem que o marido perceba, Luísa assume até certas tarefas domésticas que eram função da criada.

Insatisfeito com o desempenho de Juliana nas atividades da casa, Jorge decide dispensá-la. Mas ela continua a extorquir dinheiro de Luísa. Desesperada, Luísa confessa a história ao amigo Sebastião, que decide ajudá-la. Num dia em que Juliana estava sozinha, ele vai até a casa e a ameaça. Ela entrega as cartas ao amigo e acaba falecendo tempos depois. Luísa também adoece e um dia, por casualidade, Jorge descobre uma correspondência amorosa de Basílio para a sua esposa. Jorge mostra a ela a carta de amor do seu primo. Pouco tempo depois, Luísa acaba falecendo.

Em *O Primo Basílio*, Eça faz uma análise da sociedade portuguesa daquele período, com críticas à burguesia e aos comportamentos da época. Ao longo dos seus dezesseis capítulos, Eça descreve os valores morais da sociedade portuguesa, trazendo sobretudo o tema do adultério e da mentalidade das pessoas. Veja o leitor esse trecho, que retrata bem a mentalidade de Luísa: "...Depois de jantar, à janela da sala, ficou a reler a carta de Jorge. Pôs-se a recordar de propósito tudo o que a encantava nele, do seu corpo e das suas qualidades. E juntava ao acaso argumentos, uns de honra, outros de sentimento, para o amar, para o respeitar... a certeza daquela ausência dava-lhe uma sensação de liberdade; a ideia de se poder mover à vontade nos desejos, nas curiosidades...".

O senhor Manoel interrompeu subitamente os meus pensamentos sobre Luísa, perguntando se eu ficaria com a edição de 1898 de *Madame Bovary*, de Flaubert. Eu perguntei a ele o preço. Ele me disse que seriam não lembro bem quantos escudos. O euro viria anos depois. Eu argumentei que o valor era um pouco acima do que imaginava. O português não cedeu. Manteve-se firme no seu preço, do contrário ele não venderia a sua Madame Bovary. Eu hesitei um pouco e aceitei. Ele fez um sorriso amarelo e falou que a maneira que havia encontrado para se vingar do "seu primo Basílio" era maltratar os clientes.

Eu perguntei se a "sua Luísa" também havia falecido, como a Luísa da obra de Eça de Queiroz. O senhor Manoel disse que não. A desgraçada vivia com o amante num luxuoso apartamento situado na Avenida da Liberdade, bem próximo do Solar dos Presuntos, um dos melhores restaurantes de Lisboa. Ele completou com um ar triste: "É o nosso boulevard parisiense". Lembrei que o primo Basílio, na obra do Eça, adorava caminhar pelas ruas de Paris. Ao ouvir isto, recordei-me também da antiga colega de Luísa, de nome Leopoldina, que chamavam de "Pão e Queijo", por suas reiteradas histórias de traição e de adultério. Lembrei do pobre senhor Manoel, que passava os dias a pensar no que o "primo Basílio" fazia com a "sua Luísa" naquele apartamento ensolarado e confortável da Avenida da Liberdade.

Sendo um homem que vivia no mundo dos livros, eu pensei em alguma forma "literária", quem sabe, "queiroziana" de confortá-lo. E se ao invés de ter sido traído por sua Luísa com o seu primo Basílio, o senhor Manoel descobrisse que ela era sua irmã, como no caso de Maria Eduarda e Carlos Eduardo, no clássico *Os Maias*, do mesmo Eça? O português ficou indignado com a minha sugestão. Disse que a Igreja não permitiria. Eu não desisti. Na mesma obra, e se a sua mãe fosse Maria Monforte, que apaixona-se por um príncipe italiano e foge, abandonando o seu pai e levando com ela a sua irmã e não ele? O português respondeu que o enredo de *Os Maias* nada tinha a ver com ele.

Avancei "literariamente" com outras obras de Eça, tentando consolá-lo. Perguntei o que ele me diria se fosse o personagem de *O Crime do Padre Amaro*, um padre vindo de Leiria que se apaixona por Amélia e tem com ela uma relação pecaminosa, em que ela engravida e morre. O senhor Manoel manteve-se em silêncio, pensativo. Eu continuei: se ele fosse, então, como Teodorico Raposo, de *A Relíquia*, outra obra de Eça de Queirós, na qual ele é um órfão criado pela tia, Dona Patrocínio, e finge ser um devoto, para ficar com a sua herança? O senhor Manoel pediu uma trégua e completou que ele não queria nem mesmo pensar na possibilidade de ter de fazer uma peregrinação a Jerusalém, para buscar a tal relíquia, que curaria a tia. "Para depois ser desmascarado", ele completou.

Eu continuei: quem sabe o senhor Manoel se interessaria em incorporar Teodoro, de *O Mandarim*, uma obra de Eça em que o personagem é incentivado pelo demônio a escolher entre a ganância e a consciência, para herdar a fortuna de um mandarim chinês? "Mas desde que lhe tire a vida, não é mesmo?", indagou o português. "Isto jamais!", ele contestou. "Pior seria, ao meu juízo, se o senhor quisesse ser o personagem do jovem Vitor, que se envolve com Genovena, que era a sua mãe, no romance *A Tragédia da Rua das Flores*, do mesmo Eça", eu disse a ele.

O senhor Manoel respondeu, furioso: "Nem pensar, doutor, nem pensar nesta obra! Esqueça esta história do Eça!" E o português recitou para mim, de memória, uma parte da narrativa de *A Tragédia da Rua das Flores*, que diz: "Aquela mulher mais velha de uma beleza atraente e desejável, um esplendor igual ao da sua pele branca e quente, tão belos movimentos de pálpebras com pestanas tão longas; a linha do pescoço e do seio excedia aquilo que ele observara no peito das estátuas ou das gravuras. "É incesto, doutor Gilberto! É Incesto! Vitor se envolve com a sua própria mãe! Veja se seria possível a história servir a um homem sério como eu?", ele gritou.

Foi quando o senhor Manoel pensou um pouco, foi até uma estante de livros e voltou, trazendo uma obra nas mãos. Ele olhou para mim com uma expressão de alívio no seu rosto e ponderou que, frente às alternativas "queirozianas" apresentadas por mim, para funcionar como um "lenitivo literário" para a sua dor pela perda do amor da sua Luísa, talvez ele tivesse encontrado a solução entre as obras de Eça do seu acervo. Feliz da vida, o português mostrou-me uma bem conservada primeira edição de *A Cidade e as Serras*, de 1901, editada pela Lello & Irmão. Entendi que o senhor Manoel aceitaria de bom grado ser ele Jacinto de Tormes, que era rico, intelectual e depois de viver uma vida sem graça em Paris, encontra a felicidade no campo, ao lado da personagem Joaninha e dos dois rebentos, que tem com a jovem camponesa na obra de Eça de Queiroz. Seria a forma de esquecer a traição da "sua Luísa" com o "seu primo Basílio".

THE

PRAISE OF FOLLY

BY

DESIDERIUS ERASMUS

Translated from the Latin. And containing Holbein's Illustrations

LONDON: HAMILTON, ADAMS & CO
GLASGOW: THOMAS D. MORISON
1887

XXXVIII

W.W. JACOBS

(*The Praise of Folly*, de Erasmus, edição de 1887)

"É a loucura que fala", anuncia o filósofo e teólogo Erasmo de Rotterdam, que faz da loucura a narradora da sua obra mais conhecida, *The Praise of Folly*, publicada em 1511. A história desta coedição, de 1887, das editoras Hamilton, Adams & Co, de Londres, e Thomas D. Morison, de Glasgow, com tradução do latim, traz ilustrações de Hans Holbein, feitas à época da publicação original. Ganhei a obra de um amigo, Mark Resnick, que vive em Chicago, quando nos encontramos lá, por ocasião do Congresso Americano de Oncologia. Era um mês de junho especialmente ventoso, como nos contos de terror de W.W. Jacobs, e penso que foi há cerca de uns vinte anos. Mark e eu temos em comum, além da especialidade médica, o gosto pelo livro.

Como prefácio da sua obra-prima, Erasmo redigiu uma carta para Thomas More, autor da *Utopia*, humanista como ele e amigo que admirava pela "inteligência penetrante e original". Ele conta que se divertiu muito ao escrever *Elogio da loucura* e justifica o uso da sátira. "Piadas que não são desprovidas de erudição e de inteligência", dizia ele, para abordar os limites entre a razão e a loucura e criticar a sociedade do seu tempo, em especial a corrupção e os abusos dentro da Igreja. O livro teve grande êxito na sua época e abriu caminho para a reforma protestante. Ainda hoje é uma das obras mais influentes da cultura ocidental.

Naquela manhã gélida, Mark me convidou para tomar um café num restaurante na Michigan Avenue. Na nossa conversa por telefone, bem cedo, ele me pareceu assustado. Falou que desejava me encontrar às onze horas da manhã, pois havia um assunto que ele só conseguiria conversar com gente como eu. Nem mesmo com a sua mulher ele poderia. Eu agradeci a sua confiança e perguntei o que havia se passado. Ele respondeu, meio monossilábico, que era sobre uma mão de macaco. Eu me espantei e respondi que não havia entendido o sentido da expressão. Mark respondeu que precisava compartilhar comigo a história de um amuleto dotado de certos poderes. No horário combinado, lá estava eu no restaurante. Ele me esperava, vestido numa uma gabardine bege e com as luvas de couro escondendo as suas mãos.

Eu achei estranho, pois ele sempre primava pela elegância e pedia logo ao garçom que pendurasse o seu casaco num cabide da entrada. Ficou claro para mim que o caso era da maior gravidade. Mark não perdeu tempo e passou a me narrar um pesadelo que tivera algumas semanas antes. Disse que a sua sensação de realidade foi tão intensa, que ele cogitou ter sido um acontecimento real. Nós já havíamos conversado sobre este tipo de situação e eu lembro de ter dito a Mark que muitas vezes eu não conseguia distinguir a fantasia da realidade. Imagino que tenha sido por isso que ele resolveu compartilhar o seu pesadelo comigo. O assunto não é algo que se converse com qualquer um.

Numa noite fria e úmida, na sala da sua casa, o seu filho John e ele jogavam xadrez. Ele então comentou com John sobre o vento que soprava forte. Recebeu como resposta um xeque. Olhou para o tabuleiro e John falou: "vento frio e forte!". Mark respondeu: "Não creio que ele venha esta noite". "Xeque-mate!", John gritou. Mark me olhou, assustado, e disse que esse era o lado ruim de viver num lugar tão distante. De todos os lugares horrorosos em que havia morado, o de agora era o pior. A estrada lamacenta e o fato de que havia apenas duas casas na região davam um ar tétrico à moradia.

Ele lembra ter adormecido, quando Anne, sua esposa, interrompeu o jogo de xadrez, tentando consolá-lo: ele perdera aquela partida, mas venceria a seguinte. Mark ouviu o barulho forte do portão e os passos pesados que se aproximavam. Foi até a porta e cumprimentou o homem alto e corpulento. Disse para a mulher e para o filho que era o Major Morris, que os saudou e sentou-se junto à lareira. Mark me disse que então ofereceu a ele um uísque e pôs a chaleira no fogo. Depois de tomar a terceira dose, o major começou a falar. Disse que queria visitar a Índia. Ver os templos antigos, faquires e malabaristas.

Mark não lembrava bem se pediu ou não ao major que falasse da história sobre a mão do macaco. Porém, o major disse que não o faria, pois não era assunto que valesse a pena ser ouvido. John insistiu e o major respondeu que era coisa de magia. Curioso, ele encheu novamente o copo de uísque do velho e o major falou que se tratava de uma pequena mão, mumificada. Então, tirou do bolso a tal mão do macaco. Segundo Mark, a mão não parecia ter nada de especial. Contudo, o major disse que sobre ela um velho faquir lançou um encanto, algo sobre o destino das pessoas e sobre aqueles que nele interferem para fazer a sua ruína.

Disse que a mão tinha um feitiço. Três pessoas poderiam fazer cada uma um pedido. O major falou de uma maneira tão impressionante que Mark, Anne e John ficaram assustados. John perguntou ao velho por que ele não havia feito os pedidos. O major olhou para ele como as pessoas mais velhas costumam olhar para os jovens que pensam saber tudo. Foi quando o major disse que já havia feito os pedidos. E empalideceu. Mark me disse que perguntou se os seus pedidos haviam sido atendidos. O velho respondeu que sim, cabisbaixo. Anne perguntou se alguém mais havia feito o mesmo. Ele respondeu que uma pessoa teve os seus desejos satisfeitos, mas ele não sabia quais foram os seus pedidos – mas um deles tinha que ver com a sua morte. E que fora assim que ele, o major, obtivera a mão do macaco.

Os três ficaram mudos, ao ouvir a história. Mark me falou que ele argumentou com o major que, se todos os três pedidos haviam sido atendidos, a mão não serviria mais para nada. Por que motivo, então, ele a conservava no seu bolso? O major abanou a cabeça e respondeu que era por simples capricho. Ele perguntou a Mark se ele faria os três pedidos, caso ele pudesse. Mark respondeu que não sabia ao certo. O major, então, tomou a mão do macaco, balançou-a com os dedos e jogou-a na lareira. Mark me disse que, num gesto instintivo, ele se abaixou e arrancou-a do fogo, para que a mão não queimasse. O major disse que teria sido melhor deixá-la queimar. Perguntou se Mark ficaria com ela, do contrário ele a guardaria novamente no bolso. Porém, disse que se Mark decidisse ficar com a mão, ele não seria culpado pelo que viesse a acontecer.

Mark descrevia-me a história com a voz trêmula e, à medida que ele narrava os acontecimentos, eu também comecei a ficar apavorado. Ele me disse que perguntou ao major como se fazia o pedido. O velho respondeu que ele deveria segurar a mão do macaco com a mão direita e formular o pedido em voz alta. O major, contudo, repetiu que o advertia quanto às consequências. Foi quando Mark me disse que Anne brincou com a história e disse que ele poderia pedir quatro pares de mãos para ela. Mark soltou uma gargalhada, com o talismã na mão, enquanto o major fez um olhar assustado, tentando segurar o seu braço. Alertou Mark de que se fossem pedir algo, que fosse pelo menos uma coisa sensata.

Mudaram de assunto e foram, então, para a mesa de jantar, pois o major iria falar sobre as suas aventuras na Índia. Depois de terminarem de comer e de ouvirem as suas histórias, o velho se despediu, pois não poderia perder o último trem. Mark o acompanhou até a porta. Conversaram por alguns minutos e o major partiu. Ao retornar, Anne perguntou se Mark havia ficado com a mão do macaco. E se sim, quanto ele havia pagado ao major. "Bem pouco", Mark respondeu. O velho não queria receber nenhum dinheiro, mas ele o fez aceitar. Rindo, mas com uma expressão de medo no olhar, Mark me confessou que brincou com a história, dizendo ao filho e à esposa que ficariam ricos, famosos e felizes. De início, ele pensou em pedir à mão do macaco que ele se tornasse um imperador. Ele sacou a mão do macaco de seu bolso e olhou para ela. Disse que não sabia o que pedir, pois achava que tinha tudo o que desejava.

Brincou que seria bom liquidar a dívida da casa, quem sabe se recebesse uns cento e oitenta mil dólares. Era o que lhe faltava para quitar a dívida. Mark, então, ergueu o talismã. Deu um grito, pois notou que a mão se moveu. Ele jurou para mim que tudo que ele me contava parecia real. Foi quando ele escutou o ruído do abrir de uma porta, no andar superior. Ele fez, então, uma brincadeira, dizendo que se o dinheiro estivesse no quarto do andar de cima, sobre a sua cama, quem sabe houvesse algo terrível a espreitá-lo em cima do guarda-roupas. Na manhã seguinte, no café da manhã, Mark riu da história. Imaginou o dinheiro caindo do céu, bem em cima da sua cabeça. John brincou que esperava que ele não se transformasse num homem mau e avarento. Anne acompanhou o filho até a porta e desejou que John tivesse um dia agradável e seguro no trabalho.

Mais tarde, ao olhar pela janela de casa, ela observou que se aproximava da sua porta um homem desconhecido. Ele estava bem-vestido e usava um fino chapéu de seda. Por três vezes, ele havia parado no portão e depois se arrependera de bater na porta. Na quarta tentativa, ele bateu. Ela foi até a porta, perguntou quem ele era e o conduziu até a sala. Indagou a razão da sua visita. Ele se manteve calado. Depois de alguns instantes, o homem disse que vinha da parte da empresa Maw & Meggins, onde John trabalhava. Anne se assustou. Mark também entrou na sala e tentou se inteirar do que se passava.

O filho tinha sofrido um acidente fatal no seu trabalho. O estranho disse lamentar muito o acontecido, mas que a empresa se eximia de qualquer responsabilidade com relação ao acidente. Porém, em consideração aos serviços prestados por seu filho, oferecia uma certa quantia, como compensação: cento e oitenta mil dólares. Ao ouvir o valor, Mark sentiu um calafrio. Lembrou-se imediatamente da mão do macaco e do seu comentário da noite anterior. Mas manteve-se calado – o momento não era para brincadeiras. John havia falecido. Os dois enterraram o filho no cemitério que ficava a umas três milhas de distância. Tudo fora tão rápido, que eles mal se davam conta do que ocorrera. Os dias se passaram e eles mal falavam um com o outro.

Numa noite, Mark notou que Anne não estava na cama. O quarto estava escuro, mas ele pôde escutar um choro que vinha do andar de baixo. Ele desceu e viu que Anne chorava, na porta da casa, dizendo que John poderia estar sentindo frio no cemitério. Mark não lembrava bem, mas imaginou ter retornado ao quarto e adormecido novamente. Ele foi, então, acordado pelo grito da esposa. Ela chorava e falava que havia sido a mão do macaco. Anne pediu a Mark que trouxesse a tal mão. Ele respondeu que a mão estava na prateleira da sala. Ela mudou a expressão da sua face e disse a ele que faltavam ainda dois pedidos. E que eles poderiam pedir à mão do macaco que John vivesse novamente, pois o primeiro desejo fora satisfeito, os cento e oitenta mil dólares da dívida da casa.

Anne foi até a prateleira e pegou a mão do macaco. Disse a Mark que fizesse o pedido. Ele obedeceu, guardou a mão no bolso do seu chambre e os dois foram dormir. No meio da noite, Mark escutou uma batida suave na porta. Depois, outra. E mais uma terceira batida se ouviu. Anne acordou e começou a gritar: "É John! É John! O nosso filho!". O dois desceram correndo e foram até a porta, mas a fechadura parecia emperrada e não obedecia. Desesperado, Mark forçou várias vezes a porta, mas ela não abria. Ele procurou no chão a mão do macaco, que havia caído do bolso do seu chambre. Segurou, então, a mão do macaco entre os dedos e formulou o seu terceiro e último pedido. A porta, então, se abriu e um vento frio subiu pela escada da casa. Mark me falou, com a voz quase chorosa, que Anne e ele ficaram parados na porta, olhando para o vazio da noite, a escutar os gemidos do vento. Ficaram ali até o dia amanhecer, na esperança de que John voltasse para casa.

Mark terminou a sua narrativa e ficamos os dois em silêncio por alguns minutos. Tive a clara sensação de que um vento frio e cortante passava por trás do meu pescoço. Depois de alguns segundos, a sensação desapareceu. Mark falou qualquer coisa e eu respondi que sim. Acho que ele comentou sobre o horror que ele havia passado com aquele pesadelo. Eu tive a impressão de ver a mão do macaco meio aberta, descansando sobre a nossa mesa. Mas olhei novamente e não havia nada, somente as duas xícaras de café. Eu disse a ele que não esquecesse de avisar John de nosso compromisso imperdível naquela manhã. Não seria todo o dia que um jovem como ele assistiria à palestra de um ganhador do Prêmio Nobel de Medicina, como era o caso de Andrew Schally. Com uma expressão de medo no rosto, Mark ficou um pouco em silêncio. Depois, ele sorriu e me disse que o seu filho ia muito bem na sua especialização no Hospital da Faculdade de Medicina da Universidade de Chicago.

Eu completei que Anne e ele deveriam se orgulhar de ter um filho numa das universidades com o maior número de ganhadores do Nobel. Charles Huggins havia realizado os seus estudos sobre o tratamento hormonal do câncer de próstata naquela universidade. Mark lembrou que James Robinson era também professor da Universidade de Chicago e ganhara o Nobel de Economia em 2024 por seus trabalhos sobre a desigualdade global. Eu disse a Mark que termos filhos saudáveis era a melhor coisa do mundo. Ele concordou comigo.

Mas nós tínhamos de nos apressar, para conseguirmos três poltronas bem localizadas na sala de conferências. Quanto ao pesadelo, eu comentei que Mark poderia transformá-lo num conto de horror, daqueles que Edgar Allan Poe adoraria ter escrito. Ele me corrigiu: "Melhor se fosse um conto de terror de W.W. Jacobs". E saímos os dois aliviados, de volta à nossa feliz realidade.

Mr. WILLIAM

SHAKESPEARES

COMEDIES,
HISTORIES, &
TRAGEDIES.

Publiſhed according to the True Originall Copies.

Martin Droeshout sculpsit London.

LONDON

Printed by Iſaac Iaggard, and Ed. Blount. 1623.

XXXIX

O GATO DE PETER

(*Shakespeare's First Folio*, fac-símile, edição de 1623)

Há poucas semanas, Leonor e eu chegamos de Nova York, onde eu comprei, na New York Public Library, esta edição em fac-símile da primeira coleção das obras de William Shakespeare, com "comédias, histórias e tragédias", publicada originalmente em 1623, apenas sete anos depois da morte do dramaturgo inglês. A edição, produzida pela British Library, foi feita em comemoração aos 400 anos do primeiro folio de Shakespeare. Fomos especialmente à biblioteca, no belíssimo prédio na Quinta Avenida, para adquirir esta obra histórica, compilada por dois atores e grandes amigos de Shakespeare: John Heminges e Henry Condell, também sócios do Globe Theatre.

Após a morte de Shakespeare, eles realizaram um grande trabalho editorial. Foram até Statford-upon-Avon, falaram com a sua esposa, Anne Hathaway, recuperaram os originais, os rascunhos e até as anotações em manuscritos, num esforço hercúleo de reproduzir os textos do modo como foram encenados. A obra inclui trinta e seis peças teatrais, sendo a única fonte para dezoito delas. Temos que agradecer a Heminges e Condell por permitirem a preservação deste tesouro. O reconhecimento vai também para Isaac e William Jaggard e para

Edward Blount, que realizaram a sua impressão. O retrato de Shakespeare, hoje icônico e utilizado como a imagem mais fidedigna do dramaturgo, aparece abaixo do título do livro.

Um poema de Ben Jonson, autor de *Volpone*, contemporâneo do dramaturgo, conclama o leitor a não considerar tanto a imagem, mas sim a incrível qualidade da produção do autor. Uma lista traz os nomes dos principais atores que trabalharam nas encenações ao tempo de Shakespeare. Das setecentas e cinquenta cópias originalmente impressas, em papel de alta qualidade, restam cerca de duzentas, espalhadas pelo mundo. James Shapiro, professor na Universidade de Columbia, um dos grandes conhecedores da dramaturgia de Shakespeare, disse, por ocasião da comemoração dos quatro séculos da publicação, que, de todas as obras que pesquisou durante sua vida, nunca encontrou outra com a aura desta publicação. Aura, sem dúvida, é o termo que melhor define o *Shakespeare's First Folio*, edição de 1623.

Mas veja o leitor o que se passou. Tomo a liberdade de citar o parágrafo de abertura de um conto famoso de Poe, intitulado "O gato preto", no intuito de descrever o sentimento que tomou conta de mim, ao descer as imponentes escadarias da New York Public Library, com o Folio debaixo do braço e quase derrubar uma senhora que entrava no prédio. O texto de Poe é como segue: "Para a muito estranha, embora muito familiar, narrativa que estou a escrever, não espero nem solicito crédito. Louco, em verdade, seria eu para esperá-lo, num caso em que meus próprios sentidos rejeitam seu próprio testemunho. Contudo, louco não sou e com toda a certeza não estou sonhando. Mas amanhã morrerei e hoje quero aliviar minha alma".

Cruzando comigo em direção à entrada principal da biblioteca, eu juro ter visto Jane Steward, minha colega de pós-doutorado, que para todos os efeitos havia falecido de câncer de ovário no ano de 1991. Cuidei de Jane quando ela estava na fase final da sua doença, no Walter Reed Hospital. Nós iniciamos juntos no Clinical Branch, do U.S. National Cancer Institute, em Bethesda, Maryland. Porém, Jane começou a sentir dores no abdome durante os primeiros meses do pós-doutorado. Depois vieram as cólicas e o inchaço. Nós, colegas, ficamos muito consternados quando ela informou a todos sobre a sua difícil condição médica. Ela deveria iniciar a quimioterapia imediatamente, com um novo esquema de tratamento desenvolvido lá mesmo no Clinical Branch. Depois, faria uma cirurgia para retirar o que sobrasse da doença.

Infelizmente, a resposta ao tratamento não foi satisfatória e Jane foi submetida a uma série de tratamentos experimentais, sem maior impacto no curso da doença. Num dado momento, a equipe médica informou a ela e aos seus familiares que o tratamento, daquele momento em diante, seria apenas paliativo. A doença venceria. Foi nesta parte do seu tratamento que eu fui designado para cuidar dela. Meu supervisor, professor Edward Chabzer, chamou-me em seu gabinete e disse que precisava de mim para realizar uma tarefa muito triste e difícil. Ele me informou que Jane ficaria aos meus cuidados e que eu deveria evitar que ela sofresse, mesmo se isso representasse a utilização de medicamentos contra a dor que abreviassem o curso da doença.

Cuidei da minha amiga da maneira mais competente e amorosa que pude fazer. Eu a visitava várias vezes por dia, conversava com ela por horas, sempre que ela assim o desejava, e prescrevi os medicamentos que fossem indicados para amenizar o seu sofrimento, sem me preocupar com os riscos que isto pudesse trazer para o seu tempo de vida. Qualquer profissional de saúde sabe que o uso de opioides para o alívio da dor ou da falta de ar, de modo liberal, traz riscos elevados e pode até precipitar eventos fatais para os pacientes. Foi exatamente isso que aconteceu. Jane faleceu numa noite fria de inverno. Nos seus últimos momentos, eu estive o tempo inteiro ao seu lado, medicando-a quando necessário e oferecendo o meu carinho a ela e aos seus familiares.

Arthur, um dos seus irmãos, informou-me que o corpo seria enterrado num cemitério em Oak Hill. Eu e dois colegas mais próximos de Jane – Peter Shaw e David Kerr – participamos da cerimônia fúnebre. Portanto, se havia alguém que eu jamais imaginaria reencontrar, sobretudo na saída da New York Public Library, era Jane – ela estava morta. Contudo, a senhora que caminhava em sentido contrário ao meu e de Leonor era Jane. Bem envelhecida, é claro, pois haviam se passado várias décadas desde a sua morte, mas eu não tive dúvida de que era ela. Eu fiquei petrificado e para tornar o nosso encontro mais assustador, quando eu lancei o meu olhar para o outro lado da Quinta Avenida, eu juro que vi um gato preto cruzando pela 42nd Street.

Ao observar que o animal atravessava a rua calmamente, pensei na possibilidade de que algum tipo de culpa tivesse aflorado de dentro de mim. A expressão "gato preto" evoca muitas superstições, até bruxas disfarçadas. Para piorar, veio imediatamente à minha mente Plutão, o gato de Jane, que ela fez questão de me pedir que garantisse um encontro de despedida dos dois, nos jardins do hospital, quando ela estava nos seus últimos dias. Sempre me chamou a atenção o fato de que ela escolhera o nome do deus romano do Inferno, o equivalente do Hades dos gregos, mundo subterrâneo para onde os mortos iam, para chamar o seu gato de estimação. Recordei-me do filme do gato preto, assustador, com Bela Lugosi e Boris Karloff, que na adolescência me deixou sem dormir, de medo, por muitas noites.

Retornamos ao hotel e Leonor recomendou que eu esquecesse a conversa sobre Jane, pois ela estava morta e enterrada há anos no Cemitério de Oak Hill, em Bethesda. Ela disse que daria umas voltas pela cidade, compraria alguns presentes e retornaria em duas ou três horas. Bastou que ela batesse a porta de nosso quarto do hotel e eu comecei a procurar o número do telefone de Peter Shaw, que eu tinha a certeza de ter anotado meses antes, quando ele me enviou uma mensagem eletrônica, perguntando se eu ainda exercia a minha prática oncológica. Lembro que respondi que sim e ele me devolveu a mensagem na mesma hora, falando que talvez precisasse de mim. Só isso e mais nada.

Por sorte, eu encontrei o contato de Peter e liguei para ele do quarto do hotel. Ele atendeu, com uma voz um tanto melancólica. Antes que eu contasse a ele o que havia se passado comigo na saída da New York Public Library, Peter falou que a minha ligação era na certa consequência da forte ligação espiritual que havia entre nós, pois ele morreria no dia seguinte. E seria muito bom que ele conversasse comigo, para oferecer algum alívio a sua alma. "Alívio para a sua alma?", eu perguntei, assustado. Depois de trocarmos algumas frases, ele ficou mais calmo e disse que tinha a esperança de que uma mente mais serena, como a minha, quem sabe achasse, nos acontecimentos que ele me relataria, uma interpretação menos tenebrosa, quem sabe apenas uma sucessão de eventos naturalíssimos.

Peter me relatou que desde a sua infância foi uma pessoa humilde e bondosa. Os amigos, por vezes, aproveitavam-se de seu bom coração, o que fizera dele um joguete dos colegas da escola. Ele adorava animais e possuía vários – um cão, um gato e até um hamster. Passava quase todo o seu tempo livre na companhia deles. Foi sempre assim, até depois, na sua vida adulta, pois o que mais gostava era de passar o tempo com os seus animais. O seu cão era para ele como um amigo desinteressado. Com o seu gato era a mesma coisa. Peter adorava se sentar com ele no sofá da sala e acariciar o seu pelo. Depois de casado, Peter e sua esposa Lucy tinham pássaros, um peixe dourado, um cão, três coelhos e um gato. Este último era forte e belo, bem postado e de uma inteligência impressionante.

Sua esposa Lucy falava da inteligência dos gatos, mas ela era no fundo um pouco supersticiosa, aludindo à velha crença de que os gatos pretos são feiticeiras disfarçadas. Plutão era o nome que Peter havia escolhido para o seu gato, em homenagem a Jane, imagino que pela indisfarçável atração que ele tinha pela nossa falecida colega de trabalho. Era sempre ele que lhe dava de comer e Plutão o seguia sempre, onde ele estivesse, pela casa. Se Peter não fechasse rapidamente a porta, ao sair de casa, o gato na certa o seguiria pelas ruas. Peter confessou-me que, com o passar dos anos, ele mudou o seu comportamento, tornando-se indiferente aos sentimentos dos demais. Ficou até mais grosseiro com Lucy e, por vezes, agrediu-a fisicamente.

O mesmo aconteceu com os seus amigos: ele passou a tratá-los de forma rude e terminou por deixar de conviver com eles. Plutão era o único ser vivo a quem Peter dedicava atenção e respeito. O seu comportamento piorou muito com a bebida, a qual havia tornado Peter uma pessoa perigosa e desagradável. Uma noite, ao entrar em casa embriagado, ele pensou que Plutão havia fugido dele. Peter agarrou-o com força e o gato, atemorizado, reagiu, ferindo-o na mão. Ele, então, num momento de loucura, tirou a faca que trazia na cintura e com frieza arrancou-lhe um dos olhos. No dia seguinte, sóbrio, Peter teve uma mescla de horror e de remorso, pela violência que praticara. Porém, bastaram alguns goles de bebida para que ele esquecesse do seu hediondo crime.

Plutão melhorou aos poucos, ainda que a órbita do olho perdido tornasse o seu aspecto repulsivo. O gato andava pela casa como antes, mas bastava escutar os passos de Peter, e ele fugia assustado. O desprezo do gato o perturbava e este sentimento transformou-se numa irritação profunda. Lucy decidiu abandoná-lo, depois do soco que ele desferiu em seu rosto, simplesmente por ela ter feito uma brincadeira estúpida durante o café da manhã. Peter transformou-se num ser perverso, capaz de atitudes condenáveis aos olhos de uma criança. Ele pouco se preocupava com as consequências de seus atos ou com o sofrimento causado aos demais, especialmente o seu gato Plutão.

Foi o espírito de perversidade a causa da ruína de Peter, ao se deixar dominar completamente pelo desejo de torturar a si próprio, de fazer maldades pelo simples prazer de fazê-las e de consumar o suplício que as maldades ao pobre animal inofensivo produziam. Numa manhã, ele passou um nó em torno do pescoço do gato e pendurou-o numa árvore. Peter tinha os olhos cheios de lágrimas, com um amargo remorso no peito, mas ao mesmo tempo com um desejo incontrolável de causar-lhe dor. Peter pendurou Plutão porque sabia que o gato o amava, e por sentir que o pobre gato jamais lhe dera qualquer motivo para odiá-lo. Ao causar o pecado mortal, ele comprometia a sua própria alma – que ele julgava também imortal –, colocando-a acima da misericórdia de Deus. Foi algo tenebroso o que se passou naquele dia.

Na noite do dia seguinte, Peter despertou com os gritos de "fogo, fogo!". Ele viu que as cobertas da sua cama ardiam em chamas. A casa inteira queimava. Por pouco, Peter não perdeu a vida no incêndio. A casa e as suas economias, que estavam escondidas num armário, foram dizimadas pelo fogo. Peter caiu num desespero profundo. No dia após o incêndio, ele visitou as ruínas da sua casa. As paredes haviam caído, menos uma mais ao centro da casa, próxima à cabeceira da sua cama. Esta parte resistira à ação do fogo, quem sabe por ter sido rebocada há pouco tempo. Havia uma multidão de pessoas que examinavam o tal segmento da parede. Eles diziam ser extraordinário, até singular, aquela parte ter resistido ao poder do fogo.

Peter se aproximou e viu a figura de um gato esculpido na parede, e em volta do seu pescoço, uma corda. Ele ficou aterrorizado, imaginando ser uma aparição. Mas, depois, Peter acalmou-se um pouco e lembrou-se de que ele pendurara Pluto num jardim ao lado da casa. Imaginou que com os gritos de alarme pelo incêndio, as pessoas passaram a correr pelo jardim e alguém teria visto Plutão dependurado e o teria atirado para dentro do seu quarto através do vidro da janela explodido pelo fogo. Peter concluiu que as paredes desmoronadas tinham comprimido o seu gato de estimação – vítima da sua infinita crueldade – contra a parte da parede que fora rebocada. "Talvez a cal e o amoníaco porejado do corpo de Plutão tivessem produzido a tal imagem na parede", pensou ele.

Durante meses o fantasma do gato não o deixou dormir em paz. Não era remorso, o que surgiu foi um sentimento de certo modo mais benigno. Peter chegou a lamentar a perda de Plutão e a buscar pelas ruas um outro gato igual a ele, como forma de substituí-lo. Numa noite em que Peter estava sentado numa taberna, bêbado, ele notou um animal preto, deitado sobre uns tonéis de rum. Ele se aproximou e tocou-o com a mão. Era um gato, grande como Plutão, muito parecido com ele, menos pelo fato de ter uma mancha branca que lhe cobria o peito. Ao tocá-lo, o gato levantou-se, rosnou um pouco e esfregou-se na sua mão, dando sinais de que apreciava as suas carícias. Era ele, o animal que Peter procurava. Ele pediu ao dono da taberna que o vendesse, mas o homem disse que o gato preto não era de sua propriedade, e que ele tampouco o conhecia.

Peter continuou a acariciar o animal e quando fez menção de se levantar e ir embora, o gato preto começou a acompanhá-lo. Os dois seguiram juntos, enquanto Peter o acariciava. Ao entrarem na sua casa, o gato logo se mostrou confortável e amigo. Contudo, de sua parte, à medida que o animal demonstrava algum carinho por ele, surgia cada vez mais uma antipatia pelo gato. Era o contrário do que esperava. A sua amizade por ele o incomodava e o aborrecia. Aos poucos, estes sentimentos se tornaram ódio. Peter evitava o animal, pois lembrava de Plutão e vinha um constrangimento pela crueldade do seu ato, o que o impedia de maltratar o gato preto. Por semanas, Peter se absteve de tratar o gato com violência, mas aos poucos passou a olhá-lo com terror, e a fugir da sua companhia.

Sua raiva aumentou, quando descobriu que o gato também não tinha um dos olhos – como Plutão. Judy, sua nova namorada, ao contrário, afeiçoava-se, cada dia mais, ao gato. O animal, por sua vez, parecia mais próximo a Peter e ele odiava-o mais ainda. Era um sentimento difícil de ser explicado. Sempre que o gato preto vinha pedir carícias, pensava em matá-lo. Não o fazia pela simples lembrança de seu crime anterior. Porém, o que Peter sentia era um verdadeiro terror, que o animal lhe inspirava. Judy perguntava sempre pela mancha branca que o gato apresentava no seu peito. Ao olhá-la, Peter percebeu que tinha a forma de uma forca, como aquela que ele havia utilizado para matar Plutão. E sua vida tornou-se novamente insuportável. Durante o dia, o gato não o deixava um só minuto. À noite, ele ocupava os seus pensamentos e pesadelos. Ao despertar, sentia o seu hálito e via o seu rosto bem próximo do seu.

Foi quando o que lhe restava de humanidade desapareceu. Vieram os maus pensamentos, os mais terríveis. Judy foi a primeira a sofrer as consequências do seu novo modo de ser. Peter tropeçou no gato, que andava metido por entre as suas pernas. Ele pegou um machado e só não separou o corpo do gato em duas partes pela interferência de Judy, que instintivamente segurou o seu braço. Peter ficou transtornado e, sem a menor justificativa, matou-a sem piedade, com uma forte machadada na cabeça. Quase como se fosse um autômato, Peter resolveu emparedar o seu corpo no porão, como os frades da Idade Média faziam com as suas vítimas. As suas paredes eram mal construídas e haviam sido recentemente rebocadas, o que facilitou o seu trabalho. Havia também uma chaminé de aspecto idêntico ao das paredes. Era fácil para ele arrancar os tijolos e esconder o corpo, colocando os ladrilhos de volta cuidadosamente.

Foi o que Peter fez. A parede ficou perfeita. Depois, procurou pelo gato, que fora a causa de tudo. Ele queria matá-lo. Porém, quem sabe pressentindo o seu desejo, o animal desapareceu. Passaram-se vários dias e nada. Com o desaparecimento de Judy, a polícia acabou batendo na sua porta para fazer uma busca. Peter estava tão seguro do esconderijo do corpo da mulher, que nem medo ele sentiu. Os policiais ficaram satisfeitos com as respostas às suas indagações, agradeceram e se preparavam para sair. Feliz por tê-los enganado, Peter não resistiu e falou algo aos policiais sobre a qualidade da construção da sua casa. Abusando da sua própria confiança, ele bateu com a bengala na parede, justamente na parte onde estava escondido o cadáver de Judy.

Ouviu-se, então, um gemido vindo da parte de trás da parede. Era um grito prolongado, contínuo, doído, algo totalmente anormal, como se viesse do Inferno. Peter quase desmaiou. Os policiais ficaram imóveis, assombrados de horror. Imediatamente, um grupo deles começou a forçar aquela parte suspeita da parede. Por fim, ela veio abaixo e o cadáver apodrecido de Judy apareceu, escancarado, diante dos olhos dos policiais. Junto ao ferimento aberto da cabeça da morta, logo aproximou-se o gato preto, abanando o seu rabo e olhando com o seu único olho, bem aberto, para os policiais. Peter o havia emparedado vivo, junto com o corpo.

Foi então que entendi que aquilo havia acontecido há poucas horas. E que Peter estava na sua casa, custodiado por três policiais. No dia seguinte, ele seria transferido para a cadeia e depois julgado pela morte da sua companheira. Imaginava que a pena de morte era certa, pois os policiais haviam descoberto o corpo da sua Judy emparedado no sótão da sua casa. O mais absurdo era que ele descrevia a situação fazendo pouco caso do seu destino. Ele morreria por ter sido culpado do assassinato da sua companheira e por ter ocultado o seu corpo. Entretanto, Peter parecia mais preocupado em me falar do gato preto. Sim, ele enfatizava a parte em que o tal gato preto de um olho só desaparecera da sua casa, receando ser morto por ele. E que ele havia acidentalmente emparedado o animal junto com o corpo da mulher.

Peter, que estava choroso e assustado ao atender a minha chamada telefônica, mudou de humor enquanto repetia para mim a história da parede vindo abaixo e o gato preto de um olho só aparecendo na frente dos policiais. Ele comentou quase às gargalhadas que o policial que teve de levar o gato preto de um olho só para um abrigo de animais tremia o tempo todo. Peter me agradeceu por lhe devolver o bom humor quando estava prestes a ser condenado à morte. "À morte! Veja só, meu caro! Eu, condenado à morte!", ele repetia para mim, entre gargalhadas. Meu diagnóstico foi o de que Peter estava em meio a um surto psicótico. Até hoje eu tenho dúvidas sobre o que realmente aconteceu com ele.

No ano seguinte, em Chicago, durante o Congresso da Associação Norte-Americana de Oncologia, observei de longe que David Kerr caminhava apressado na direção de uma das salas de conferências. Acelerei o meu passo e consegui me sentar na poltrona ao seu lado. A conferência já havia começado. Eu sussurrei ao ouvido de David se ele tivera notícias de Peter. Ele respondeu que não tinha certeza, mas teriam dito a ele qualquer coisa sobre uma internação hospitalar. Porém, do que ele soubesse, Peter estava bem e trabalhava numa clínica, na fronteira com o México. Criei coragem e indaguei de David se soubera algo dos familiares de Jane. Ele não entendeu bem o sentido da minha pergunta. Fez um movimento de ombros, como se nada soubesse.

Aquele episódio em que eu pensei ter visto Jane na saída New York Public Library ainda me vinha à cabeça de tempos em tempos. O corpo de Jane, como seria de se esperar, e segundo soube depois, por outro dos nossos colegas, continuava enterrado no Cemitério de Oak Hill, em Bethesda. O seu tipo de rosto era bonito, mas comum. O cabelo ruivo, a pele branca, os olhos verdes e o nariz afilado eram típicos das moças do centro-oeste dos Estados Unidos. Disse para mim mesmo que o seu tipo físico era comum entre os habitantes daquele país.

Eu poderia tê-la confundido com outra pessoa na saída da New York Public Library. Claro que sim. Há tantas mulheres que se parecem com Jane pelas ruas. Contudo, eu pensei ter visto Jane num concerto, no Lincoln Center, em Nova York, um ano antes. Tocavam obras de Bach. Ela adorava escutar as composições de Bach – sobretudo as cantatas. Outra vez, foi num restaurante em Miami. Mas isso deve ser apenas fantasia da minha cabeça. Como havia tempo de sobra, fui a pé até uma travessa da Michigan Avenue, onde – por casualidade – eu havia deixado a minha preciosa edição do *Shakespeare's First Folio*, para ter a sua capa restaurada numa livraria especializada em livros antigos. Um dos meus netos havia derrubado leite quente sobre ela, quando estava sentado no meu colo.

Eu entrei na livraria e entreguei o papelzinho para a senhora que atendia na recepção. Ela trouxe o meu livro e disse que o trabalho havia ficado perfeito. Eu paguei, agradeci e me despedi dela. Ela então lembrou e pediu que eu esperasse mais uns minutos, pois o seu patrão desejava falar comigo. O homem veio e me falou que, ao manusear o livro, durante o restauro, ele havia encontrado um pequeno cartão entre as suas páginas. Quem sabe, poderia ser algo importante. Eu peguei o cartão, pus no bolso, agradeci novamente pela sua atenção e da sua equipe e saí da loja. No caminho do hotel, dei-me conta de que não havia sequer olhado o cartão.

Parei numa esquina, pus a mão no bolso do casaco e retirei-o, despreocupadamente, para saber de quem era. Era de Jane. Ela dizia que estava bem e que eu não me preocupasse. Escreveu que, de tempos em tempos, ela matava a saudade do mundo dos vivos, vagando por entre as estantes de livros da New York Public Library. Era um local onde ela talvez pudesse me rever, para agradecer o carinho a ela dedicado durante a sua doença. “Os mortos costumar fazer assim. Eles perambulam entre as estantes das bibliotecas”, ela escreveu.

THE

WORKS

OF THE FAMOUS

Nicolas Machiavel,

CITIZEN and *SECRETARY*

OF

FLORENCE.

Written Originally in *Italian*,

And from thence newly and faithfully Translated into *ENGLISH*.

LONDON,

Printed for *R. Clavel*, *C. Harper*, *J. Amery*, *J. Robinson*, *A.* and *J. Churchil*; and Sold by *Cha. Harper* at the *Flower-de-Luce* in *Fleetstreet*, and *A.* and *J. Churchil* at the *Black Swan* in *Pater-noster-Row*, MDCXCV.

XL

AS MALDADES DE VAUTRIN

(*The Works of the Famous Nicolas Machiavel*, edição de 1695)

Esta compilação de *The Works of the Famous Nicolas Machiavel*, editada no final do século XVII, em tradução para o inglês, inclui as suas obras mais importantes: o seu *magnum opus*, que é *O Príncipe*, além de vários tratados, cartas, discursos, e ainda, para o deleite do leitor, o clássico *A arte da guerra*. Maquiavel descreve a política da sua época, num compêndio sobre a arte de governar. Nascido em 1469, o florentino Maquiavel atravessou o século XV e faleceu na primeira década do século XVI, em 1527. Historiador, poeta, diplomata, filósofo, ele fez música, teatro (escreveu a comédia *A Mandrágora*) e é considerado um dos fundadores do pensamento e da ciência política moderna. Em *O Príncipe*, a partir de seu estudo sobre outros sistemas de governo, as razões dos seus fracassos e da sua longevidade, ele apresenta os tipos de principado e o seu funcionamento.

Disciplinado, Maquiavel anotava tudo o que observava, seguindo a recomendação de Dante, que dizia: "para fazer ciência, é preciso documentar tudo com a maior isenção possível". Em sua juventude, Maquiavel viveu o esplendor político da República de Florença, na época de Lourenço de Médici. Exerceu cargos políticos e depois foi afastado, chegando a ser preso, quando seu nome foi encontrado num documento de dois revolucionários que listaram as pessoas que se contrapunham ao *status quo*. Maquiavel é um nome fundamental na formação do pensamento ocidental.

A propósito da menção que fiz a Dante, florentino como Maquiavel, foi uma visão com São Bernardo que me fez adquirir esta obra há muitos anos, na seção de livros antigos de uma livraria de Londres. Eu dormia num apartamento do The Cumberland, um hotel próximo ao Hyde Park. No meio da noite, despertei com a visão de São Bernardo, de pé, olhando para mim. Perguntei se era realmente ele – o São Bernardo da reforma da Ordem de Cister, devoto de Maria, autor do *Tratado do Amor de Deus* e terceiro guia de Dante na *Divina comédia*. Ele sorriu e disse: "Sou, sim. E nunca me arrependi de possuir obras dos grandes pensadores". Perguntei ao santo como havia sido a sua sensação, após ter acompanhado Dante para ver a luz da Santíssima Trindade.

São Bernardo respondeu que até o dia em que o Papa Alexandre III o canonizara, no século XII d.C., ele era um ser humano comum, como eu: um simples padre. Depois, viu-se na obrigação de trazer as pessoas para uma vida cristã. Eu perguntei se ele se referia à mística e à espiritualidade. Ele respondeu que sim. Eu confessei ao santo que minha vida era como a dos outros mortais. Eu era um médico até dedicado e colecionava livros raros, mais como uma distração. "Como uma paixão", ele me corrigiu. Eu concordei: "Sim, uma paixão". São Bernardo me aconselhou que eu continuasse a minha saga de completar a minha coleção. Porém, lembrou-me que o mais lindo da minha paixão de colecionador era a impossibilidade de realizar o meu sonho por completo. Sempre faltariam obras a serem incluídas no meu acervo. De Maquiavel, por exemplo.

Depois, a imagem de São Bernardo foi desaparecendo aos poucos. Não perdi tempo e bem cedo liguei para a livraria do Monsieur Vantrien e disse que reservasse a edição de 1695 do The Works of the Famous Nicolas Machiavel, pois não dispunha de todo o valor do pagamento comigo naquele momento. Falei também da minha visão com São Bernardo durante a noite anterior. Para minha surpresa, ele respondeu que, na sua experiência, a chance de ele receber um calote de um colecionador de livros era pequena. "Sobretudo do dono de um acervo abençoado por São Bernardo", Monsieur Vantrien completou. Ele aceitou a quantia de que eu dispunha e, sem qualquer garantia da minha parte, deixou que eu levasse o livro, ficando combinado que eu poderia pagar o restante até o mês seguinte, se eu achasse mais conveniente.

Paguei no prazo combinado. Vantrien sussurrou ao meu ouvido que descendia do santo. Fiquei confuso. "Parente de São Bernardo?", eu pensei. O fato é que a obra de Maquiavel é uma das joias mais raras da minha coleção, uma edição muito bonita, que eu manuseio com muito cuidado, para não lhe causar nenhum dano. A questão da honestidade no mundo da literatura – no caso, a fidalguia do Monsieur Vantrien – fez-me recordar do oposto, muito bem caracterizado na obra de Honoré de Balzac. Quem adentrar na minha biblioteca, encontrará a preciosa edição das suas *Oeuvres Complètes*, datada de 1870, e editada por Michel Lévy Frères, Éditeurs, que se localizava na Rue Vivienne, no Boulevard des Italiens, em Paris. Como esquecer o olhar penetrante de Vautrin, personagem atraente, mas intimidante de Balzac, que, após dar medo no seu interlocutor, soltava uma das suas gargalhadas com a voz de barítono?

Balzac nos ensina que Vautrin é prestativo, em especial com as mulheres que caem na sua conversa e lhe emprestam dinheiro. O seu físico privilegiado e a sua jovialidade encobrem as suas verdadeiras atividades, do mestre nos disfarces que frequenta a aristocracia e a alta burguesia, mas também as sarjetas do submundo do crime. Na obra de Balzac, Vautrin – ou Jacques Collin, seu nome de batismo – aparece inicialmente na maravilhosa obra *O Pai Goriot*, que eu li duas vezes. Reaparece ao longo de diversas obras incluídas em *A comédia humana*. Uma amiga francesa de nome Mélanie Tautou, a quem eu conheci no tempo em que Leonor e eu vivemos nos Países Baixos, considerava-se uma especialista na obra de Balzac. Mélanie me disse que Vautrin foi inspirado na figura de Eugène-François Vidocq, um delinquente talentoso que viveu na segunda metade do século XVIII, conhecido por sua habilidade para falsificações. Vidocq foi preso e posteriormente se tornou um eficiente policial, chegando à chefia da brigada de segurança de Paris.

Segundo a minha amiga francesa, ele fundou a primeira agência de detetives particulares do mundo. A vida de Vidocq serviu de inspiração não apenas para a obra de Balzac, mas também para outros autores, como Victor Hugo e Edgar Allan Poe. Balzac dizia que "os olhos de Vautrin, como os de um juiz impiedoso, pareciam ir ao fundo de todas as perguntas, ler todas as naturezas, todos os sentimentos e pensamentos". Eu não lembro bem onde li, mas Balzac teria afirmado que, "se alguém se queixava demais, ele logo oferecia seus préstimos. Contudo, os seus devedores prefeririam morrer a não lhe pagar".

Jacques Collin, o nome verdadeiro do personagem Vautrin, permeia a obra de Balzac, com a sua terrível influência, unindo obras do grande autor francês, como a já mencionada *O Pai Goriot*, mas também *Ilusões perdidas* e *Esplendores e misérias das cortesãs*. É curioso o nome de família do simpático senhor da livraria – Monsieur Daniel Vantrien – onde eu adquiri a minha belíssima edição da *The Works Of The Famous Nicolas Machiavel*, datada de 1695, apresentar semelhança com o de Vautrin, personagem de Balzac. Pode ser apenas uma coincidência, mas uma colecionadora de Buenos Aires, Sofia Sarmiento – bisavó do famoso curador de mostras literárias Facundo Sarmiento –, teve menos sorte com ele. Deixou de pagá-lo no prazo combinado e seu corpo nu apareceu boiando nas águas, próximo ao Aeroparque, em Buenos Aires. Foi dela que eu adquiri uma primeira edição do *Frankenstein*, de Mary Shelley, datada de 1818, que seria de fato a primeira e sem os créditos para a autora. Haveria depois, em 1831, uma versão revisada – a terceira –, que é hoje considerada a oficial da obra.

O mais curioso foi um livro muito antigo que São Bernardo deixou no meu quarto do hotel. Lembrava uma versão preliminar e não publicada do *Malleus Maleficarum*, obra que apareceria somente no Século XVI como um manual sobre como lidar com o demônio. Narrava a história de um padre que vivia num convento, na Idade Média, em que o riso era condenado, mas a maldade não. O padre possuía várias personalidades e atendia pelos nomes de Vautrian, Vaultrien e Jack. A obra era escrita em *terza rima* e num francês como o que "falavam as mulheres nas ruas", como na comédia do *sumo poeta* florentino. São Bernardo – o terceiro guia de Dante na *Divina Comédia* – dizia que Umberto Eco se inspiraria nesta obra para escrever *O Nome da Rosa*. Naquela madrugada em que o santo apareceu no meu apartamento do The Cumberland, em Londres, eu não lembro de termos conversado sobre o demônio. Mas isto seria um tema para outra história.

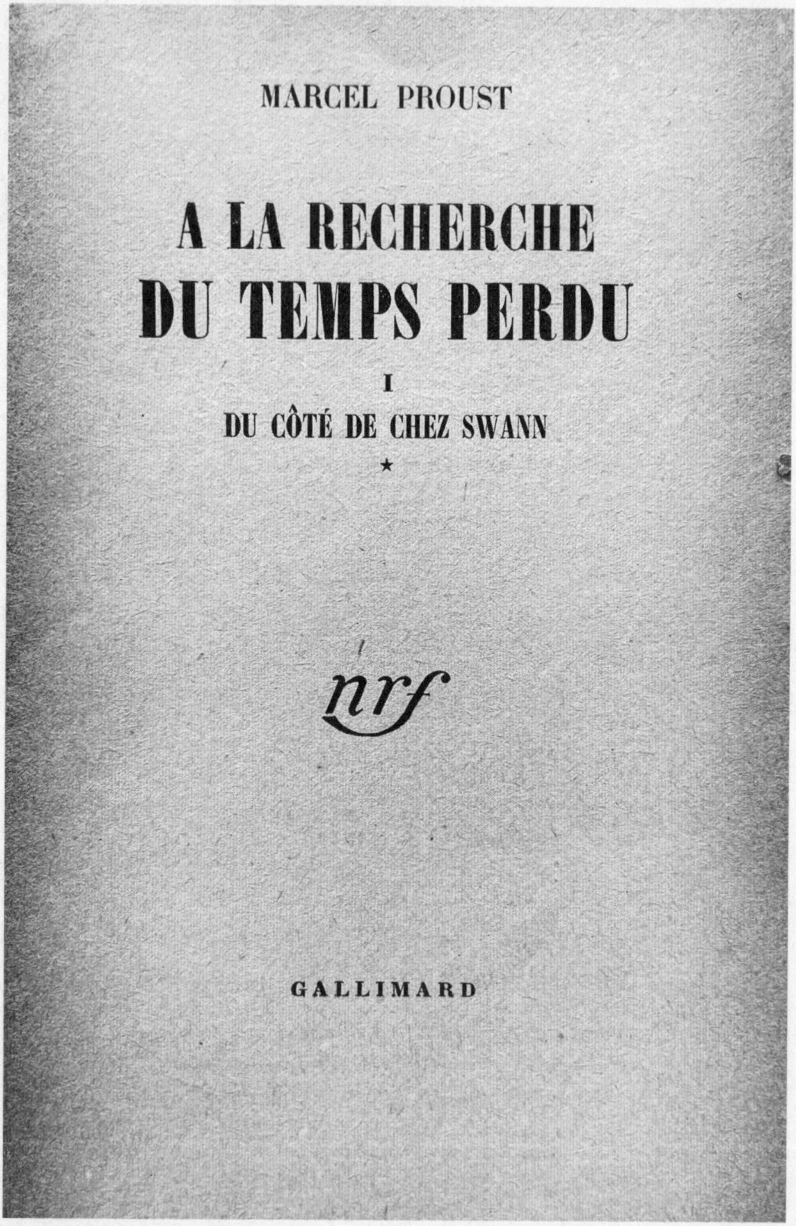
MARCEL PROUST

A LA RECHERCHE DU TEMPS PERDU

I

DU CÔTÉ DE CHEZ SWANN

★

nrf

GALLIMARD

XLI

A CHANTAGEM

(*À la recherche du temps perdu*, de Proust, 1913)

A minha paixão pela obra de Marcel Proust é antiga. Não por outra razão, eu escrevi *A amante de Proust*, romance publicado pela Editora Sulina. Narro aqui a circunstância da chegada da primeira edição de *À la Recherche du Temps Perdu*, de Proust, editada entre os anos de 1913 e 1927, pela Nouvelle Revue Française (NRF) e que ocupa um lugar nobre na minha coleção. São catorze volumes, pois três dos sete livros que compõem a obra foram publicados em mais de um volume. Como o manuscrito do primeiro volume havia sido recusado pela NRF, dirigida então por Gaston Gallimard, *Du Coté de Chez Swann*, saiu em 1913 pela Éditions Grasset, custeado pelo próprio Proust. Dizia a sua secretaria e confidente, Céleste Albaret, numa biografia organizada por Laure Hillerin e publicado pela Flammarion, em 2024, que André Gide, o todo-poderoso editor da NRF, nem mesmo desfez o nó do pacote em que estavam acondicionados os originais, devolvendo-os a Proust sem serem sequer lidos.

O segundo volume, intitulado *À l'Ombre des Jeunes Filles en Fleurs*, recebeu o Prix Goncourt, em 1919, e foi com ele que Proust passou a ter maior notoriedade na França. A história de como eu adquiri as obras completas é muito interessante.

No início da década de 1990, durante o Congresso Americano de Oncologia, em New Orleans, minha grande amiga doutora Carla Israel começava sua relação com o atual marido, o doutor Christian Dummont. Eu o conhecia pelo nome. Era um destacado oncologista francês. Carla soube que eu estava em New Orleans, para participar do congresso, e ela queria que eu o conhecesse. Fomos jantar no Antoine, um dos restaurantes mais antigos dos Estados Unidos.

Christian e eu tivemos empatia imediata um pelo outro. Desde o primeiro minuto da conversa, ficamos amigos. Como bom francês, ele sugeriu que pedíssemos "Eggs Sardou" e "Pommes de Terre Souffles". Eu acrescentei ao pedido as famosas "Oysters Rockefeller". Conversamos sobre tudo, da medicina à arte. Ele ficou encantado quando lhe contei da minha paixão pela obra de Proust. Disse que, mesmo na França, era pouco comum que médicos se interessassem tanto por literatura. No ano seguinte, novamente por ocasião do congresso, Carla me procurou, perguntando em que hotel eu ficaria hospedado. Eu passei a ela o nome e o endereço do hotel. Quando fui fazer o *check-in*, o concierge disse que havia recebido uma encomenda em meu nome.

Era uma caixa enorme, sobretudo para quem estava em viagem ao exterior. Pensei que fosse algum presente do pessoal da indústria farmacêutica, o que era comum naquela época. Li então o nome do remetente: Prof. Christian Dummont, Institut Gustave Roussy, Villejuif, Paris, France. Fui para o meu quarto do hotel e, curioso, abri o pacote. Era um presente maravilhoso, como poucos que eu recebi na minha vida. Era a primeira edição de *À la Recherche du Temps Perdu*, de Marcel Proust. Na mensagem, Christian escreveu: "acho que estes livros, que foram da minha mãe, ficarão bem guardados com você".

Fiquei radiante com o presente. Pedi a Carla que me fornecesse o seu número de telefone, para que eu lhe agradecesse pelo maravilhoso presente. Poucas pessoas que eu conhecia tinham uma primeira edição da *Recherche*. Na mesma tarde, consegui entrar em contato com ele. Christian me atendeu com educação e perguntou se eu tinha gostado do seu presente. Eu disse que estava "nas nuvens" de tão contente. Ele estava ainda em Paris e, para minha surpresa, falou que precisava conversar comigo pessoalmente. Perguntei quando ele chegaria em New Orleans, pois o congresso teria o seu início no dia seguinte. Ele respondeu que chegaria durante a madrugada, mas gostaria que tomássemos o café da manhã juntos.

Sugeri que Carla e ele viessem ao meu hotel, mas ele respondeu que preferia que a nossa conversa fosse sem a presença dela, pois era algo muito sério e confidencial. Fiquei preocupado com o tom da voz do Christian ao telefone. Algo de muito sério estava acontecendo. Às sete e meia da manhã, eu desci ao restaurante do hotel e ele já estava sentado numa das mesas, aguardando a minha chegada. Parecia tenso e com a expressão no rosto de quem passara a noite em claro. O garçom serviu o nosso café e eu perguntei a ele o que estava acontecendo de tão grave. Christian começou a me relatar sobre um projeto científico que consistia no desenvolvimento de um novo tipo de aparelho de radioterapia para o tratamento de pacientes com câncer. Era algo que ele antecipava como revolucionário. Christian e um pesquisador sueco de nome Lars Nielson estavam à frente do projeto.

Entretanto, quando ele retornava da sua última viagem a Estocolmo, observou que um homem parecia estar próximo demais de seu corpo, quando passaram pelo controle de segurança, no aeroporto Charles de Gaulle, em Paris. Houve certa confusão quando os dois recolheram as suas pastas, que eram muito parecidas, as duas de couro preto. Christian pegou a pasta e o seu Iphone, conferiu o seu passaporte e os cartões de crédito no bolso do casaco e foi diretamente para o hospital. Contudo, ao chegar na sua sala e abrir a pasta, para separar os desenhos do projeto que precisaria na reunião com o diretor do hospital, constatou que havia acontecido uma troca. A pasta era como a sua, mas havia apenas um maço de papéis em branco. Ela havia sido trocada.

Desesperado, Christian comunicou o ocorrido ao seu superior e foi orientado por ele a chamar um policial de nome Pierre Artand, que era da confiança do diretor. Ele fez o que lhe foi solicitado e retornou ao seu gabinete, para revisar alguns documentos na sua mesa de trabalho. Foi quando o seu telefone tocou. Christian atendeu a ligação e uma voz masculina disse a ele que lhe custaria bem caro recuperar os planos do seu projeto. O desconhecido pedia que ele não perdesse tempo e encontrasse uma primeira edição de *Dom Quixote*, de Miguel de Cervantes, publicada em 1605, e a levasse a um banheiro público em Montparnasse, exatamente às onze horas daquela noite. E se Christian avisasse a polícia, ele jamais veria novamente os planos do seu novo aparelho.

Imediatamente, Christian foi ao gabinete do diretor e narrou o acontecido. O diretor disse que ele contatasse o inspetor Artand sem demora. Na conversa com o policial, Christian ficou inicialmente impressionado com a sua cultura.

O policial comentou que não era à toa que o bandido pedia esta obra. Tratava-se de um dos livros mais importantes do cânone literário ocidental. Havia somente algumas edições que sobreviveram ao tempo. A sua importância cultural era imensa. Era provavelmente a obra mais lida e traduzida depois da Bíblia Sagrada.

Artand arranjaria tudo com o diretor. Faria contato com um grande amigo, que dirigia a Biblioteca Nacional da Espanha, situada no Paseo de Recoletos, em Madri. A polícia trataria também de rastrear o destino da obra depois que Christian a entregasse ao bandido. Assim, eles descobririam a sua identidade. Christian seguiu as orientações, mas quando se dirigia ao local da entrega da obra raríssima, recebeu outra ligação telefônica. A voz lhe disse que teria sido melhor a polícia não intervir na negociação. O bandido sabia que Artand estava envolvido nas investigações. Antes de desligar, o desconhecido disse a Christian que ele não era um amador. Ele conhecia Artand há muitos anos. Haviam participado juntos de muitos leilões de obras raras e de primeiras edições.

Como punição ao meu amigo francês por sua desobediência, o desconhecido disse a ele que procurasse também uma primeira edição de *Os lusíadas*, de Luís Vaz de Camões, ano de impressão 1572. Ele o chamaria novamente dentro de dois dias. Foi então que eu entendi a urgência de Christian em encontrar-me. Ele me implorou que eu o orientasse sobre quem poderia ter a primeira edição da grande odisseia portuguesa nos mares disponível para venda. Artand não sabia como ter acesso a ela num prazo tão exíguo. Eu respondi que faria contato com um livreiro de Coimbra, que na certa saberia como nos orientar. Ele agradeceu, pediu sigilo e foi ao encontro de Carla.

Cerca de meia hora depois, Christian me telefonou novamente. Ele estava quase enlouquecido. Disse que o desconhecido o chamara novamente de um telefone público – ele sabia que era público, pois já perguntara para Artand e o policial havia verificado. Falou que eu não tomasse a sua mensagem como um deboche, mas havia uma nova demanda literária, além da valiosa primeira edição de *Os lusíadas*, de Camões. O desconhecido pedia também a Bíblia de Mogúncia, impressa por Johann Fust e Peter Schöffer, no ano de 1462. Respondi que se tratava da primeira obra a conter a data, o local e o nome da empresa que fazia a sua impressão. Era raríssima e extremamente valiosa.

Christian me informou que a demanda do bandido não parava ali. Ele exigia também o *Codex Atlanticus*, de Leonardo da Vinci. Eu quase caí para trás, pois trata-se de uma coleção de documentos produzidos por Da Vinci, com doze volumes e mais de mil e cem páginas, abrangendo temas variados, como anatomia, astronomia, botânica, geografia e outros. Pensei logo nos projetos tecnológicos, estudos sobre aeronáutica e outros projetos arquitetônicos. A data da sua criação era imprecisa, mas entre os anos de 1478 e 1519. Do que me constasse, eu disse a ele, esta joia rara estava na Biblioteca Ambrosiana, em Milão.

Combinamos de jantar no Antoine às vinte e uma horas daquela mesma noite – Carla, Christian e eu. Christian me disse que eu poderia falar abertamente na frente da sua esposa. Ele havia decidido revelar a Carla tudo o que se passara. Afinal, os dois não poderiam ter segredos um com o outro.

Havia, contudo, um assunto muito sério e constrangedor que ele desejava compartilhar comigo. Eu fiquei surpreso com o seu comentário e respondi que éramos amigos e que ele poderia contar comigo. Eu tinha contatos com muitos livreiros, não somente na América Latina, mas conhecia também pessoas na Europa, Ásia e América do Norte, dedicados à coleção de livros raros e de primeiras edições. E tudo com o necessário sigilo que esses casos demandavam.

Christian, então, trouxe-me a má notícia. O desconhecido fizera um novo contato com ele, através de um telefone público e, estranhamente, a origem da ligação era a região de Combray, a cidade fictícia da obra de Proust, onde – na obra – ele passava as férias na sua infância. No contato com Christian, ele afirmara que o local era palco de muitas das reminiscências do escritor. O bandido só podia estar fazendo piada com ele. Desde o ano de 1971, os cidadãos de uma comuna francesa de nome Illiers, no Centro-Vale do Loire, no departamento de Eure-et-Loir, haviam trocado o seu nome para Illiers-Combray, em homenagem a Proust. O desconhecido exigia nada menos do que a primeira edição dos sete volumes da *À la Recherche du Temps Perdu*, datadas dos anos 1913 a 1927. Meu querido amigo Christian pedia, docemente, que eu lhe devolvesse o belo presente que ele há pouco me dera e com tanta alegria, para atender à demanda do tão letrado meliante – na certa, um colecionador de obras raras.

EPÍLOGO

Neste livro, a realidade só raras vezes superou o prazer da imaginação. Já nas primeiras páginas, eu me vi invadido pela força da grande literatura, nas histórias criadas pela imaginação de Homero, Ovídio, Borges, Poe, Dante, Shakespeare, Stevenson, Gógol, Dostoiévski, Tolstói, Wells, Kafka, Machado e outros. Eles tornaram as circunstâncias da chegada das obras à minha biblioteca bem mais interessantes. Muito raramente, as minhas histórias se basearam mais na realidade do que na fantasia. Mesmo assim, tenho a sensação de ter modificado significativamente a realidade em relação a todas as obras aludidas, a meu ver, deixando as circunstâncias mais bonitas ou mais comoventes. Este aspecto me leva a pensar que Borges tinha de fato razão, ao sugerir que a realidade de cada pessoa é uma mistura da verdade material com a nossa maneira de enxergá-la ou de interpretá-la.

Ao decidir me limitar a quarenta e uma obras literárias, deixei de fora outras tantas, que simplesmente me encantam, como *Les Miserables*, de Victor Hugo, edição de 1899; ou *Les Travailleurs de La Mer*, também de Hugo, a primeira edição, de 1866. Tenho ambas no meu acervo. Victor Hugo publicou *Os miseráveis*, clássico da literatura francesa, em 1862, durante o seu exílio na ilha de Guernsey. A publicação teve enorme impacto na sociedade francesa da época, ao retratar a vida dos segmentos mais pobres da Paris do século XIX. Com várias adaptações para o cinema, o teatro ou os musicais, o protagonista da obra, Jean Valjean, preso durante dezenove anos por roubar um pedaço de pão, é ainda hoje um dos personagens mais populares da literatura. Além de grande escritor, Victor

Hugo é também reconhecido por seu engajamento na luta contra a miséria e pela justiça social. Quatro anos depois de *Os miseráveis*, ele publicou *Os trabalhadores do mar*. Nesse livro, que Machado de Assis traduziu no mesmo ano da publicação, ele conta a história do jovem Gilliatt e da sua paixão pela sobrinha do armador Lethierry. Os embates sociais ocupavam a cena em *Os miseráveis* e em *Os trabalhadores do mar* aparecem também os embates do ser humano com a natureza.

Essas duas edições raras fazem parte do meu acervo graças a um "buquinista" que conheci numa daquelas tendinhas que ficam nas margens do Sena. Sempre que vou a Paris, eu caminho por ali, folheando livros, revistas e vendo as gravuras. Lá, eu comprei um conjunto muito difícil de encontrar: as primeiras páginas dos jornais da época do Caso Dreyfus, o militar judeu, capitão do exército francês, injustamente condenado por traição. O "buquinista" se chamava Paul Marty, uma figura adorável. Uns vinte anos mais velho do que eu, usava suíças longas, de fios grisalhos, e vestes simples, mas trajadas com fidalguia. Parecia saído de um filme.

Muito culto, Paul conhecia literatura a fundo e tinha um francês muito bonito. Eu gostava de conversar com ele. Por sua sugestão, fui a um escritório de venda de livros antigos em Montmartre e lá adquiri muitas obras raras. A minha edição de *Os miseráveis*, em cinco volumes, é belíssima, muito bem conservada e com encadernação em couro. Há um ano, em Paris, tentei encontrar Paul, mas havia outra pessoa na sua banca no cais do Sena. Ele havia se aposentado e mudara-se para o interior. Eu não soube mais dele.

Outra obra maravilhosa e que deixei de fora deste livro foi *Utopia*, de Thomas More, numa edição sem data. Esta é uma obra que destaco na minha coleção, tanto por sua importância literária e raridade quanto pela história de como a adquiri. Começo pela história. Embora meu exemplar não tenha data de edição, penso que é uma das três publicações praticamente idênticas, feitas nos anos seguintes à edição de poucos exemplares, lançada em 1910, por J.M. Dent & Sons, de Londres, e E.P. Dutton & Co, de Nova York.

Ganhei este exemplar da doutora Eve Wiltshaw, já falecida, que foi a minha orientadora na pós-graduação em Oncologia, no Royal Marsden Hospital, em Londres. Ela foi tão importante para a história da oncologia, que deram o seu nome a uma ala do Royal Marsden, o hospital do câncer de Londres, onde ela era a diretora médica, na época em que lá estudei, de 1980 a 1983. A doutora Wiltshaw foi a pioneira, no mundo, no uso de certos remédios oncológicos que mudaram a expectativa de vida de mulheres com câncer de ovário.

Na minha vida, ela foi uma pessoa muito importante. Tinha um magnetismo pessoal incrível, elegante, muito culta e dotada de um humor fino. Era quase cirúrgica nas suas palavras. Falava em uma linha o que levávamos vários parágrafos para expressar. *Utopia*, de Thomas More, fez com que o termo criado pelo autor, em sua história sobre uma ilha de governo perfeito, passasse a ser utilizado como um sinônimo de um lugar ou um estado ideal.

O livro, de 1516, faz uma crítica às sociedades europeias, em especial a inglesa. A edição que tenho traz uma introdução excelente do juiz John O'Hagan. Já o *Diálogo de conforto contra a tribulação*, More o escreveu durante o período de dois anos em que esteve aprisionado na Torre de Londres, à espera de sua execução, ordenada por Henrique VIII. Ele foi enforcado em 6 de julho de 1535. Foi um escritor fundamental do humanismo.

Desde adolescente coleciono edições da *Divina comédia*. Comecei a colecionar quando uma professora muito importante na minha vida, dona Giselda, me disse que, como eu gostava muito de literatura, deveria enfrentar a leitura da obra de Dante o mais cedo possível. Ela me sugeriu uma edição da *Divina comédia* que tinha, em uma coluna, os versos originais em italiano, e, em outra, a tradução em português. E acrescentou que eu deveria ler primeiro em italiano, para sentir a musicalidade dos versos, depois eu buscaria o seu sentido na tradução em português.

Fui comprar a edição sugerida na Livraria da Globo, no centro de Porto Alegre. A moça que me atendeu, impressionada com a escolha, contou que seu pai era dono de um sebo, na Rua dos Andradas, e que lá eu poderia conseguir outras edições antigas. Fui até a loja do pai da moça e comprei quatro edições pelo mesmo preço da que pagara na Globo. Assim comecei minha coleção, que hoje inclui em torno de 270 diferentes edições da *Divina comédia*. Possuo, entre tantas, uma edição de 1879, com tradução para o francês de Artaud de Montor, que comprei no Egito.

Quando Leonor e eu morávamos em Londres, eu tive de ir a uma reunião de pesquisa no Cairo e planejei visitas nas livrarias que vendiam obras antigas. Na segunda ou terceira, percebi que, nos fundos da livraria, havia uma pequena negociação. Aproximei-me, discretamente, e embora sem entender árabe, eu compreendi que uma edição muito rara estava sendo negociada. Havia um embate entre dois homens. Um deles, que depois eu vim a saber que se chamava Fayad Zarur, saiu da discussão sobre quem ficaria com o livro meio contrariado. Conversei com o outro, que era o dono da livraria e disse a ele que eu também adoraria comprar o livro. Fui tomar um café num bar na frente da loja e vi que Zarur voltou, atravessou a rua e caminhou na minha direção.

"O senhor está querendo sabotar a minha negociação!", disse ele de modo ríspido, mas em excelente inglês. Virou as costas e retornou à livraria. Meia hora depois, ele voltou e desculpou-se comigo. Contou que era professor universitário e que, depois de aposentado, passou a completar a renda com a venda do seu acervo. "Perdoe pela indelicadeza, não é meu jeito de ser", ele falou. Eu respondi que entendia bem a sua reação. Contei a ele que eu era médico e estava lá para participar de um congresso, além de ser também um colecionador. Lembro que ele conhecia e gostava muito de Jorge Amado. Tivemos uma boa conversa e acabei levando comigo uma rara tradução de João Ferreira de Almeida do Novo Testamento, de 1941.

As minhas *Lettres de Madame de Sévigné*, de 1806, merecem também um comentário. É uma coleção belíssima, em seis volumes, das cartas de Marie de Rabutin-Chantal, a Madame de Sévigné, e ocupa um lugar nobre em uma de minhas estantes. Naturalmente, a qualidade literária não é comparável a tantos outros clássicos, mas a correspondência extensa revela muito da cultura francesa do século XVII, quando as cartas foram escritas. As histórias dos salões e as intrigas da corte de Luís XIV, assim como o cotidiano da época, estão nas linhas que a marquesa endereçou, na maior parte, à sua filha, Madame de Grignan, entre comoventes demonstrações de afeto.

Marcel Proust era encantado por essas cartas. Há várias menções a elas em *À la Recherche du Temps Perdu*. Essas referências apareceram na exposição que organizei na Biblioteca Pública, em Porto Alegre, com os volumes originais da obra de Proust, uma das maiores preciosidades que tenho na coleção. Uma confissão pouco lisonjeira é que "tomei emprestado" essa edição maravilhosa das cartas, que pertencia à minha querida sogra, Beatriz. Depois de passar anos e anos cobiçando os volumes muito bem encadernados, quando ela mudou de residência, eu simplesmente coloquei os seis volumes das *Lettres de Madame de Sévigné*, de 1806, na minha mala e os trouxe para Porto Alegre.

Foi um desses arroubos que acometem um colecionador, um momento de perda da lucidez em que ficamos completamente envolvidos pelo desejo de possuir algo que não temos no acervo. Em minha casa, a correspondência de Madame de Sévigné está muito bem acompanhada. Tem a seu lado obras raras de John Ruskin, Cervantes e Anatole France. A propósito de John Ruskin, ele defendia que a forma escrita da linguagem em geral oferece o melhor do seu autor, pois o texto escrito costuma resultar de uma maior reflexão da sua parte e, assim, é mais lapidado e revisado. Os poemas são igualmente reescritos várias vezes pelos poetas até dar-lhes o formato definitivo. A linguagem oral, contudo, tende a ser mais coloquial, menos reflexiva e provavelmente menos lapidada.

Essa opinião é questionada pelos historiadores, que conferem à tradição da linguagem oral um menor risco do que a escrita de sofrer deturpações do original, pelo efeito das traduções e adaptações do texto ao longo do tempo. Ao planejar o meu livro, narrando as circunstâncias das aquisições das obras do meu acervo, decidi compartilhar com a minha querida sogra o meu delito e fui por ela perdoado, por ser sabidamente um amante do livro. Afinal, ela tem o mesmo nome da musa de Dante, na *Divina comédia*. Segundo Beatriz, tratava-se de uma "antecipação" da minha parte na sua herança. Assim, ela transformou o "roubo" numa espécie de presente.

Há também outra omissão que me dói um pouco. A circunstância da aquisição de *Intentions*, de Wilde, datada de 1891. Trata-se da primeira edição desta reunião de ensaios de Oscar Wilde, mais conhecido como o autor de *O retrato de Dorian Gray* e de peças teatrais como *A importância de ser prudente*. O ensaio *A decadência da mentira* é um texto que eu cito sempre. Wilde cria um diálogo entre dois personagens, Vivian e Cyril, que discutem sobre arte. Um faz uma ode à natureza, enquanto o outro celebra as vantagens da civilização. O autor irlandês defende que a mentira é a essência da arte, que a arte é uma distorção, uma brincadeira com a realidade, e que a retirada da mentira prejudica a qualidade da obra, pois impede a livre imaginação, essencial à grandeza da arte.

Ensaísta, dramaturgo e poeta, Oscar Wilde era um homem muito à frente do seu tempo. Arrogante, irônico, combativo, foi odiado pelas classes conservadoras, daí ter sido denunciado como homossexual, o que então era crime. Ficou preso dois anos, acusado de "indecência". Na prisão, ele escreveu o *De profundis*, endereçado a lorde Alfred Douglas, seu amante. A aquisição da minha *Intentions* tem uma história engraçada. Foi na década de 1980, quando moramos em Londres. Eu encomendei uma coletânea de Edgar Allan Poe a um vendedor em Liubliana, na Eslovênia. Ele se chamava Mathijs Zeter. Pronunciava-se "Matáias". Negociamos tudo por mensagens através do telefax – os jovens de hoje talvez nem saibam do que se trata.

Como havia um jovenzinho esloveno que estudava farmácia no Hospital do Câncer, entreguei-lhe o dinheiro para que pagasse o tal Mathijs, quando ele fosse nas férias ao seu país. O livro seria enviado depois. Passaram-se meses e nada. Mandei outra mensagem por telefax ao vendedor, que se desculpou muito, mas não disse quando me enviaria a encomenda. Um dia, o rapazinho me procurou. Ele havia viajado a Liubliana novamente e Mathijs mandara me entregar o livro de Wilde, dizendo que ele tinha se enganado e vendido a coleção de Poe, que eu comprara, para outra pessoa.

Mathijs escreveu-me que o livro de Wilde era mais difícil de ser encontrado e que eu não me arrependeria da substituição. Porém, se eu não concordasse, ele me devolveria o dinheiro. Moral da história: eu não me arrependi. Esta obra memorável de Wilde traz uma das melhores discussões sobre arte que eu conheço. Hoje tenho também a coleção dos contos de Poe. Mas isso é outra história.

Antes de me despedir do leitor, eu penso que não deveria deixar de mencionar a circunstância da chegada da fantástica obra *The Master & Margarita*, de Bulgákov, editada em 1967, uma primeira edição feita na Inglaterra, da obra-prima do escritor soviético, traduzida do russo por Michael Glenny e publicada pela Harvill Press, em Londres. O romance é imperdível e narra a visita de Satanás a Moscou na década de 1930, ao mesmo tempo que, em paralelo, traz a narrativa de um escritor sobre Jerusalém à época de Pôncio Pilatos.

Bulgákov começou a escrevê-lo em 1928 e chegou a queimar o primeiro manuscrito. Continuou criando várias versões da obra até 1940, o ano em que morreu. O livro foi lançado na URSS na década de 1960, com trechos censurados. Em 1973, foi publicada a versão completa da obra, uma sátira ao regime soviético. O belíssimo livro foi presente de um cientista russo, que tinha recebido a edição de um amigo londrino. É uma história que vale relembrar.

Eu havia terminado meu doutorado em Amsterdam e fiz um concurso público para trabalhar na Organização

Europeia para a Pesquisa e Tratamento do Câncer, uma das instituições mais importantes no desenvolvimento de remédios oncológicos, ao lado do Instituto do Câncer dos Estados Unidos. Um dia, eu estava no nosso escritório em Amsterdam, e recebi um fax com um convite para visitar a Academia de Ciências de Moscou. A correspondência era assinada pelo seu vice-presidente, professor Anatole Sirkin.

O episódio se deu no período um pouco antes da *Perestroika*, a abertura política da União Soviética, conduzida por Gorbachev. Era difícil viajar para lá, o passaporte do visitante ficava retido, tudo era muito controlado. Para a minha surpresa, a casa de Sirkin era muito modesta e, para os nossos padrões, não condizia com o seu cargo. Ele, a esposa, o filho, a nora e duas crianças viviam amontoados num pequeno apartamento próximo à Academia de Ciências. Como ele sabia do meu interesse pela literatura russa, na despedida, Sirkin me presenteou com a rara edição de 1967 de *The Master & Margarita*, de Bulgákov, um de seus autores preferidos.

A história não acaba aí. Assim que cheguei a Amsterdam, recebi um telefax de Sirkin. Ele quase me implorava que eu conseguisse uma bolsa de estudos para ele em alguma cidade europeia participante do nosso programa de pesquisa. O motivo não era científico. Natasha, a sua esposa, atravessava uma depressão profunda, devido à situação do país. Imediatamente, eu providenciei que o casal viesse a Amsterdam, com passagens aéreas, hospedagem e uma ajuda financeira bem razoável. Eles ficaram três meses na nossa companhia. Natasha necessitava de umas férias das enormes restrições enfrentadas no seu dia a dia em Moscou.

Para que o leitor tenha uma ideia das suas terríveis condições psicológicas, no dia seguinte à chegada do casal a

Amsterdam, Leonor levou Natasha para um passeio pelo centro da cidade. Não lembro por que razão, as duas entraram num supermercado. Ao ver a abundância que era oferecida aos clientes, as estantes com uma variedade imensa de frutas de diferentes regiões do mundo, os queijos franceses, suíços e holandeses, os embutidos alemães maravilhosos, os vinhos europeus e do Novo Mundo, a padaria cheirosa e bem sortida, e a confeitaria, com doces inimagináveis aos olhos de Natasha, ela desfaleceu, batendo com o rosto na vitrina dos frutos do mar, vindos da Escandinávia.

Os três meses de convivência com o professor Anatole Sirkin – que era fisicamente muito parecido com o ator francês Ives Montand – e com a sua esposa Natasha foram muito interessantes. Eu passei a saber mais sobre um mundo que, sem a convivência com eles, eu jamais entenderia. A proximidade com os dois fraternos amigos moscovitas, os deliciosos "vareniques" que Natasha preparava em nossos jantares a quatro, os volumes de vodca consumidos nas conversas íntimas com Sirkin, tudo isso me fez entender melhor o que eu havia lido nas obras de Gógol, Tolstói, Dostoiévski, Tchecov, Turguêniev, Bulgákov, Bunin e outros autores russos, que desde criança eu aprendi a admirar nas conversas com a minha avó Clara, uma lituana que até a sua adolescência sofreu com as perseguições dos cossacos, mas que nunca deixou de amar a literatura russa.

G.S.